献给第三届全球集美校友联谊大会

集美学校校主陈嘉庚

纪念陈嘉庚先生创办集美学校100周年

百年往事

陈经华 ◎ 著

厦门大学出版社　国家一级出版社
XIAMEN UNIVERSITY PRESS　全国百佳图书出版单位

弘扬嘉庚精神　共圆中国梦

（代序）

张明义

今年10月，是陈嘉庚先生创办集美学校100周年华诞。这是非常值得纪念的日子。

陈嘉庚先生出生在内忧外患、动荡不安的年代。认识孙中山先生后，他对"驱除鞑虏，恢复中华"的革命主张极为向往，毅然加入同盟会，热情支持孙中山的革命斗争，立志为"救亡图存、强国兴邦"尽力。辛亥革命后，他"爱国意识猛醒勃发"，"思欲尽国民一分子之天职"，他"自审除多少资财外，绝无何项才能可以牺牲，而捐资一道窃谓莫善于教育，复以平昔服膺社会主义，欲为公众服务，亦以办学为宜"。他提出"教育为立国之本，兴学乃国民天职"，指出"国家之富强，全在乎国民，国民之发展全在乎教育。"他希望通过发展教育，达到改造社会、振兴中华的目的。

陈嘉庚倾资兴学，志存高远。当年，他"每见许多华侨，多不愿回国者，虽有回国者，亦不过拥巨资作安逸之富家翁，专从事于种种奢华"，"而对于实业教育各问题，反置之不问"，"乃每欲设法援救之"。怎么"援救"呢？他选择"自先作则"，"将所有家财尽出之，以办教育，并亲来中国经营，以冀将来事或成功，使其他华侨，有所感动也。"

陈嘉庚先生创办并维持集美学校近半个世纪，倡办并支撑厦门大学16年，"唯在毅力与责任"，凭着"诚信公忠"，不惜身家性命。他把一生都献给了祖国和中华民族，献给了他念兹在兹的教育事业。

春发其华，秋结其实。100年前陈嘉庚先生创办的集美学校，在政府和各方人士的关心、支持下，如今已经发展成为涵盖学前教育、基础教育、职业教育、高等教育的完整教育体系，包括集美小学、集美中学、集美大学、集美海洋职业技术学院、集美轻工业学校、华侨大学华文学院以及集美幼儿园等学校，在校生规模已超过6万人，校舍建筑面积达到160多万平方米，办学条件得到极大的改善，集美学校美名远播。

100年来集美学校"英才乐育，蔚为国光"，培养了数以十万计的各级各类人才，在普及基础教育、提高国民素质的同时，也培养了一大批师范、水产航海、商业、轻工、农林、体育等专门人才，他们中间涌现出一大批杰出的革命家、教育家、科学家、企业家、艺术家、社会活动家，以及各行各业的英雄模范人物。广大集美校友秉承"诚毅"校训，在各自的岗位上为国家富强、民族振兴、人民幸福做出了自己的贡献，赢得了社会的赞誉。

党的十八大提出："教育是民族振兴和社会进步的基石"。习近平总书记在参观《复兴之路》展览时指出："实现中华民族伟大复兴，就是中华民族近代以来最伟大的梦想。"陈嘉庚先生就是实现这个最伟大梦想的一位先行者、开拓者，被毛泽东、邓小平在不同的历史时期誉为"华侨旗帜，民族光辉"的伟大爱国者。

今天，我们贯彻党的十八大精神，实现中国梦，仍然需要宣传、弘扬嘉庚精神。

为纪念陈嘉庚先生创办集美学校100周年，集美校友总会与《集美校友》编辑部组织编撰出版了两本书，一本叫《百年往事》，一本叫《百年树人》。顾名思义，一本写事，一本写人，事是集美学校发展过程中感人之事，人是有感人事迹的知名集美校友。《百年往事》以集美学校百年沧桑为题材，以陈嘉庚及其襄助者、追随者为主要人物，围绕集美学校百年史中的主要事件展开故事，有情节，有感情，是一部有血有肉的文学传记；《百年树人》收集了几十位知名校友的事迹，生动感人，各显异彩，是一部龙腾虎跃的故事集。嘉庚精神是贯穿两书的内在红线，书中处处可以看到嘉庚精神在灵动。两本书都是纪实的，可以看成《校史》的形象演绎，值得一读；两书都具文学性，是故事化的《校史》，不妨一读。

弘扬嘉庚精神，融入中国梦，助力中国梦，共圆中国梦！

（陈明义，集美学校校友，曾任厦门水产学院副院长、福建省省长、省委书记、省政协主席，全国政协常委、港澳台侨委副主任，现为集美校友总会荣誉理事长）

目　　录

[一]1913　伟业之始
   1. 番客回唐山 ·· 2
   2. 学钟长鸣 ·· 5
   3. 填池建校 ·· 8

[二]1913—1923　大开拓　大发展
   4. 化危为机 ··· 12
   5. 王碧莲受命办女小 ··· 15
   6. 难忘1918 ·· 18
   7. "勿忘中国" ··· 21
   8. 三次驰书聘叶渊 ··· 24
   9. "为了开拓海洋　挽回海权" ··· 28
   10. 厦大的摇篮 ·· 31
   11. 从渔村到学村 ··· 34

[三]1923—1933　加快发展　艰苦支撑
   12. 小船轰动大上海 ·· 40
   13. "鲁迅就是nothing" ·· 43
   14. 树木树人 ··· 46
   15. 三次风潮 ··· 50
   16. 痛苦的选择 ·· 54
   17. 没有结局的落幕 ·· 58
   18. 从学潮的失败中起步 ·· 61
   19. 兄弟龃龉 ··· 65
   20. 豪壮的牺牲 ·· 70

[四]1933—1943　烽火岁月　弦歌不辍
　　21. 新的起点 ·· 78
　　22. 痛失二校主 ·· 85
　　23. 狮城临危受命 ·· 90
　　24. 内迁 ·· 97
　　25. 解困化险 ·· 103
　　26. 丹心报国 ·· 109
　　27. 抗暴斗恶 ·· 115
　　28. 校主回来了 ·· 121
　　29. 校主，你在哪里？ ··· 128

[五]1943—1953　雄图大略　百废待兴
　　30. 寄希望于"良政府" ··· 138
　　31. 归来 ·· 144
　　32. 大建设序幕 ·· 150
　　33. 鳌园春秋 ·· 156
　　34. 布阵点将 ·· 163

[六]1953—1963　空前发展　光辉永照
　　35. 食宿问题 ·· 170
　　36. 侨生摇篮 ·· 176
　　37. 生前身后事 ·· 182
　　38. 改"董"为"委" ·· 187
　　39. 人老志弥坚 ·· 193
　　40. 成功之母 ·· 199
　　41. 光辉永照 ·· 206

[七]1963—1983　调整停课　恢复发展
　　42. 默誓 ·· 214
　　43. 浩劫 ·· 220
　　44. 复苏 ·· 228
　　45. 航海家的摇篮 ·· 233
　　46. 根深叶茂 ·· 239

[八]1983—1993　开拓进取　升格提高
　47. "家书" ……………………………………………………… 246
　48. 圆梦行动 …………………………………………………… 252
　49. 为实现校主的遗愿 ………………………………………… 259

[九]1993—2013　旗帜飘扬　高歌猛进
　50. 集大校董会之初 …………………………………………… 268
　51. 校友情缘 …………………………………………………… 275
　52. 相互激励 …………………………………………………… 281
　53. 良师益友 …………………………………………………… 288
　54. 穿针引线 …………………………………………………… 294
　55. 校魂 ………………………………………………………… 301
　56. 高高天上有颗星 …………………………………………… 307
　57. 到翔安　到东安 …………………………………………… 313
　58. 经典精品工程 ……………………………………………… 319
　59. 一家人 ……………………………………………………… 326
　60. 旅途记者会 ………………………………………………… 333

后记 ………………………………………………………………… 339

【一】1913

伟业之始

1. 番客回唐山

1910年代的陈嘉庚

　　1912年秋,一艘木帆船鼓满风帆,乘风破浪从厦门朝集美驶来。一位近40岁的中年人,一身白色西装,一手执手杖,一手拿着礼帽,迎风挺立船头,一对炯炯有神的大眼睛凝视着前方。他就是陈嘉庚。他携妻子儿女搭番船从新加坡回厦门,正从厦门回集美。

　　陈嘉庚17岁从故乡集美经厦门出洋到新加坡学商,20岁返梓完婚;21岁罄其仅有的两千银元,在故乡集美创办了"惕斋学塾"。当时他还是父亲店中的一个伙计,那两千银元是父亲给他办婚事剩下的,原准备留作生孩子开销和家庭的日常费用。村里的孩子没有读书的地方,青年陈嘉庚挺身而出,倾其所有的全部银元,开办学馆。这是他的第一次"倾资兴学"。虽然他献出的只是区区的两千银元,但当时的他只是一个小伙计,这个数目等于他数十年的薪俸!对此等事,陈嘉庚后来在《南侨回忆录·弁言》中写道:"(余)自廿岁时,对乡党祠堂私塾及社会义务诸事,颇具热心,出乎生性之自然,绝非被动勉强者。"

　　如今,18个年头过去了。在这18年中,陈嘉庚几次往返于集美和新加坡之间。1903年,他第四次出洋,令他痛心的是他父亲已经破产。为了挽回父亲的面子,他毅然接过父亲负债累累的企业,并承诺清还父亲所欠的债款。此举在新加坡引起巨大的轰动,因为根据新加坡的法律,儿子没有替父亲还债的义务。陈嘉庚的信誉在新加坡华侨中传为美谈,家喻户晓。此后,他在弟弟陈敬贤帮助下,重整旗鼓,继续原先的米业,扩大罐头制造业,开创橡胶业,经过几年的打拼,成为星马社会颇有影响的人物。1910年,他加入孙中山领导的同盟会,剪掉辫子和清廷决裂。他慷慨捐助、支持孙中山及其领导的革命。1911年,辛亥革命成功,祖国光复,民国政府成立,国家百废待兴,陈嘉庚无比振奋。他"热情内向",对有关祖国的一切事宜都表现出巨大的兴趣。1912年,他把海外的事业交给弟弟陈敬贤管理,自己携眷从新加坡返回故乡集美,要尽自己之所能,为乡亲们做点有益的事。

船停靠在集美西边的海摆码头,陈嘉庚和家小步下跳板。地方官员和社会贤达及集美社的乡亲早在码头上等候迎接。陈嘉庚在大家的簇拥下,离开码头,翻过小山坡,绕过村口的大鱼池,回到自己的家。他母亲早就去世了;父亲陈杞柏把企业交由陈嘉庚兄弟后,就回"唐山"颐养天年,前年也作古了。现在家中只有同父异母兄弟和父亲抱养的兄弟。他离家近10年,故乡像一个暮年老叟,没有一点生机。他原想光复了,共和了,一切都会变样,没想到他眼前的一切,和过去没有两样,连人们头顶上的长辫子也依然。陈嘉庚感到失望,但没有减弱他启程回国之前为乡亲尽力的那股热情。

地方官员和乡里老大及少年伙伴都来看望,大厅、天井、门道挤满了人,成群的小孩在门口抢糖吃。夫人张宝果正忙着和几位妯娌给乡亲们送见面礼;嘉庚与客人、乡亲在大厅抽烟,泡茶,亲切交谈,十分热闹。

"庚啊,你这回来,是要到民国政府做官的吧?"四叔公悄声地问陈嘉庚。

陈嘉庚抿嘴一笑,说:"我是一个无才无能的人,怎么做官?"

"谁都知道你是孙中山先生的好朋友,是新加坡福建保安捐款委员会的主席,为福建光复立下大功。你不配当官谁配?"

"我想最小要当个福建总督,管到台湾去。"有人插嘴。

"辛亥那阵子,我随船去福州。一上岸,就听到街上有人嚷嚷着:'光复了,光复了!'听人说南洋新加坡寄来整船整船的银元,支持光复政府。"阿锤说道。

"我也听到。他们还说新加坡领头献金献银的是一个叫……"阿懿说,在陈嘉庚面前,他避讳,没把"陈嘉庚"三字直说出口,"我跟他们说'陈嘉庚是我们集美社人',接着就听到人们争起来,有的说'陈嘉庚是同安人',有的说'陈嘉庚是泉州府人',吵得好热闹!"

"后来呢?"有人故意挑逗地说。

"后来,有人要剪他的辫子,他就哭着跑上船。"有人揭阿懿的底。

阿懿摸了摸脑后垂着的大辫子,看了看陈嘉庚,见陈嘉庚也没留辫子,便不好意思地低下头,说:"嘉庚叔不留我也不留!"

"好!剪!拿剪刀来"凑热闹的人喊叫起来。

"喊什么？大人谈正经事，你们闹什么？"有人出来维持秩序。

谈话中，人们开始打听嘉庚此来有何打算。多数人寻思：发大财的番客，要么留在南洋不想回来；回来的多数想买田置地盖高楼，金屋藏娇，赌博抽大烟，尽享人间富贵。嘉庚不像这样的人，可他又不当官，他回来做什么呢？

屋外，壮实的少年家从船上抬下来一个个大藤篮、大木箱，半个庭院都被堆满了。人们围在四周，议论着。这些大藤篮一定是放布匹、食品、药物等洋货的。番客回唐山，给亲戚朋友送洋货，这是免不了的。可那些大木箱死沉死沉的，不知里面装的是什么东西？嘉庚搬这么些东西回来做什么用？难道他不想回南洋，真要在家养老、享清福啦？他才多少岁呀！——人们心中充满狐疑，多事的便大胆放开想象。

2. 学钟长鸣

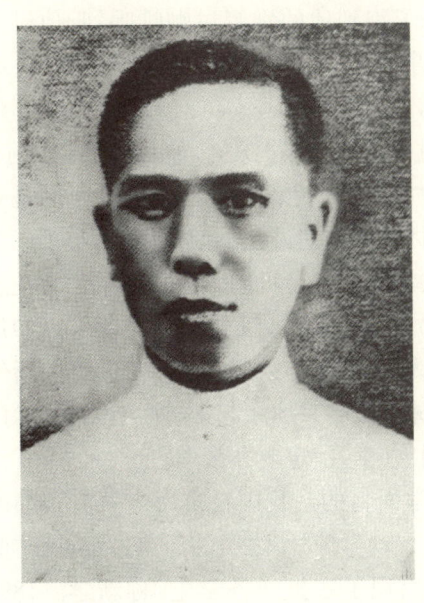

四十岁的陈嘉庚

他们谁也没想到,陈嘉庚带来的是制造海蛎罐头专用的成套机器设备,是他花了七千多元从新加坡购买的。他还从日本请来制造罐头的专家,准备利用家乡集美丰富的海蛎资源,生产罐头,为乡亲们打开一条致富之路。他当着大家的面宣布了自己的打算。他还说:如果可能,他想联合各房办一所小学。办罐头厂大家赞成,一下就议论开了;对联合办学的事,就没人吭声了,人们各有想法。

几天后,罐头厂开始动工兴建,两个月后,就试生产了。这是闽南第一家海蛎罐头厂。没想到,集美的海蛎生长期短,过于鲜嫩,不能经受高温加工,生产出的罐头竟然都不合格。陈嘉庚开办罐头厂的计划失败。他只好把机器折价与友人黄世金、殷雪圃等合作,另组大同罐头食品厂。

罐头厂没办成,陈嘉庚开始他的办学计划。办学,其难度远超过创办罐头厂。罐头厂失败了,办学的前景如何呢?谁也说不准。

陈嘉庚日夜苦思办学之路。他经常到集美社各地走走,到邻村拜访亲朋好友。所见皆同。到处都是赤身裸体、光着屁股的孩子,粗言野语相互谩骂,成群结队打架斗殴;还有的聚在一起,赌博抽烟。看到这一切,陈嘉庚十分难受。他问乡里人,为什么孩子如此野蛮,得到的回答都一样:旧学荒废了,新学没钱办。孩子没地方读书,无所事事,不学好,怎不学坏?陈嘉庚心想:如此下去,用不着十年八年，这些孩子全都会变成粗俗蛮横的野人。乡村所见更坚定了陈嘉庚开办小学的决心。

陈嘉庚也到鼓浪屿拜访同船从新加坡归来的林文庆博士。林文庆是陈嘉庚的好朋友，祖籍福建海澄。他生在新加坡，留学英国，但一直心系祖国。他是荣获英女皇奖学金的第一华人。林文庆是医生，学贯中西，掌握好几种语言，是个大学问家。他第一个在马来亚开办橡胶种植园，是马来亚试种橡胶的第一人。他对陈嘉庚发展橡胶业帮助很大，陈嘉庚称他是"马来亚树胶之父"。林文庆对教育极为关心。他喜欢孩子，经常有小孩子跑到他的别墅讨咖啡喝，听他讲国学。此次，陈嘉庚是特地向他请教兴学之事来的。林文庆滔滔不绝地讲了一番道理之后，说："我国教育落后，民智不开，长此以往，国家将衰败沉沦，诚可痛也！"陈嘉庚觉得林博士关于教育的宏论过于悲观，但很深刻，他从中得到启示。他进一步认识到：教育不仅仅关系到一个村、几个村孩子的未来，更重要的是关系到国家的前途，民族的命运。陈嘉庚对林文庆说："诚如林博士所言，小弟以为当务之急是兴办教育。教育兴，民智开，共和基础则可巩固。近日小弟常常在想自己怎样才能尽国民一份子之天职。小弟是一介商人，没有什么才能可以参加政务或公共事业，只有这些年赚到的一点钱。所以，小弟想在家乡集美办一所像南洋那样的新式小学。请问博士，可否？"林文庆高兴地站起来，连声说："好，好！可也！岂有不可之理？"林博士还一再强调：办学，一定要办新学。

所谓新学就是新式学校，新学是对旧学而言的。我国自古以来就有官办的太学、书院和民间的私塾，读的是四书五经、《幼学琼林》之类的经典古训，统称旧学。鸦片战争后，随着洋务运动的兴起，出现了一批洋务学堂，称新学。1896年，也就是清光绪二十二年，有人建议清政府推广欧美的学校制度，在府、州、县设立学堂，选十来岁的俊秀子弟入学；各省设立省学，选25岁以下的学堂生入学；京城北京设立京师大学，选30岁以下的贡生入学。三类学校均以3年为期。建议者希望通过建立新学体系，培养于国有用的人才。

一个县办一所小学，一个省办一所中学，全国办一所大学，实在少得可怜，但在当时这却是一项要捅破天的大变革，清廷不予采纳。直至清光绪三十年，慈禧太后迫于各方面的压力，才下文改革学制。于是，同安县出现了第一所新制的县立小学。随后又先后办起四所新制私立小学。

这几所新学，办是办起来了，但都办得很糟，用陈嘉庚的话说，叫"半死不活"。那所县立小学，经费多，条件好，按理应该办得好，可办得更糟。原因是学校权力全操在县长手中，由县长委派校长；教员由校长招聘，招生也由他一人独揽。那时政局动荡,县长更换如走马灯。县长一换,校长也换,教员、学生跟着树倒猢狲散。十年不算长,但已变换多次;十年不算短,但始终没有学生学成毕业。其他四所私立小学,经费很少,办学状况可想而知。

陈嘉庚决心改变这种落后腐败的教育状况,在集美创办一所全同安县最好的学校,而且是最好的新学。林文庆博士是对的。过去那种只知古、不知今,只知有天下、不知有万国的私塾再也不能办了。要办新学,不但要教语文、算术、自然、地理、历史,还要教音乐、美术、体育;要分级分班教学。然而,要做到这一切,没有一定的规模不行。所以,第一件事应该是解散私塾,把全社联合起来,共同办学。

集美这个地方,虽说山清水秀、人杰地灵,可近几十年来文化废坠,野俗日甚,无亲无疏,强弱相凌。据陈嘉庚所知,他离家这些年,村社里又械斗多次,死伤数十人,村里各房积恨甚深,彼此视为寇仇。像18年前创办"惕斋学塾"时一样,陈嘉庚必须先化解村民间的新仇旧恨,才能让他们坐到一起来。

陈嘉庚走东家,串西家,费尽口舌,动之以情,晓之以理,许之以利,好不容易说动了各房的老大。大家同意捐弃前嫌,联合办学。一个大难题终于解决了。

要办新学,就要聘请受过专门教育的人才来当校长和教师。可是,在当时同安的20万人口中,有师范毕业生资质的仅仅四人,其中还有一人已改行从商。陈嘉庚央三托四,费尽周折,不惜重金才聘来其中二人。陈嘉庚委聘其中一个叫洪绍勋的当校长,另外再聘三名教员。就这样,一个教学班子组成了。就这样的班子,还是当时全县各校中最强的呢。

1913年3月4日(农历正月廿七日),陈嘉庚创办的第一所新式学校——乡立集美两等小学校正式成立。全校共招学生135名,分高等一级,初等四级,共分5班。集美社各房头塾馆的学童全都入学读书。

学校借用大宗祠、诰驿(宗祠的照屋,曾为驿站)、二房角祖厝等地方分散上课。3月10日(农历二月初三),集美小学在宗祠前的埕场上举行开学式。在开学典礼上,陈嘉庚致辞。他以自己亲身的经历讲了私塾的弊端和新学的意义,希望大家好好学习,学有所成,将来成为有用之才。

闽海之滨的小渔村集美响起了第一声新学的学钟!这钟声宣布了集美小学的开端,也宣布了集美学校的建立;这钟声标志着陈嘉庚长达半个世纪艰苦的兴学历程的开始!

3. 填池建校

　　学校开学了,摆在陈嘉庚面前的另一个难题是择地建校。集美三面临海,空地很少,从西边的龙王宫到东边的鳌头宫,陈嘉庚不知来回走了多少遍,也没找到适合建校的场地。陈嘉庚好不容易才选定"诰驿"后面的一块空地。可是他一提出来,就遭到剧烈的反对,理由是有碍风水,万万使不得。陈嘉庚只好另想办法,选中本房的一块荒地。他自忖本房的地应该好办一些,没想到一样难办。因为这荒地上有几个坟墓,惊动祖先,儿孙不得安宁。这种事谁也不干。宁可孩子读不成书,也要保住先祖的坟地,保住祖宗的风水。村民愚昧至此,真使陈嘉庚痛心。但陈嘉庚没有灰心,相反,他办学的决心更坚定了。他说:"国民如此愚昧,如不改变,难逃天演之淘汰。""要治国民的愚昧,舍教育莫为功。"

集美两等小学木质校舍

他又想到他父亲荒废的花园,在那里建小学校舍确实比宗祠前的高地、祖厝废墟都好。然而,他转念一想,那废弃的花园现在是无人问津,可一旦他提出要用那土地建校舍,能沾上边的人势必都会出来说话,争着要讨自家的一个份额。人多口杂,事情更为难办。

陈嘉庚无计可施,心情变得有些焦躁。一天,他来到海边,坐在一块石头上,瞪着前方出神。眼前是村西一片用海堤围起来的海埭,原是多家合伙的大鱼池,因为有时海水会破堤而入,池内养的鱼大都被海水冲走,鱼池已经半废。陈嘉庚看着看着,池中的水在阳光下闪闪发光,那亮光刺得他眼睛发痛。他突然感到眼前一亮,心中豁然开朗。这鱼池,面积数十亩,做小学用地不正合适吗?这鱼池,他经常打从旁边过,怎么一直没注意呢?他自言自语道,"对,就打这鱼池的主意。"果然,出乎意料地顺利,因为鱼池无关祖宗风水,也没有先人坟墓,和人打交道总是比较容易的。他找到族长,老人家很乐意帮忙;找来股东,为公家的事,大伙也没什么话说,无非是多几个钱少几个钱的问题。该用的钱陈嘉庚不会吝惜。陈嘉庚终于用 2000 元轻而易举地就把鱼池买下。真可谓是:踏破铁鞋无觅处,得来全不费工夫!

陈嘉庚找来工人,亲自指挥筑岸设闸,开沟排水,搬土填坑,终于筑起一片平地。接着他又花了 14000 元,盖起一座木质校舍,并辟了一个大操场。这是陈嘉庚兴建的第一座校舍,也是集美学校的第一处校产。

就陈嘉庚当时的财力而言,花一两万元办学是他力所能及的事,但也并不轻松,1913 年他企业的全部盈利也只 3.5 万元。重要的是:他创办的乡立集美两级小学的意义重大,它标志着闽南地区,乃至整个福建省,教育发展迈出了一大步,标志着这个地区教育发展取得了一大成就。

1922 年,陈嘉庚为这所具有开创意义的集美小学立了一块石碑,并亲自撰写碑文,记述创办集美小学的动机和经过。碑文的开头写道:"余侨商星洲,慨祖国之陵夷,悯故乡之争斗,以为改进国家社会,舍教育莫为功。"可见,他兴办教育,既为家乡,也为祖国。他已把兴学看作改造国家、改造社会一个无可替代的手段。

新校舍是木结构的平屋,中间有一高高隆起的尖顶,上有一个大圆框,准备放一个大钟。教室宽敞明亮;黑板、讲台、桌椅、窗户玻璃一色全新。搬进新教室,教师满意,孩子们更是高兴。

小学办起来了,校舍建起来了,陈嘉庚感到无限喜悦。但这其中包含的艰辛,只有陈嘉庚自己才知道。他说:"过去只知道赚钱难,现在才知道有时花钱比赚钱还难。"不了解他的外人还笑话他是在花钱买罪受。

然而,不管怎么难,陈嘉庚成功了。困难和成功,使陈嘉庚对办教育的认识深化了,眼光也放得更远了,他胸中展开了一幅更加宏伟的兴学蓝图:首先是要让女孩也能上学,还要办中学,办师范,办农林医工商专门学校,还要办大学……然而这一切,都需要钱,数十万,数百万,数千万的钱,而自己现在一年所得才有数的三两万元,扣除新添资本、义捐、家费,他囊中所剩更是有限。他真可谓是心雄力薄呀! 教育之命脉系于经济。为了实现兴学的宏愿,他必须更辛苦地去挣钱、聚资。

于是,1913年9月,他便告别师生,第五次踏上出洋之路。他从海摆码头登上一艘开往厦门的木帆船。在船上,他回头凝望集美,小学被山坡遮住了,看不见,但他清晰地听到从学校传来的有节奏、悦耳的钟声……

【二】1913—1923

大开拓 大发展

4. 化危为机

陈嘉庚第五次出洋,路经香港。他惦记着新建的木质校舍的塔尖的圆框还空着,便花了 800 元买了一个大时钟,寄回集美。他交代:把钟装上以后,让全校的师生员工在校舍前照相,寄到新加坡给他。

陈嘉庚看到这张照片,心里有说不出的高兴,同时,又有一种非常的紧迫感。他仿佛听到那时钟在滴滴答答地响,伴着时钟的节奏,他又仿佛看到照片中孩子们一张张稚气的脸在不断地长大。这一切都在催促他快快地赚钱,多多地赚钱,赶快实施他兴学的下一步计划。女子小学是一定要办的,中学也不能拖延,师范更是紧迫。这些都需要钱呀!可是钱在哪里呢?

这一年各业意外频出。他在新加坡北柳港的菠萝罐头厂因海水倒灌,淡水

陈嘉庚在新加坡的部分工厂

变咸,而经理事先没有觉察,更没有采取预防措施,损失3万多元;他耗资5万多元在柔佛笨珍港开发的祥山种植园突遭虫害,不得不放弃,损失惨重。菠萝罐头业是陈嘉庚的支柱产业之一,其产量占全新加坡该行当的一半。但那年头,产品积压,市价大跌;生产越多,损失越重。1913年,他全年获利总共只有3.5万元,扣除办海蛎罐头厂失败造成的损失和创办小学的费用,他所剩无几。

1914年生意更是艰难。这年,第一次世界大战爆发,海路梗阻,军运为先,陈嘉庚各工厂生产的罐头、熟米运不出去,被迫停产。客户欠的钱收不回来,而工人的生活费、工厂的日常经费仍要照常开销。陈嘉庚银根拮据,艰难维持,苦不堪言!他焦虑万分,长此以往,不单办学成泡影,连企业的存在都成问题。

十年前,他父亲企业破产,陈嘉庚面临他人生的第一次危机。陈嘉庚诚信经营,巧妙应付,终于从危机中挺立起来,成为商界的一颗耀眼的新星。面对眼前的危机,难道这样的商场宿将会束手无策?

1914年冬,他利用航运稍松的机会,把存货抛出,到年终结账仍得净利4.5万元。航运的紧张使很多企业倒闭,可陈嘉庚慧眼独具,从危机中看到商机。1915年,他开始租船,从两艘增加到四艘,不仅运自家的货物,还为政府运送枋木到波斯湾。为政府运货,不仅能得到政府的保护,而且因为要求不紧,往返一个航次时限是两个月,宽松从容,他可以多安排航次,承运其他货物。年终结账,竟获净利45万元。

1916年,陈嘉庚决定扩大航运业,开始买船。同时,他把无利可图的罐头厂及时地改为制胶厂,把库存的原准备制罐头筒的白铁片售出。因白铁片涨价,卖得好价钱,所得的盈利比生产罐头还多。这一年,陈嘉庚得净利50多万元。

在生意场上一片惨败中,陈嘉庚一枝独秀。他乘胜挺进,1917年,再添客轮一艘,加上其他各业的盈利,全年得净利90多万元。

1918年,两艘轮船先后被德国潜艇击沉,陈嘉庚得到保险公司赔款120万元,盈利极为可观。

四年中,陈嘉庚各项经营共获利450多万元。

陈嘉庚挣钱是为了办学。他没钱时想办,钱少时小办,钱多时就想大办。

早在1916年,企业刚有转机之时,陈嘉庚就迫不及待地要在集美创办师范及中学,首先是女子小学。当年10月,陈嘉庚就派胞弟陈敬贤带着他们共同商定的兴学计划,从新加坡回到集美。同行的还有陈敬贤的太太王碧莲。临行前,陈嘉庚千叮咛万嘱咐,说:"钱,需花的,十万百万不足惜;不该花的,一分一文也要省。"他指着集美小学师生的合影对王碧莲说:"碧莲,你看,照片上一个女孩都没有。要办女小。这全仰仗弟妹了!"陈嘉庚对他们此行的使命之艰难早有所料,一再叮嘱他们"心要诚,行要毅"。

[二]1913—1923　大开拓　大发展

5. 王碧莲受命办女小

晚年的王碧莲

陈敬贤夫人王碧莲一回到集美，就开始操劳创办女子小学的事。创办女小是对千年封建传统的一种挑战，是一场革命。动员一个女孩入学，就其意义和难度而言，不亚于迁一处风水，搬一座坟墓。陈嘉庚把创办女小作为创办小学之后兴学计划的又一步，是一项深思熟虑的谋划，把这个任务交给王碧莲也是他知人善任的高招。

王碧莲出生于1890年，比陈敬贤小一岁，同安仁德里珩山人。她家世代簪缨，其父王安顿是清朝海军三品武官，驻守厦门，勤政爱民，深受百姓拥戴。王碧莲从小受到良好教育。她二十岁嫁到陈家，成了陈敬贤的太太，以后，又随夫住新加坡多年，见多识广。她心地好，对人和颜悦色；办事干练，亲力亲为；说话通情达理，人人钦服。所以，陈嘉庚选她担纲创办女小。

当时，村社中重男轻女的陋习处处可见。村民虽然说不出"女子无才便是德"这样的古训，但都知道女人最重要的是"女德"，女人要规矩、勤快，读不读书不要紧。经过一段时间的了解，王碧莲对村社的情况和村民的想法有了更深的了解，也越来越感到大伯陈嘉庚给她说的话句句在理，他交代要她特别注意的事，一件件都应验了。她从心底钦佩：大伯真是料事如神呀！

因为有大伯的提醒，她一开始对劝学的难度就有足够的思想准备。为此她专门请人做了一张小板凳，又备了一些小礼品，还干起剖海蛎、剥豆子等农家活。她走东家，串西家，一登门，先寒暄，接着就坐在自带的板凳上，帮着干点活，一边

15

跟主人聊家常,慢慢引入正题。只要气氛不对,她就告辞,留点小礼物,准备下次再来。为争取一个女孩入学,她往往要数次登门,劝说一家几代人。有的女孩子裹足,王碧莲劝说家长为其松脚。她把女孩的脚放在自己的双膝上,强忍着裹脚布散发出的阵阵恶臭,一层一层地将其解开。王碧莲知道,我们国家落后是因为教育水平低下,所以爱国就要振兴教育。但这样的大道理不能直接给村民说教,他们听不懂。因此,她给他们讲故事,讲不识字怎么受骗,怎么被欺负;讲不识字只能干苦力,一辈子当牛做马;不识字,连给亲人写一封信都得求人。她的话通俗平白,浅显易懂,加上她不摆架子,人缘好,乡亲都跟她谈得来。

集美社靠东临海有一间四面漏风的破瓦房,里面住着一户人家。家中只母女两人,母亲张氏,三十岁左右;女儿叫小螺,八九岁。母女二人相依为命。王碧莲多次碰到小螺,问过她的话。小女孩很精明灵巧,她告诉王碧莲自己也想上学,但母亲不答应。王碧莲决心说服张氏让小螺上学,便不厌其烦地进出她家。但每次谈话,张氏都像一个木头人,脸上没有一点表情,任你怎么说,她一言不发。尽管如此,王碧莲不灰心,坚持劝说不放松。有一次,王碧莲给她讲不识字受骗的故事,张氏竟泪如雨下,泣不成声。原来,她丈夫不识字,有人约他到南洋发财去,他信以为真,就在别人给他准备好的一张什么字据上盖了手印,糊里糊涂地被人当猪仔卖到南洋,一去七八年,连个音讯都没有。王碧莲的话勾起了她深藏心底的苦痛,打破了她的五味瓶,她不由自主地放声哭叫起来:"那死鬼要是识字,我们母女怎会这么苦哟!"

王碧莲觉得有了转机,就向她说起让女儿上学的事。但一提到让女儿上学,张氏又没话了。任你怎么说,她只是摇头。王碧莲只好告辞。

集美人以渔农为生,对女孩上学的事都抱有很现实的想法。他们认为女孩长大要出嫁,一出嫁,就是别家人。让女孩读书,花钱不说,连工都白搭。家中有个女孩,大人在家出门,上山下海,都有个"替手"。女孩一上学,家中没人捡柴草、剖海蛎、带弟妹,大人就没了左膀右臂,所以都不愿意让女孩上学。王碧莲意识到,和多数集美人的想法一样,张氏说不出口的话是家庭生活的实际困难。

她向陈敬贤谈起自己的想法,陈敬贤觉得很好,立即写信禀报陈嘉庚。陈嘉庚同意他们的建议,决定:女孩上学,和男小的学生一样,一切费用全免;此外,根据不同情况,每月另发津贴二至三元。二至三元,可顶得上一个粗工半个月的工钱呐!当王碧莲带着这个消息再次出现在张氏家中时,问题就迎刃而解了,半是因为王碧莲为张氏解决了实际困难,半是王碧莲的真诚、耐心打动了张氏的心。她对王碧莲说:"你们真好,花钱雇人读书。叫我说什么好呢?我要再不领情,还算人吗?"

　　张氏送女儿上学的消息一传开,在村社中引起不小的震动。不少人心中不服气,但还得跟着走,说:"连她女儿都上了学,我们还能不上?"

　　就这样,王碧莲招得60名女生。1917年2月,集美女子小学假"向西书房"作校舍,正式开学。集美社的女孩子第一次背着书包走进校门,这是过去千百年来从未见过的景象。

6. 难忘1918

在王碧莲筹办女子小学的同时,陈敬贤也紧锣密鼓地按照其兄陈嘉庚的计划,忙着创办师范和中学。

他首先着手进行的是校舍建设。因为有过去的经验,村民们也都热心相助,征地没碰到太大麻烦,而且征得的地块都在较理想的高地上。校舍的图纸是根据陈嘉庚的设想,在新加坡就请人设计好了的,承包商也是陈敬贤从新加坡带来的。校舍建设很快就启动。工程开始后,陈敬贤天天五点起床,巡视工地,无一日间断。工程进展很快,一座座高楼拔地而起,日日见长,那景象真是壮观。

最麻烦的事仍然是选择合适的校长和称职的教师。因为痛感教师奇缺,陈

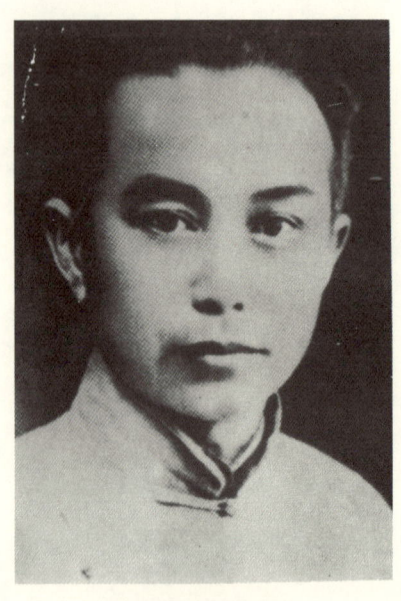

英气勃发的陈敬贤

嘉庚才决计首先创办师范中学。但是,缺鸡蛋才养鸡,养鸡首先得有鸡蛋呀!为了聘请有相当资质的校长和教师,陈嘉庚从新加坡写信给上海江苏第二师范学校校长贾丰臻,托他代聘校长和教员。贾丰臻仰望陈嘉庚盛名,满口答应,并承诺1918年春聘校长和教员到集美开办师范中学。果然,没多久,学校就派专人到集美筹备开学的一切事宜。开学后,首任校长王绩,字丕嘉,带所聘教师到校。

可这校长和所聘来的教师和集美小学原来的教师一比,不仅不见其长,反相形见绌。陈敬贤见状,大失所望。幸好,合同只签试用半年,陈嘉庚和陈敬贤决定试用期满,就不再延聘。因此,陈敬贤必须在下学期开学前觅到新任校长和教师。

于是1918年5月,师范中学开学不久,陈敬贤便出发到江西、浙江、江苏等

省考察延师。他历经7省,远达北方的山东、河北。那时交通不便,车船马轿,长途跋涉,风尘仆仆,颠簸劳顿,他身体本来就比较虚弱,苦累不打紧,重要的是身体吃不消。

在上海,他见到一位应聘的先生,江苏人,名侯鸿鉴,雅号葆三。陈敬贤以优惠的条件诚聘他出任集美师范中学校长。侯先生欣然同意,并答应为学校招聘所需教员。秋季开学前,侯校长到校,还带来一批教师,都是江苏人士。

校舍建设日新月异,经过一年左右的建设,到1918年上半年,新建筑接二连三地落成了。在这批建筑中,有大礼堂、教学楼、宿舍楼、水塔、电灯厂等。其中有三座楼,楼身是多层的洋房,长十数丈,正面有长长的骑楼,也有人称其为走廊;上面是中国式的大屋顶,飞檐翘脊斜坡,红瓦片。这些建筑规模宏大,气势恢宏,不说集美前所未见,就是在大地方,除非皇宫王府,也不多见。这三座楼分别被命名为居仁楼、尚勇楼、立功楼。这样的建筑后来被人称为嘉庚风格建筑。

陈嘉庚创办师范的目的是"挽救福建教育之颓风"。为避免福建几所师范学校的弊端,陈嘉庚特别注意生源的质量。他交代陈敬贤,要招收闽南地区有才学的贫寒学生入学。为此,他制定了一整套招生办法,由学校委托各县劝学所所长代招符合条件的学生入学,大县五六名,小县三四名。学生到校后,学校组织复试,不合格者坚决退回,决不收容。为保证贫寒学生安心读书,陈嘉庚为师范中学学生提供优厚的待遇。中学生免交学费,只交膳费;师范生学费、膳费全免。师范和中学学生所需的被席蚊帐一律由学校提供。闽南一带甚至广东的学生,得到消息,趋之若鹜,纷纷报名应试。按照这样条件招来的学生,既有才学,又特别用功,入学后,都是品学兼优的学生。因为他们都来自农村,家境贫寒,绝大多数人都乐于回家乡当教师。

陈嘉庚还考虑到海外学生回国上学的问题。在师范中学创办之初,他就特别作出这样的规定:"对回国求学而考试不合格的学生,学校另设补习班以教之。"这是陈嘉庚在祖国创办海外教育的开始。

一切进展顺利,1918年3月10日,集美师范中学正式开学。这一天,各楼张灯结彩,校园鼓乐喧天,鞭炮齐鸣。陈敬贤在会上宣读陈嘉庚特地从新加坡寄来的开校词。开校词说:"凡我诸生,须知吾国今天,处列强肘腋之下,世界竞争之间,成败存亡,千钧一发,非自振兴教育,急起直追,断难逃天演之淘汰。"陈嘉庚的话,字字铿锵,情真意切,振聋发聩,"诸生青年志学,大都爱国男儿,尚其慎体鄙人兴学之意,志同道合,声应气求,上以谋国家之福利,下以造桑梓之庥祯,懿欤休哉,有厚望焉。"陈嘉庚的话洋溢着浓烈的爱国之情,寄托着对青年学子的殷切期望。师生们听罢,无不热血沸腾,台下掌声雷动。

4月,学校颁布陈嘉庚、陈敬贤兄弟亲立的"诚毅"校训。在颁布仪式上,陈敬贤揭开罩在一块大木匾上的红丝幔——油黑的底色衬出两个阴刻鎏金大字:"诚毅",右下方的落款是陈嘉庚、陈敬贤敬立。全场掌声经久不息。"诚毅":诚以待人,毅以处事。这是陈嘉庚兄弟为人处世的人生哲学,是他们事业成功最宝贵的精神成果。

《集美学校校歌》也同时颁布,全场师生同声歌唱:"闽海之滨有我集美乡,山明兮水秀胜地冠南疆……"这歌声像阵阵和煦的春风,温暖着每一个人的心;又如一通通的战鼓,激励着莘莘学子为挽救祖国于危亡而勤奋学习。《校歌》由学校教师许振源选曲,黄鸿翔作词;后又经几次修改,现在流行的是1933年集美学校20周年校庆修订的版本。

1918年是集美学校发展史上一个特别重要的年头。这一年是集美中学的始创之年,集美大学的起始之年,也是陈嘉庚在祖国兴办海外教育的起步之年;这一年是集美学校校训、校歌的诞生之年,也是嘉庚建筑问世之年;这一年是集美学校优良的办学思想、办学理念、办学制度、办学传统的发端之年。

1918年是难忘的一年。

陈嘉庚、陈敬贤兄弟为集美学校制定的校训

[二]1913—1923 大开拓 大发展

7."勿忘中国"

20 年代的陈嘉庚

　　1919 年 4 月,陈敬贤应陈嘉庚之召,到达新加坡。陈嘉庚兴学,端赖实业所得的利源。兴学,如翻越崇山峻岭,步步艰辛;经营实业,如黑海洋行船,时时都有风险。兴学在国内,实业在海外,兄弟二人,海内海外,兴学实业,交替进行。两人就像走马灯一样,你来我往,难得相见;即使见面,也是聚少离多。陈敬贤刚到新加坡,陈嘉庚就准备回国。

　　兄弟见面,手足情深,无话不说,诸事如意,甚感欣慰。兴学,虽有困难,进展还算顺利;生意,有惊无险,四年获利 450 万,在新加坡算是一枝独秀。现在手中有钱,陈嘉庚便要去实现他多年深思熟虑形成的计划。他告诉敬贤:"兄此行回国,想长期居留国内,兴办教育,聊尽国民一份子之义务。"他和敬贤商定:把他们在南洋的所有不动产捐作集美学校的永远基金,其中有橡胶园 7000 英亩,货栈、店屋地皮 150 万平方英尺,价值数百万元。第二天,他请来律师,按新加坡英国政府的条例,办理财产移交手续。

　　几天后,陈嘉庚设宴招待同业。陈嘉庚请客,被传为珍闻。他虽是家资数百万的巨富,但生活极为澹泊。他对请客送礼、挥霍浪费深恶痛绝。他请客,因为他有重要举措要公之于众,他希望自己的计划能得到同仁、同业的臂助,社会的支持。

　　新加坡四月的黄昏,热带灼热的暑气慢慢消散,从加冷河吹来的海风,给人

21

带来阵阵清爽。加冷河畔陈嘉庚恒美米厂的晒场上,耀眼的灯光下,几十张餐桌摆成二横三纵的阵势,组成一个硕大的"中"字。"中"乃"中华"之"中"也。主人用心良苦,他想告诉人们"勿忘中华"。这是宴会的主题。宴会上,吃的是中国菜,喝的是中国酒;出席宴会的全是中国人,说的是中国话。陈嘉庚巧妙的安排激起身处异国他乡的中华儿男绵绵的乡思和国愁。

陈嘉庚与宾客亲切地交谈。陈嘉庚说:"经过多年的观察和思考,小弟觉得欧美诸国之所以国强是因为教育强;教育之所以强是因为不仅政府办学,更重要的是民众办学。美国有大学三百所,商家办的就有二百八九十所。小弟以为,要振兴中国,首先要振兴教育;要振兴教育,光靠政府不行,要全民都来办学,特别是富人要多尽义务。南洋华侨中有不少百万富翁,千万富翁。要造成这样一种风气,使他们热心教育,愿意为教育作贡献。勿忘中华。"

"说是这个道理。可做起来难呀!"

"这首先要有人号召,有人带头。要有伟人登高一呼……"

"我看登高一呼而英雄云集的伟人还没有出世呢!"

"我看嘉庚想当这个英雄。"有人私语道。

不知是凑巧,还是陈嘉庚耳尖,他听到此话立马作出回应,他说道:"我不是英雄,但我可以有自己的作为。我已经做好打算,要把自己的全部财产捐出来,并且亲自回国办教育。我相信,只要做出成绩,就一定会有人跟着做的。"

"嘉庚此举真是振聋发聩呀!"

"孟浪。我看未必。"

群贤毕至,宴会正式开始。陈嘉庚致辞。他说:"小弟不日将回国,此后在洋与诸君相会之日甚短,而相离之日甚长。"他的话多少引起大家伤感之情。"……身处竞争社会,要有竞争意识。竞争才能进步。竞争不仅表现在商场上,还应表现在尽社会义务上。小弟在此向诸位郑重宣布:此后本家生理及产业逐年所得之利……虽数百万元,亦尽数寄归祖国,以充教育经费,是乃小弟之大愿也。"

陈嘉庚把自己的不动产全捐出来,把可能得到而还未得到的钱也捐出来,古今中外可有这样的人?对此,有人感慨,有人振奋,有人怀疑,有人看笑话。

陈嘉庚把陈敬贤介绍给大家,说:"今后此间诸务合盘交托舍弟敬贤,望各位同心协力。"陈敬贤并非生人,大家报以热烈的掌声。最后,陈嘉庚举起酒杯,说:"干,干,为祖国干杯!"

拜别同仁、好友,陈嘉庚离开新加坡。6月底到达集美。7月13日,他在厦门邀集地方贤达、要人开会,公布自己创办厦门大学的计划,并宣布认捐开办费

100万元,常年费300万元,共400万元。这400万是国币,按当时的汇率,一元国币合两元多叻币(即新加坡币),400万要折合800多万叻币,而陈嘉庚当时积存的资产总额仅400多万元叻币,是他资产总额的一倍多。这400万,相当于陈敬贤1918年在集美主持兴建的居仁等三楼及其他校舍的全部开支并师范中学开办费及学校的全年经费总和的13倍。400万是个天文数字!是一座金山!他如此奉献,只为了他那不改的情怀:"勿忘中华!"

一年前,陈嘉庚通过《集美学校校歌》号召集美学校师生"诚毅二字中心藏,大家勿忘,大家勿忘!"

1919年,陈嘉庚向海外同仁高呼:"勿忘中华!"

1921年,陈嘉庚选在5月9日国耻日为厦门大学奠基,告诫莘莘学子"勿忘国耻!"

百年往事

8. 三次驰书聘叶渊

叶　渊

从 1913 年创办集美两等小学开始，直至女小、师范中学创办，最让人头疼的是聘请校长和教员的问题。几年来，陈嘉庚虽然不在集美，但通过与陈敬贤的书信联系，集美学校发生的一切他都了如指掌，其中的许多大事，包括校长的聘用，他都直接参与，亲自决策。在他回集美之前，仅 5 年时间，集美小学就三易校长。1913 年，集美小学创办时，陈嘉庚亲聘洪绍勋为校长，不到两年，洪绍勋辞职，聘洪应祥为校长。1917 年王碧莲创办女小，无人任校长，只好请洪应祥兼任。岂料，第二年 11 月，洪应祥在职病故，只好央三托四再把洪绍勋请回当校长。一个小学校长尚且如此，师范中学更是难办。

前面说过，早在师范中学开办之前，陈嘉庚就托上海江苏第二师范学校校长贾丰臻代聘校长和教员，结果让人大失所望，陈敬贤不得不亲自北上延师，聘得第二任校长侯鸿鉴。侯鸿鉴校长和他带来的教师比前一批好一些，但问题不少。侯校长坦诚承认招来的教师不如人意，答应假期亲往上海招聘好的教师。陈敬贤写信向陈嘉庚报告。陈嘉庚觉得校长的意见不妥，回信告诉陈敬贤："教师要及早物色，不要等到假期才动手。到那时，好教师早被人聘定，绝无待价而沽之理。"果然如陈嘉庚所料，侯校长寒假从上海归来，两手空空。他十分无奈地说："好教师难觅。"他自己也因生活不适应等等原因提出辞呈，暑假后就卸任。

1919 年初，著名教育家黄炎培到新加坡。陈嘉庚曾资助黄炎培创办的中华职业教育社一万元，两人关系很好。陈嘉庚委托黄炎培代聘校长、教师，黄炎培

· 24 ·

满口应承。但当年6月陈嘉庚回到集美时,发现一切仍无着落。陈嘉庚一再催促,直到8月底临近新学期开学,黄炎培才聘到校长和5名教师。这新校长名叫陆规亮,江苏人,来校不到一月,竟因思念远方老母,寝食难安,辞职而去。黄炎培感到非常对不起陈嘉庚,连连表示歉意,临时又改荐一位叫池尚同的为校长。

这第四任校长池尚同,字宗墨,浙江人,北京高师毕业,祖籍泉州,会说闽南话,从基本条件看,是个不错的人选。9月,池校长到校。因为他是黄炎培介绍来的,陈嘉庚特别厚待,另外,鉴于以前的教训,他对校长人选的考察也格外用心。池校长一到,陈嘉庚便约他交谈,可池校长给陈嘉庚的第一印象不佳。交谈中,陈嘉庚看出此君思想不敏锐,没什么见地。此后,他又留心考察他对校务的处理,发现他无所作为,无所建树。作为校长,面对当时教师紧缺的局面,他应该在招员方面有所表现,可他既招聘不到教师,也没一个交代。在为人处世方面,池校长也欠周全,和同仁不合。综合一段时间的考察,陈嘉庚觉得池尚同才干平庸,充其量只能当个小学校长,要让他承担日益发展的集美学校校长重任,恐难孚众望。但师范中学成立不到两年,已换了三任校长,这第四任的更换必须慎之又慎,否则,有损集美学校名声。

陈嘉庚心中着急,但从不对人谈起,也没有任何动作,而是静观其变。池校长担此重担,也觉得力不从心,捉襟见肘,上任只半年,便因与教师发生争执,于1920年3月以出国留学为由提出辞呈。陈嘉庚婉劝但不挽留。

不称职的池尚同要走了,陈嘉庚感到庆幸;但没有校长,学校可怎么办?陈嘉庚并不着急,因为他心里有底。从过去四任校长的教训中,陈嘉庚得出一个结论:要慎选校长。同时他也清楚地看到,校长不能用外省人。原因是好校长大多不待外地聘请就被当地聘用了;另外,好校长机会多,一般不肯离乡背井到千里之外去任职;好校长,即使来了,也会因水土不合,思乡恋家,或旧校催返等等原因,未待学期终结就辞职或请假回家。此外,聘外省人为校长,势必带来大量外省教师,给学校带来不稳定因素。陈嘉庚下决心选本省人为校长,并托人寻觅合适的人选。

1920年4月30日,经思明县(现厦门市思明区)教育局长黄琬(孟珪)介绍,陈嘉庚在厦门认识一位安溪才子。这人姓叶,名渊,字采真,1917年北京大学法学系毕业;1919年任过洪濑留守司令和安溪县知事。陈嘉庚见他方脸大耳,一面英气,觉得他确是个人才。两人初次见面,交谈就甚是投机。为进一步了解,陈嘉庚邀请叶渊到集美参观,参观毕,又亲自送他回厦门。在往返的汽船上,陈嘉庚一边介绍集美风光和他的办学理念、兴学规划，一边观察叶渊的举止谈吐。陈嘉庚觉得叶渊有才干，有负责精神，是个难得的栋梁之才，因而大有相见恨晚之感。于是，他当机立断，聘请叶渊为集美学校校长。

陈嘉庚对叶渊说："采真先生是我闽省大才，若先生肯为吾省教育尽力，负起小弟创办的集美学校校长之职，实乃小弟之大幸，亦集美莘莘学子之大幸也！"

叶渊对陈嘉庚的器重和真诚相邀由衷地感激，但他的志向是银行业，教育非他志之所在，于是，一番客气话之后，便婉言谢绝。

陈嘉庚不仅素具识才慧眼，而且有追才的最大诚意和耐心。他对叶渊紧追不放。第二天，即5月1日，他便用"厦门大学筹备处用笺"给叶渊写了一封长信，洋洋洒洒数千言，对叶渊提出的问题一一作答，字里行间洋溢着让人不能不心动的真情。

针对叶渊说的他志在银行，不在教育，陈嘉庚写道：现下的银行，实际是钱庄，离叶渊追求的目标尚远。他强调说："把握集美学校之教育，其造福于乡里国家，岂是一银行可同日而语哉？"

叶渊说他所学专业不对口，不具当校长之才。陈嘉庚写道：有才无才，有学问没学问不在于原先学的是什么，欧美许多伟人原先也不是政治家。他对叶渊说，凭他的才学，任校长没问题。他说："先生受高等之教育，必存高等之爱国心。权其轻重，何事为先，先生自有决断。敢以为请，千万勿复客气，至荷至幸……"

他又对校长的权限、待遇、家眷膳宿以及现下学校校长、教员、学生等情况一一作了介绍，既有爱国的大道理，又有无微不至的人文关怀，动之以情，激之以理，许之以利，叫人没有不接受之理。最后，他说：校中所有的教师连同前后几任校长，论资格，没有一个比先生高；论学问，没有一个像先生这样学贯中西；论才力，没有一个像先生这么完满。他还特别强调说：本地人办本地事；本地人八分才胜外地人十分。

叶渊读信，情动心跳，原先的一切想法尽丢脑后，立即回信，答应应聘担任集美学校校长。信下的日期是5月2日。5月3日，陈嘉庚收到回信，又给叶渊写了一封长信，表达对他应聘的兴奋之情。信中更详细地谈到学校校务及其改革等等问题。他还在信中写道："对于改革之事，勿遽激烈，审时度势，一步又一步，数月之后不期效而效。"显然，陈嘉庚也看到叶渊性格上的弱点，事先予以警示。

5月10日，陈嘉庚亲笔立下聘书，敦请叶渊为"集美师中商水产学校并附属两等小学校校长"。

5 月 14 日,陈嘉庚又致信叶渊,谈如何把学校办出成绩、办出特色等问题。

7 月,叶渊到校任职,集美学校自 1918 年师范中学创办以来两年四易校长的动荡局面宣告结束。

9. "为了开拓海洋 挽回海权"

1919年9月,集美村口来了一个身体魁梧的年轻人。他手提一只皮箱,眼戴眼镜,西装革履,头发梳得油亮,想是番客,可说话带上海口音。他自称是应陈嘉庚先生之聘来集美学校任职的。于是,被带到校主厝见陈嘉庚。

陈嘉庚热情地请这青年进屋。青年作了自我介绍。他叫冯立民,江苏宝山人,1917年毕业于上海吴淞水产学校。

"知道,知道。"陈嘉庚高兴地说,"冯先生,日本东京水产讲习所学成归来。欢迎,欢迎!我们正盼着你来呢。"

"感谢陈嘉庚先生栽培。要不是您慷慨资助,我也不能到日本留学。"那位叫冯立民的年轻人说。

冯立民

早在1917年,陈嘉庚就萌生了创办水产航海学校的念头。他看到我国水域,船舶穿行如织,但航权均操洋人手里;世界航业注册,我国竟无资格参加。这是奇耻大辱。他认为要振兴我国航业,巩固海权,一洗久积之国耻,必须培育大批的水产航海人才。他计划在集美开办一所水产航海教育机构。1917年,他从新加坡致信上海吴淞水产学校,托代聘一二教师。回信说这方面的教师奇缺,但建议,可以资助该校当年毕业的两三位高才生到日本留学,两年后学成回国即可当教师。陈嘉庚满口应承,照办。眼前这个冯立民就是陈嘉庚资助到日本留学的三人之一。

"还有两位……"陈嘉庚问道。

"张柱尊和侯朝海。他们也会来的。"冯立民答道。

28

陈嘉庚讲了自己对开拓海洋,挽回海权的想法。他一腔爱国热情使初次见面的冯立民大受教育。陈嘉庚又讲了他在第一次世界大战期间,经营航运业的经历和感受。他说:"海洋有无尽的资源。要开发海洋资源,首先要有人才。"

陈嘉庚接着便与他谈了创立水产科的设想。陈嘉庚胸有成竹,冯立民觉得目标明确,任务艰巨,对陈嘉庚的宏才大略从心底叹服。

冯立民遵照陈嘉庚的建议,先后到泉州、漳州一带沿海渔村考察,登上各式各样、大大小小的渔船,深入了解闽南渔业生产及航运情况,特别是闽台间的航运情况。在校,他认真研读,搜集整理各种材料,学校电灯厂停电后,他经常点起油灯继续伏案工作到深夜。最后,他提出筹办水产科的机构及教学设置的设想,招生的办法等等,陈嘉庚甚是满意。

经过冯立民等人几个月的精心准备,1920年2月,集美学校水产科开办,学制四年。首次招生45名。学生入学资格是:旧制高等小学毕业或具有相当的学历或程度,品行端正,身体健全,经考试录取。开学两个月后,再行甄别,以定去留。招生要求十分严格。

为鼓励学生学习水产、航海,陈嘉庚规定水产科学生待遇同师范生,学费、膳费、住宿费全免。学生所需的被席蚊帐,一律由学校供给;学校还发给学生统一的制服。

水产科在居仁楼上课。教室的后墙上方,贴着用美工纸剪成的八个大字"开拓海洋,挽回海权"。那是水产科的办学宗旨。

冯立民虽然只是一位教员,但实际上他是水产科的全权负责人。当年10月,学校便正式聘他为水产科主任。冯立民学有所长,是水产航海方面的专家,更可贵的是,他有强烈的爱国主义思想。他对校主陈嘉庚"开拓海洋,挽回海权"的办学思想完全认同。他对学生说:"我国海岸线最长,渔产最富,而渔业不甚发达,抚躬自问,惭愧滋深!从今而后,甚望国人当仁不让,急起直追,庶几海疆利益,有挽回之希望也!"

冯立民多方联系,争取水产航海方面的同学到集美任教,与他一起留学日本的张柱尊和侯朝海也先后到校执教,是水产科的骨干教师;他对学生严格训练,考核要求极为严格,淘汰率极高,第一组招生45名,毕业仅14名,但这些毕业生都是顶呱呱的水产航海专才,其中多人或由陈嘉庚资助,或自费,到日本留学,学成后大都回母校工作,充实教师队伍。冯立民主张知识与技能并重,重视教学设施的建设。在陈嘉庚的关怀和支持下,水产科于1922年,用陈嘉庚从英国买来的船用引擎,自行设计建造了第一艘实习船,即"集美一号",1922年和1923年两年间,在厦门荣发造船厂建造端艇三条,分别命名为"祖逖号"、"郑和号"和"海鸥号"。

　　冯立民为集美水产航海教育打下了良好的基础。

　　和水产科同时于1920年创立的还有商科。陈嘉庚对我国商业的落后状态有切肤之痛。他说:"我国商业之不振,推原其故,地非不大也,物非不博也,人非不敏也,资本非不雄而厚也。所独缺者,商人不知商业原理与常识耳。吾人深知此弊,以补救之为法,莫善于兴学。"

　　水产科和商科的创立标志着集美实业教育的开始。1921年1月,水产科、商科和中学合称集美学校中学部;同年8月,水产和商科与中学分开,合称实业部。

[二]1913—1923 大开拓 大发展

10. 厦大的摇篮

经过陈嘉庚两年的努力,成立厦门大学的条件日臻成熟,但还是很不完善。当时中国教育界的泰斗、北京大学校长蔡元培主张厦大"不要速办",并通过北京大学校友叶渊力劝陈嘉庚缓行。陈嘉庚认为凡事不能一切完备才动手,不能企望一蹴而就,要先做起来,然后不断完善,坚持要不失时机地把厦门大学办起来。敢于顶住蔡元培的劝阻,硬是把一所大学办起来,除了陈嘉庚,没有第二个人。

1921年4月6日厦门大学举行开校式。虽然厦门大学的校址已确定为厦门演武场,但校舍还未奠基,大学没有一座可容纳学生的建筑。校长原定汪精卫,但汪忙于政务,提出辞呈。新校长虽已选定,但仍在北京,还没到校。

陈嘉庚决定厦门大学暂借集美学校开办。开校式在大礼堂举行,学生在刚落成的即温楼上课。即温楼是陈嘉庚亲自督建的一座三层西式建筑,面积1800

厦门大学开办时暂借的集美学校即温楼

平方米,原为集美学校中学部校舍。

厦门大学是福建省第一所大学。陈嘉庚为拟建中的厦门大学不仅倾其所有,而且倾注了他大量的心血。他"倾资兴学",不是要包打天下,而是希望通过自己的带头和努力,使更多的人热心教育,参与其中。尽管他承担了厦门大学开办的全部费用,和开办后12年的经常费,但他始终不说自己是"创办"了厦门大学,而是说"倡办"厦门大学。他希望别人能理解他的良苦用心,为中国的教育尽力。为了扩大影响,引起社会的震撼,陈嘉庚不遗余力地要把厦门大学的开学式搞得隆重、热烈。

开学式在集美学校大礼堂举行。礼堂外面,彩旗飘扬,锣鼓喧天,一派热烈的节日气氛。礼堂的正中,悬挂着中华民国的五色旗。门柱上扎满翠绿的榕树枝叶,上缀五彩纸花。讲台上方是用鲜花结成的八个大字"厦门大学开幕纪念"。

大会开始前,集美各校师生、厦门大学教职员、厦大新生、省立第十三中学的童子军,共三千多人,排着整齐的队伍在礼堂前集结,唱着歌,进入会场入座,热闹非凡。

为争取各界的支持,陈嘉庚以个人的名义发出请柬,邀请教育界的名流及社会其他各界人士莅临,其中有美国著名哲学家、教育学家杜威及夫人,福建省督军兼省长李厚基的代表视学冯守愚,还有福建省教育厅代表聂文逊,厦门道尹陈培锟,厦门税务司夏立士,鼓浪屿英华书院校长洪显理,省立第十三中学校长黄琬,集美学校校长叶渊等。

开幕式由厦门大学首任校长邓萃英主持。邓翠英,字芝园,1885年出生,福建闽侯人,曾留学日本、美国,师从杜威研究教育哲学,时任教育部参事。因为他的基本条件没有一条不符合陈嘉庚的要求,陈嘉庚毫不犹豫地便同意聘他为厦门大学首任校长。邓萃英陪杜威夫妇一路从北京南来,在开校式举行的前一天,也就是4月5日,到达集美。他主持仪式并报告厦大筹办的经过。

开校式上,杜威发表题为《现代教育之趋势》的演说。他在演说中,对陈嘉庚创办厦门大学的义举表示由衷的敬佩,他说:"中国人多自私自利之心,唯陈能公而忘私。中国人人能效陈君之公,则救国何难之有。"他祝愿中国"人才辈出,如太阳经天,光照世界"。杜威夫人也作了《中国女学概说》的讲演。

陈嘉庚在会上讲演,痛陈创办大学的必要性和迫切性。他说:"中国今天之所以积弱,民智之所以未开,民性之所以自私忘公,是因为教育不发达,所以兴办大学,培养人才,已经是迫于眉睫的任务了。"显然,他的话是对蔡元培提出的厦门大学"不要速办"的回应。

开校式上,贺信、贺电如雪片飞来,还有各种贺仪、贺匾、贺联。其中来头最大的是校长邓萃英带来的当时大总统徐世昌题赠的褒奖匾额和对联。那是邓萃英亲自向徐大总统求来的墨宝,上面还署上徐世昌的雅号"水竹村人"。邓萃英郑重其事地事前把贺匾和贺联寄到集美,并交代要在会场上悬挂,使开校式具有更高的层次。但是,当手下人请示陈嘉庚匾额和对联要悬挂在什么地方时,陈嘉庚回答:"不挂。"于是,徐世昌赠送的、制作精美的贺匾和对联就被弃置在库房的墙角下。陈嘉庚不愿意悬挂徐世昌所赠匾额,是因为他认为邓萃英作为校长,来校应该带些图书仪器之类的教学用品,而不该带这些毫无实用价值的东西;更重要的是徐世昌是袁世凯的结拜兄弟,陈嘉庚恨卖国复辟的袁世凯,也鄙视北洋官僚徐世昌的为人,认为他缺乏士人气节,他的匾额、对联不值得一挂。

厦大开办一个月后,邓萃英因不愿辞去教育部职务,返京后就没再到学校,遭学生反对,提出辞呈。陈嘉庚准辞,改请他在新加坡的好友林文庆担任厦门大学校长。

厦门大学在上海、厦门、福州、新加坡等地招生,报考生数190人,经考试和复试,录取112人,其中商学部28人,师范部84人。

1922年2月厦门大学映雪楼落成,学生才从集美学校的即温楼迁入新址上课。集美学校是厦门大学的摇篮,是厦门大学"摇篮血迹"所在。

11. 从渔村到学村

叶渊到任后,集美学校步入坦途,学校各项工作成绩斐然;厦门大学成立后,诸事顺遂。特别使陈嘉庚感到宽慰的是:叶渊和林文庆两位校长都是可以信赖的人才,是"同志",可当他的左手右臂,可免他的后顾之忧。

集美、厦大的事让他放心,可南洋却有了麻烦。橡胶价格大跌,生意大受影响。陈敬贤又生病,已于去年11月回集美。陈嘉庚必须赶到新加坡筹划海外的生意。还有,新加坡传来消息:华侨中学开办还没两年,经费出现困难,已近关门,希望陈嘉庚亲往整顿。他原先计划在祖国长住,一心办学,可现实使他不得不改变主意。

1922年2月25日,陈嘉庚刚在厦门和工头谈完承建厦大新一批校舍的事宜,便从厦门大学赶回集美,对全校学生发表训词,实际上是向全校师生员工说明他即将再次出洋的原因,向大家道别。

陈嘉庚要走了,叶渊感到若有所失,心神不定,便到"校主厝"拜见陈嘉庚。

20年代的集美学校

两人相见,心情都有些沉重,不知说什么好。为缓和气氛,陈嘉庚便找了个老话题,说些轻松话。

他说:"民国2年(1913),创办小学的时候,那是什么都难啊!那时的集美只是一个外界谁都不知道的小渔村,人口不到2000人,绝大多数是文盲。现在,我们有了男小,还有女小,还有师范中学,——"

叶渊知道校主的用意,便跟着数起家珍来:"还有大前年创办的幼稚园。"

"还有前年创办的水产科、商科,去年增办的女子师范部。"陈嘉庚说,"最重要的是水产科的创立。我国海岸线漫长,有广阔的海域,水产业的发展十分重要,以后还要增设航海。我们办了这个学校,那个科,那个部,还有医院、图书馆、储蓄银行、科学馆等设施,这在福建省是绝无仅有的。我们把总校名定为'福建私立集美学校',就是要努力做福建省的模范。你是总校长,你要管的事很多。现在全校学生有2000名,教职员170名,校役百余名,建筑部工人五六百人,合计达3000人。他们来自五湖四海,福建学生自不必说,广东学生也不少……"

叶渊接过话茬,说:"还有台湾和南洋的学生……"

"你想当银行经理。其实管这么些人比当银行经理难多了。集美学校现在的学生和教职员工人数比集美村民的人数多出近一半,集美不再是渔村而是学村了!"陈嘉庚诙谐地说。

"是学村,是学村。"叶渊附和着说,"英国剑桥就有Town和Gown之说。Town指当地人,Gown是学生。城中有校,校中有城。"

"英国剑桥的市民和学生不和,常发生争执。我们的村民过去有过械斗,现在学生会闹学潮,都不好办哟!"陈嘉庚说。

他们又谈起两年前成立的校友会,因为章程规定会长由校长担任,叶渊便是当然会长。对如何当这个会长,叶渊心里没谱,便提起这个话题。陈嘉庚说:"成立校友会目的是筹划教育经费,团结教育界人士为教育事业共同奋斗。"1920年集美校友会成立,陈嘉庚出席成立大会,并致辞。校友会还出版《集美校友会杂志》,那是《集美校友》的前身。

他们又谈了其他一些话。叶渊问起陈敬贤的健康情况。陈嘉庚说:"他是累的。回来休息一段,好多了。现在已经不咯血了。"

"走,我们出去走走,看看。"陈嘉庚提议。

他们来到大社祠堂,通往祠堂的道路两侧摆满了鱼、虾、蟹、海螺、海蛎的小摊,已成一条人来人往、拥挤的临时街道。摆摊卖海鲜、蔬菜的都是村民,有集美的,也有邻村的;买菜的多数是学校教职工家眷和学校膳厅的厨工。他们见到陈嘉庚和叶渊,有的打招呼表示敬意,有的怯生生地往后躲。从这条小街可以看出,学校为村民打开了谋生的道路;村民为学校提供了后勤保障。

"现在许多村民都在学校做工。学校已经成为集美社和附近村落的经济中心。"叶渊说。

他们来到东南的寨内社,那里原是明末清初郑成功部将刘国轩的营寨,经过三百年风雨,寨墙早已坍塌,荡然无存,仅留南面寨门。寨门的周围是鱼鳞般密密麻麻的坟墓。这里地势高,脚下就是大海,是建校舍的好地方。1921年12月,陈嘉庚买下这片地,并亲自指挥迁坟。现在,那里正在盖一座砖石结构的新校舍,建成后将是小学的教学楼。

他们到来时,工地一片繁忙。楼已建一层多高。他们沿着用木头搭起的"路架"往上爬,爬到脚手架的最高处,放眼眺望,集美学校一览无余。陈嘉庚挥着手中的手杖,指点着座座高楼。那是居仁楼,那是尚勇楼,那是立功楼,那是校主厝,这都是敬贤于1918年建的;这是立德楼,这是立言楼,这是约礼楼、博文楼,这四座是1920年建成的;二房山上那两座是尚忠楼和诵诗楼;交巷山上的是即温楼和明良楼;旗杆山上正在兴建的是科学馆;烟墩山上还要盖允恭楼和崇俭楼……陈嘉庚兴致勃勃地讲述着集美的新建筑,忘记了他身边站着的是集美学校校长叶渊,而不是汪精卫、吴稚晖、胡汉民等前来参观的民国要员。

为纪念民族英雄郑成功,陈嘉庚把在建的这座楼命名为"延平楼",还请人在寨门边一块巨石上镌刻"延平故垒"四个大字。在大楼正前方,有一块碑刻,那是去年9月奠的基,碑文《集美小学志》是陈嘉庚于去年12月亲自撰写并手书的。碑文记述了陈嘉庚兴学的动机和经过。

陈嘉庚挥着手杖,东指鳌头宫,西指龙头宫,北指天马山下,南指大海——他胸中集美学校的地界。

1922年3月,陈嘉庚第六次出洋,返新加坡。陈嘉庚到新加坡,原准备几个月就回国。但是商场上的严峻形势,使他不得脱身。面对挑战,陈嘉庚及时对橡胶生产进行技术改造,把生胶厂转为熟胶厂,占领橡胶业界的制高点,再次夺得先机,使以后企业的发展,厦大和集美的维持和扩大成为可能。

1923年,陈嘉庚首次提出把集美学校改为大学的设想。他在1月27日致叶渊的信中写道:"本校将来应改为大学……厦大办不到之科而由本校承办。"他把这所大学名定为"集美大学",并在信中简称为"集大"。陈嘉庚的这个设想一直到1994年才变成现实,因而被称为"陈嘉庚的世纪之梦"。

1920年代初,闽南军阀混战,闽军和粤军争夺地盘,战事危及集美学校。当时陈嘉庚不在集美,陈敬贤担起两校的事务,十分艰难。因为战事,粮食供应受阻,师生面临断炊的威胁,陈敬贤冒着可能被流弹击中,甚至被军阀袭击的危险,亲自跨海到厦门押运粮食。

1923年9月3日,集美学校中学部学生李文华、李凤阁乘船到厦门,船行至大石湖,被盘踞厦门的闽军臧致平部枪击,李文华身中三枪,李凤阁中一枪。两天后,李文华因伤势太重,抢救无效,死于医院。李文华之死激怒了集美学校师生。11月18日,学校隆重为李文华举行追悼会,叶渊致悼词,并把李文华遗体运回集美安葬,沿途抗议军阀暴行的呼声不断。

当时,集美学校校内还驻有军阀军队,为保证安全,9月10日女子师范部师生只好迁鼓浪屿租房上课。

李文华被杀的消息传到新加坡,陈嘉庚致电闽、粤军首领,要求把军队撤出集美村界之外。根据陈嘉庚的函示,叶渊主持起草《承认集美学村公约》,向军界、政界请愿。驻扎同安的粤军师长张毅首先响应,发出通电,电文称:"该校系侨商嘉庚独出数百万巨资,经营缔造,毕具规模,不仅为闽省教育之中心,亦东南文化之枢纽也。"又称:"凡我国人,政见虽异,爱国同心",并宣布承认集美为教育区。他主动从陈嘉庚的地盘撤出驻扎的部队,呼吁两军不在集美学校所在的区域发生战争。张毅师长的通电立即得到北京政府任命的福建督办孙传芳、帮办王永泉、粤军总司令陈炯明以及驻安溪、潮梅等各路粤军首领的赞同,也得到驻泉州等地的民军首领的支持。福建省议会也专此通电表示赞同。

集美学校又草拟《承认集美学村为中国永久和平村公约》,得到当时国务总理、外交总长、教育总长、内外总长、海军总长、财政总长、交通总长、司法总长、商务总长及其他各机构、社会名流的签诺承认。孙中山大元帅大本营内务部也发了批文。从此,"集美学村"之名流传了开来,饮誉海内外。在这场风波中,集美学校影响进一步扩大,声名远播,名闻遐迩。

在那"秀才遇到兵,有理说不清"的时代,各路军阀承认集美学村为"永久和平学村",这是一件意义十分深刻的历史事件。这说明陈嘉庚"教育为立国之本,兴学乃国民天职"的理念已为国人所接受,陈嘉庚爱国兴学的举动得到全社会的承认,他倾资兴学的精神为世人所景仰,已成为一种争取文明进步的无形力量;这说明维护陈嘉庚创办的集美学校的和平与完整,已成为社会共识和责任,连那些为争城夺地杀红了眼的军阀都不敢小觑。

【三】1923—1933

加快发展 艰苦支撑

百年往事

12. 小船轰动大上海

在烟波浩瀚的茫茫大海上，一艘 31 吨的汽油机木帆船，宛如一片小小的树叶，在吐着白沫的浪尖上起伏颠簸着，时而浮现，时而隐没，似乎随时都有被狂风恶浪吞噬的危险。船上 21 名船员中，有集美高级水产航海部第二组的学生 12 名，他们在指导教师兼船长张君一的率领下，正在进行海上实习。

这艘机动渔船是集美高级水产航海的实习船。船上安装的是 1922 年陈嘉庚从英国买来的船用汽油机。船是学校自行设计，雇请船匠建造的。这艘船虽然吨位很小，只有 31 吨，可在当时的厦门渔船中，堪称巨无霸。这船是集美水产航海学校的第一艘船，叫"集美一号"。

1925 年 6 月 1 日下午 3 时，细雨霏霏。叶渊校长和水产航海部主任冯立民及其他各部主任冒雨到龙王宫码头为上船实习的师生送行。这是"集美一号"第

"集美一号"

40

一次远途航行,整个实习将长达5个月。此次航行非同小可,直接牵动着校主陈嘉庚的心。此次远航是海童子军一次大规模的活动。叶渊在讲话中说:"水产科的学生要切实训练,他日作我国海军的大栋梁,把我国败坏的海军变成优良的海军,做世界的海军王,以雪国耻。"集美学校海童子军是1923年5月9日国耻日成立的,是中国最早成立的海童子军之一。

张君一整队,点名:"巫忠远——","到!""叶经华——","到!""陈维风——","到!"……整队完毕,同学们遵照张船长的口令,向校长等领导敬礼,然后鱼贯登船。

汽笛长鸣,船起锚,驶离码头。

第二天,船驶入台湾海峡,遇上大雾。第三天早晨,船抵牛山岛,大雾迷天,十码之外不辨物体。海浪有节奏地拍打着船舷,沉闷之中,隐约闻到远处传来的汽笛声。"集美一号"鸣笛回应,以示航线。不一会,一艘大船出现在"集美一号"船首直线上,两船相距一百多码。张君一船长沉稳地来了一个"左满舵","集美一号"安全地避开大船。两船擦肩而过,看得清,那艘船叫"香港丸",甲板上聚着许多船员,俯视着"集美一号"。他们看到从他们船边驶过的竟然是一艘如此小的小船,都感到十分惊奇。

6月5日夜,"集美一号"驶入舟山群岛的长涂港。当时,大雾迷茫,港中舟船如蚁,张船长安全地把船带入港内靠泊。水警上船查询,对"集美一号"片舟渡重洋赞美不止。

7日下午3时,"集美一号"抵吴淞。9日,船溯黄浦江而上。同学们都着整齐的航海制服;遇各国军舰,船则升旗为礼,引起江中往来船只的注目。

同学们感到非常自豪,便齐声唱起了航海学校教师包树棠和吕蕴山创作的《操艇歌》。他们唱道:浔江浔江,滔滔白浪,万里乘长风,击楫气何壮。冒险精神,冒险精神,丈夫当仁不让,丈夫当仁不让。东越古民魂,劲悍良堪尚,挽我海权,挽我海权。矢志前往,矢志前往,同学们,大家们,努力,努力!桨,桨,桨!

歌声表达了集美学校童子军的豪气,表达了集美学校学生挽回海权的决心。歌声荡漾在白浪翻滚的茫茫海面,伴着海鸥的声声呼叫,飘向无边无际的海空!

船首像一把利刃,把迎面涌来的浪头劈成两半,溅出美丽的浪花,又泛化成两条白色锦缎似的燕尾浪,向着船后方迅速地翻滚而去。

下午三时多,船抵大通码头。集美高级水产航海学校的实习船"集美一号"到达上海的消息不胫而走。岸上人头攒动,鼓乐喧天,鞭炮齐鸣,旌旗飘扬,各呈标识。欢迎人流涌上船,前后甲板站满了人,船严重超载,吃水线没入水中一英尺多。

上海、江苏的青年组织、童子军、教育局、教育会、有关学校等十一个团体还联合在上海公共体育场召开欢迎会。

社团代表和社会名流发言，盛赞集美水产航海师生的英勇事迹。他们说："诸君以一叶扁舟，远涉重洋，其勇敢之精神，实为吾人所叹服。""诸君此来，一者可使国人注意海事之重要，另者可促进江苏童子军事业之进行，或许影响全国。"

"集美一号"离开上海前，于10月24日，师生特地拜见了日前到上海的二校主陈敬贤。陈敬贤勉励师生说："诸生此次来沪，备蒙各界欢迎，私心甚慰。但吾人受人欢迎，益当努力自爱，庶不负欢迎者之盛意。"他还说："吾人立身处世，学问经验，盖无一不由勤苦而得，故勤劳耐苦者，立身之基也。"

"集美一号"到沪是在震惊中外的"五卅"惨案之后。同学们在上海看到帝国主义列强犯下的种种罪行，个个义愤填膺，口诛笔伐。陈维风在实习日记上写道："那边爱多耶路口的一尊和平之神是外侨为纪念欧战而立的。这个招牌固然竖立得很漂亮，其实不过是野心家的假面具。'五卅'的事，让他们现出了原形。他们的行径，不知和平之神要怎样抱怨呢！"

1926年，陈嘉庚又从法国购买载重274吨的拖网渔船一艘，船名叫"集美二号"。那是中国第一艘拖网渔船，也是当时全国最大的渔轮。当"集美二号"在上海实习时，著名电影演员王人美领衔主演的电影《渔光曲》正在拍摄。导演看上这艘船，不仅用这船作外景，还在船上拍摄了许多镜头。集美高级水产航海学校在船上实习的学生陈学英等还和王人美、韩兰根等演员在一起拍戏，大出了一阵风头。

1927年2月，国民政府大学院院长蔡元培和著名教育家马叙伦到厦大、集美调解"学潮"的事，学校派"集美二号"专程送他们二位回浙江。船长还是张君一。船乘风破浪，在温州靠岸。蔡元培和马叙伦各赋诗《赠集美二号》一首。蔡元培的诗写道："要将实习养新知"，要"渔权外海新开展"；马叙伦的诗写道："无边烟雨迷前路，不畏风波争上游。"

"集美一号"和"集美二号"是集美高级水产航海学校的两艘吨位不大的实习船，凭借师生的勇敢和高超的航海技术，凭借船舶的先进性，两船震动了大上海。

[三] 1923—1933　加快发展　艰苦支撑

13. "鲁迅就是 nothing"

鲁迅在厦门

陈嘉庚善于学习，思想开放，他能与时俱进，站在时代的前列。他的思想影响了他创办的集美学校。他亲聘的集美学校校长叶渊，在学术上也是主张兼收并蓄的。在叶渊主持集美学校期间，学校的学术气氛相当开放，师生可以进行各种主义的研究，图书馆里公开摆着包括马克思主义在内的各种政治流派的书籍。学校还邀请著名学者、社会名流到校参观作演讲。叶渊特别邀请厦门大学国学院教授、学者到集美学校演说。教授们分为六组，每周一组，每组两人。鲁迅和林语堂是第一组赴集美学校演讲的厦大国学院教授。

因为学校在学术上主张兼收并蓄，允许各种思想存在、碰撞，图书馆里有各种图书、期刊，传播"五四"运动之后的各种新思想，学生的思想非常活跃。1924年国共合作以后，学生的政治热情高涨，集美学校的党团组织相当活跃。对此，叶渊顾虑重重，陈嘉庚也很不理解。学校规劝已加入国民党或共产党的学生退党，并规定禁止学生加入任何政党，严禁党派活动。集美学校招的大都是穷苦出身的学生，许多人都有改变现状的愿望，学生中已经有人在组织上或公开或隐蔽地参加了国民党或共产党，更多的学生则渴望得到振聋发聩的新思想、革命思想的启迪。

43

1926年11月,叶渊通过当时厦门大学学生自治会主席、地下党员罗杨才邀请鲁迅到集美演讲。当时的鲁迅已经踏入唯物史观的门槛,形成了一个非常崭新的思想,他认为"世界是由愚人造成的,聪明人决不能支持世界,尤其是中国的聪明人。"

26日晚,集美学校派校秘书蒋希曾到厦大接鲁迅和林语堂。第二天一早,蒋秘书先到林语堂的住处接林,然后一起到鲁迅宿舍会齐,同乘学校派去的小汽艇到集美。随船到厦门的还有前来欢迎鲁迅的学生代表多人,其中有高级水产航海学校新生庄重文。

小汽艇上,同学们围着鲁迅问这问那,多数同学还是想看一看这位中国思想界的领军人物、大文学家的风采。他们把鲁迅围了个水泄不通。那时庄重文才15岁,又瘦又小,被人挡住又挤不过人家,看不见鲁迅,急得满头大汗。但他机灵的小脑袋一转,计从心来。他发挥自己个子小的优势,弓着腰,从人缝中往里钻,一钻就钻到鲁迅的面前。他平时喜好文学,读了不少鲁迅的书,对鲁迅很感兴趣。他大声问道:"老师,你本姓周,却起了'鲁迅'这个笔名,是什么意思?"其实,这个问题鲁迅早在《呐喊自序》就说过,但他觉得这小个子学生提的问题别有一番用意,便诙谐地答道:"取这个笔名是受英语 nothing 的启发,'nothing'就是'没有'、'没用'的意思。"nothing 一词的发音有些特殊,正确的发音是[ˈnΔθiŋ],可往往会被误读为[ˈnəuθiŋ]。鲁迅的英语是自学的,他又是浙江人,自嘲是"一个南腔北调人",发音有偏差也是情理中的事,把"nothing"读成[ˈnəuθiŋ]可能性极大。果真如是,岂不和"鲁迅"的读音非常贴近。

鲁迅先生在校方与他联系接洽时,与校方意见不合。校方认为学生应以学为主,埋头读书,而鲁迅认为学生也应留心世事。鲁迅感到与校长意见有异,还是不去为好。但后来校方还是让步了,同意鲁迅先生在演讲中"也可以说说"自己的想法。

到达集美学校时已近中午。校长叶渊在集美学校的科学馆请鲁迅吃午饭,因为校长办公室就在这楼上。午饭后稍事休息,鲁迅便来到集美学校大礼堂。全校各部2000多学生早已齐集在那里,翘首以待。叶渊校长主持大会,把鲁迅介绍给大家。他在简短的讲话中,高度评价鲁迅。鲁迅在全场雷鸣般的掌声中开始演说,演讲的题目是《生活的意义与价值》。

鲁迅在演讲中,再次阐述自己"聪明人不能做事"的思想。鲁迅指出:"中国社会在发展,正义与不正义是清楚的,那些聪明人睁着眼睛看不懂,青年学生总是知道的。为着爱国和正义,为着正义和真理,为着民主和科学而奋起的傻子,却大有人在……"

鲁迅说"聪明人不能做事","因为他想来想去,终于什么也做不成"。"世界是傻子的世界,由傻子去支持,由傻子去推动,由傻子去创造,最后是属于傻子的。"鲁迅所说的"傻子",指的是孙中山"三大政策"中所要扶助的农民和工人,是创造世界的劳苦大众,是爱国的热血青年。鲁迅的演说不时被掌声打断,演说结束时,掌声更是如暴风骤雨,霹雳惊雷,震耳欲聋,经久不息。

鲁迅的演说,激发了集美学校学生的爱国精神,促使他们投身于革命的行列之中,影响十分深远。听了鲁迅的演说后,张鸣玉、方松杉、杨格致等二三十个集美学校学生,就到广州投考黄埔军校去了。

庄重文把见到鲁迅、和鲁迅谈话、亲耳聆听鲁迅的讲演当成他一生的骄傲。他本来就爱好文学,此后,他对文学的兴趣就更浓烈了,一心想当文学家。虽然他学的是航海,以后的生计和事业使他远离文学,但他笔耕不辍。经过艰苦拼搏,庄重文事业大获成功,积攒了数亿家资,成为香港举足轻重的工商界领袖。在他的一生中,他始终念念不忘的有两个人,一个是他的校主陈嘉庚,一个是文学巨匠鲁迅。他对文学情有独钟,对中国作家向来有着特殊的感情。他没有实现自己的作家梦,但他希望有更多的青年成为优秀的作家。1987年,他设立"庄重文文学奖学金",奖励有突出贡献的中国中青年作家。

关于鲁迅笔名的"庄版说法",有专家觉得无处可考,"不免太令人称奇"。但庄重文之说和其他文字记载不矛盾,可以理解为是一种补充,也可以理解为鲁迅一时自谦的诙谐说法,但不管怎样,这段对话对庄重文一生的影响是难以形容的。

14. 树木树人

"我国是个落后的农业国,耕作靠的是木头犁杖老黄牛,农民不懂先进的耕作技术,面朝黄土背朝天,一年到头辛苦劳作,但作物单一,收成不丰,农民汗水流尽难糊口,生活十分困苦。"陈嘉庚痛心疾首,重重地把手中的铅笔拍在桌子上,走到窗前,望着眼前葱绿翁郁的热带林木,他长吸一口气,激动的心情稍稍平息了下来。他又回到书桌旁,继续写道:"要改变这种现状,要发展我国农业,必须注重农林科技人才的培养……要在天马山或美人山择地,开办农林学校。"这是发生在1923年新加坡三巴哇陈嘉庚公司工业大厦陈嘉庚办公室的一幕。

根据陈嘉庚的训示,1925年,集美学校在天马山北面买了一片久荒的田地,作为创建农林部的校址,并开始建筑校舍,建立农林试验场。

土地买卖契约签订后不久,一天,这片荒无人烟的不毛之地迎来一位西装革

集美农林学校

履、大有派头的人物。他是新来的首任农林部主任。他的大号叫叶道渊,是校长叶渊的弟弟。他曾留学德国5年,是著名的农业专家,北京农业大学教授,森林系主任。他辞去北京的高位,到集美任教,主要是出于对陈嘉庚的敬仰,当然也和他兄弟叶渊的力劝有关。他特别重视植树造林,认为农林不可分;没有绿树成荫的生态大环境,就很难有五谷丰登、六畜兴旺的农业。当年10月,他到任不久,便在这片荒芜的土地上垦荒,开辟苗圃,种植各种树苗,其中有不少是果树。第二年开春,苗圃上的小苗吐出嫩芽,展出新枝,给原先的赤地披上一层淡淡的绿装。在此春意盎然的时节,农林部正式开学,迎来了130名新生。春天的气息和青春的朝气给这片原先死寂的荒山野地带来了蓬勃生机。

叶道渊主导下的农林部,实行边上课边进行实验的教学方法,进行农、林、牧等科目的教学和试验,重点学科是林业。农林学校开辟了一个苗圃,陈嘉庚引进了多种花卉林木,有柚木、蔷薇木、伊兰、美国核桃、橡皮树、大叶合欢、法国梧桐等稀珍树木10多种。学校不仅培育了大量树苗,而且组织学生下乡,发动乡民开展造林运动。学校教师、学生到各乡去,动员群众,劝说乡长,把山头分区划界,把植树任务按人头分配给各村、各乡、各个分区。师生们带着树苗到各地去,分发给村民,同时教给村民正确的植树方法。学校还争取地方官员出告示,封山育林,严禁砍伐山林。农林部影响所至,林木蓊郁,山青水绿,鸟语花香,人畜两旺。

1927年,集美学校改部为校,农林部便成了农林学校。以后,校名多次改变,学校又因抗战,从集美迁往安溪,又从安溪迁往大田,抗战胜利后,又复原集美。但不管怎么变化、搬迁,学校每到一地,就给那里带来一片绿。1941年,学校改为高级农林职业学校,1947年停办。在21年的办学历程中,学校培养了不少农林方面的人才。这些人才,在海峡两岸以后的发展中起了很大的作用,许多人成为农、林、牧、渔方面的专家和管理专才,其中有在台湾经济起飞中起了重要作用的王友钊。

在农林学校学生中,有这样两个人:一个叫汤晓丹,一个叫吴文季。他们不是农林方面的专家,却是誉满天下的艺术才俊。

农林学校开办之初,汤晓丹就到校求学。汤晓丹原名陶秉钧,福建华安人,出生在印尼,10岁随父从印尼回国。民以食为天,先辈因为没法填饱肚子,才漂洋过海到异国他乡谋生。他的故乡华安地处山区,资源丰富,可老百姓世代受穷。他希望学得发展林业、农业的知识、技术,在故乡开辟一片新天地。这个愿望把他带到集美农林学校来了。

汤晓丹非常聪明,学业很好。他思路敏捷,会编故事,讲故事;他多才多艺,活泼好动,喜欢画画、唱歌、演戏,多次排活报剧,到街头上演。学校为他艺术才能的表现提供了舞台和发展天地。1928年,汤晓丹因参加声援"济南惨案"蒙难同胞的学生运动,被警方强令开除,第二年到上海,结识田汉,沈西苓等戏剧电影界的重要人物,开始迷上电影。他经常到电影院看电影,一待就是一整天。1931年,经沈西苓介绍,他进入天一影片公司担任布景师。1932年,在拍摄电影《白金龙》时,导演生病,汤晓丹就顶替做导演工作,影片大获成功。抗战爆发后,他导演多部抗日影片。他在电影天地里,纵横驰骋,打拼发展,成为我国著名的电影导演。他一生导演了数十部电影,其中有著名的《南征北战》、《渡江侦察记》等战争题材的影片。因为他的作品大多是以抗战和解放战争为题材的影片,所以汤晓丹被誉为"新中国战争片之父"、"银幕将军"。

汤晓丹热爱母校,热爱校主陈嘉庚。1989年11月,他重返集美,拜谒了校主陈嘉庚先生的陵墓并参观了鳌园,拜访了集美学校原董事长陈村牧先生。

吴文季是从集美农林学校走出的另一位杰出的艺术家。1935年,吴文季,一个英俊的惠安小伙子,来到农林学校。惠安土地贫瘠,山上不长树木,不见草,尽是大大小小的石头,俗称"臭头山"。乡亲们辛苦劳作,生活却十分贫苦。吴文季想为种田人找一条出路。当他得知集美有一所陈嘉庚先生创办的农林学校时,便不顾山重水复,路途遥远,来到集美求学。他留了一个小分头,穿着一身土布做成的、手工缝制的对襟上衣,没有补丁,洗得也干净,袖口、肘子后已经发白,显得很旧,有些寒酸;可他乐呵呵的,嘴里不停地哼着小曲,活像一个阔公子。开学后,一下课,他嘴里的小曲就像涓涓的山泉流淌出来,给教室带来一股清新爽朗的气氛,给紧张的学习生活增添了无限乐趣。在他的带动下,班上唱歌成风,同学们个个都是唱歌好手,同学们也都喜欢这位给大家带来欢乐的伙伴。

抗战爆发后,吴文季投笔从戎,他在学校学到的文化知识和音乐才能派上了用场,他在四川甘孜一支准备到缅甸打仗的远征军部队当文化教员,教抗日官兵认字、唱歌。他常到康定城里走走看看。一天,他在跑马山下听到一首旋律很美的歌,便赶忙拿出纸笔,把歌记了下来。经过他的加工,这首歌就像长了翅膀,很快在中华大地,在海内海外流传开来。这就是今天闻名遐迩的世界名曲《康定情歌》。随着这首歌远近传唱,甚至响彻太空,吴文季也成了妇孺皆知的世界级的音乐大师。

吴文季后半生凄凉,自顾不暇,更没有心力想到母校。他的徒弟吴振聪是集美财经学校的毕业生,师从吴文季学习作曲。他经常为《集美校友》投稿,为庆祝陈嘉庚先生创办集美学校一百周年,他创作了一首《集美校友之歌》,刊于2012年第二期《集美校友》。希望此歌能在校友中传唱。

农林学校树木树人,名不虚传。

15. 三次风潮

  1926年12月1日，论节气，小寒刚过，大寒还没到，可天气骤然冷了下来，北风阵阵吹，又冷又硬。经冬的梅花还没开，可那傲霜的菊花似乎开得比往年更旺。集美学村内，钟楼上的大铜钟还是按上课下课的钟点敲着，但除了女子师范、小学和幼稚园，还有刚成立不久、远在天马山下的农林部还在上课，还能听到朗朗的读书声外，其他所有学校都罢课了。校园里，学生或三五成群交头接耳；或集中聚会，挥拳头，呼口号，发表演说，慷慨激昂。在大楼的墙根下，聚集着许多学生，看着墙上张贴着的布告，上面用醒目的大楷写着《罢课宣言》。学生们看着《宣言》，议论着，争吵着。远处还隐隐约约传来"打倒列强，打倒列强，除军阀，除军阀。努力国民革命，努力国民革命，齐奋斗！齐奋斗！工农学兵，工农学兵，大联合！大联合！"的歌声。

  1924年国共合作以来，党团组织在集美学校相当活跃。学校规劝已加入国民党或共产党的学生退党，并规定禁止学生加入任何政党，严禁党派活动，但在学术上兼收并蓄，允许各种思想存在。学校招的都是穷苦出身的学生，许多人都有改变现状的愿望，学校已有人或公开或隐蔽地参加了国民党或共产党。北伐军一来，禁锢学生的阀门打开了，蕴藏在学生中的能量就释放了出来；一点星火，就使原先在地底下奔突的地火在地面上燃烧了起来。

  1926年11月，北伐军何应钦所部光复同安，半月后，革命军三位宣传员到学校演说，建议学生组织"教务革新委员会"，议决校务。11月23日，鲁迅应邀到集美作题为《生活的意义与价值》的讲演，希望"学生也应留心世事"，在学生中产生很大的影响。

  大榕树下，聚集着一群学生，听一个站在高处的学生发表演说。"……革命潮流滚滚，顺之者昌，逆之者亡。北伐军光复同安快一个月了，革命军宣传员建议我校要由党部、学生及学校当局三方面的代表组成'校务革新委员会'，以谋学校之发展。我们根据革命军宣传员的提议，议决成立'校务革新委员会'，并提出《校务革新会章程草案》十二条，规定凡本校一切校务皆由'校务革新委员会'议决施行之……"

　　经过两次学潮,学生们也学聪明了。他们先提学生参加校务会议的要求,有决定校中一切事务的权利。只要这条通过,学生占多数,校中一切问题就迎刃而解了。

　　此刻,校长叶渊站在一座新建的小洋楼窗口前,大榕树繁茂的枝叶为他提供了天然的屏风。他从枝叶的缝隙看着外边的动静。眼前所见,耳边所闻,心中所想,使他十分烦躁。在这革命洪流滚滚的时代,面对着民主意识觉醒的学生,他也不是无动于衷。为争国权,讨回旅大,他曾带领1500名学生乘船到厦门,冒雨参加游行。可是,他是校长,他知道校主兴学的初衷和良苦用心,他对校主的信任、知遇之恩和多方关照时刻铭记在心。他现在住的是校主陈嘉庚特地为校董盖,其实是为他盖的房子,他不能辜负校主的一片心。校主倾资兴学,为的是为国育才。校主希望学生珍惜这难得的学习机会,好好读书。作为校长,他不能置校主重托于不顾,听任学生摆布。

叶渊居住的校董厝

　　学生演讲的声音传到叶渊的耳朵里:"可我们的叶渊叶校长,顽固地坚持自己的观点,把校务革新委员会改为校务讨论会,还反对'一切校务由校务革新委员会议决施行'的革命要求,说什么'校中大一点的事,要请命校主,才敢决定'。还说'学生是多数,要做什么就做什么……弊端无穷'。……我们已经等待了半

51

个月了,我们的耐心是有限度的。我们忍无可忍,不得不宣布罢课。"

"罢课!罢课!罢课!"学生们附和着,振臂高呼。也有学生低着头走开。

学生罢课的第二天,即12月2日,奉革命军总指挥何应钦的命令,漳属政治监察员鲁纯仁到学校调解,没有结果。3日,鲁纯仁、叶渊与学生代表到厦门磋商。鉴于以前的经验教训,叶渊作了让步,同意学生提出的允许学生组织国民党集美区党部、财政公开、不中途撤换教员、对校务不满可提出理由书等七项条件,但对学生代表提出的收回以前被开除的学生,及"革新会"对校务有表决权两项要求,叶渊坚决不答应。调解无果而终。

叶渊赶回集美,他觉得这次学潮和前两次大不一样,来头很猛,学生提出的要求涉及面更广,更带根本性,背景更复杂,因而也更加难办。和前两次一样,学生的矛头所向仍然是他,他仍然处于矛盾的焦点之中。虽然现在还没提撤换、打倒的事,但可以预料,学生们下一步的行动一定是要求撤换校长。他左思右想,无计可施,最后决定马上动身到新加坡,向校主汇报校务,请示、商讨善后事宜。

正好赶上船期,12月4日,叶渊就启程到新加坡。他一上船,就觉得如释重担,一身轻松。但,短暂的轻松感过后,很快地,他就感到一种莫名的寂寞和压力向他袭来,使他透不过气来。他走上甲板,让海风吹吹他那发胀的脑门。他在甲板上走着,从船尾走到船头,从船头走到船尾,但不管他走到哪里,往事都不由自主地浮现在他的脑际,他无法排遣,无法甩开。

1920年4月,他首次会见校主陈嘉庚,此次会见改变了他的人生抱负,改变了他的人生道路,当上了从来没想到要当的学校校长。他到集美任校长不到半年,就爆发了第一次学潮。学生偷窃,他命人将其绑在柱子上,以后又将其开除,学生不服,于是,罢课,要求收回成命。事情是由他引起的,可身为校长,他能容忍学生偷窃而不闻不问,不作处理吗?他让人把学生绑在柱子上,也许做法不合时尚,可千百年来老子不都是这样教训小子,先生不都是这样教育后生的吗?不退掉这样的学生,学校不就成了海淫海盗之所了吗?……学生要换校长,是因为后面有人操纵。集美学校三年四易校长,更换校长早已成为家常便饭,人们已习以为常了,再换掉一个叶渊,无非是五易校长,有什么了不起?幸好,当时校主在集美,下令立即放假,平息了风潮。

叶渊想到这里,胸中的郁闷似乎消除了一些。他手扶着船舷的栏杆,眼望着淡淡的海天连接处。

第二次风潮发生在1923年5月。那时,收回旅大的保卫国权运动席卷全国。爱国,集美学校一贯是不含糊的。4月16日,叶渊就亲自带领1500多名师生冒雨到厦门参加示威游行。可有些学生,无组织无纪律,5月1日、5月4日,自行停课召开纪念大会;7日,又再次自行停课开大会,听两个学生自治会干事演说。9日,按学校安排,童子军到天马山露营。这两个干事又出面干涉,理由是"国耻日"不许进行娱乐活动。童子军方面则认为露营是军训,不是娱乐。双方发生争执,野营无法进行。这样的学生,随意停课,屡次煽动风潮,扰乱正常的活动,学校能听之任之吗?开除这样的学生有错吗?一千多名学生到二校主宅前抗议、请愿,被二校主劝走;他们又打电报给校主,要求撤换叶渊。说实在的,要不是看在校主面上,这校长他还真不想当呢!他也打电报给校主,提出辞呈。校主不同意撤换叶渊。校主想得深,想得远。校主来电报说:"轻易更动校长,集校恐无宁日。"还说:"权操学生,教育何在?"他坚决反对学生操纵学校的权力。经请示校主,学校又开除了14名学生,并宣布提前放假,学潮才得以平息。

　　船在大洋中破浪前进。在漫漫一个多星期的航行中,这些往事反反复复出现在叶渊的脑海里,翻腾着,就像船外滚滚波浪。

　　多少年过去了,一切都归于平静,没想到,这些陈年老账现在又翻了出来。开除这些学生,是不是心太狠了,手太辣了?自己是不是像学生告的那样"土匪性气"太重?二校主说他"少年得志,矜己轻人,由骄傲而生忿怒",还说他"骄怒是与生俱来的",二校主是不是听了别人的谗言而言重了呢?为人而无气概能成事吗?——叶渊想着,有委屈,有愤懑;有自省,有自责;也有迷惑。

　　收回被开除的学生,办得到吗?收回谁呢?收回来又怎么办呢?收回学生,就太平无事了吗?……他自我绞缠着,无法解脱。

　　叶渊想了许多,但越想越乱,越想越茫然。他急切巴望着快到新加坡,见到校主,讨个主意。

百年往事

16. 痛苦的选择

20年代中期的陈嘉庚

在新加坡,校主陈嘉庚的日子也不好过。

1926年之前的几年,陈嘉庚公司年年斩获甚巨。特别是1925年,英国政府实行"斯蒂文逊计划",橡胶价格暴涨。这一年,光橡胶一项,公司就得利近800万元。这一年是陈嘉庚一生得利最多、资产最巨的一年,也是陈嘉庚一生在实业方面登峰造极的一年。陈嘉庚也因此以为"千万之人息易如反掌",他宏伟的兴学计划"一蹴可达",于是加快两校发展步伐,其他公益事业也放手铺开。

岂料,1926年新年伊始,胶价就开始跌落,以后暴跌连连,短短几个月就使陈嘉庚公司陷入困境。企业严重亏损,陈嘉庚不得不采取断然措施,停止厦大、集美新的建筑项目;终止正在进行的国内三座图书馆的筹建工作;压缩两校的业务费。陈嘉庚说这是他"一生最抱憾、最失意的事件",但他力不从心,不能不这样做。

叶渊离开集美的当天,集美学校就更热闹了。学生得知叶渊南行,更加气愤,便加紧倒叶步伐。在他离开的第二天,学生便发出第二份《罢课宣言》,成立了罢课委员会,下设文牍、外交、宣传、组织、纠察、财政、庶务等部,准备长期抗争。他们天天给陈嘉庚发电报,要求收回被开除的学生,要求学生校务表决权,同时提出撤换叶渊的诉求。

没有叶渊的集美学校当局六神无主,也天天给陈嘉庚发报请示。

这一切,对于此时的陈嘉庚来说,真是雪上加霜,乱上添乱呀!

继1920年、1923年两次学潮之后,1924年,厦门大学也闹了一场学潮,惊动中国教育界,震动了南洋华侨社会,给厦门大学和陈嘉庚造成巨大的物质、精神损失。厦大风潮刚平息,出现转机,集美又爆发了第三次风潮。

一波未平,一波又起。集美的风潮还未止息,厦门大学又有事了。

1926年12月4日,也就是叶渊离开厦门的当天,鲁迅在学期结束之前提前辞职。鲁迅辞职是因为学校为紧缩经费,把国学研究院的业务费压缩到每月400元,引起鲁迅等教授的愤慨而采取反制措施。鲁迅是中国思想界的领袖、文学界的泰斗,在学生中有广泛的影响,他的辞职在学生中、在社会上引起强烈的反应,厦大真有"山雨欲来风满楼"之势。——陈嘉庚万没想到,压缩厦大区区可数的业务费会带来这一系列事件,引起如此严重的后果。

叶渊登岸,出了关口,陈嘉庚派去的人早在那里等候。他单身一人,行李也简单,一出关便上车,进入车水马龙的通衢大街。叶渊是在京城读过书的人,见多识广,但新加坡这洋气十足的城市在他眼里还是挺新鲜的。车在一个十字路口停了下来,一个报童过来卖报。叶渊想买,可口袋里没新加坡零用钱,犹豫了一下。车夫眼尖,便替他买了几份不同报纸。叶渊翻着,看着。不看则已,一看真把他惊呆了。"集美风潮"、"厦大学潮"、"陈嘉庚"等字样不断地在他眼前闪现。报纸上连篇累牍地刊登了关于厦门大学和集美学校学潮的新闻,还有谩骂、讥讽陈嘉庚的文章,甚至把他比成"军阀"。文章说陈嘉庚专制、侵犯人权、压制民主、不自量力,等等,不一而足。报上也提到他叶渊,但都是借他来做文章,攻击陈嘉庚的。叶渊越发觉得自己事情没做好,连累了校主,格外内疚。

陈嘉庚很忙,但早在怡和轩俱乐部等候他。这里原是新加坡富人俱乐部,1923年,陈嘉庚被选为俱乐部总理后,经他一番改造,现已变成新加坡华人的社会活动中心。陈嘉庚常在这里接待重要客人。他一如往常,西装革履,头发梳得油亮。这是对客人的尊重。叶渊也是一身笔挺的西装。两人已暌违有年,见面倍感亲切。陈嘉庚把叶渊当知己,真诚相待;叶渊把陈嘉庚当校主,当圣贤,尊重、敬仰有加。

陈嘉庚早已戒烟,省却了时兴的敬烟之礼。他本喝咖啡,后听信林文庆博士之言,也不再饮咖啡了。但这天,他特意点了咖啡招待叶渊。陈嘉庚说:"你是安溪人,安溪出铁观音,出好茶。我怕这里没有比安溪出的更好的茶。那你就尝尝咖啡吧!"女招待给叶渊上了咖啡,而陈嘉庚自己则要了一杯白凉开水。

"校主,我很惭愧,学校没管好。学潮不断。"叶渊开门见山地说。

"闹不闹学潮与你无关。时代潮流使然。谁当校长都一样。"陈嘉庚一语道破事态的本质。接着他讲了自己参加孙中山领导的同盟会,支持革命的经历,并表示自己对国民革命的支持。他坚持学生必须爱国,但认为学校必须脱离政治,避免党派控制学校,避免太多的政治活动影响学生学习。

叶渊又谈起学生加入党派的问题。陈嘉庚说:"我不能领导人,也不能被人领导。"他坚称不参加任何党派,他办的学校也不许任何党派插手。他说:"我给你写的信说到这件事。我始终认为:要严禁学生树党,不管是国民党还是共产党。学生入学时要写保证书,保证终生不入任何党派。违背此约,天地鬼神责罚。"

他坚决反对学生罢课,反对学生干预学校事务。他强调学生应该懂得礼义廉耻。他说:"礼义廉耻,国之四维。四维不张,人格丧尽,乌能图存?以校中言,尊师、重傅、敬长、谦恭为之礼;恪守校章本原为之义;不贪名、不贪功、不出轨道为之廉;寸阴是惜,恐学业无成为之耻。"他说自己以血汗资财创办学校,不图名不图利,但对学校的权力绝不放弃。学校听任学生,如何办学?

叶渊又提起辞职的事。陈嘉庚断然拒绝。他风趣地说:"我是撤换校长专家,集美三年不到,换了四任校长;厦大一开学就换校长。"他认为称职的校长难得。一旦罢撤叶渊,教员必定解体;重新组织,三年难以恢复。罢校长,集美学校前景不堪设想。他认为叶渊是个难得的人才,有能力,有决断,有负责精神。叶渊有缺点和不足,陈嘉庚和他第一次见面时就有所觉察,并且提醒过他。但陈嘉庚认为:瑕不掩瑜,不能因寸腐而弃连抱之材;再说孰能无过,谁没有缺点。选人,要的不是完人,是能干事的人,能担事的人。有人说叶渊霸气,所谓"霸气",就是"刚"。陈嘉庚认为:人当刚而败,而不要以柔而胜。在他眼里,人有"霸气"不是缺点,而是优点。他坚信叶渊不动摇,一再强调说:"'千军易得,一将难求'。不错,学生是要撤换你叶渊,但我不同意。谁要撤换,就叫谁走。"

12月16日,陈嘉庚电告集美学校各主任,称:"进退校长,主权在余,不准学生干涉,校长决不更动,各生如不满意,即日停课放假。"

学生坚持更换校长,频频致电陈嘉庚陈述他们的要求。12月18日,学生将"罢课委员会"改为"倒叶运动全权代表会",十九个代表中间有三名共产党员。厦门成立"各界援助集美学潮委员会",全国学联和各地学联也给予声援。厦门报纸也载文抨击校方。

陈嘉庚又发了几通严电,责令学校即日放假,并派集美社乡亲接管校产,同时限制学校经费——集美学校实际上已关门。

[三]1923—1933 加快发展 艰苦支撑

　　陈嘉庚坚持自己的原则不退让,作出了痛苦的选择。眼看着自己用十几年心血、数百万巨资创立起来的学校可能毁于一旦,他内心的痛苦、挣扎难以用语言表达。集美学校如此,厦大的前途又如何呢?难道他倾资兴学、为国育才的宏愿就这么破灭?他兴学原想开风气之先,为海外千百万华侨垂范,如果两校因学潮关门,宣告失败,自己成为笑柄事小,无人再敢走这条路,给国家、民族造成的损失将是不可估量的……这是他最最担心而又不可对人言的内心之痛!

17. 没有结局的落幕

在陈嘉庚的严令下,集美学校学潮瞬间由狂躁呐喊变成万马齐喑,教师、主任纷纷辞职,学生能走的都走了,校园一片死寂。

叶渊还在新加坡。校主挽留,他在新加坡过了圣诞节,又度过了1927年元旦。远离是非之地集美,他感到格外轻松惬意。他到过新加坡河口,去过牛车水,逛过乌节路;他参观了陈嘉庚公司总部,到过工厂,去过橡胶园,也到南洋华侨中学等校参观。所见所闻,感触良多。他在新加坡住了一个多月,经常和校主接触。他和校主,朝夕相处,彼此更加了解,又处多事时刻,关系更加紧密,成了更亲密的、彼此更加信赖的朋友。

新年过后,叶渊才离开新加坡,1月15日回到厦门。因为学校已关门,他在

集美学校西校门

厦门待了半个月,一直到 27 日才到集美。2 月 2 日是旧历的新年,也就是春节。岁末年初,大家都忙着过年。他足迹所至,一片冷清,但与校园一墙之隔的集美社,到处洋溢着浓浓的过年气氛。作为校长,感受着校园内外的一冷一热,他在感到凄凉的同时,不免怀念起过去了的热气蒸腾的时光。

他在校园走了一圈,便出发到福州去。何应钦要他去,要与他商谈处理集美学校学潮问题。11 月,北伐军光复同安时,何应钦是进击闽浙的北伐军第一军军长,以后晋升为国民革命军东路总指挥。12 月占领福州后,何应钦就当起福建省临时政治会议主席了。

何应钦见到叶渊,很客气,也很亲切。

开场白过后,何应钦就说:"陈嘉庚先生和先总理中山先生有着深厚的友谊。陈先生积极支持中山先生和他从事的革命事业,值得敬佩。陈嘉庚先生倾资兴学的义举值得我们高度赞扬。"

因为何应钦曾在孙中山元帅府任参议,叶渊便接过话题说:"孙中山先生也给陈嘉庚先生很大的支持。1923 年孙中山大元帅大本营正式行文承认'集美为永久和平学村',影响很大。"

接着,何应钦便转入正题,强调国民革命军支持陈嘉庚办学。他希望有关各方,包括国民党、共产党、学生和校方,妥善解决学潮问题,恢复上课。他希望叶渊转告陈嘉庚先生,革命政府希望他继续办学。

谈话结束后,何应钦把叶渊送到客厅门口,握着叶渊的手,话中有话地说:"国民党不会为难陈先生,相信共产党也不会。"

在集美学校"提前放假"之后,厦门大学宣布"展期开学"。

因为学潮,陈嘉庚对自己创办、倾注了全部资财和心血的两所学校下了狠手,采取了两个非凡之举。这不仅震动了厦门、新加坡两地,而且震惊了中国教育界和国民革命军最高当局。2 月,国民党当局派蔡元培和教育特税公署督办马叙伦到厦大、集美调解。他们到集美时,叶渊出面接待。

因为何应钦说了话,福建省政务委员会腰杆子也硬了起来。政委会致电陈嘉庚,用溢美的言辞嘉奖他的兴学之功,同时表达福建省当局的愿望,希望他不要"萌发退志"。

春节过后,学生陆续回到学校,要求复课。在同学的敦促下,3 月,学生会及各部学生组织纷纷电请校主陈嘉庚继续办学。

陈嘉庚看到各方的诚意,便于 3 月 17 日致电叶渊,同意开学,前提是学生接受他提出的六条件。这六条件条条与学生在学潮初期提出的要求相悖。其中第一条是学生必须重新签署不参加党派志愿书;第二条是各部的全体学生要登报认错,保证此后诚恳求学,永不干犯校规;第五条是开除"破坏生"。学生不敢有违,答应六条件,学校恢复上课,学潮宣告结束。

学生、校方都付出沉重代价,没有赢家。

三次学潮反映了学生民主意识的觉醒,他们要求个性解放,要求对人格的尊重,要求参与学校管理,但学潮的自发性和盲目性暴露了组织者的幼稚、不成熟。

第一、二次学潮是激进学生组织、领导的,没有党派介入。

集美学校的三次学潮,其矛头所指都是叶渊,但三次理由各不相同。第二次学潮中,叶渊被指责压制学生参加反对日本帝国主义的爱国运动。其实,为争国权,讨回旅大,叶渊本人已于半个月前带领1500名学生乘船到厦门,冒雨参加游行。学生反对他,是因为叶渊不答应他们无休止地集会、游行,而直接的原因是时间安排上有冲突,以此给他戴上"压制学生反日爱国运动"的帽子,有失公正。再说,叶渊是陈嘉庚的执行者和代言人,学校的重要举措都是按照陈嘉庚的训示或请示陈嘉庚同意后进行的。说陈嘉庚办的学校不爱国,压制学生反日爱国运动,谁信?

三次学潮最后都聚焦在开除学生的问题上。驱逐校长,开除学生,是1919年"五四"运动后国内闹学潮的套路。诚然,叶渊为人霸气,人际关系不佳,他当过洪濑留守司令,留有领兵人的坏习气,在学校管理上采取了一些不明智的措施,如禁止党派活动,动辄开除学生等。这引起学生的不满和反弹。可是,在这些问题上,陈嘉庚和叶渊的看法是完全一致的。叶渊的所作所为是得到陈嘉庚认可和支持的。学生不敢正面对抗陈嘉庚,而把矛头对准叶渊。陈嘉庚选用叶渊、保护叶渊、支持叶渊,有其多方面的理由和深层次的思考。撤换叶渊,陈嘉庚是断然不会接受的。

从历史发展的角度看,学潮的出现有其进步意义。陈嘉庚创办的学校为学潮的形成提供了条件,这是陈嘉庚兴学的功绩。但学生闹学潮又是陈嘉庚本人最不愿意看到的,集美学校的三次学潮都是陈嘉庚以提前放假的方式强行结束的。

第三次学潮结束了,这是一个没有结局的落幕。不错,集美学校从此再没有发生过学潮,从此再没有学生群起反对叶渊,但公开的、隐蔽的党派活动从未止息,学校勒令学生退学、开除学生也屡见不鲜。有趣而发人深省的是:在被开除的学生中,有不少人后来都大有作为。他们反思过去,都感激陈嘉庚,感激母校的教育之恩;他们对陈嘉庚、对母校都怀有深厚的感情。他们为社会作出的贡献,连陈嘉庚都引以为荣。

[三]1923—1933　加快发展　艰苦支撑

18. 从学潮的失败中起步

纪念早期集美革命先驱的雕塑《基石》

正当集美学校第二次学潮闹得正酣的时候,1923年5月16日,集美学校按照陈嘉庚的意见突然宣布"提前放假"。学校饭堂熄火,停止膳食供应,宿舍也关闭,学生食宿无着。因为事先没有通知,学生没有任何思想准备,情绪更加激愤。不少学生身无分文,没有旅费,一时回不了家,惶惶然不知所措。幸好,集美银行同意退还入学保证金。学生有钱作盘缠,一两天便走光了。校园空无一人,寂寥空荡。

学潮的组织者、积极参与者转移到鼓浪屿。他们印发《告同学书》,广为散发,号召同学转到他校就读。

闹学潮时,师范部的学生罗明(当时叫罗善培)被选为班代表。学潮失败后,他和其他同学一样,不得不离校回家。他原打算到广州投考短期革命学校,却在汕头邂逅老同学蓝裕业。蓝当时已是共产党员,是广东共青团区委会领导人之一。听了罗明关于集美学潮的介绍之后,蓝裕业一针见血地指出:学潮缺乏核心领导;做法脱离群众。他劝罗明回学校,为革命工作,并对他回校以后的工作作了具体指示。

罗明回到集美,发现同学们正如蓝裕业分析的那样,都已纷纷回校,响应学生会的号召转学的寥寥无几。他按照蓝裕业的意见,联络了罗扬才、李觉民、刘

• 61 •

瑞生、邱泮林、陈乃昌和罗良厚等志同道合的同学，在学校秘密建立和发展国民党左派组织，并与广州国民党中央组织部直接联系。他们从师范各班开始，吸收党员，然后向中学、水产、商业、小学等部发展，不到3个月，就发展了党员100多人。罗明被任命为共青团通讯员，他们在广东区党委和共青团区委领导下开展工作。为了保密，他们的组织对外称"革命协进社"。1924年，他们成立"星火周报社"，出版《星火周报》，以反对帝国主义、反对封建军阀为中心，宣传革命。1925年春，由左派组织发起，恢复原有的学生自治会。学生自治会组织、带动学生阅读《新青年》《向导》《中国青年》以及《社会主义讨论集》《独秀演讲集》等进步书刊。1925年3月12日，孙中山先生在北京逝世，左派组织决定由学生会出面，举行"国父孙中山先生追悼会"，以此为契机，大力宣传孙中山的革命主张，宣传国共合作和联俄、联共、扶助农工三大政策，宣传革命的三民主义，号召大家起来进行反对帝国主义反对封建军阀的革命斗争。

按照学生会的规定，罗明也在追悼大会上讲了话，宣传革命，呼吁同学们继承孙中山先生的遗志，参加救国救民的大革命。

5月1日，学生会又发起纪念"五一"国际劳动节大会，全校师生员工都参加，连校外筑路的打石工人、泥水工也前来助阵。声势浩大。

学校当局不反对这些活动，但害怕活动失控，学生又因此闹起风潮。他们知道这些活动都是罗明组织领导的，便想出一个办法把罗明请出学校。学校领导请师范部主任李敬仲出面，找罗明谈话。李主任说："学校希望你提前离校，可以发给你毕业证明书。有这证书，你可以去考大学，也可以去教书。以后再给你补发正式的文凭。"

罗明心里不同意，但当场只表示"让我想想"。他向组织作了汇报，左派组织领导小组为此进行了一番讨论。多数人认为：为了减少目标，罗明还是提前离校为好。

1925年5月，罗明离开集美。同年9月，在广东大学参加中国共产党。

1925年6月，蓝裕业以国民促进会代表的身份到集美学校，接替罗明的工作。他根据罗明开给他的名单，和李觉民、罗扬才等同学取得联系，并吸收他们中的7人为共青团员，在集美三立楼正式成立共青团支部，选举李觉民为支部书记。这是厦门第一个共青团支部，也是闽西南地区第一个团支部。

1926年1月，经杨善集和罗明介绍，李觉民与罗扬才在广州参加中国共产党。

1926年2月，厦门第一个中共支部成立，罗扬才任书记。同年4月，集美学

[三]1923—1933　加快发展　艰苦支撑

校师范部和集美小学分别成立中共支部。这是闽西南最早的三个党支部。集美学校、厦门大学因此被誉为"革命摇篮",闽西、闽西南和厦门地区革命的发源地。

1926年2月,罗明奉命回厦门,以国民党中央农民部特派员的身份为毛泽东主持的广东农民运动讲习所招收学员。朱积垒、郭滴人等8位集美学校学生成为广东农民运动讲习所第六期学员。在那里,他们先后加入了中国共产党。4月,在罗明组织领导下,中共厦门特别支部和共青团厦门特别支部先后成立。

1926年11月,集美学校爆发第三次学潮。这次学潮是在北伐军光复同安的形势下发生的,国民革命军直接策划、指挥,左派组织参与组织领导。12月18日成立的"倒叶运动全权代表会"的19名代表中有共产党员3名。12月,学校"提前放假",党员和学生一起离开学校。3月,陈嘉庚提出六条件,没有受到任何抵制就被接受了,学校恢复上课。

学校提前放假期间,1927年1月前,罗明不在厦门。1月罗明再次来厦门,他是受广东区委派遣,前来组建中共厦门市委和厦门总工会的。任务完成后,他旋即到漳州,执行建立中共闽南特委任务,并任特委书记。罗明无暇顾及集美学校的停课、复课。

这个时期,按党组织的部署,几位中共党员都离开学校到闽南、闽西等地区建立中共县支部去了。

对集美学校开学继续上课一事,当时共产党和左派组织没有干预。此后,包括罗明在内的多位当时参加学潮的中共党员都有共同的认识。他们认为:一个开学复课的集美学校比一个关门停课的集美学校对学生、对党、对革命更有利。他们在分析集美学校连续发生三次风潮的原因时,一致认为主要是集美学校具备促进社会进步和革命发展的条件:

第一,集美学校注重向学生介绍新知识、新思想,延聘进步教师任教,聘请中国思想界、文化界的名流到校指导,他们中许多人受过辛亥革命和"五四"运动的洗礼,他们传播的新思想、新文化,促进了学生的觉醒。

第二,学校订购了大量中外图书杂志,"旧椠新梨兼收并蓄",各种图书均有,学生接受各种理论,不同思想碰撞、交锋,势必擦出火花。

此外,陈嘉庚从农村招收贫寒学生入学,这些学生不满现状,有强烈的改造现存社会的愿望,容易接受新思想、新观念。

党组织和左派组织认为陈嘉庚先生是伟大的爱国者,他从事的教育兴国的事业是伟大的事业,应该得到各党各派的支持。此后,共产党的工作重心转向广大的农村,在集美学校的活动方式也发生了变化,更加注意把斗争的锋芒对准帝国主义和反动派,更加注意进行深入细致的工作。这也是革命的学生从学潮的失败中学得有益的一课之后,迈出的更坚实的一步。

以后,根据党的指示,罗明等中共党员在厦门、闽西、闽南建立新的党组织,组织农民协会,领导这些地区的革命斗争。集美学校共产党的活动已经超越校园的范围,走向城市,走向农村,进行多种形式的革命活动。1927年"4·12"政变之后,党组织发动了多次革命暴动,领导工农群众拿起武器,走以武装革命反对武装反革命的道路。到1935年,在厦门、闽西、闽西南和闽南四个地区,中共基层组织已发展到21个,其中有17个是以集美学校党员为主建立起来的。罗明等人在革命斗争中锻炼成长,成为著名的革命家,中共杰出的领导人。他们为革命谱写了一首首可歌可泣的革命壮歌。

[三]1923—1933　加快发展　艰苦支撑

19. 兄弟龃龉

陈嘉庚、陈敬贤兄弟

对陈嘉庚说来，1926年确实是一个多事之秋。企业亏损、两校学潮，他已心力交瘁，五内俱烦。更让他撕心裂肺的是，因银根紧缩，他和胞弟陈敬贤之间发生了一场龃龉。

这一年的12月16日，陈嘉庚狠下一条心，给集美学校发了一封电报，严令学校立即"提前放假"。集美学校的事总算可以暂时搁在一边了。未等他情绪调整过来，更大的麻烦找上门来了。

这一天，吃罢早餐，他照例乘私家车到三巴哇律橡胶制品厂，开始他一天的工作。他脱下西装，解下领带，开始巡视。巡视中，他不时停下来和职员、工人交谈，检查产品质量。

中午12点，雇员和工人休息，吃午饭。而此时，陈嘉庚正在三巴哇律公司会议室主持当日的例会，与会的是七位部门主管。因为是年终，会计在情况汇报中报告了一年的财务情况：胶厂亏损30余万元；因中止在建纸厂，损失定金20万元；支付利息40万元；支给厦、集两校共90余万元——全年赤字共达180余万元。

亏损，陈嘉庚并不感到意外，使他感到意外的是赤字竟近200万。陈嘉庚显得十分平静，若无其事，只是淡淡地说了一句："知道了。紧缩计划要严格执行。"

散会后，主管会计留了下来，走到陈嘉庚身旁，想要说什么，又说不出口。

陈嘉庚问："有事吗？"

主管会计嗫嚅着说："敬贤先生的月费……"

"多少?"

"这几个月都是四千。"

"四千?怎么一下子增加这么多?"陈嘉庚问道,接着用无可商量的口气说,"照减。我给他打电报。"

为了兴学,陈嘉庚想方设法多赚钱,同时,克勤克俭节省每一个铜板。他说个人少花一文钱,就为公益多储一文钱。他每月零费不到2元,出门口袋里的钱从未超过5元。他身居新加坡闹市,从来没进过电影院看过一部电影,很少到外面用过餐。他对自己的妻子儿女的要求也一样近乎苛刻。他的第五儿子陈国庆上中学的时候,戴上母亲给买的领带。他发现了,就把他叫过来,训斥了一顿,还追究是谁给买的。他十分严厉地说:"不会赚钱就戴领带,将来戴什么?"他的另一个儿子先借了公司50元,他发现后,警告儿子说:"你爸的钱是不能给你侵吞的。"他和太太住的是普通的平房,家具又旧又破,他太太向他提议买一套新家具,人来人往也体面些。他毫不考虑,还不无挖苦地说:"你嫌家具破旧,你搬到维多利亚家具店住去,那里的家具新。"这还是他事业鼎盛时期的故事。他克己奉公,在他眼里,这个"己",首先是他自己,同时也包括他的家人。陈敬贤是他的亲弟弟,志同道合的同志,当然更不能例外。

陈嘉庚和陈敬贤是一对难得的好兄弟。陈嘉庚有十个兄弟,只有陈敬贤和他是同父同母的亲兄弟。陈嘉庚大陈敬贤15岁。陈敬贤9岁丧母,13岁到新加坡投奔其父兄。

父亲的企业破产后,陈嘉庚打开一片新天地,陈敬贤也出了一份力。陈敬贤与大哥志同道合,胼手胝足,为共同的事业拼搏。陈敬贤对大哥十分尊重,言听计从。1913年陈嘉庚创办集美小学之后,生意如日中天。1917年,陈嘉庚派陈敬贤回集美创办师范中学。此后,两兄弟离多聚少。陈嘉庚在厦门创办厦门大学期间,陈敬贤在海外开拓实业,因操劳过度,身患重疾。陈敬贤秉性温和、柔顺,和大哥的果断刚烈的性格形成鲜明的对照。集美学校、厦门大学闹学潮,陈敬贤认为主要是学生缺乏教化造成的。因此,他主张学生不仅要学知识,更要进行道德教化。因为身虚体弱,陈敬贤修炼"调和法",治病健身。从他自身经验出发,他认为调和法不仅可以治病,还可以修身养性。他多次向陈嘉庚谈起用调和法教化学生的设想和计划,并且在学校着力试验、推行。陈敬贤修炼调和法颇有心得,看人处世,都受调和法影响。他主张为人要谦虚、温柔、和顺。他看不惯叶渊的为人,认为他"少年得志,矜己轻人","由骄傲而生忿怒"。尽管他也认为叶渊能力过人,有足够的能力管理集美学校,但极力主张撤换叶渊。

[三]1923—1933　加快发展　艰苦支撑

在陈敬贤面前,陈嘉庚永远是大哥大,说一不二。陈嘉庚是一个眼光敏锐的人,对人对事都有独到的看法,而且十拿九稳,很少看走眼,非常人可比。因此,他非常自信,当然免不了有自以为是的时候。陈嘉庚是个"宁刚而败,不要因柔而胜"的人;在用人方面,他主张"宁刚勿柔"。所以,他对陈敬贤推广调和法和撤换叶渊的建议,根本听不进去;听多了,甚至有些反感。他认为叶渊多次提出辞职,是因为陈敬贤所致。他对调和法从来不置可否,而一再强调的是"校长不可更动"。

那时,陈敬贤正在日本治病调养,研修调和法。养病、治病要花钱;为了表示对调和法宗师藤田灵斋的支持,他在高野山修养期中,承诺捐款资助藤田;他还给几个集美学校派到日本留学的学生提供资助;此外还有朋友开口向他借钱。这一切都大大地增加了陈敬贤的开支。连续几个月,他要求每月支付4000元。而这正是公司银根最紧、陈嘉庚捉襟见肘的时刻。心中本来就焦躁的陈嘉庚,听到陈敬贤每月开支不减反增,而且达4000元之多,心火一下子就着了起来。未及多思,陈嘉庚就给陈敬贤拍发电报,通过厦门集通行转日本建东兴交陈敬贤。电报称:"电知敬贤回梓,并告月费勿过一千圆,舍弟取多项,恐被人误,此后切勿多与。"语气强硬,寥寥数语,大哥的威严跃然纸上。

陈嘉庚这电报和以往兄弟间无数书信、电报往来没有什么不同。除了电文说的,陈嘉庚没有更多的想法。岂料,这30个字的电报却引起轩然大波。这电报也许可以说是陈嘉庚一生中犯的最大错误。

在东瀛,陈敬贤正在神户临时寓所里潜心研究调和法,修炼其中的"他力治疗法"。他到东京拜见过藤田灵斋,当面请教。此后,他到镰仓,租地种菜,锻炼体力,休养头脑,内外并进,身体略见好转。迁来神户之后,他每天早晨5点起床,用湿冷毛巾擦身,加上一天散步数次,肉体与气色颇见丰泽。

那天,他刚散步归来,静坐在居室里。居室简陋,日式桌上放着他翻译的藤田氏的《调和法前传》。他正在用一条湿毛巾擦脸。此时,有人敲门,是建东兴陈清机差人送来的电报。陈敬贤签完字,接过电报,一看,脸色骤变,手指一松,电报掉落地上。此刻,送电报的人还在旁边。

这是陈嘉庚发来的电报。电报所云,陈敬贤无法接受。在陈敬贤看来,电文措辞,近乎训斥员工属下;用明电拍发,熟人尽知,不给他留颜面。陈敬贤一时感到莫大的委屈,受到不公平的虐待,感到无脸见人……

他盘膝而坐,双手平放丹田之下,深吸一口气,慢慢把气调匀调顺,以气调心,精神宰制肉体,身心平静了下来。

67

他拿起笔和信笺,一如往常,恭恭敬敬地在信笺的右上方写上"二哥尊鉴"四个字。在十个兄弟中,陈嘉庚排行第二,所以陈敬贤称他为二哥。接着,他的思绪顺着一行行整齐流畅、飘逸自如的钢笔行书,流泻下来,如高天行云,如涓涓细流,文词清丽,温文尔雅,句句在理,尽诉胸中的不平和积怨又不失敬。

陈敬贤写道:自己到日本,修研调和法,是因为身体羸弱,借此治病强身,更重要的是想探索用调和法,研究做人道德之根本,解决教育之缺陷问题。开销用度属为公义之目的。

他接着写道:自己是年届四旬之人,应有自主能力,还劳兄长事事遥控,可见自己之愚戆。

他最为委屈和不平的是:这样有损尊严的事,兄长竟然用公开的电报发号施令,经手的熟人、朋友全都知道,自己还有什么颜面和教职员、学生说话呢?为此,他提出取消"二校主"之名,并要求兄长给出自己可支取的资金额度,他承诺捐资的款项从中支付。他宁可节俭自己,不愿失信于人。

陈敬贤写完信,一吐胸中块垒,自觉气顺了许多。可信刚刚发出,建东兴又转来陈嘉庚的又一电报。电报写道:"本年无利兄甚苦,弟月费四千难堪,按一千足或归。"内容和前电相同,但更为简短,因而显得更加紧迫、严厉。

陈敬贤读罢,恰似火上浇油,气愤难平。他压抑不住胸中的怒火,秉笔直书,遣词用字仍很讲究、不失礼,但锋芒所向已不再回避。他一开头就写道:"来电谓弟月费四千难堪,及取多款恐被人误",兄长只知道从自己的角度着想,全不为弟切身处地考虑。此电给弟"经济上的压迫及体面上之损失甚大"。兄长月出公私款项成十几万元,难容弟短时间内月加三几千元。兄怎么主张都可以,而弟什么事都不能作主,这简直是"只许州官放火,不许百姓点灯。"

最后,他说:自己一直对兄惟命是从,即使看到兄长有错误,也委屈迁就。这不仅是他致病的原因,而且真理因此不伸。为不影响事业之前途,所以他要作一回彻底之辩明。

陈嘉庚、陈敬贤兄弟合力共事十几二十年,无论海外实业,还是国内兴学,都大获成功,名闻遐迩。如此兄弟,被传为美谈,成为人们学习的楷模。谁曾想,他们兄弟之间还有如此令人难以置信的内情。一向忍让的陈敬贤,终于忍无可忍,发怒了,摊牌了。

陈敬贤的两封信几乎是同时到达新加坡。这两封信给陈嘉庚的打击,实在不比陈嘉庚的电报给陈敬贤的打击小,甚至有过之而无不及。厦大、集美的学潮还在闹,报馆天天都有文章在对他毁谤谩骂——陈嘉庚倾资兴学,换来的是闹心；生意亏损，无利可图，四处要钱，陈嘉庚焦头烂额，苦不堪言。为兄有难处，让为弟的减少开支或回家，这本是正常不过的事，何况是二十年合作默契的亲兄弟。陈嘉庚万没料到，他不经意间的两纸电报会招致胞弟如此强烈的反弹，更没想到一向对自己言听计从的小弟，胸中有这么多的不平和对自己的抱怨，肚里有那么多的苦水。

陈嘉庚走到窗口，摘下眼镜，揉了揉发热的眼睛，又擦一擦镜片，重把眼镜戴上。他闭上双眼，把眼前的一切用沉重的眼皮隔离开来。没有风，不远处的海面平静如镜，那平时有节奏的涛声也已止息。

耳目清静，心神得到暂时的安宁。他想起弟弟的人生道路，他的不幸和遭遇，他的努力和付出，他的成绩和贡献；他检讨自己的所作所为。作为国民，他无愧于国家，无愧于人民，但作为父亲、丈夫，他亏欠自己的妻子儿女太多；作为长兄，他亏欠自己的弟弟也太多。

陈嘉庚认为，陈敬贤信中所述，句句实情，条条在理，都是自己的不是。可是，针无两头利，作为国民，应该竞争义务，应该克己奉公；为了国家，自己应该作出牺牲。这不免要连累自己的家人。可这能成为他原谅自己的理由吗？

陈嘉庚长吐一口气，举手狠拍了一下脑门，自语道："敬贤，委屈你了。都是二哥的不是。"

1927年1月17日，陈嘉庚又给陈敬贤发了一封电报，向陈敬贤认错谢过。电文是："前电系一时错误，甚愧，谨取消，谢过，勿滞是感。"

陈嘉庚在家里是家长，在公司是老板，在社会上是两校校主、侨界领袖，是一言九鼎、一诺千金的人物，得到殖民地政府和中国政府的尊重，享有极高的威望。他秉性刚烈，宁折勿弯，从来没向人低过头，今日却向弟弟俯首谢过，写了"检讨书"。那电报，字字千钧重，句句出真心，绝非敷衍。他仍采用发电报的方式，经由前两电所走的路线，其目的是在原知情人的范围内，公开向弟弟认错道歉。陈嘉庚是非分明，为人的谦恭大度和博大的胸怀可见一斑。

陈嘉庚的事业是他和陈敬贤共同创立的。陈敬贤作出了巨大的努力，取得很大的成绩，作出了很大的贡献，当然也作出了很大的牺牲。然而，是陈嘉庚赋予他所做的一切以永恒的意义，他也因此得到人们的热爱和尊重。

然而，陈嘉庚的认错能得到陈敬贤的谅解吗？兄弟之间的情分还能真挚如初吗？

百年往事

20. 豪壮的牺牲

心绪烦乱的陈嘉庚站在一栋别墅圆顶的落地玻璃窗前,看着脚下的建筑、花草、林木。对这栋别墅,他此时的心情非常复杂,说不出是喜欢,还是眷恋,也许更多的是这别墅所记录的过去使他平添了无限的感慨,产生了一种从兴隆到衰败的悲凉。他走下楼梯,信步沿着山坡上的石阶走下,不时回头看着那别墅的圆顶。突然,他仿佛听到从那圆顶里传出的一阵阵笑声。——他意识到那是他的幻觉。可那也是真实的一幕,只不过是发生在五年前的一幕。

那是1926年冬季,他们刚要搬进这有山水园林之盛的私家别墅的时候,他最小的几个儿女博济、国庆、爱英、元凯来到这新装修、摆设讲究的豪宅,兴高采烈,情不自禁地就在那里大喊大叫、追逐嬉戏起来。而此时,正好陈嘉庚在儿子济民、厥祥陪同下来看新房。他们的放肆自然遭到父亲的严词训斥。

30年代的陈嘉庚

想到这里,陈嘉庚觉得心情更加沉重。他在商场上拼搏几十年,终于成了新加坡一个举足轻重的富豪,可他们一家一二十口人还住在旧的平房里。前几年,办集美、创厦大,需要大笔的钱,家中没人敢提买房的事。

1925年,生意大发,一年就赚了近千万,陈嘉庚兴奋不已,几个儿子胆子也壮了。过年的时候,一家人聚在一起,吃年夜饭。趁父亲心情好,济民和厥祥就提出买房的事。他们还详细地讲述了他们看过的一处别墅。那别墅在经禧路,门牌42号,有山有水,主人急着出让,价钱也合理。机不可失,时不再来。

70

[三]1923—1933　加快发展　艰苦支撑

此事两兄弟酝酿了很久。什么时候说,谁说,怎么说,都经过周密的策划。他们本想父亲应该会同意的,没想到父亲把他们看了一眼,说了一声:"买房?你们哪个没房子住?"

就再没话了。谁也不敢再多说一句。可是,两兄弟不死心,联合他们的庶母,在元宵节重提此事。陈嘉庚终于点了头,一家人皆大欢喜。

1926年年底,他们搬进这别墅。这别墅占据整座小山,屹立在山顶上的除了那座有圆顶的大厦外,还有两座人字屋顶的大楼。山坡上绿草如茵,高大的树木直插云天,绿荫盖地,四处百花盛开,美不胜收。更加流水潺潺,鸟儿啭鸣,让人有人间仙境之感。在这里,他们一家人过着以前从来未曾有过的舒心而惬意的日子。

可是,打从他们搬入新居以后,公司的生意每况愈下,五年来,一年不如一年。为了维持集美学校和厦门大学,陈嘉庚想方设法满足两校的经费:1927年70万元,1928年60万元。两校有困难,但还维持着。1927年以来,集美学校学生数年年增加,至这一年,即1931年,全校在校学生达2723人,是建校以来最多的一年。

学校没有人闹学潮了,一切工作走上正轨,但公司的生意却越来越糟,江河日下。1929年10月,资本主义世界爆发经济危机,世界各大城市,银行倒闭,工厂停工,商店关门,大批失业工人流落街头,不少破产资本家跳楼自杀。

新加坡的实业界笼罩在一片愁云惨雾之中,而首当其冲的是橡胶业。橡胶的最大采购国美国对星马橡胶的进口剧减甚至停止,橡胶价格暴跌,只剩原来的一成。企业亏损严重,为按月支付集美、厦大两校经费,陈嘉庚开始向银行举债,债台高筑。

1931年这年的中国年刚过,在新加坡峇峇利律一号陈嘉庚公司总管理处,公司的董事长兼总经理陈嘉庚与三个儿子陈济民、陈厥祥、陈博爱及公司的财务主管陈义明绞尽脑汁,在研究对策。

济民和厥祥建议停止集美和厦大两校经费,集中财力维持企业经营。但陈嘉庚坚决不肯,他说:"两校如关门,自己误青年之罪小,影响社会之罪大……学校一经停课关门,则恢复无望。"

为了解决当年给集美、厦大的经费,大家无计可施。陈嘉庚提出到银行把他们的别墅典押出去。他说:"这座别墅最少可押10万现金。今年厦大集美两校首期经费可以立即寄出。"

济民和厥祥听到父亲要典押别墅,立即从椅子上跳了起来,不约而同地叫道:"典押别墅?"

他们知道,父亲做出的决定是谁也改变不了的,多说也没有用。

别墅典押出去了,但更坏的事情接踵而至。八个月后,为了维持集美厦大两校,陈嘉庚决定把别墅卖掉。

别墅就要过户了。这里已经不再是他们的家了。这回是他最后一次到这里来了。陈嘉庚步下台阶,无心欣赏两边争奇斗艳的奇花异草,参天的热带古木。他的手杖沉重地点着石阶,脚步沉重,心情更加沉重。

出卖别墅,孩子们都没有反对。他们是强力压抑着内心的痛苦和失望,他们的内心在呐喊,在嘶鸣。陈嘉庚知道,五年前他们搬进来时的每一分兴奋,现在都变成了十分的失望、沮丧和痛苦。

陈嘉庚变卖别墅维持集美厦大两校,一时成了新加坡报界的新闻焦点。"出卖大厦,维持厦大"的大标题赫然出现在多家华文报纸的头版头条上。这里说的"厦大",自然包括集美,此处不提是文字游戏上的需要。

变卖房产可解一时之急,可解决不了根本问题。因为陈嘉庚向外国银行财团借了债,

外国银行财团以债权人的资格要求他停止支付两校经费以清偿债务,否则就要拍卖他的不动产。两校是他的一切,陈嘉庚毫不犹豫地说:"我的经济事业可以牺牲,学校绝不能停办!"

1931年8月,几乎是在陈嘉庚出卖别墅的同时,陈嘉庚被迫接受外国银行财团的条件,将所有资产折价200万元入股,他的企业改为"陈嘉庚有限公司"。公司由有汇丰银行代表参加的董事会领导,陈嘉庚任总经理。陈嘉庚仍按月支付两校经费5000元。公司改为有限公司,陈嘉庚就从大企业主的地位降为外国金融资本支配下的股份有限公司的股东。陈嘉庚俯仰由人,处处受人掣肘,想干的事都干不成。

1932年,陈嘉庚的企业已濒临破产,某外国垄断集团提出以停办集美、厦大两校为条件,要把他的企业作为附属公司予以"照顾"。陈嘉庚断然拒绝,说:"宁使企业收盘,绝不停办学校。"这句话成了陈嘉庚倾资兴学最集中的概括,成为千古绝唱!

这一年,陈嘉庚各业无利可图,连利息都付不出,但他仍负担集美学校经费23万元。

1933年春,陈嘉庚看势头不对,就利用有限公司董事会关于出租所属胶厂的决议,行使他总经理的职权,把几家能盈利的熟胶厂租给李光前的南益公司,

说好盈利一半作为两校校费;把蔴坡厂租给陈六使的益和公司,得利全部充作集美校费;怡保、太平、实吊远、巴株等厂招经理人合租,他自己也参加一份。这些经理都是他过去的职员,看着老头家的面上,也都同意得利抽三成作校费。

这一年初,陈嘉庚连厦大、集美两校最低限度的校费也无法筹措,只得向亲友伸手求助。他的女婿李光前每月补助坡币 600 元,族亲陈文确补助国币 500 元。他的亲家曾江水捐 15 万元,叶玉堆捐 5 万元。在万不得已的情况下,陈嘉庚只好请李光前、陈文确、曾江水帮忙,补助集美学校经费。

这年的 7 月 1 日,是陈嘉庚几年来最兴奋的一天。他从报纸上得悉:为摆脱经济危机,英国政府决定提高外国进口商品的税率。新加坡是英国属地,不算外国,所产商品不在增税之列,这对新加坡的出口商,特别是橡胶生产商十分有利。历年来伦敦有八家公司向陈嘉庚胶品制造厂采办胶鞋、胶靴,但数量不大,如今,因为日本等外国公司的橡胶制品要征收高额的进口税,所以所有的英国客商都转向新加坡采购,新加坡的订货猛增。陈嘉庚觉得这是天赐良机,他的企业马上就可以脱离困境。他盘算:他的橡胶制造厂每月可以生产各式胶鞋、胶靴二三十万双,可获利 12 万元。一年 12 个月,一年就可得净利 130 多万元。他断言:橡胶业复苏有望,中兴在即。

8 月的一天,陈嘉庚果然盼来了一位从伦敦来的英国客商。他是老客户,原八家与陈嘉庚有生意往来的客商之一。这是英国政府提高进口税率之后,陈嘉庚接待的第一位英国客商。对这位英商的到来,陈嘉庚充满期待,给予热情的接待。

可是,令陈嘉庚大出意料之外的事发生了。此英商一来就出口不逊,要独揽经销陈嘉庚橡胶制品厂全部产品的生意。他之所以敢于如此狂妄,是因为他有很硬的后台。他手里握着伦敦汇丰银行的介绍信。他一到新加坡就到新加坡汇丰银行活动,要求将陈嘉庚橡胶制品厂销往伦敦的鞋、靴全部由他一家专卖,取消与其他七家客商签订的供货合同。陈嘉庚有限公司是受汇丰银行控制的公司,董事会对汇丰银行的指令不敢抗拒,竟然同意这英商的无理要求。

作为总经理的陈嘉庚和董事会争执起来。

陈嘉庚气愤地说:"我是总经理,我坚决反对由一家公司专卖。一家垄断,数量有限,价钱低。"

汇丰经理毫不客气地说:"密司脱陈,你应该知道,在这八家公司中,只有这一家是英商,其他七家都是外国人,包括犹太人。"停了一会,他特别提高声调,强调说,"我英国人的利权,岂容他国人染指!"

这不是他一人口吐的狂言,他之所言代表的是英国政府的态度。他所说的

"他国人"包括新加坡华侨,此刻指的就是陈嘉庚。英国政府对陈嘉庚事业的发展早已虎视眈眈,认为这严重损害他们宗主国的利益。特别是陈嘉庚将所获得的利润汇到中国兴办教育,更使他们无法忍受,只是碍于面子和法律约束,一时不便下手,而在等待时机。

进入 30 年代,英国政府开始实施搞垮陈嘉庚的计划。先是密令汇丰银行逼迫陈嘉庚归还 400 万贷款,然后迫使陈嘉庚公司改组为股份有限公司,对陈嘉庚的业务进行控制,然后加以扼杀。

这些内幕是 1935 年英国反对党在下议院责问执政党殖民大臣时披露出来的。

陈嘉庚拒绝与这个他称之为"魔商"的英国商人签订合同。但董事会却越俎代庖,与其签约。

自 1927 年以来,特别是 1929 年世界经济不景气以来,陈嘉庚说自己是处在"避贼遇虎"的惨景。在事实面前,他看清了,在外国资本的钳制下,企业发展无望,他决计收盘。

这年冬季,他开始做收盘的准备。各厂、各分公司分别清理。在处理善后事务时,陈嘉庚对两校的维持作了精心的安排。在有限公司成立之后的 30 个月中,厦大和集美两校经费每月不敷一万余元,共四十余万元,陈嘉庚变卖厦门产业得十几万元,向集通息借 30 万元,勉强支付。

陈嘉庚出卖的别墅

当陈嘉庚撕下 1933 年日历最后一页的时候,他已经做好了收盘的一切准备。他感到从来没有过的轻松,也感到从来没有过的沉重。他感到轻松是因为没有生意的拖累,不受人掣肘;感到沉重是他所苦心经营的集美厦大两校的未来,虽然他已作了安排,但还是没底,两校的发展还看不到希望。至于他企业收盘,辛苦打拼几十年积攒下来的千万家财去而无望复来,他十分淡然、坦然,他认为这是"牺牲",不是"孟浪";他不认同他"企业收盘是维持两校所致"的说法,他说这完全是个人之荣枯,与兴学、与社会没有关系。

这是勇士的情怀,大将的风度;这种牺牲,是壮士断臂的牺牲,豪气而悲壮!

【四】1933—1943

烽火岁月
弦歌不辍

百年往事

21. 新的起点

　　自从决定收盘以后,陈嘉庚就很少到公司去,连家也很少回,他的大部分时间都在武吉巴梭律的怡和轩俱乐部。1923年陈嘉庚被选为俱乐部的总理,连任至今。过去,他就经常在那里,处理俱乐部的会务,和会员交谈、会客,讨论及处

怡和轩俱乐部

理集美、厦大两校等公益事项,闲时在那里读读书、看看报。自去年(1933年)年底决定收盘之后,他把该了结的事了结了,把该办的事办了,更是一整天、一整天地留在怡和轩三楼的图书室里,翻阅各种报刊、图书。

一个多月过去了,转眼间1934年的春节来到了。春节,西方人称之为"中国年"。春节是团圆节,大年初一,孩子要给大人拜年。这一天,陈嘉庚不在家,孩子们便到怡和轩给他拜年。

这年的春节是2月14日,正巧这一天也是西方的情人节。春节和情人节在同一天,"双节重叠",难得一遇,20世纪100年仅3次。对新加坡这样一个被英国人统治着的华人世界说来,中西合璧,时时处处可见,人们已习以为常,可上苍的这种安排,着实给这个中国年平添了一种别样的气氛,一种不寻常的韵味,尤其是对年轻的情侣说来,更是如此。

这一年,陈嘉庚的五公子陈国庆22岁,正当青春勃发的年华,处在热恋中。女友是他年前从香港回新加坡途中在一艘意大利客船上偶遇的一位漂亮少女。两人一往情深,约会频频。在这样一个中国春节和西洋情人节重叠的日子里,两人一大早就相约出门,尽兴地游玩一番,互相表达柔情蜜意。他们来到新加坡最热闹的牛车水。

节日的牛车水,一片火红。大街两侧的店面装饰全是中国人喜欢的大红色,头顶上也是横街而过的各种彩条纸带。街道上,游人如织,富商巨贾陪着珠光宝气、扭捏而过的阔太太,进出商铺店堂;打扮入时的少男少女结伴而行,说说笑笑,好不热闹。拉人力车的,光着膀子,一路奔跑,在人群中穿行,跑着蛇形线;不时有锃光瓦亮的私家车鸣着喇叭,在人群中慢慢地挪动。大街小巷,到处摆着用烧红的炭火烧烤肉干的摊位,空气中弥漫着扑鼻的肉香,翻滚着一股股白色的烟雾。这一切,加上那热带灼热的炎阳,更让人觉得热气腾腾,年味十足。

陈国庆携女友边走边看,不经意间竟来到武吉巴梭律的岔道口。他突然止住脚步,说:"等等!"

原来他看到一辆私家车从面前驶过,认出那是他们家的车,他料定那一定是他的弟弟妹妹们到怡和轩给他父亲拜年去了。他让女友在一家首饰店等他,他要和弟弟妹妹们一起拜年去,一会就回。因为父亲不喜欢繁文缛节,拜年从来都很简单。

陈国庆快步往前追,在厦门会馆前赶上了他的几个弟弟妹妹,是元凯、元济、国怀、爱英他们几个。他们会合,一道横穿马路,走进怡和轩。在大门入口处,他们碰到大姐爱礼带着她和李光前的三个孩子——李成義、李成智、李成伟从里面走出来,看样子,大姐刚拜完年要回去。大姐告诉他们,父亲在客厅,和大姐夫李光前,亲同阿叔陈文确、陈六使在一起。他们进了客厅,先是打招呼,问安,然后给父亲磕头,接着依次给李光前、陈文确、陈六使拜年。礼毕,陈嘉庚就叫他们离开,说大人在谈事,礼到便好。他们也如释重负,急忙转身走出客厅,上车回家。

陈国庆打原道走回,找到女友。两人手挽手,沿着街道继续游玩。

女友问:"怎么这么快就回来?"

陈国庆如实相告。

他对女友说:"阿爸的企业要收盘了。我现在所在的熟胶厂也要结束营业。还不知道节后我到哪里任职去呢!"

女朋友听他这么说,赶忙表白说:"我跟你好就是跟你好。和你'爹地'企业收盘不收盘没有关系,跟你在哪里任职也没有关系。"她属西洋派,"父亲"不叫"父亲",也不叫"爸爸",而叫"爹地"。她说自己对国庆的"爹地"十分崇拜,她早就知道陈嘉庚,但一直到最近才从陈国庆口里得知:陈嘉庚竟是陈国庆的"爹地"。

他们转过街角,女友突然转过身来,面对着陈国庆,说:"你什么时候带我见你'爹地'?"

陈国庆被这突如其来的问题问住了,他显得有些尴尬,支吾着说:"家里都还不知道呢!我们家很开明……我会尽早告诉他们的,一定……"就这样陈国庆搪塞了过去。

再说陈嘉庚与李光前、陈文确、陈六使在怡和轩俱乐部,互相拜年问安,促膝交谈。开始时,陈嘉庚说的话比较沮丧。他说:"我办集美、厦大两校,为善不终,累及各位。第一个跟我受苦的是敬贤,他跟我打拼二三十年,如今百病缠身,未老先衰。还有你们……"

陈文确打断他的话,说:"嘉庚兄,过年了,说点喜庆的。"

但没说上几句轻松话,不知不觉间话题又转入企业收盘上来。李光前说:"企业收盘不是经营失误,而是维持厦大、集美两校庞大的开支所致。"陈六使附和着说:"如果在企业极困难时期,减少或停止两校的经费,东山再起是有希望的。"

陈嘉庚说:"许多好心人都认为我企业收盘是创办、维持两校所致。我大儿子济民也这样说。这使我寝食难安。我认为企业所以失败,首先是世界大萧条所致。许多资产比我雄厚的企业,既不捐资,也不办学,不都照样破产了吗?其次,我是一介商人,身处殖民地,无强大的祖国做靠山,处处受人钳制,别人绝不会坐视我赚大把大把的钱汇往祖国办学的。如果不是受洋人掣肘,我绝对能走出低谷,转败为胜。本人捐资兴学,虽有800万之巨,但这绝不会使企业破败。事实上我捐资最多的年头恰恰是企业最盛的时期。本人认为,企业收盘全是我自己的气数,个人的荣枯,与兴学无关。"陈嘉庚一再强调这一点,原因是他办学原是希望带个头,造成兴学之风;他深恐别人从他的失败中引出结论:陈嘉庚是办学才破产的。那以后谁敢捐资兴学?如果别人不是把他当成风气之先,而是把他当成前车之鉴,那才是真正的悲剧。

讲到企业收盘,陈嘉庚还有更深层次的看法。他说:"这几年的不景之气全由生产过剩所致。科学进步,机器发达,成本低廉,出品大增,人力减少,导致工人失业增多。这是时代潮流所趋,任何智能财神博士都无法挽回这样的危局。"他看了看大家,一字一板地说,"要解除不景气只有两个办法:一是发动战争;一是实行共产主义。战争属于治标,共产可以治本。"

李光前他们三人面面相觑。

陈嘉庚对日本侵占我国领土极为气愤,不赞同资助学生到日本留学,说:"在我国土被侵占的情况下,学生还能安心在敌国读书,这样的学生即使学富五车,对祖国有什么好处?"他强调:"集美、厦大学生要爱国,要把国家的安危放在心上。"

陈嘉庚一再说,有他们三位的鼎力支持,两校虽然还面临着许多困难,但绝对可以维持,他感到心安。他们三人也再三表示,他老人家的事业就是他们的事业,他们一定尽力帮忙。

话题又转到集美学校和厦门大学。陈嘉庚说,厦门大学有林文庆,集美有叶渊,这几年还是比较安定的,而且有进步。他看到国内一家叫《社会与教育》杂志刊登的一篇文章,称集美学校是"世界上最优良、最富活力的学校"。作者孙福熙是著名的散文家、画家,虽然他之所云有些过奖,但绝不是瞎说。去年,20周年校庆,庆典力戒铺张,可影响不小。这向社会表明:学校经济上面临困难,但还是可以办好的。虽然学校建筑都停了,但为了校庆,水塔还加层成了钟楼,很有纪念意义。

他又讲到叶渊受人诬陷吃官司的事。

事情是这样的。1930年5月,时任国民党临时党部负责人的许卓然在厦门被暗杀。这许卓然曾任闽南"靖国军"司令,主持过厦门《江声报》,和叶渊有过纠葛。其党羽咬定凶手是叶渊,厦门思明地方法院拘留了他。陈嘉庚致电南京国民政府胡汉民等人,请求把叶渊移送杭州审理。陈嘉庚令杭州分店出资2万元担保,使叶渊免受牢狱之苦。后证实许卓然是被土匪及台湾浪人所杀,因许曾揭露此二人贩毒,二人为了报复而下的毒手。1932年,叶渊无罪释放,1933年返校主持校务。但许的手下仍不放过他,还在四处活动,欲置叶渊于死地而后快。叶渊在集美很难立足,已几次向陈嘉庚提出辞呈。陈嘉庚答应不是,不答应也不是,处于左右为难的境地。

他们又谈到南洋华侨社会风气的改革问题。陈嘉庚说:每次看到华侨出殡,他都感到特别羞愧痛心。出殡队伍锣鼓喧天,中乐西乐,光怪陆离,无所不有,耗费钱财不说,也违背丧仪的主衷。1928年,他就在福建会馆成立了"丧仪改良委员会",发表宣言,采取行动,已见成效,但还需进一步努力。他反对开彩票,反对吸毒抽鸦片,反对蓄养奴婢,反对跳舞营业。

讲到跳舞营业,陈嘉庚好像特别激动,反对态度也特别激烈。他站起来,提高声调说:"开设舞厅营业,招纳专业舞女陪伴舞客跳舞,无异于卖淫。"他的手杖在地板上点着。

他们又谈到陈嘉庚今后事业的发展和家人的出路问题。陈嘉庚说:"这你们不用担心。我吃稀粥,佐以花生米,就能度日。天无绝人之路。"

李光前提出请陈济民到他的南益公司任经理,陈嘉庚点头默许。

春节过后的一个礼拜,1934年2月19日,陈嘉庚在利峇峇厘一号主持陈嘉庚有限公司股东非常大会,议决公司自动收盘,委托汇丰银行会计师大卫·菲力浦、利华史等人为清理员。

两天后,公司正式发布通知,宣布收盘。

3月,清理员宣布:陈嘉庚有限公司债款积达3098000多元,银行复利75000元,资本亏失净尽,清还已不可能。工人全部遣散,旧欠工资,待公司机器各物拍卖后始能分摊。

陈嘉庚的企业宣布收盘,全球分行80余处全部停闭。陈嘉庚企业收盘的消息震惊海内外,一时议论纷纷。有人幸灾乐祸,讥讽挖苦,说他"孟浪"、"轻财";有人无限惋惜,认为陈嘉庚为兴学而毁了自己庞大的家业;也有人乘机放风,说陈嘉庚企业已经收盘,厦大、集美早晚关门。

面对纷纷的议论,连篇累牍的文章,凡是对他个人的,不论褒贬,他一概不予过问。但涉及两校、涉及兴学的议论,他却绝不等闲视之。听到他企业收盘了,两校迟早要关门的信口雌黄,他怒不可遏,急忙起草一份《陈嘉庚启示》,强调两校绝可维持,不受收盘影响;勉励两校教职员工坚定奋发,不要受谣言所惑,为振兴我民族文化而努力。

企业收盘后不久,陈国庆把谈恋爱的事告诉母亲,并提出要办婚事。他母亲叶却娘把此事告诉陈嘉庚。陈嘉庚心里高兴,脸上露出几年来难得一见的笑容。男大当婚,女大当嫁,当父母的怎能不高兴。他连声说:"好,好!"稍后,他又对太太说,"女方的人品怎么样?多查查问问,再作决定。"

几天后,陈国庆和女友又来到牛车水,两人一路无语。女友问国庆他"爹地"对他们的结合怎么说的。因为话太难出口,陈国庆欲言又止,但最后不得不说。他告诉女友:"我阿爸不同意我们的婚事。"

"为什么?"女友大声地问道。她见陈国庆半天不说话,早有所料,但她最不希望听到的话终于从陈国庆的嘴里说出来了,她感到费解。

"他听人说你喜欢跳舞,擅于外交。"陈国庆说。

"跳舞怎么啦?擅于外交又怎么啦?这不好吗?再说,他老人家不喜欢,我可以改呀!"女友感到不平,连珠炮似说道。接着她又转换语气,说,"我保证,我改!"

陈国庆无言以对。他知道在父亲眼里,喜欢跳舞,无异于舞女;擅于交际,就是交际花。这些都是陈嘉庚深恶痛绝的。但是这些话,他怎么对女友说呢?为了安慰女友,陈国庆答应把她保证要改的决心告诉他父亲,虽然他明白父亲决定了的事是谁也改变不了的,更何况他已经把跳舞营业列为要改革的社会陋习之一。父亲一贯嫉恶如仇,见到什么不对,一定要改;要别人做的事,他自己一定先做到。他年轻时,抽过鸦片,后来知道其危害,就坚决戒掉。他绝不可能答应这桩婚事,因为他一答应,就意味着他容忍跳舞,就是给跳舞营业开绿灯,这和他主张的改革是背道而驰的。

事情果然如陈国庆所料。父亲坚决不答应。

陈国庆与这位女友的爱情就此结束。还是在牛车水,在一家咖啡馆,他们在痛苦中度过了最后在一起的一个夜晚。

短短的几个月内,陈国庆失去工作,又失去爱情,空虚痛苦不难想象。

但不久,父亲就和他合伙做生意,由他担任德光砖厂与柔佛州士乃胶园的经理。德光砖厂是当年新加坡第二大砖厂。他经常驱车到砖厂和胶园,父亲有时同行,他感到宽慰。有一次,车过乌节路,他看到前女友和一个英俊小伙手挽着手在街道行走,他感到很不是滋味,但也松了一口气,去掉了心头的重压。第二年,1935年3月,陈国庆与一有名的船货供应商之女蔡明娘结婚。

此后,陈嘉庚也关照生意上的事,但主要是指点陈国庆去做,偶尔也到砖厂、胶园视察。他的大部分时间都花在怡和轩俱乐部。他每天读书,他读的书除四书五经外,有《三国志》、《四库备要》、《万有文库》、《曾文正公集》、《珠算指南》等古籍,还有像《进化论》、《辩证唯物主义讲话》、《西行漫记》等近现代科学、时事政治书籍和《金刚经》、《华严经》、《血书妙法莲华真经》之类的经书。他常读各地的报刊杂志。阅读开阔了他的眼界,拓展了他的心智。他经常考虑集美、厦大两校的问题,思考他关心的天下大事,忧国忧民。60周岁的陈嘉庚开始新的征程。

[四] 1933—1943　烽火岁月　弦歌不辍

22. 痛失二校主

陈嘉庚在怡和轩俱乐部的图书室翻着书报,《厦大周报》登载的一篇报道映入他的眼帘。文章写道:"1933 年 3 月 3 日早晨,厦大校长林文庆家中来了一个陌生人,交给林校长一封信和一百元。信云:'……仆以海岛弃民,耻奴隶牛马之苦。十年前,归来故国,遨游普陀,瞻学府之巍峨,满园桃李。高山企慕,益羡嘉庚先生之毁家兴学,诚为国人之难能。其时,虽有志向学,而井深梗短,徒唤奈何! 今耿耿寸心,未能忘怀,而与友人合捐百金,以表微忱。'"此君没有留下姓名。

1935 年,为缓解厦大财政困难,陈嘉庚函请林文庆校长到星马各大埠募捐。那时,不景气的阴云仍笼罩着各地各行各业。陈嘉庚估计只能募到 10 万元,可最终竟募至 3 倍之多,30 万!

在这次募捐中,林文庆对陈嘉庚说:"我已 60 多岁了。你不让我退休,我就和嘉庚兄共同为厦大奋斗到死!"像林博士这样的大学者,愿为一所大学奋斗到死,绝不是仅仅为了友谊,而是为嘉庚精神所深深感动。

这一切给陈嘉庚极大的安慰。这说明他兴学已得到社会的认可,他倾资兴学的精神已深入人心。他的初衷已经实现。

为了从根本上解决厦门大学的财政问题,陈嘉庚开始把眼光投向政府。1935 年,国民政府授予他一枚勋章,表彰他为福建、为中国教育事业的发展所作的贡献。这说明政府对他兴学之举的认可。陈嘉庚视此为一个机会,便于 1936 年致函福建省政府主席和国民政府教育部,表示无条件把厦大交政府接办。果能如愿,他就可以集中财力办好集美学校。

可是此时的集美学校麻烦多多。

叶渊因许卓然案受冤,虽得以昭雪,宣判无罪,回校理事,但许卓然的鹰犬仍与他纠缠。叶渊频频请辞,陈嘉庚只好同意。叶渊已于 1934 年 12 月离开集美到香港,后到广西任职。集美学校处于群龙无首的状态。陈嘉庚鞭长莫及,又分身乏术。此时他特别想念胞弟陈敬贤,怀念兄弟在学校创办初期那种手足关系,一前一后,相互配合,节奏协调。

1926年底兄弟发生的那场龃龉,有其内在原因,但更主要的是两人所处的位置不同,又处于突变时期,彼此对各自的处境不了解,产生了误解。陈嘉庚一改过去一贯的说一不二的作风,放下身段,向胞弟认错,道歉。陈敬贤虽然感到过意不去,心软,但正在气头上,又写了一封长信给陈嘉庚,尽吐心中之块垒。陈嘉庚没多一句话,对弟弟的发泄抱一种理解、包容的态度。这是一段感人的故事。兄弟二人一个为商业前途和闽南教育事业不惜兄弟手足情面,一个则为个人健康以及长远的国家社会利益而动情;两人为的都是国家社会利益这个共同的大目标。

那时正是"济南惨案"发生不久。陈敬贤早就萌发离日回国之心。兄弟这次不快之后,更坚定了他归国的决心。信寄出之后,他就打点行装,登船回国。

他在上海登岸,在那里住了一段时间之后,便返回故里。到集美,眼中所见,给他添了烦心。校务的纷扰,他的主张不被兄长和学校采纳(主要是把调和法纳入正常教学中,以教化师生的主张),更重要的是健康状况不佳,这使他最终下定决心退出校政各务,寓于厦门南普陀寺养病。

那件事过后,兄弟加深了了解,血浓于水,兄弟情分自在心间。但,因为有过那次过节,彼此言谈行事都较前小心,两人之间有了一层无形的隔阂。

陈嘉庚、陈敬贤兄弟没有分家。1919年陈嘉庚公司成立时,陈敬贤主张公司只用陈嘉庚的名号,自己只做股东。1931年,陈嘉庚公司被迫改组为股份有限公司。陈嘉庚要陈敬贤到鼓浪屿英国领事馆签署授权书,将其名下所有股份,包括在新加坡的动产、不动产全数交给陈嘉庚处理,并入有限公司。也许是心存芥蒂,他没有直接告知陈敬贤,而是写信给林文庆,由林文庆转达。这样做,陈嘉庚也许有自己的考虑,但这难免使陈敬贤产生其他想法。但陈敬贤还是依陈嘉庚吩咐把所有在他名下的财产都交了出去。陈敬贤把财产交出去以后,他夫人王碧莲问他:"以后怎么生活?"陈敬贤笑着说:"只要'陈嘉庚'三个字仍抬得起来,还愁没有饭吃?"可见,在陈敬贤心中,"陈嘉庚"包含着自己,维护陈嘉庚就是维护他自己。以后的事实也证明了这一点。是陈嘉庚的故旧的帮助,特别是李光前的鼎力相助,才有陈敬贤的公子陈共存后来的家业。

1933年冬,陈敬贤离家出游,先后到福州鼓山、杭州招贤寺、浙江天目山、泉州开元寺等佛家圣地,遍游名山大川,专心研究禅理,断荤茹素,虔诵经藏,写诗作文,超尘脱俗。陈嘉庚企业收盘后,陈敬贤体谅兄长的困难,主动提出停止给他汇款供费,用自己囊中的余款节俭度日。

陈嘉庚最需要帮助的时候，也是他最思念陈敬贤的时候。1936年初，陈敬贤云游至杭州城隍山，因郁气攻心，爆发唇疔，又被庸医所误，遂至不起。王碧莲和独子陈共存闻讯赶到，陈敬贤已于1月20日谢世。夫妻父子竟不能当面诀别。而这位曾与其兄拥有千万家财的大富翁撒手人寰之时，身边竟然只剩一块银元和几枚银毫。

陈敬贤终年47岁，去世时是一佛教居士，遗下孀妻并二子一女，其中一男一女，博济和爱英是陈嘉庚过继给他的。陈敬贤遗体火化后，骨灰安放在苏州灵岩佛寺。

噩耗传到集美、新加坡，陈氏族人、亲朋友好，集美学校、厦门大学师生悲痛不已。

陈嘉庚痛失手足，心如刀绞，件件往事浮上心头。

陈嘉庚与陈敬贤相差15岁。陈敬贤的童年是和陈嘉庚一起度过的。父亲不在身边，没有父爱，只有母亲给他们关爱和照顾。因为没有父亲耳提面命地教育他们，陈嘉庚起着引领和教导的责任。1895年，六岁的陈敬贤进陈嘉庚创办的惕斋学塾。1897年，陈敬贤9岁，母亲遽然去世。年幼丧母，这对陈敬贤来说宛如一场噩梦。他日夜守候在母亲的灵柩旁，长达六个月之久。当时庶母操持家务，对他不好。小敬贤曾与姐姐相约自杀。后因姐半途折返，他的小命才保住。1900年，12岁的陈敬贤得嫂嫂金戒指一只，变卖作川资，前往新加坡投奔父兄。陈敬贤住在顺安米店，受兄陈嘉庚严格管束，举动稍越常轨，陈嘉庚便痛绳之。陈敬贤立志读书，所学大进，"言行谨饬，有类醇儒"。

父亲的企业破产后，陈嘉庚打开一片新天地，陈敬贤也出了一份力。陈敬贤与陈嘉庚志同道合，胼手胝足，为共同的事业拼搏，生意如日中天。岂料，21岁上，陈敬贤积劳成疾，年纪轻轻的就患咯血症。

集美大社的阿伯阿姆泣泪说：1910年陈敬贤与王碧莲结婚。集美家乡演戏庆祝12天，厦门水道来往的船只无不张灯结彩以示庆贺。王碧莲的父亲王安顿是清末海军三品武官，勤政爱民，镇守厦门时，建设炮台，训练士兵，捍卫海疆，厦门市民赠"万人伞"以示爱戴。

和陈敬贤同辈的华侨说：陈敬贤携王碧莲到新加坡的第二年，辛亥革命爆发。此后，陈敬贤积极帮助兄长领导福建保安捐募捐运动，9个月募得13万叻币。1912年底他加入刚成立的国民党，成为其党员，1913年7月当选为新华国民党交通部120位职员之一。

李光前、陈文确、陈六使等与陈敬贤共事过的人，都怀着沉痛的心情回忆其与陈敬贤在新加坡打拼的岁月。

1919年,陈嘉庚把海外的企业交付给陈敬贤后,星马经济发生不景气,陈敬贤主持下的陈嘉庚公司却在短短的三年内,获得三大成就。(一)为涂桥头陈嘉庚树胶制造厂扩大两万平方米的空地,供日后发展之用;(二)奠定了公司树胶制造厂成品加工业的发展基础;(三)三年共获利280多万元。陈敬贤夜以继日,操劳过度,病魔缠身。陈敬贤曾患痢疾,每天下痢10多次,抱病在家。但他的心仍惦记着店务,无一时放松。有一次,他患病在家,公司职员来报火警,他立即出门,奔赴现场。

李光前夫人陈爱礼更是伤心。她和哥哥弟弟妹妹们,都得到叔叔无微不至的关怀。1920年她和李光前结婚,父亲陈嘉庚在厦门,是叔叔陈敬贤和夫人王碧莲当主婚人,为他们主婚。

陈敬贤去世正值寒假,多数师生不在校。集美学校与厦门大学及厦门校友会联合各界在厦门举行大规模的追悼会。

4月18日,集美学校师生在本校举行"陈敬贤校主追悼大会",缅怀二校主陈敬贤的巨大贡献和业绩,师生含泪讲述他感人的故事。

1917年,陈敬贤奉陈嘉庚之命回集美创办师范中学,建筑校舍,延聘校长师资,招收学生。陈嘉庚和陈敬贤兄弟二人为集美学校制定的"诚毅"校训是他亲笔所书,厦门大学"囊萤楼"的楼名是他亲笔所题。

特别感人、催人泪下的是:1918年秋,闽粤两军于厦集交战,交通受阻,学校断粮。陈敬贤冒着生命危险,出入于枪林弹雨之中,到厦门运粮,解决学校用粮困难。校中发生流行病,他又往返于厦门与集美之间,为学生请医求药。每个星期天,他都要把教职员轮批请到家中,请他们喝茶,吃点心,谈心聊天,亲如一家。

1925年,他因筹办农林学校,操劳过度,旧病复发,不得不再次到日本疗养。

国内外有关团体、纷纷

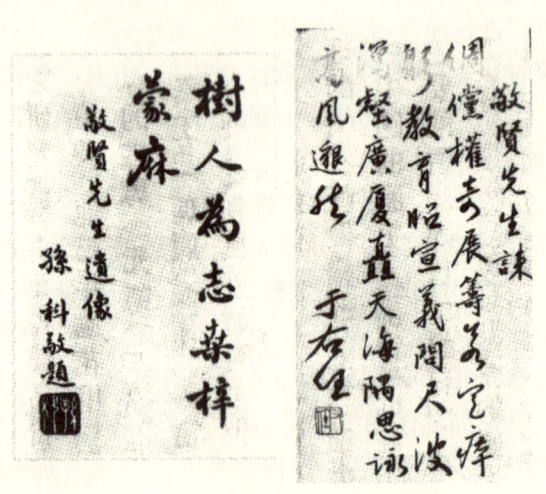

孙科、于右任挽词

发来唁电、唁函,送来挽轴、挽联表示哀悼。国民党元老于右任亲笔为陈敬贤的逝世题写诔辞;国民革命军总参谋长何应钦敬题"敬贤先生像赞";国民政府立法院院长孙科为陈敬贤遗像题字:"树人为志　桑梓蒙庥",并送挽联:"报国有雄图兴学斥资栽桃李,居山撄宿疾明心见性证菩提。"

为纪念陈敬贤,1937 年 1 月,集美学校把礼堂改署"敬贤堂",并立石碑以为永久纪念。碑文写道:"……念缔造之维艰,望典型之不远,爰以先生之名名堂,勒石纪焉……"

1937 年 9 月,陈共存与其母王碧莲到新加坡。陈共存到怡和轩俱乐部拜候伯父陈嘉庚。陈嘉庚在三楼和他会面。陈嘉庚和陈共存坐在一张四方形红木桌旁。陈共存见伯父外貌、举止酷似父亲陈敬贤,不禁潸然泪下。陈嘉庚给他讲了他们家的历史,讲自己如何与他父亲合力拼搏,从祖业中落,到创业,至鼎盛,直至收盘。陈嘉庚说:"经过这些事,人生观也随着改变。现在就是有黄金在地上,我也懒得俯身拾起。"

1942 年日寇入侵新加坡,陈嘉庚在最后一刻才离开,连家人都来不及告别。但在离坡之前,他特地留下 500 元,托人转交王碧莲,作为生活费。

集美学校第一批永久校舍是陈敬贤督建的。在这些建筑中有一座水塔。1933 年这座水塔经加层成为学校的钟楼,成了早期集美学校的地标,象征性的建筑。钟楼的钟声响着,清脆、悠扬,那是校主陈嘉庚和二校主陈敬贤敲响的钟声。而如今,钟声依旧,可二校主已去,只有校主陈嘉庚独自在为集美学校发展呕心沥血。

23. 狮城临危受命

在集美学校陈敬贤追悼大会的灵堂上,悬挂着许多挽联、挽幛。其中有一对挽联非常吸引人注意。挽联写道:

公怀兴学济时心,纵返本归真,犹留伟业;

我有发聋振聩志,当鞠躬尽瘁,勉佐徽猷。

落款是:职　陈村牧　敬挽

显然,挽联的上联写的是陈敬贤,下联写的是"敬挽者"陈村牧自己。上联是歌颂逝者的功德,下联是陈村牧在对陈敬贤表决心,表示自己要为实现二校主的宏图大业尽自己最大的努力。这个陈村牧是集美学校改组后的中学校长。

陈村牧,原名春木,福建金门人,1907年11月23日(农历十月十八日)出生于金门县后浦镇。1920年小学毕业后,到集美中学读书,1925年获学校"成美储金"资助上厦门大学预科,后升入文学院历史系。1931年1月毕业,2月,回集美学校任教。他立志振铎育英,当培育千里马的乡村牧马人,便把原名"春木"改为"村牧"。

陈村牧在集美中学当教员,讲授高中、高师《中国文化史》和《西洋史》。他学问渊博,教学认真。他自编讲义,创造一种学生谓之为"海阔天空,织网围渔"的教学法。他上课侃侃而谈,上下五千年,纵横百万里,在学生面前展现一幅幅古今中外恢宏壮阔的历史画卷。学生用诗的语言赞扬他上课的风格是"无色而有

陈村牧

图画的灿烂,无声而有音乐的和谐"。陈村牧以他的学识和热情,叩开了莘莘学子智慧之门、心灵之扉。

陈村牧兼做住在立言楼和立功楼初三班学生的训导工作。他朝气蓬勃,有浩浩君子之德;为人谦虚谨慎,有谦谦君子之风。他举止文雅,面目清秀,学生们在背后给他起了一个外号"童子面"。

1932年2月,他辞去集美学校教职,受聘为厦门大学高中部教员,9月,重返集美学校任教。

陈村牧在集美学校、厦门大学接受教育,受到嘉庚言行的熏陶,对陈嘉庚兄弟十分崇敬,对他们的事业十分忠诚。1933年12月,陈嘉庚决定企业收盘。陈村牧得到消息,心情非常难过,只是苦于有心无力,不能为校主分忧。针对当时学校面临的财政困难,陈村牧和15名教职员联名向校董会提出改进学校工作的意见和计划,裁员并校,减少财政开支。校董会认真研究并采纳了他们的意见,把男、女中学合并为集美中学,高师、乡师、幼师合并为师范学校,把男女小学和幼稚园附属于师范学校。编制压缩,学校的人员也相应地减少,节省了大量的开支,还有利于加强教学组织和教学质量的提高。

陈村牧在教学上是一位学生公认的好老师,在学校管理方面也表现出非凡的才能。1934年1月,叶渊提拔他任整合后的集美中学校长。

陈村牧锐意改革,在学校教学及管理各方面制定了具体而可行的规章制度,并严格执行,按章办事。他尊重教师,器重人才,关心教职员工,以"诚毅"精神凝聚了一大批学有专长、能和衷共济的好老师。

1934年,鲁迅高足、著名作家许钦文被当局以"窝藏共产党"的罪名抓捕、关押,后经鲁迅营救出狱。陈村牧得知后,立即打电报聘请他到集美任教。许钦文到集美后,陈村牧对他关怀备至。许钦文患香港脚,陈村牧专门安排工友照顾他。为了给许钦文加薪,又不加重学校的负担,他悄悄地把自己每月的薪金减掉10元,加在许钦文的薪金上。

在陈村牧的苦心经营下,集美中学成绩卓著,声誉鹊起,成为全省中等学校中的佼佼者。

但此时的集美学校面临着重重危机。

首先是1934年2月,校主企业收盘,集美学校财政面临巨大的困难。

与此同时,叶渊校董辞职。叶渊离校后,学校成为无舵之舟。1936年2月,二校主逝世。这又给风雨飘摇中的集美学校加了一场凄风苦雨。

面对这极其严峻的局面,陈村牧的良知告诉他自己应该怎么行事。他借献给二校主的挽联,向集美学校广大师生表露心迹,表示自己的决心。

1936年8月,集美师范学校奉省令停办,与集美中学合并。陈村牧担任合并后的集美中学校长。

随后,陈村牧把家眷从金门接来,准备在集美常住,为校主的事业鞠躬尽瘁。

当时的校董林德曜心地狭窄,妒贤嫉能,不能容人,致使原校董会五人,仅留陈延庭一人,形同解散。因校董林德曜的独断专横,学校人心涣散。

在下属的几个学校校长中,陈村牧对学校是最热心的,他多次提出改进意见,目的是节约开支,把学校办出特色。林校董对他的意见不仅不予考虑,而且觉得陈村牧屡屡出招,居心叵测,因而对他处处设防,事事掣肘。

1936年1月,陈村牧作为福建中等学校校长代表,参加全国各省市中等与专科以上学校校长代表会议。陈村牧在福建教育界声名远播。这大大地刺激了林校董的神经。

陈村牧确有一片雄心,也有一套计划,可得不到支持,反而受到打击、压制,心中不免有不满,有怨气。

陈村牧有位金门同乡在马来亚蔴坡华侨中学任教,此人名叫蔡承坚,集美校友,两人一直有书信往来。陈村牧在给蔡承坚的信中有意无意流露出对学校、对自己处境的不满。写者无心,读者有意。那时,蔡承坚所在的学校正在物色一位校长,他知道陈村牧是个人才,是合适的人选,便向董事会建议聘陈村牧到蔴坡华侨中学当校长。董事会同意,并着蔡承坚抓紧和陈村牧联系。

4月,学校举行二校主陈敬贤追悼大会,陈村牧写了那对挽联,原想借此帮助稳定浮动的人心。他断没想到,这副对联却授人以柄,予人口实。学校有人利用这对联,放风说陈村牧有野心,在觊觎校董之位。而陈村牧从林校董的话语中也觉察到有弦外之音。

尽管处境困难,陈村牧本无离意,但听到关于他有野心当校董的流言,他非常生气。但他只能自己生闷气,既不能解释,也不能表白。经过再三考虑,他觉得还是暂时离开为上策,最能证明自己的清白和无辜。于是,他答应了马来亚方面的聘请,决定离开集美到蔴坡任校长。1936年12月,陈村牧接到马来亚蔴坡华侨中学董事会发来的正式聘书,并两个月薪金。

陈村牧难分难舍地告别了几个月前刚从金门迁来、且身怀六甲的妻子和两个嗷嗷待哺的孩子,告别了他朝夕相处的集美学校师生,登上南行的"火船",启程到马来亚履新。

在火船上,陈村牧意外地遇到他在厦门大学求学时的老师薛永黍教授。薛教授是应新加坡华侨中学之聘前去当校长的。薛教授也是金门人,是陈村牧的同乡,留学美国密西根大学,获教育学士、历史硕士学位。回国后,曾任厦门大学历史系教授兼高中部主任。他是南洋华侨中学董事长李光前受陈嘉庚之嘱聘请到华中当校长的。而推荐他的是一位旅新的金门人郑古悦。

薛永黍是个学问家,就学识而论,当个中学校长绰绰有余,但缺乏管理经验。陈村牧是他的学生,又是同乡,更重要的是他已当集美中学校长多年,颇有建树。两人见面,交谈中,薛教授遂生一念:如果把他留在新加坡华中当训导主任,帮助自己管理学校该多好呀!

他对陈村牧说出自己的想法。

陈村牧不假思索,一口回绝,说:"薛老师,您在开玩笑吧?这哪行呀?人要讲信誉。我已答应蔴坡华中,人家发了聘书,并已预付了两个月的薪金。我不能毁约。"

薛永黍没再说什么。两人一路没再提起此事,但薛教授心中的念头一直没打消。

1937年1月,船抵新加坡。新加坡华中李光前董事长和郑古悦到码头迎接薛永黍;蔴坡中华中学校董会代表蔡承坚前来接陈村牧。彼此做了介绍,上车。在车上,薛永黍向李光前说出自己的想法。

李光前对陈村牧也早有所闻,当然满心高兴。他对蔡承坚说:"你们都是金门同乡。我就实话实说。薛教授希望陈村牧先生留在新加坡华中当训导主任,襄助校务。蔡先生能否玉成?"

蔡承坚听了李光前的话,差点跳了起来,连声说:"不行,不行。别的好说,这事没得商量。"

李光前又问陈村牧的意见。陈村牧感谢李先生的好意,但还是那句话:"为人要讲信誉,不便毁约。"

李光前打电话把这件事告诉陈嘉庚,希望陈嘉庚出面说话。陈嘉庚开始不同意,后来听说他们争着要的是陈村牧,他想了想,马上答应找蔡承坚商量。

原来,自从叶渊离开集美以后,集美学校成了"无舵之舟",漂浮不定,换了几任校董,没有一个能稳住局面。陈嘉庚担心当年"三年四易校长"的闹剧重演,一直都在为挑选集美学校的掌舵人操心,时时都在留意集美方面的动态。叶渊在任时曾在来往函电中提到过陈村牧,陈嘉庚对陈村牧其人其事早有所闻,如今此人来到自己的面前,他倒希望借此机会好好了解了解、考察考察一下这个人,如果合适,聘他为集美学校校董,那是再好不过的了。于是,他答应李光前的请求,亲自出面劝说蔴坡方面帮忙。

过了一会,陈嘉庚又问:"陈村牧先生同意吗?"

李光前如实回答,接着还是求他老泰山出面说情。

陈嘉庚叫李光前把电话给陈村牧,他要和陈村牧说话。他问:"永翥兄极力推荐你为华侨中学训育主任,当他的助手,光前也有这个意思,你看呢?"

陈村牧还是过去那样的回答。

陈嘉庚说:"我问的是你同意不同意当华中训育主任,不说其他。"

这是陈村牧求之不得的,于是他爽快地回答:"那我当然同意。"

陈嘉庚高兴地说:"那好。蔴坡方面我说去。"

陈嘉庚约请蔡承坚到怡和轩,说出他之所求。蔡承坚仍坚持不让,只是碍于面子,说话客气婉转。

陈嘉庚最后亮出底牌,说:"承坚兄,我今天求你帮忙,表面为的是新加坡华中,实是为了集美。"他把集美面临的困境以及他的打算和盘托出,告诉蔡承坚,然后说,"我不该夺人之美,出此下策实属百般无奈,万望承坚兄玉成。"

蔡承坚被陈嘉庚的真诚所打动,也同情他老人家的处境,表示乐于助集美学校一臂之力。他说:"集美学校办好了,我们的子弟也多一个地方求学。此事我相信董事会会支持的。"

陈村牧就这样留在了新加坡,在华侨中学担任训导主任。

1937年1月,陈村牧到新加坡后的第一个星期天,便应约到怡和轩三楼办公室见陈嘉庚。这是他第二次见到陈嘉庚。第一次是在1920年5月8日。那是集美学校举行第二届运动会,陈嘉庚在主席台上就座,主持运动会。陈村牧是学生,当年13岁。在他的印象中,陈校主正当壮年,一身白西装,白皮鞋,英俊潇洒。此时,陈校主招呼他坐下。陈村牧坐在他对面一张木靠背椅子上。他清楚地看到,校主苍老多了,两鬓已经出现白发。他心里不禁一阵酸楚。校主一心爱国,为了莘莘学子,呕心沥血。他是为教育企业才收盘的呀!他是为集美、厦大操心操老的呀!

招待员给陈村牧端来一杯咖啡,陈嘉庚一杯开水。

陈嘉庚一见陈村牧,见他的神态举止,就感到这就是自己要的人。他独具识才慧眼。当年他一见李光前,就看出他是个商业奇才,便把他礼聘到自己公司;集美学校创建之初,他一见叶渊,就认定他是办好集美学校的将才,当天就决定聘他。为聘叶渊,陈嘉庚三下聘书。他对陈村牧说:"久闻陈村牧先生大名,今日始得相见。真是相见恨晚呀!"

听他这么一说,本来就有些局促的陈村牧显得更加不自在了,一迭连声地说:"岂敢,岂敢!能见到校主,村牧三生有幸。"

陈嘉庚接着就问起集美和厦门的情况。对集美学校和厦门大学,他好像无所不知。对陈村牧也了如指掌。他知道他是集美学校、厦门大学培养出来的高材生;他能说出他在集美学校担任什么职务,能说出校董会几个董事、各校主要负责人的名字,基本情况,并逐一详细询问。就在询问这些基本情况中,他在洞察陈村牧对校中的人和事、过去和现在以及将来的看法和见解。

第一次谈话,陈嘉庚加深了对陈村牧的印象,对他颇具好感。第二次谈话,也就是陈村牧到坡的第十天,陈嘉庚就认准了陈村牧,有意聘请他为集美学校校董。

以后每个星期天,陈嘉庚都约他到怡和轩交谈。

陈嘉庚谈了很多问题,谈到集美的校舍、道路、沟渠修理,电火的改良,图书的增加等等,甚至连所需"油灰"(水泥)的数量、需添置的仪器种类、数额他都很清楚。他谈到教职员薪金问题。他说集美学校教师的薪金应该要"比上不足,比下有余"。他说学校经费有困难,教职员工应多负点责任,校内轻微工作,应由教员指导学生去做,让学生养成勤劳的习惯。他强调要给犯错误的学生改正的机会,说"过去之非比如前日死,今后觉悟可如今日生"。

陈村牧也谈了许多关于学校管理问题的建议。他对陈嘉庚说,学校应该延续过去的做法,减轻学生负担,减免宿费及杂费,贫寒学生全免;建议恢复师范学校,为南洋培养师资;建议视导各地校友工作;建议发展农林水产两校,充实商业学校;建议繁荣集美社;建议加强与南洋在文化方面的联系,多招侨生,组织集美学校海外同学会等。

陈嘉庚对陈村牧所提各项均表赞同。

陈嘉庚特别强调:日本人野心勃勃,可能发动侵华战争,国家、学校可能面临空前艰难的局面。

陈嘉庚还带陈村牧参观工厂、学校、橡胶园,拜访华侨工商界的精英和集美、厦大的校友。

经过一个学期的考察,陈嘉庚认定陈村牧是一个有学识、有能力、有责任心、有涵养、有大眼光的人,是集美学校校董最佳人选。

1937年5月,陈嘉庚正式聘请陈村牧为集美学校校董,总董集美学校大政。

陈村牧表示不辜负校主的信任,毅然接受重托,在新加坡南洋华侨中学担任一学期的训育主任之后,陈村牧就返回集美。

行前,李光前特设家宴饯行。宴会上,李光前希望陈村牧帮忙在他故乡南安芙蓉乡创办一所小学,陈村牧满口答应。

1937年5月中旬,陈村牧登船离开新加坡,6月3日抵厦门,同日到集美履职。6月28日,正式担任集美学校校董。

陈村牧,一个普通中学教师,如今成为独当一面的集美学校校董,肩上担负着千斤重担。这时,他年仅30岁。

[四]1933—1943　烽火岁月　弦歌不辍

24. 内　迁

　　陈村牧担任集美学校校董还不到两个星期，1937年7月7日，千里之外的卢沟桥就传来震惊世界的炮声。

　　日寇妄图使我中华民族亡国灭种，极端仇视我国的文化教育机构，天津的南开学校、上海的同济学校都受到野蛮的摧毁。为了在日寇铁蹄下保存国力，国民政府通令沿海危险地区中等以上学校迁移到安全地带继续办学。

　　为响应政府号召，保存国力，集美学校决定搬迁。1937年9月3日，日本飞机、军舰袭击厦门海口，厦门胡里山的大炮与日本军舰展开炮仗，隆隆的炮声震得大地发颤。形势危急，搬迁迫在眉睫。

内迁安溪的师生在文庙开会

但是,学校搬到哪里呢?哪里能够容纳这么一所一千多人的学校?这是摆在陈村牧面前的一大难题。他和学校的师生都在考虑着这个问题。大家议论纷纷。有人主张迁到同安莲花山区。但多数人反对,理由是:莲花离集美太近,没有离开沿海地区,不安全;另外,那里都是农舍,没有什么大的建筑,容纳不了千名师生。经过反复讨论、商议,陈村牧宣布学校决定:内迁安溪。理由是:(一)安溪地处山区,距泉州、厦门有一定距离,不是敌机轰炸的目标,地理位置适宜;(二)安溪有两条公路同集美、泉州相通,交通较为方便;(三)叶渊校董是安溪人,学校安溪籍的教职员工及学生不少,毕业的校友在安溪县工作的也多,他们都强烈要求学校内迁安溪;(四)安溪有文庙,还有中学、小学多所,有落脚的空间。师生多数赞同内迁安溪。

陈村牧致函请示校主陈嘉庚。校主电复:同意移往安溪。

陈村牧即派赵雪琴、谢迎璧、李云友等赴安溪商谈暂借临时校舍的事宜。第一个目标是安溪文庙。

安溪文庙位于安溪县城南端,南北长164米,东西宽26.3米。文庙始建于1001年,称为"县学",俗称"孔子学",闽南素有"安溪文庙冠八闽"之说,颇有名气。文庙从始建至清光绪二十四年,多次毁于战乱,已重建、维修了30多次。辛亥革命后,文庙为民军盘踞,后来,接兵部队、流浪汉、乞丐轮番出入占用,一派破败景象。

赵雪琴等三人来到安溪,拜会安溪县县长谢开敏,同他商量暂借文庙为集美学校校舍问题。谢县长听说要借文庙办学,脸上立即现出为难的神色,因为县政府正准备把文庙修整后,作为战时储盐的盐仓。赵雪琴他们费了好一番口舌,说了不少恭维话、爱国话,但县长不为所动。

他们只好找当地几位比较有名望的校友帮忙,校友又去找有影响的富侨和地方乡绅,把情况相告。他们都觉得县政府此举不妥,都愤愤地说:"文庙就是文庙,是读书的地方,怎么能用作储盐的仓库。""盐是咸的,腐蚀性极强,把盐存进去,文庙就毁了。"他们中,有人表示要找人活动去,有人自告奋勇要找县长说理去。果然,由于他们人多势众,且都是当地有头有脸的人物,不好得罪,更重要的是他们据理力争,理由无可辩驳,县政府终于同意把文庙借给集美学校当校舍。

借用文庙的事谈妥以后,陈村牧便亲自带领郭应麟、林泗水、王成竹、李忠直等四人到安溪考察,了解情况,以便具体安排、布置有关搬迁事宜。一所办了二十几年、有千名师生的名校,要在短时间内从一个繁荣富庶的地方,搬到百里之外的穷乡僻壤的山区,而且要做到万无一失,陈村牧,一个刚上任一两

[四]1933—1943　烽火岁月　弦歌不辍

个月,年刚30的书生,要挑起这副重担,他如履薄冰。但这是校主陈嘉庚的重托,是千名师生的生命、前途所系。此举是在为国保护、培养人才,保护国家的根脉,他一点也不敢怠慢,一丝也不敢放松。他日夜奔走,日思夜想。他夜不能寐,睡着了也睁一只眼,难得睡着了也常常从梦中惊醒。

陈村牧召开校务会议,研究搬迁事宜。会议责成总务主任叶书衷负责筹备迁校。叶书衷、李忠直等在安溪修葺校舍,设置厨房,定制课桌椅。

10月初搬迁准备工作就绪,陈村牧随即与安溪汽车公司经理黄柳春、同安汽车公司经理庄庆斯接洽,租用车辆运载有关人员及教学用具。

负责从集美学村,经同安县城、龙门岭、龙门镇到安溪县城的汽车搬运的是林成竹。林成竹是中共龙门地下党负责人之一,公开身份是安溪县国民党首任指导员,县财委主任,县抗敌后援会主席。他父亲是印尼侨商,全县首富,家有洋房百间。他有个弟弟,名林降祥,在集美高中十组读书,也是中共地下党员。根据党的指示,兄弟俩把集美学校的搬迁当成一件重大的政治任务来完成。他俩调动安溪汽车公司和同美汽车公司的全部汽车,保证把集美各校的图书、仪器、器材、桌椅等教学用具在两个月内全部从集美搬到安溪城关。战时,公路是日寇飞机轰炸的重点目标,许多地段都受到严重破坏,汽车往往要边修路边通行,有时甚至要把东西卸下,用人工肩挑背扛,把汽车推过去以后再把货装上去,汽车再往前走。就这样,他们在两个月内完成了搬运任务。

1937年10月13日,师范中学迁往安溪文庙。这是首批从集美往内地安溪搬迁的师生。因汽车有限,多数师生只能步行。集美到安溪130多里,师生步行而去,不少人背着行李,整整走了一天才到达。到达时,他们一个个都累得瘫在地上,再不想站起来,许多人脚上打起了血泡。

学校有一位老师,大名温伯夏,是个诗人。有感于师生长途跋涉的艰辛和抗日救国的热情,他诗兴大发,作诗一首,以抒情怀。诗云:

风萧萧兮水潺潺,
餐风宿露,
前路漫漫,
跋涉岂辞艰?
复仇血热,
许国心丹,
收拾旧河山。

为了安置全校学生和教师员工,学校除了借用安溪县城文庙外,还借用了安溪中学、中心小学的部分校舍。

师范中学搬入安溪文庙后,商业、农林、水产航海三校先后迁入安溪后垵乡、同美乡、官桥乡。

水产航海学校是最后一所内迁的学校。内迁前几天,学校还在集美举行运动会,陈村牧借机在会上作动员,说:"是我们尽国民责任的时候了,也是试验我们人格的时候了!只要我们能自信,肯牺牲,最后的胜利终是我们的!"水产航海学校之所以迟迟没有内迁,一个重要原因是水产航海离开海洋就很难办下去,所以师生意见分歧较大。但在日寇破坏我文化教育机构的目标中,首当其冲的是与军事、海洋有关的学校和专业。当时全国和海洋有关的教学机构几乎都已关门。考虑到抗战后华南及东南亚的航海事业后继有人,陈嘉庚决心把水产航海学校继续办下去。陈村牧为确保学校的安全,不受敌人破坏,决定水产航海学校也搬进大山之中,到远离大海的地方办学。

水产航海学校终于完成搬迁。至此,集美中等以上学校全部迁入安溪。陈村牧随车把家属迁到山城,住在县城西水门外谢庭阶的护厝。

为了节省开支,陈村牧经请示陈嘉庚同意,1938年1月,各校迁入文庙,合并管理,定名"福建私立集美联合中学",校董陈村牧兼任校长。师范、水产航海、商业、农林各校改为科,原各校校长改为科主任。

1939年1月10日,陈嘉庚电示:"将职业科移设大田"。水产航海、商业和农林各科脱离联合中学,组成"福建私立集美职业学校",迁往大田县,调原联合中学教务课主任叶维奏为校长。中学取消"联合"二字,定名"私立集美中学",师范科附属之,陈村牧兼任校长。

大田县城地处闽中腹地,是一座偏僻的山城,时势不像沿海那么动荡,较为安全。但这里比较闭塞,经济不发达,遇到"日中为市"的墟日,周围农民挑农畜产品入城,互通有无,顿时狭窄的小街,挤得水泄不通。文化教育也相当落后,全县只有一所县立初级中学。学生初中毕业后要升高中,得到泉州、永春或福州上学。集美职业学校迁往大田,受到大田各界衷心欢迎和大力支持。学校选定大田凤凰山麓的孔庙为校址。孔庙背山朝街,环境幽雅,是个读书的好地方。大田城南对岸山麓有一座寺庙,建在一块巨石下,叫"赤岩寺"。庙的正面墙壁上有一对楹联,曰:"赤松引禅意,岩影空人心。"下署蔡公时书。1928年,蔡公时作为特使,代表中国政府,前往山东同日本侵略军谈判。日军不顾国际公法,极其野蛮地对蔡公时割鼻、剁耳,凌辱至死。蔡公时是"济南惨案"的烈士。他生前曾随军进驻大田,对联是他在赤岩寺留下的墨迹。集美师生感其民族气节,常前往瞻仰。

　　学校立足不久,日寇飞机就来袭,目标就是职业学校,首先是水产航海科。9月20日,6架敌机在大田城区上空绕了一圈,接着向文庙俯冲、扫射、轰炸。敌机飞得很低,几乎贴近树梢。警报发出后,师生全部离开教室撤往后山事先挖好的简陋防空洞。水产航海学生林先立因痢疾行动困难,最后一个离开宿舍。同学扶着他刚进防空洞,一颗炸弹落在离他床铺不到一米的地方,把他的床板翻了个个,蚊帐被炸成一条条的长布片,垂挂在文庙摇摇欲坠的屋梁上,枕头飞到了文庙外的屋顶上,羊毛毯也被炸得粉碎。但他总算避过了大难。大殿和下厅被炸塌了,多间教室宿舍被炸毁,师生因迅速疏散,幸无一人伤亡。

　　敌机轰炸大田职校当天,陈村牧就赶到大田,了解校舍破坏情况,慰问师生,更重要的是和叶维奏校长商讨今后学校的安全问题。因为集美职业学校已被日寇盯上,为防敌机再次来袭,陈村牧和叶维奏决定水产航海和商业两科疏散到离城三里外的"仙坛",也称"龙兴宫",在野外林间坚持上课。学校再次迁移,搬到城外的玉田村落脚。经校友范成钢的努力,村民腾出自己的祖宗祠堂——范氏宗祠和二十几座民房,给学校作校舍。

　　玉田村坐落在大田县城西南,离城二里多地,背靠青山,林木苍翠,永(安)德(化)大(大田)公路在村前经过,一条小河,名均溪,河水碧绿清澈,从村边蜿蜒流过。师生在林间、水旁吟诵读书,给这群山深处带来了浓浓的文化气息。

　　集美中等以上的学校内迁后,集美小学仍留在集美。集美是日本人的眼中钉,肉中刺,他们恨不得拔掉而后快。

　　多年来,日本人一直视陈嘉庚为对手,不惜采用卑劣的手段对付陈嘉庚,在厦门烧他的房子,在新加坡烧他的仓库。抗日战争爆发后,陈嘉庚在南洋发动华侨捐款支援祖国抗战,日本人更是视他为寇仇,对他恨之入骨,伺机对他进行更加疯狂的报复。

　　1938年5月10日,日寇在厦门五通登陆。5月12日,厦门沦陷,日寇的铁蹄践踏着鹭岛的土地。此时,日本人认为报复的时机到了,就派敌机频频空袭集美,投弹轰炸;架设在对面高崎的大炮,不断地对集美进行炮击。小学被迫关门,学生辍学。

　　陈村牧在安溪听到集美学校屡遭敌人轰炸、炮击,破坏严重,心急如焚。为了解学校和村社被破坏情况,好向陈嘉庚报告,也为了看望师生,慰问村民,组织疏散,陈村牧冒着生命危险,回到炮声隆隆、硝烟弥漫的集美学村。一进集美,他就听到一个衣衫褴褛的女人坐在一座倒塌的小屋前,唱着厦门方言小调:"五月初十天未光,日本鬼子打厦门……"5月22日,日寇对集美进行了最惨烈的一次炮击。当时陈村牧正在集美处理未完的校务和村务,炮弹就在他身边爆炸,楼房就在他眼前倒塌,他的耳边响着炮弹划破长空的撕裂声、震耳欲聋的爆炸声。他耳闻目睹了日寇的暴行。

炮击过后,硝烟未散,陈村牧走在冒着青烟的废墟上,眼前是一片瓦砾,满目疮痍。他怒火填膺,潸然泪下。数月前繁花绿树掩映的黉舍,书声琅琅的学村,如今多处成了瓦砾废墟,教学楼、宿舍楼、礼堂、教师住宅都被炸,损毁严重,有的已完全坍塌;学校的教学、生活设施、仪器设备,实习渔船,码头……都遭受严重破坏;校主的住宅也被燃烧弹击中,完全被摧毁,仅剩几堵危墙……

为避战火,集美小学迁入同安县第三区石兜校舍,有的孩子就在邻近的乡村上学。

陈村牧受李光前之托,冒着敌机的轰炸和扫射,到南安先后创办了国专小学和国光中学。

回到安溪,陈村牧奋笔疾书,把他一腔怒火化作万钧风雷,写下《为本校校舍被敌炮轰告校友书》。"……敌人毁灭我者,不过物质耳,至精神则绝不能摇撼其毫末。集美各校……虽艰苦支撑,仍弦歌不辍……"陈村牧写道。

陈村牧用他的笔,记下日寇犯下的滔天罪行,他相信抗战一定会胜利,这一笔债一定要清算。同时,他也暗暗庆幸,学校顺利搬迁,师生安然无恙,为国保住了最宝贵的财富。

[四]1933—1943　烽火岁月　弦歌不辍

25. 解困化险

　　炎阳似火,深山狭谷之中,暑气蒸腾,没有一丝风。在通往大田玉田村的大路旁的一棵大树下,一个书生模样的人站在树下,大汗淋漓,手拿着一顶崭新的草帽在扇风。他面前,放着一副担子;担子的一头放着行李,一头是一个幼小的女孩。小女孩大概是饿了,困了,累了,已耷拉着小脑袋睡着了。

　　这个人叫陈维风,他是到大田集美职业学校任教的。

　　集美学校搬进深山,不少教师拉家带口,不能与学校同行,已疏散各地,改行另谋生计。搬迁后,学校教师,特别是水产航海专业的教师,严重短缺。为解决水产航海专业教师短缺的困难,学校想尽办法,陈村牧甚至找到省教育厅长、福建省政府主席陈仪,请求借用在省厅任职的水产航海毕业生到校兼任教职。

陈村牧和集美学校师生

103

在海外,陈嘉庚也发出召唤,号召校友回母校任教。校友陈维风,时任广东汕尾水产学校教导主任。他一得到母校需要专业人才的消息,就向所在的学校提出辞呈,忍痛告别病榻上的妻子,挑着一副担子,从广东出发,徒步来到大田。他担子的一头是行李,一头放的是他两个幼小的女儿。那情景感人至深。陈维风是水产航海第二组的毕业生,学业优异,毕业后,曾受陈嘉庚资助赴日本东京农林省水产讲习所留学四年,学成回国后在母校服务多年。母校的培育之恩常在他心中,如今,母校有难,弟子岂能袖手旁观?于是,他义无反顾地携带家小回到母校。

像校友陈维风这样,响应校主的号召,放弃安定的工作条件和优厚的待遇,先后回母校任教的还有俞文农、王英才、刘崇基、林泉歧等。他们对校主的忠诚,对母校的深厚感情感动了几代人。

企业收盘后,陈嘉庚的财力丧失殆尽,他已经不再是以往的大富翁了。抗日战争爆发后,新加坡成立华侨筹赈会,陈嘉庚被推为主席。筹赈会主席的任务就是筹款,要别人捐款,自己得带头。以前历次捐款,陈嘉庚都当仁不让;但如今,他囊中羞涩,已经带不起这个头了。他只得另想办法。在筹赈会举行的前一天晚上,他驱车前往亲家叶玉堆的住处,请叶玉堆带头认捐。叶玉堆有实力,又是个痛快人,看在陈嘉庚的面上,慨然答应认捐10万元。陈嘉庚还请了女婿李光前等人带头捐输,每人10万元。有人带头,还得有人跟上。陈嘉庚一贯"轻金钱,重义务",他虽然捐不出巨款,但也不能落人之后。他在会上认捐:每月2000元,直至战争结束,第一年12个月的捐款24000元一次交清;同年,国民政府在南洋劝募救国公债,陈嘉庚认购10万元,以为倡率。但就这区区小款,此时的陈嘉庚都拿不出,还得借贷过半,才凑足数。

陈嘉庚手头没钱,集美学校的经费自然就跟着紧张,抗日战争爆发后,学校财政更加困难。1937年,陈嘉庚把厦门大学无偿交政府接办,自己集中力量办集美学校。1939年8月,陈嘉庚在南洋发表《为复兴集美学校募捐启事》。当时,每15元叻币可兑百元国币。陈嘉庚号召海外校友趁汇率高之机,捐款、汇款,支援学校在抗战结束后修复被破坏的校舍。印尼巨港校友积极响应,募捐国币23万元;陈六使托上海华侨银行代购公债100万元,以利息每年6万元,作为集美学校复兴基金。

1942年初,新加坡形势十分危急,失陷在即。陈嘉庚劝陈六使等人把资财转移到国内,以建设桑梓。陈六使长期关心校主的教育事业,欣然同意汇国币700万元回国,并表示"集美学校如果需要,可以支取"。李光前也汇100万元,陈嘉庚的长子陈济民、次子陈厥祥两人汇55万元,共855万元。陈嘉庚把这笔巨款以南侨总会救济款的名义,分6批汇重庆国民政府,交闽南救济会转集美学校陈村牧收。

这笔款是在日寇进攻新加坡的隆隆炮声中汇出的。沦陷前的新加坡一片混乱,政府机关、银行、商店纷纷撤离。陈嘉庚在处理好南侨总会及筹赈会的事务后,在校友和亲友的催促和保护下,连家人都来不及告别,于2月2日晚匆匆搭一小艇离开新加坡往印尼避难。陈六使等几位汇款人也都在慌乱中仓促地离开新加坡,来不及通知集美学校。一个多月过去了,学校没得到任何关于这笔巨款的消息。

3月初,陈济民、陈厥祥兄弟辗转回到国内,到达昆明。一到昆明,他们立即发信给陈村牧查询所汇款项是否收到。陈村牧收到信,才知道还有这么一笔巨额的海外来款。他高兴得心都要跳出来。一贯温文尔雅的陈村牧,此时竟挥动着手中的信,手舞足蹈地喊道:"天掉银元了!南洋汇巨款来了!"他找到学校会计主任陈水萍,令他以集美学校名义用快邮代电的方式催促重庆方面尽快把款汇给学校。

快邮发出之后,过了半年零7天,到9月30日陈村牧才从财政部得到消息,其中的485万国币有了下落。期间,陈村牧与财政部函电频繁往来,财政部也多方查询,最后才从伦敦中国银行得到以上的信息。而其余的370万因星洲沦陷时分行匆促撤离,报单未能寄到,一时难以查明。而这笔查实了的485万款项,又折腾了一个多月,学校才从泉州中国农民银行领到。

还有370万巨款没有下落,陈村牧急得像热锅上的蚂蚁。当时物价飞涨,这些钱如不及早追到,即使不丢失,再拖一段时间,恐怕就无异于废纸了。陈村牧当机立断:马上派人到重庆,尽早把钱弄到手。可是派谁去合适呢?

从安溪到重庆,数千公里的路程,还要绕过日本占领区,最快捷的交通工具是汽车、汽船、轿子、滑竿,路途漫长而艰险。沿途旅馆条件极差,常有黑店参和其间,途中匪盗横行,小偷毛贼无处不有。出门在外,旅途劳顿不说,被盗遇害、生病染疾随时可能。考虑到旅途的艰险,陈村牧觉得派一个年轻力壮的小伙子最为合适。可是他转念一想,此去目的是索款,要和上层人物打交道,非一般人可以胜任。事关重大,不能有误。陈村牧左思右想,最后还是决计自己亲走一趟。

他的想法一说出,就遭到同仁一致的反对,家里人也不赞成。

陈村牧对大家说:这笔钱非同小可,能拿到这笔钱,就是舍命也值得。他说出自己亲往的道理。他说，索取此款难度很大，需要多方帮助。重庆有不少集美、厦大校友，在他们中间，他的熟人多，可以争取他们的帮助，把钱索回的把握较大。

谁也没再说什么，确实没有人可以替代他。但有人提议：派一个年轻人随行，有个照应。陈村牧觉得不合适。他说：多一个人在外，多一份开支。学校经费有困难，能省就省。他对大家说：相信他会平安没事的，他一定能把钱取回。

9月12日，陈村牧毅然上路，单枪匹马开始他艰险的重庆之行。这是陈村牧第二次赴渝。1940年，陈嘉庚回国慰劳结束后回福建，返回新加坡时，陈村牧与厦门大学校长萨本栋一路送校主到贵阳。然后，他二人又结伴到重庆会晤教育部长陈立夫，转达陈嘉庚关于在闽粤两省开设华侨师范的建议。因为这是第二次出行，陈村牧心中比较有底，但也因为有以前的经验，他更觉心有余悸。

夜住晓行，起早摸黑，陈村牧来到衡阳。他在车站等车，已经等了两天了。虽然他手中握有车票，车票也标有时间，可就不见车来。问车什么时候来，谁都说不知道。陈村牧又困又饿，可又一步不敢离开，生怕车来了，赶不上被甩了下来。等啊，等啊，终于把车子等来了，是一部盖着帆布的货车。旅客一见车到，就蜂拥而上，把前面的座位、空间都占了。陈村牧好容易爬上车，在车尾部抢到一个落脚的地方。人太挤，后车门关不上，车一开，尘土上扬，往车里倒灌。陈村牧和其他站在车尾的乘客一样，手紧紧地抓住顶棚的钢架，不敢放松。车开到站，陈村牧脸上、身上覆盖着厚厚的一层尘土，要不是他的两只眼睛还在闪动，真会被人当成泥人。他浑身酸痛，连动都不想动，也顾不上跟人抢水洗手擦脸了。夜里睡觉，他几次惊醒，喊道："快，车要开了！"

经过一个多月的跋涉，陈村牧于10月22日到达重庆。他到财政部，找到一位名叫陈维罴的校友。他在部里任科长，在他的引荐下，陈村牧见到财政部长孔祥熙，向他陈情，请求帮忙。10月30日，国民政府财政部发文交款370万元，通知集美学校到泉州农民银行领取。陈村牧还向教育部申请到补助。又经过一个多月的颠簸劳顿，陈村牧才于第二年的年初回到安溪。

这是一段让陈村牧做了一辈子噩梦的旅程。

钱是拿到手了，可是原来的一头大黄牛如今已经变成一只小白兔。近千万的巨款此时实际价值已不及原来的十分之一二。为保值，学校分别在战时省政府所在地永安和重庆设立集美实业股份有限公司、集友银行和一家制药厂，分别由校主陈嘉庚的三位已经回国的公子陈济民、陈厥祥、陈国庆担任总经理，每年以20%的盈利补助集美学校。

学校面临的另一个难题是安全。安溪一带,层峦叠嶂,是土匪出没之地。公路绕山而行,车辆常遭土匪拦路抢劫。学校多次受到土匪骚扰。

　　1940年,陈村牧派庶务郑东海到长泰购粮。临行,陈村牧对他作了一番交代,并交给他一封亲笔信,让他到长泰后就去找当地军头叶团长,把信交给他。

　　郑东海以为这叶团长是陈村牧的老相识,便问道:"陈校董认识他?"

　　陈村牧摇摇头,说:"素昧平生。"

　　"那你还给他写信?"郑东海话到嘴边,又咽了下去。他对这位叶团长早有所闻,知道他是何等人物。他觉得:兵匪一家,那个年头,当兵的和土匪没啥两样。给姓叶的写信无异于给贼通风报信。但在校董面前,他不便多话。

　　郑东海按陈村牧的吩咐,一到长泰便去见叶团长。叶团长见信,看了看郑东海,问:"你是集美学校来的,陈嘉庚办的集美学校?"

　　郑东海点头称是。

　　叶团长立即唤来勤务兵,命令他带人随郑东海下乡买粮。买完粮食后,叶团长又帮助安排把粮食发运安溪。

　　有叶团长作靠山,一路保驾护航,郑东海购粮的差事办得出奇顺利。一切安排停当,他便赶回学校。

　　第二天,突然有人来报:土匪在澳江桥附近的乌冬格把粮食劫了。郑东海一下子懵了,立即跑到校董办公室向陈村牧报告。他连声说:"我上当了!我上了姓叶的当了!"

　　他向陈村牧报告粮食被土匪抢了,还把他的想法也告诉陈村牧。他认为是叶团长扣了粮食,然后谎报土匪抢粮。

　　陈村牧也觉得事有蹊跷,但为探个究竟,他还是请郑东海再到长泰走一趟。

　　陈村牧在办公室等着郑东海的消息。直到摸黑,郑东海才回来。他告诉陈村牧,粮食确实是土匪拦路抢走的。叶团长知道后,大发其火,对抓到的匪徒骂道:"妈的,连陈嘉庚的粮食你们都敢抢,我看你们是活够了。回去,告诉你们的头头,把粮食送到安溪集美学校去。少一粒米,老子荡平你们的土匪窝。"

　　土匪着慌了,答应第二天一定把粮食送到学校。

　　东岭是安溪的门户,是进出安溪的隘口。因地势险要,土匪经常出没。集美学校师生往返安溪学校,都得结伴而行。

　　没有安全的环境,学生怎么安心读书?陈村牧想:不入虎穴,焉得虎子?决心冒险闯一闯土匪窝。

　　陈村牧身着白西装,头戴白色盔式遮阳帽,拿着手杖,眼戴墨镜,一副风度翩翩的派头。他和林老师一道,坐两乘竹轿,沿着盘山小路,蜿蜒而行。林老师和土匪头子是老相识,说得上话,便自告奋勇地为陈村牧带路引荐。

到了山口,他们被匪徒截住。林老师和他们对过暗语,匪徒们就用黑布把他们的眼睛蒙上,带他们上山。他们被匪徒们领着,一脚深一脚浅地往前走,走了好一阵子,终于停了下来。解开蒙眼的黑布,睁眼一看,他们发现自己被带到一个亮着微弱灯光的洞穴中。洞中有一块平滑的大石头,旁边坐着一个三十开外的中年人,模样倒是挺斯文的,没有一点"匪像"。

匪首和陈村牧互通了姓名。陈村牧说:"在下陈村牧,久仰李先生大名,特来拜访。"

姓李的山寨大王谦逊地回礼道:"你们是学校的老师,是天上的星宿。我们为匪为盗,实不敢委屈先生前来探望。今日得见陈先生,幸会,幸会!"

当夜,李头领设酒席款待陈村牧二人。席间,陈村牧侃侃而谈,从陈嘉庚倾资兴学,谈到国难当头,学校内迁,讲到莘莘学子求学之艰难,最后请李头领对过往的师生行个方便。那姓李的原非恶人,占山为王也是为生活所迫,无奈为之。陈嘉庚倾资兴学的义举深深地打动了他,他答应绝不为难陈嘉庚的弟子。他还对陈村牧说:"有用得着兄弟的地方,请尽管说!"

此后,集美学校师生进出东岭,无论白天黑夜,无论结队还是独行,从未再出事。师生们都为陈嘉庚的天威感到骄傲,也为陈校董的大无畏气概所折服。这段故事后来变成口头文学,经过一番加枝添叶,竟然出现了这样的版本:那土匪头子,听到陈嘉庚的名字,就跪拜在地,连声说"死罪,死罪!"还说,那土匪头子是个美女,见陈村牧一表人才,动了芳心,云云。

[四]1933—1943　烽火岁月　弦歌不辍

26. 丹心报国

清晨，嘹亮激扬的军号声划破长空，唤醒了沉睡的山城。

酣睡的学生从睡梦中惊醒，一骨碌翻身下床，套上衣服、裤子，手脚麻利地扣好扣子，打好绑腿，回身迅速地把棉被叠成一块方方正正、有棱有角的"豆腐块"，然后，争先恐后地奔向操场，按照老师的口令，开始做操。这是战时集美学校一天的开始。为了适应战时和建国的需要，学校根据校主陈嘉庚"抱牺牲精神，各尽所能，以与暴日抗"的训示，实行半军事化管理。同学们热血沸腾，丹心许国，随时准备为国效力。

吹号的是一个学生，外号叫"老号兵"。每天，他都准时地来到这屋顶上，面向东方，双脚并拢，身姿笔直，举起手中的洋号，用憋足的胸中之气响亮地吹起黎明的号角，唤醒睡梦中的师生，开始学校战斗的一天。

他站在屋顶上，迎着黎明的曙光，他优美身姿的黑色剪影衬着满天的朝霞，黑白清晰，色彩瑰丽，就像一幅套色木刻画，鲜亮壮美。

《血花日报》理事及员工合影

比他还早起的是陈村牧。他在号声响起之前，就已经来到学生宿舍门口。号声一响，他的哨子也跟着响了，接着，其他老师的哨子也响了。集美学校搬到安溪、大田后，在陈村牧的领导和组织下，学校很快地步入正轨，按照半军事化管理的要求，开始了比以往更加严格的生活、教学、工作秩序。

上课号声响过之后，各个教室此起彼伏地传出教师抑扬顿挫讲课的声音，有的侃侃而谈，娓娓动听；有的义正词严，慷慨激昂；有的风趣幽默，令人忍俊不禁……这里展现、演绎着一个多彩的世界。陈村牧迈着轻轻的脚步，从教室前走过，他在欣赏，在督导，在尽校长的职责。

大田的玉田村如今成了水产航海学生新的学术殿堂，也是陈村牧常来的地方。这里到处是高山，可在老师的悉心引导下，在学生们眼前，绵延起伏的高山变成了滚滚的万顷波涛；打村边流过的均溪和榕树下塔兜潭那一汪清泉，在师生们心目中是一望无际的汪洋大海。在一片开阔地上，航海教师陈维风正在指导学生用六分仪测量天体。这里远离海洋，既无实习船，又见不到海洋。同学们用水银人造海平面，像在真的海轮上观测一样，认真而又敏捷地操作着手中的六分仪。在均溪塔兜潭，同学们正在进行游泳训练，在潭中架起的跳水台上，有同学正在进行高台跳水。在日寇铁蹄所到之处，绝大多数与航海相关的学校都关门停办了，为了战后国家建设，这里正训练着未来驰骋万里海疆的精英。这是陈嘉庚远见之所在，是陈村牧任上一大功绩。

在安溪城内一列古旧大厝里，设有集美学校图书馆。陈嘉庚历来重视图书馆建设，他本人就是图书馆的常客。他主张"兼收并蓄"、"兼容并包"，他从巴黎、伦敦、北平、上海、重庆等地买来大量世界最新的学术著作、古今中外的文学名著，还有不少当时的"禁书"。这里有重庆出版的《新华日报》、新加坡的《南侨日报》等报刊，学生可以及时了解外边世界的动态。这里的墙上悬挂着孔子、屈原、岳飞、文天祥、达尔文、爱因斯坦、高尔基、马克思、孙中山等名人的画像，他们是陈嘉庚推崇的伟人，是他希望学生学习的伟人。陈村牧走进图书馆，看到同学们正十分专注地阅读各种书刊。馆内，听不到一丝杂音，只能听到翻书的声音和记笔记笔和纸摩擦发出的声响。陈村牧看到师生们在知识的海洋中遨游，贪婪地吮吸着知识的乳汁，心里十分欣慰，他仿佛已经看到，几年以后从他们中间成长起来的政治家、企业家、科学家、文学家、教育家、艺术家。

在图书馆工作的洪邃明看到陈村牧来了，就悄声迎过去。陈村牧示意他到外面说话。

这洪邃明是中共地下党员，但陈村牧只知道他是抗日进步人士，便安排他在图书馆工作。后来洪邃明身份暴露,警察到学校抓人,陈村牧挺身而出,出面保护了他。洪邃明对陈村牧心存感激,工作更加尽责。他思想进步,学识渊博,他利用图书馆工作之便,指导学生读好书,读革命的书;他经常和学生谈天说地,和他们谈文艺,谈人生。学生们都很喜欢他,靠近他,视他为良师益友。

陈村牧向他了解图书馆和学生的情况,说了一些校主说过的话,和他共勉。

内迁山区的集美学校,各种文娱、体育设施奇缺。但师生们缺的是设施,却不缺文娱,也不缺体育。他们充分利用山区的条件,开发山区的优势,因地制宜开展多种形式的文娱体育活动。每天的课外活动,到处都是同学们生龙活虎的身影,到处都可以听到同学们嘹亮的歌声。

太阳下山后,吃罢晚饭,在安溪的同学就三三两两地来到蓝溪岸边散步、纳凉。清风徐吹,带来同学们的阵阵笑声;流水淙淙,给同学们的歌声打着节拍。南洋侨生在吉他和手风琴的伴奏下,正排练着要在游艺晚会上表演的草裙舞。在文庙大成至圣文宣王殿前石台阶前,一群学生正在练武功。领头的学生叫李尚大,他力大过人,身旁聚集着一群肝胆伙伴,常有路见不平之举。在大田的街道上,墙壁上用石灰写着"抗战"、"雪耻"等大标语。在一棵虬根低垂、盘根错节的老榕树下,一群同学正在跟俞文农老师学跳水手舞,旁边围着一群同学在为他们伴唱,打节拍,他们中有航海的学生,也有农林、商业的同学,其中几个女同学是男生眼光投向的目标。

晚自修号响了,同学们急急忙忙地走进教室。战时物质供应紧张,学校连点汽灯的煤油都买不足,甚至买不到,一晚只能点一两个小时汽灯,其他时间的照明同学得自行解决。同学们都备有用墨水瓶做成的煤油灯,人手一盏,汽灯熄灭后,就在萤火虫般的灯光下做作业,温习功课。因为宝贵,同学们格外珍惜,个个勤读,人人苦练。这微弱的灯光照亮了他们成才报国之路。

晚上熄灯号响过之后,学校一遍静寂。陈村牧经常到宿舍查房,看同学们睡了没有,被子盖好没有。而此时,在学校仪器室的收音机旁,值班的同学正开始工作。在偏僻的山城,闻不到炮声,看不见敌机盘旋,然而全校师生的心,都跟着前方将士的脉搏在跳动。为了及时了解、传播前方战事,进步师生办了一份油印报《血花日报》,报道前方消息和战地新闻。抄收组每晚分派四人值班,他们守在收音机旁,听电台的广播,抄收记录新闻。当时我方战况失利,中央广播电台节节内退,最后在遥远的重庆播放。电波受日军设在台湾的定向强干扰波的干扰,听不清,记录新闻的时间不断推迟,由夜间的 11 时延至第二天凌晨。值班的同学有的分工摇动手摇发电机,有的记录新闻。他们往往工作到深夜两点。早晨,又有人把记录的新闻整理成稿件,再由一人刻写蜡版,油印。每天早晨8时报纸开始往外散发。《血花日报》不仅在校内散发,而且分发到安溪县政府各机关,在大街上分发给过路的行人。当时参加编辑工作的学生中,有一位菲律宾来的侨生,名叫王寄生,还有一位从湖南来的学生,名黄永裕,笔名黄牛。王寄生负责写稿,黄永裕画画,美化版面。王寄生后来成为著名军旅作家,他就是白刃;黄永裕成了中国现代著名的艺术大师,他就是黄永玉。

抗日战争爆发后,内迁之前,因为关心战事,关心国家的命运,几位同学经常在学校仪器室的收音机旁听前方的战地新闻,往往直至深夜。1937年9月25日夜,同学们从广播里听到一条振奋人心的消息:八路军115师在平型关附近伏击日本第5师团21旅团辎重队,歼敌一千余人。这是中日开战以来中国军队取得的最大胜利,威震全球!同学们听到这个消息,心情无限激动,他们抱在一起,欢呼雀跃,然后跑回宿舍,在门口大声呼喊:"好消息,好消息!平型关大捷,歼敌一千多人!"师生从睡梦中醒来,连外衣也没来得及穿,冲出门来,高兴得手舞足蹈。他们拿起脸盆和一切可以敲打的东西,使劲地敲击,用这无旋律的噪音和吼叫,伴着他们的歌声,发泄对日本侵略者的仇恨,表达他们对抗日胜利的欢呼。

就在师生们欢呼的同时,有几位同学把这振奋人心的消息记录下来,油印成传单,散发到集美大社、岑头、郭厝,还散发到后溪、后田、凤林一带,甚至散到海那边的杏林。

1937年12月8日,师生们正式出刊这种油印报,定名为《血花日报》,传播抗战消息。1938年5月11日,厦门沦陷,报纸来源断绝,学校课外活动委员会发起将《血花日报》扩充为壁报型日报,由师生联合组成编辑部。新版的《血花日报》于5月23日发刊。日报每日出一大版,两万多字,每版挂出三天,版面长2公尺,高1.5公尺左右。日报有固定的栏目,用固定大小的纸张抄写,然后由编辑人员按报纸形式编排,每期都有绘制精美而富有意义的刊头,每个专栏的栏名和每篇文章的题目,都由美工人员设计,极为讲究。其内容除国内外电讯、地方新闻、学校新闻等外,还辟有《论著》、《译述》、《文艺》、《社论》、《茶座》、《识字学校》、《漫画》、《一日一人》、《通讯特写》、《科学讲座》、《国际时事讲座》和《读者园地》等专栏。

血花日报社由学校课外活动指导委员会主席刘宇主持,总编辑黄炯森,值日编辑和收录每日由一位教师、两位学生轮流担任。《血花日报》是集美学校《集美周刊》以外一份影响很大的出版物。

为了抗战的胜利,集美学校师生还开展多种抗日宣传活动。他们组织抗日后援组织，如"抗敌后援会"、"战时青年后方服务团"；组织了演讲队，到城里、到乡下，开展抗日宣传活动；组织歌咏队，演唱《义勇军进行曲》、《救中国》、《打回老家去》、《最后胜利》等抗日救亡歌曲；组织演剧队演出流动剧《汉奸末路》、《回家救国》、独幕话剧《拜旗》等。

1943年6月5日，天下着雨，集美农林学校演出队的老师和领头的同学，不住地望着天。天公不作美，他们费了老大的劲，排了一出五幕的抗战名剧《古城怒吼》，定好在这天晚上公演，却偏偏碰上下雨。是演，还是往后推延？他们举棋不定。大田的乡里老大鼓励他们，说："演！天下刀子我们也看！"群众冒雨看演出，群情激昂，抗日热情高涨，演出获得成功。应村民们的要求，第二天又冒雨演了一场。

抗战时期，学生经常写文章、写诗表达爱国热情。《集美周刊》上刊登过这样的一首诗："莫怕敌人的炮弹凶猛/莫怕敌人的快刀厉害/疆场效命！肝脑涂地/把这躯壳儿交给主义。莫回顾！莫迟疑！恢复民族的荣光/就是我们最后的胜利！"还刊有这样的诗句："要用刚硬的骨头/筑成坚固的堡垒/要以牺牲的精神/奠定万世的国基。"

教师包树棠、温伯夏都是当时著名的诗人，写了不少抗战诗篇，温伯夏还编了一册《抗战诗集》。庄为玑写了一首《牧者之歌》，曾雨音谱曲，发表在《自学》杂志上。

这表达了同学们报国的一片丹心。同学们还用行动践行自己的诺言。有不少同学投笔从戎，走上抗日前线，有的参加国军，有的奔赴革命圣地延安，特别是海外归来的侨生更是可圈可点。印尼侨生黎韦、胡一川，缅甸侨生胡明，越南侨生鲁黎，菲律宾侨生王寄生，马来亚侨生陈耕国、李金发、林云峡、马宁、李蓬荆，新加坡侨生陈熙道等集美学校学生先后离开学校，几经周折，到达共产党领导的抗日根据地，参加八路军、新四军。

1940年5月间，一位负责记录新闻的学生见到陈村牧，问："你记得一位名叫李秀若的印尼侨生吗？"

陈村牧不假思索地回答："记得。印尼泗水来的。祖籍漳州龙溪。一个很活泼、好学好问的女同学。爱好文学。"

那位同学语气沉重地说："她为国捐躯了！"

陈村牧不相信自己的耳朵，问道："你说什么？她……？"

那位同学重复道："她为国捐躯了。她现在的名字叫李林。这是4月25日发生的事。昨天我从延安方面的电台听到这条消息，说共产党中央妇委旌她为女英雄。电台里称她为'雁北的女儿'。"

陈村牧眼睛一热,嘴里喃喃地说道:"'雁北的女儿'。她也是'集美的女儿'。"停了一会,又说:"她是仰慕陈嘉庚先生才回国到集美学校读书的。她1933年冬毕业,毕业证书都没拿就离开学校。她的毕业证书还在学校存着呢。"

那位同学告诉他:她离开学校后,就投奔革命,参加了共产党。因为崇拜列宁,改名李林。1936年12月,到太原从事抗日工作,1937年,奔赴雁北前线,担任重要职务。她驰骋长城内外,转战太行山区,英勇善战,屡建战功。1940年4月25日,日寇近万人突袭八路军的洪涛山根据地。李林等陷入重围,在万分危急关头,李林把生的希望留给同志,自己抱定死的决心,紧紧咬住敌人,策马奔突,来回冲杀,身负重伤,仍坚持战斗,击毙敌人多名,最后壮烈牺牲。牺牲时只有24岁,腹中还有孩子。

陈村牧听罢,眼睛潮湿了,他说:"巾帼英雄呀!《血花日报》应该刊登她的事迹。只说她是我们的校友,不说她是共产党。"

[四]1933—1943　烽火岁月　弦歌不辍

27. 抗暴斗恶

　　1940年晚春时节的一个星期天,在文庙大成至圣文宣王殿前石台阶前,那位名叫李尚大的学生正带着一群哥儿们,在打拳练武。

　　"贱!"李尚大听到在旁边看热闹的一个学生口吐淫秽之词,便骂了一声,随即一个箭步过去,左手捏着他的脖子,右手抠着他的屁股眼,把他扔出丈把远去。

　　那人从地上爬起来,拍拍屁股,溜了出去,到门口还回过头来,朝他做了个鬼脸。

　　又练了一会儿,李尚大下令收练,安排一天的活计:"你,你,上街买绿豆;你,你,买三斤五香蚕豆,泡茶!这是钱!其他人跟我吃海蛎粥去。下午扫地,扫完到溪边吃枇杷!"

　　没有人封他职位,也没有人给他授权,他就是天生的司令。当他的手下,有

集美师生欢送被开除的李尚大(前右四)

115

吃有喝,有得玩,但都得干事,为公家干事;可以打,可以闹,但要讲理,不得下作。

正说着,一位小兄弟急匆匆地跑过来,上气不接下气地说:"吴老师昨天晚,晚、晚上看戏,被——被警察打了。伤——伤得很——很厉害。"

"走!看看去!"李尚大一挥手,弟兄们就把地上的东西收拾好,跟着走出去。

他们一出门,正在门口一片大墙上给壁报版的《血花日报》美化版面的黄永裕(即黄永玉)看到了,手拿画笔,跑了过来,兴奋地对李尚大他们报告《血花日报》上刊登的最新消息:校主陈嘉庚正率领南洋华侨回国慰劳团在重庆等地慰劳抗日将士。

黄永裕问他们到哪里去?看样子,他很想跟着去,可他的工作还没做完呢,怎么能去呢?李尚大看他手上、脸上都是颜料,不让他去。黄永裕只好作罢。

李尚大在街上买了点东西,一群人就浩浩荡荡向吴老师家进发。到吴老师家门口,李尚大点了两个人跟他进屋,其他人在外面静候。

李尚大等三人在吴老师拥挤不堪的家中见到了吴老师。他脸上青一块,紫一块,右眼又红又肿,眼睛都睁不开了。他一再说:"没什么,事情过了就过了,胳膊拧不过大腿。"他知道李尚大的性格和为人,怕他生事,不但不把他的不幸告诉他,还劝他不要去和他们计较。

可他太太伤心得一把眼泪一把鼻涕地大哭起来,一口一个"狗局长"、"狗官"地骂个不停。李尚大从她嘴里知道了事情的经过。

昨天,也就是星期六晚上,县戏台演戏,是泉州金联兴高甲戏班子唱的《岳飞抗金》。台下没有座位,多数人站着看。这位警察局"狗局长"的手下给他搬来一张大靠背椅,前面还有一个放茶具的小桌子。这"狗局长"大概是喝了几盅,发胖的身躯瘫坐在椅子上,一边用牙签挑着牙缝里的塞肉。他的后面站着两个警察,随时听他的差。

吴老师和太太站在"狗局长"的一侧。吴太太长得清秀,颇有几分姿色,又穿着一身时尚的紧身旗袍,楚楚动人。"狗局长"见了眼馋,不时斜着色迷迷的双眼偷看她那半露不露的大腿。戏开演后,他故意把帽子掉在地上,然后躬身去捡,手就在她的腿上胡来……吴老师把太太拉到自己的另一侧,那"狗局长"恼羞成怒,指着吴老师大吼起来,说他"调戏妇女",还叫他身后的两个警察打吴老师。其实,当时周围还有其他老师和同学,但除了吴太太,没有一个女人。这全武行把整个戏场搅得乱成一团。

李尚大听着听着,早就忍耐不住了。与他同往的同学也都义愤填膺,历数警察的种种劣迹。李尚大吩咐随行的弟兄们回去叫人,自己带着几个人到警察局找他们评理去。他们到了警察局,就被站岗的警察拦住了。警察看他们人少力单,就用枪托打一个个子小的同学。李尚大上前,拽着那警察的手,把他推倒在地。这时警笛响了,从里面跑出几个警察来。双方推拉起来。这时,李尚大派去请的"救兵"赶到,冲进警察局内。同学中有人认出昨晚打人的那两个警察,大家群起而攻之,着实把那两人修理了一顿。他们还要找"狗局长",但那"狗局长"见势不妙,早不知溜到什么地方去了。

李尚大他们出了一口恶气,收兵回学校。陈村牧等学校长官们听说此事,都感到事情闹大了,不好收拾了。

警察局为了扩大事态,指使警察罢工。学生针锋相对,举行罢课。双方僵持不下。

此时,因为陈嘉庚在国内访问,永安临时省政府警察署怕陈嘉庚知道此事发怒,叫他们吃不了兜着走,急忙派人前来了结此事。他们把警察局局长降职,把那两个肇事警察开除。为了平息警察的怒气,他们也要求学校开除李尚大等几个学生。

学校开会讨论李尚大等人的处理问题。陈村牧主持,学校几位身居要职的人物黄村生、王瑞璧、陈延庭都参加。

黄村生是黄永裕的叔叔,经常听到黄永裕说到李尚大,对李尚大有较深的了解。他发言说:这个学生已念遍了厦门除女中以外的所有中学,最后不是开除就是退学,是一个哪一个学校都感到头疼的学生。但这个学生有几个好:为人和气,沉着讲理;慧眼识英雄,好结交义士;有正义感,好打抱不平,"路见不平,拔刀相助";他家中有钱,乐于助人。他的意思是要保护他。

不赞成保护他的人说:他母亲都说自己是前世作孽才生这样的儿子。他经常偷家里的东西。

他的话还没说完,马上有人反驳:他从不偷别人的东西。他偷家里的东西是拿去帮助别人,拿去和他的弟兄们分享!那是劫富济贫!

最后,陈村牧发表结论性意见:错误严重,不开除不足整肃校规校纪,上峰也不会首肯,警察局也放不过学校,不能为一个人坏了一所学校。但他认为此人是另一类人才,要保护。学校对他不能开除了事,误了他终生。

李尚大被开除的决定宣布后,学校一片哗然。同伴、同学、老师都感到特别惋惜,不少人找校方说理去,但无济于事。痛苦、失望、无助让许多男子汉当众呜呜大哭起来。他们找来照相馆的师傅,在大成至圣先师孔夫子的庙门前拍照留影,表示纪念。照片上写着:集美高中十三组欢送李尚大同学留影纪念 5.18.

1940(1940年5月18日);照片的背景是孔庙的正门,三扇大门洞开;中门的上方,挂着一个时钟,指针指的时间是6时33分。虽说是"欢送",可是照片上的人,无论男女,谁的脸上都没有笑影,谁都"欢"不起来。李尚大坐在前排右起第四位,在男同学中,他是唯一没戴帽子的人。他双手交叉放在膝盖上,一脸的沮丧;坐在他左侧的也是一个不戴帽子的男士,那是老师。

李尚大在孔庙过了最后一夜,第二天一早就打点行李准备回湖头老家。同学们为他送行,弟兄们为他提行囊。正要出大门,校董办公室来人叫住了他,说:"陈校董有话对你说。"

李尚大见到陈村牧,向他行了个鞠躬礼。陈村牧请他坐下,给他说了些勉励的话,把一封信交给他,又交代了几句。李尚大向陈村牧深深又是一个鞠躬,说:"谢谢陈校董!"

李尚大挑着行李回家,走到一个叫魁斗的地方,见到一个人躺着地上。他走过去,用手摇了摇他的肩膀。那人大叫起来:"我不是李尚大!我不是李尚大!"

原来,警察局早已派人要在路上结果了他,没想到看错了人。他们见到一个挑着两个小布袋的学生,不由分说,上去就是一阵拳打脚踢,把他打得躺在地上,嗷嗷直叫。正打着,其中一个人停住手,说:"不对,打错人了,他不是李尚大。"几个人怕事,一窝蜂跑了。留下那倒霉的学生无助地躺在路边。

李尚大躲过一劫,拿着陈村牧的亲笔信,到泉州培元中学继续读书。

李尚大大闹警察局的事件发生后,因为陈嘉庚在国内慰劳抗日将士,上峰怕惹事,下令加强对警察的管束,警察的行为有所收敛。但安溪是接兵部队必经之道,城里驻有接兵部队。国民政府腐败,不得人心,老百姓不愿当兵,怕当兵。新兵不是抓来的,就是有钱有势人家拿钱买来顶数的,经常有人逃跑。因为怕"接来"的新兵——通称"壮丁"跑掉,接兵人就把他们绑成一串。壮丁受种种虐待,饥寒交迫,途中死亡者屡见不鲜。安溪城内,街道旁、大路边不时都有被枪杀的逃兵或饿死、病死的壮丁的尸体。接兵部队和大量的壮丁,使本来就不大的一个安溪城变得更加拥挤不堪,更严重的是,粮食变得更为紧张。集美学校的粮食本来是由安溪县粮仓提供的,到青黄不接时期往往接不上。农民因为怕路上被抓去当壮丁,不敢进城卖米,师生的生活受到直接的威胁。看在抗日的份上,大家以大局为重,还是咬着牙强忍着。

1943年夏天,学校附近发生了一起壮丁哗变事件。被关押在壮丁营里的壮丁不堪忍受非人的生活,集体哗变,破门逃跑。接兵部队开枪弹压,机枪突突地喷着火舌,子弹如雨点横扫过血肉之躯。壮丁们没跑出几步,就迎着弹雨躺在血泊中。关押营院子内外、马路两旁,横七竖八地卧着一具具壮丁的尸体,鲜血横流,到处是斑斑血迹。事后,大胆的学生跑过去看个究竟,那景象真是惨不忍睹。他们大骂这些兵痞"内战内行,外战外行"。学生们从心底恨死这些不杀鬼子杀同胞的民族败类。

前去看这惨景的大都是高级水产航海职业学校的学生。1941年8月,集美职业联校恢复了战前的三校独立体制,还分别升格为"集美高级水产航海职业学校"、"集美高级商业职业学校"、"集美高级农林职业学校"。1942年8月,集美高级水产航海职业学校从玉田搬回安溪县办学,在南街王田祖祠新建一列教室,离兵营不远。他们的老师俞文农看到接兵部队的野蛮暴行十分气愤,提醒同学们对这些兵痞多加小心。

但是,你避开他们,他们却要找你。一天,他们的篮球队找到学校来,要和高级水产航海职业学校比赛篮球。同学再三推托,但怎么也躲不过,经不住他们的软拖硬磨,只好答应。

比赛一开始,两队的比分就很悬殊,随着时间的推移,比分的差距越拉越大。兵队因败而急,因急而气,气急败坏的队员开始出现推拉、别脚等下作行为,屡屡犯规。一而再、再而三受处罚,队员那匪气大发,开始打人、抓人。场外坐着观战的国军旅长竟把手枪掏出来,重重地拍在面前的桌子上,嘴里骂道:"妈的,老子就不信打不过你们这帮书生!"长官发这样的话,兵痞们有了靠山,就更加蛮横了。场上出现厮打的局面,裁判员使劲地吹着哨子,但已无济于事。场外观战的同学极为愤怒,高喊:"文明比赛,不许打人!""文明比赛,不许打人!"场内场外,秩序一片混乱。

就在这时,水产航海老师俞文农出现在现场。同学们一向敬重老师,特别敬重像俞文农那样的好老师。他们看见俞老师,立即安定下来。俞老师示意他们不要激动,继续比赛。俞老师的出现和同学们对他的尊重,给兵们一种无形的压力,他们也变得规矩了许多。

比赛继续进行。结果不出所料。为了不太刺激兵队,学校队最后给了点面子,让给不少分。兵们知道校队是在给脸,心中更是憋了一股恶气,恨得直咬牙。校队的队员暗暗发誓,从此不再与这些兵痞比赛。校队参加比赛的队员中有一位1943年入学的新生,他的名字叫张其华。

后来,接兵部队要到操场练球,遭到拒绝。他们便去抢占集美初中篮球场。张其华他们几个学生就过去和他们评理。因为同学屡见接兵部队的劣迹,枪杀壮丁,打球横行,处处为非作歹,对他们非常痛恨,便和他们争辩起来。同学们骂他们:"不到前方打仗,却到后方欺负老百姓,枪杀壮丁,是土匪军队。"

土匪兵被激怒了,领头的哨子一吹,一下子来了二三十个士兵。他们从侧后包抄过来,挡住大门,动手抓人。张其华等8个同学被抓到接兵部队队部。同学们穿着校服,有的帽徽、肩章都被撕掉,衣服被撕破。

没过多久,高水和初中两校学生就赶到后操场,把那横行的兵们反包围起来。

事情闹大了,惊动了县长。县长出面调停,劝说接兵部队把8位被抓的同学交给学校,由校方领回,听候处理。

原来,两校同学是俞文农老师示意组织发动的。俞老师得到学生被抓的消息以后,就让同学们到两校敲锣,发动同学到后操场救援他们。如果不是俞文农老师挺身而出,巧妙地组织救援,那8个同学免不了要遭受毒打和酷刑,甚至被拉去当壮丁,顶被枪杀壮丁的缺额。

8个同学放回学校后,俞文农一再叮嘱这些同学不要走出校门,避免接兵部队的伤害。

那个学期结束后,学校被迫对张其华等8位同学分别作出"开除"和"退学"的处分,而私下却为他们办好转入南安诗山集美高中的手续,让他们继续升学。张其华就这样离开集美高级水产航海职业学校而到南安诗山上集美高中去。

[四]1933—1943　烽火岁月　弦歌不辍

28. 校主回来了

　　1940年中秋过后不久，在安溪、大田、诗山等地的集美学校师生就忙碌起来了。三月份以来，《血花日报》时断时续地刊登校主陈嘉庚和华侨回国慰劳团回国访问的消息。师生们都知道，校主是南洋华侨筹赈祖国难民总会（南侨总会）的主席，为抗战作出了重大贡献。陈校主到重庆，蒋委员长不止一次地接见他；他还到过延安，见过中共的首领朱德、毛泽东……9月23日，校主已经从浙南的龙泉进入福建，抵达浦城。以后，《血花日报》对校主行程的报道就更密集、更具体了。进入福建后，校主都在将到之处，预先刊登启事，强调"在此抗战艰难时期，尤当实行节约……对欢迎及宴饮无谓应酬，概行辞谢"。这启事已先后在南平、永安、福州登过，10天前，泉州也登了。看来校主就要来了。师生们加紧进行各种准备工作，翘首以待，等候校主的莅临。校主离开集美已经19年了，学校的学生已经招进来又毕业出去不知多少人了，校长、老师也换了好几茬，在校的师生多数都没见过他，但大家都觉得他时时在大家的身边，无时不在大家的心上，大家都对他倍感亲切，都巴不得一睹他的尊颜。前天，听说校主到永春了，马上就要来了。今天，校主果然就来了。

陈嘉庚视察安溪集美学校

10月25日,陈嘉庚一早就从永春出发,中午到达南安诗山,到溪口已是落日西沉时分。陈嘉庚一行在溪口吃罢晚餐,马上启程,到达安溪县城已经很晚了。

这一天,安溪祥云渡热闹非凡。集美学校在安溪的全体师生及安溪县各界代表都到那里集中,欢迎陈嘉庚。道路两边,火把点点,彩旗飘扬,人头攒动。前面一有动静,大家就不约而同地悄声说道:"来了!来了!"于是,个个伸长脖子,朝前方望去。期待多少次,多少次失望。终于,前头鼓乐喧天,鞭炮齐鸣。学生们呼着"欢迎陈校主归来!"的口号,唱着《集美学校校歌》和《欢迎校主歌》。歌声、口号声似大海的波涛一浪高过一浪,呼啸而来。火光下,只见校主陈嘉庚身着白色西装,手拿手杖走在前面,紧跟其后的是他的随员侯西反。他们在陈村牧校董、戴世荣校长、王瑞璧主任及县政府的官员等的陪同下,从夹道欢迎的队伍中间走过。陈嘉庚向大家挥手,点头,表示敬意。他连声说道:"老师们,同学们,我日夜想念着你们,无时不在想着能够回来,看看学校。"

陈嘉庚校主来了!财神爷陈嘉庚来了!为民请命的陈先生来了!整个安溪县城传颂着陈嘉庚这个如雷贯耳的名字。

安溪县政府和地方要人热情欢迎陈嘉庚。陈嘉庚对安溪县政府和各界、安溪民众对集美学校的支持和帮助表示"衷心无限感谢"。

第二天,陈嘉庚还是照老习惯,一早就起身,沿着蓝溪散步。山区的清晨,薄雾轻飘,给远近的山山水水抹上淡淡的水灵之气。山间的空气格外清新,耳边清脆的鸟鸣使人感到空气在微微地颤动。

在文庙附近溪边的沙滩上,学生们做完早操,正在附近晨读。溪岸边有一片龙眼树,风景优美,十分清静,那是读书的好去处,不少人在树下捧书诵读。文庙前的半月池畔,学生们在背英文单词和朗读语文,他们朗朗的读书声与池内青蛙的呱呱叫声,竞相呼应,甚是热闹。陈嘉庚悄声走过,不去惊动他们。听到他们的读书声,他心里就像这蓝溪中流过的溪水一样,感到无比的清亮舒畅。

陈嘉庚活动安排得很满。一大早,他和侯西反在陈村牧等的陪同下,来到图书馆。那里已有不少师生在埋头读书。有人发现他们,站起身来问校主好。陈嘉庚示意他们坐下,悄然走进藏书室。他看着书架上的藏书,突然停了下来,从中抽出两本线装书,一本是《榕村语录》,另一本是《榕村续语录》,是安溪清康熙年间大学士李光地所著,是李光地白话文言体文集。陈嘉庚摘下眼镜,翻了翻,读了几行。他翻到封底内页,从贴上去的小袋子里抽出借阅卡,上面留着一个名字:黄永裕。他对陈村牧等说:"这样的学生将来一定有出息。"

侯西反也抽出一本书,书名是《西行漫记》。他把书拿到陈嘉庚面前,悄声说:"这样的书不宜摆上书架让学生看。"他是陈嘉庚领导的南侨总会的活动分子,陈嘉庚的得力助手,国民党员。

陈嘉庚说:"这书我看过。张楚琨介绍我看的。不看这本书我们也许还不会去延安呢!学生连这样的书都不让看,他们学什么?"

侯西反有点尴尬,把书放回原处。

在视察中学时,陈嘉庚一行和学生们亲切交谈。陈嘉庚问同学们生活怎么样,同学们回答:早晨稀饭咸菜,中、晚饭吃定量的草袋饭和煮南瓜;陈嘉庚问同学们为什么都赤脚?同学们回答:为了节约,学校开展赤足运动,校长和训育主任带头,全校不论男女同学一律光脚不穿鞋。同学们还告诉校主:每天晚饭后上晚自修前,同学们三三两两、有说有笑,有的穿着木屐,有的手拎着鞋到溪边洗脚,坐在沙滩上聊天,谈笑风生,颇有乐趣。陈嘉庚听了频频点头,但指示:运动跑步要穿鞋。有困难的学生学校要帮助解决。

中学有不少南洋侨生,其中有一位来自新加坡的同学。她高兴地奔过来,问陈嘉庚:"校主,我铁民叔呢?我知道他来了。我是他女儿李芳娇的同班同学,我叫林筱媚。"

陈嘉庚高兴地拉着她的手,问:"你也是芳娇的同学?"

林筱媚点头称是,又问:"我铁民叔呢?校主!"

"他到永春就回老家去了。"陈嘉庚说,他见林筱媚脸上失望的神情,立即把话锋一转,问,"你知道我们在延安见到谁吗?"

林筱媚摇头,说:"不知道。谁?"

陈嘉庚说:"廖冰。记得吗?"

林筱媚兴奋地跺着双脚说:"记得,记得。我们都是同班同学,很要好的。廖冰到延安去了?她好吗?"

陈嘉庚把李铁民在延安遇到廖冰等南洋学生的经过告诉她。廖冰在延安女子大学读书,在延安女大的南洋学生有二十几人,在鲁艺、抗大还有二三十个。在延安,李铁民不慎头碰破,流血不止,被送进延安医院就医,廖冰带着同学到医院看他。陈嘉庚向廖冰了解他们在延安的情况。为李铁民疗伤的是著名的医生傅连暲,龙岩人。陈嘉庚到医院看李铁民时和傅大夫也进行了长时间的交谈,了解了不少延安的情况。

陈嘉庚问林筱媚知道不知道李林,林筱媚说:"在学校办的《血花日报》上看到。她真英勇。全校同学都知道李林这个名字。她是'雁北的女儿',也是'集美的女儿'。"

陈嘉庚说:"现在,延安、陕北到处都在传颂着她的名字。"

吃罢午饭,陈嘉庚见到几个学生在一棵大树下唱着歌,一个学生拉着小提琴伴奏。歌词悲凉,旋律哀婉,歌声如泣如诉,爱国思乡之情,令人神伤。这支歌叫《春到鼓浪屿》,来自厦门鼓浪屿的同学爱唱这支歌。休息的时候,想家的时候,他们常聚在一起,唱这首歌,怀念被日寇占领的厦门和爹娘、兄弟、姐妹和亲友。歌词唱道:

　　当春天来到鼓浪屿,
　　我将要回到你那里;
　　可是现在兵荒马乱,
　　要相见,除非在梦里。
　　……

陈嘉庚走过去,问:"孩子们,你们都是鼓浪屿来的吗?"

"是,校主。我们想家!"一个十四五岁的小男孩说着,眼泪掉了下来。

其他孩子也泪流满面,不约而同地问道:"校主,我们什么时候才能回到鼓浪屿?"

孩子们的哭声、眼泪使陈嘉庚和侯西反感到阵阵的心酸。

陈嘉庚安慰孩子们,勉励他们要坚强。他满怀信心地对他们说:"不要很久,我们就能打败日本侵略者,我们就能回到集美去,你们就能回到鼓浪屿。"

离开中学,陈嘉庚又去赴安溪县各界欢迎会,演说了两个小时。晚上,他出席安溪县各界欢迎公宴。

27日早晨6时半,陈嘉庚等出席欢迎校主大会,这是安溪校舍全体员生暨厦大集美两校校友会安溪分会校友组织的,在文庙校舍大埕举行。陈嘉庚在会上报告回国观感,他勉励师生"要把救国的责任扛到自己的肩膀上","要抱着大公无私的精神,凭着'诚毅'二字校训努力苦干!"他还以对那几位鼓浪屿小孩说话同样的口气、信心百倍地说:"抗战胜利属于我,这是一万分之一万的肯定。我相信,在不久的将来,我们就要得到胜利!我们一定可以回到我们的集美去!"他希望同学们抓住难得的学校机会,努力深造。他说:"将来我们国家建设将大发展,样样需要人才,是青年前途大发展的时候。"

8时半,教职员在图书馆举行欢迎校主茶话会。校主即席讲了抗战形势和华侨的贡献。他说:仅1938年一年,华侨的捐款、汇款就达11亿元,将近国民政府当年全年军费18亿元的三分之二。会后,陈嘉庚和教职员合影留念。

晚上,学校举行"欢迎校主歌咏会"。没有路灯,师生们举着火把,列队站在蜿蜒的山路旁,等候校主的到来。

歌咏晚会的主题歌是学校老师包树棠作词、曾雨音作曲的《欢迎校主歌》。歌词是:

　　十八载重溟,

　　故国心悬悬,

　　归鹢指云天。

　　存问神州,

　　河山行色壮烽烟。

　　桑梓旧东越,

　　有广厦千万间。

　　树木树人,

　　志虑最贞坚。

　　迓尘劳,

　　艰难播迁,

　　"诚毅"永永服毋谖!

晚会上还演唱了多首抗日救亡歌曲,表演了抗战短剧等文艺节目。歌声、节目表现了师生们的昂扬斗志和对抗战必胜的信心。校主等都感到非常欣慰。

28日,陈嘉庚离开安溪赴同安。陈村牧随校主一行坐轿子同行,挑夫在前面领路。途中住林降祥家的"百间洋楼"。下午到达安溪龙门。

当时,30公里的龙门岭是一段险路,过往行人都视为畏途。龙门岭地处安溪、同安、南安交界处,土匪与日寇、国民党军政勾结,在此拦道抢劫。当时厦门地下党联络员李毅然,郑重指示龙门的林师柴、张连等地下党员,说:"你们都是集美母校培养出来的。集美母校是共产党的摇篮,我们只能用生命来捍卫校主陈嘉庚先生,捍卫陈嘉庚先生的荣誉,不能使其任何损害。"为此,早于1937年10月奉党的指示入高中十组读书的林降祥,于1938年9月入高中十四组读书的张连,都在学校的内迁、内迁后的各项工作中积极与学校配合,为学校做了许多重要工作。此次,为保证陈嘉庚一行安全过龙门岭,中共地下组织动员各方力量,做了周密的安排,暗中为陈嘉庚保驾护航。

31日,陈嘉庚要回集美。他起得很早,洗漱完后,就离开同安,动身回集美。就要回到阔别19年的故乡和他日夜牵挂的集美学校,陈嘉庚归心似箭,连早饭都没吃就上路了。陈嘉庚一行先到天马山视察集美农林学校,在那里吃早饭。

吃罢早饭,稍事休息,继续赶路。途中见到在绿树掩映下的集美学校的建筑,陈嘉庚感到欣喜莫可言喻,好像是在梦中。乡亲们听说他回来了,都奔走相告。19年没回过家,许多老人都过世了,年轻人因战乱,不是死于非命,就是逃离家园,留下的已没多少,而且都不相识。下午陈嘉庚和乡亲们在祠堂见面,接着就去视察校舍,拜谒祖宗庐墓。第二天,陈嘉庚离开集美,开始他回新加坡的行程,下午到达灌口。

陈嘉庚回集美,由陈村牧等陪同护送。这期间,侯西反也回南安老家去了。他和李铁民都按事先约定的时间,到灌口会合。从灌口出发后又赶了十几里路,来到一座小山。陈嘉庚沿着石阶,登上山顶,纵目远眺。在灰蒙蒙的地平线上,隐约可见集美高耸的校舍。陈嘉庚感慨地说:"今天看集美,是不是今生最后一次呢?"

侯西反问:"嘉庚先生为什么这么悲观?"

陈嘉庚答道:"抗战胜利后,国民党掌握政权,苛政害民,上下争利,我不能缄口坐视,势必极力反对。国民党人肯定不能相容,一定会把我当眼中针,欲拔之而后快。你说到那时我还能回家乡吗?"

陈嘉庚这话是肺腑之言。他的延安之行使蒋介石大为不快,从延安回重庆后,他又依照对毛泽东的承诺,如实报告在延安的所见所闻,这更使蒋介石肝火大发。蒋介石开始派人对他跟踪、监视。到福建后,陈嘉庚又对国民政府祸害百姓的种种劣迹进行猛烈的抨击,当局者对他也由欢迎变为厌恶。陈嘉庚这话,除了忧伤,还表露了他对国民政府的祸民行为抗争到底的决心。

陈嘉庚到达永安之后,11月14日,集美职校学生代表乘专车从大田前来迎接他。学生们在永安中南旅运社门前列队等候。陈嘉庚和侯西反、李铁民等人在校董陈村牧等人的陪同下来到他们面前。陈嘉庚虽然风尘仆仆,但神采奕奕,毫无倦容。当他看到同学们胸前佩戴的集美学校校徽时,知道他们是集美学生,非常高兴,频频地对他们招手,并和同学们在中南旅运社门前摄影留念。

陈嘉庚一行到达大田,同学们早在一个庭院里排着整齐的队伍,唱着《欢迎校主歌》,欢迎校主的到来。当时在大田有水产航海、农林、商业三所高级职业学校,共有学生约200人。校主特地对他们讲话。他介绍了回国慰劳沿途的见闻,特别是到延安的观感。他说:他和毛泽东主席多次见面,拜望了朱德总司令。毛主席和普通人员一样,住的是窑洞;朱总司令和士兵一道打球,没有丝毫官僚习气。他满怀信心地说:中国的希望在延安。

他还说:延安的大理论家陈伯达是集美学生,财政负责人是龙岩人,司法负责人是厦门大学的毕业生。延安还有不少南洋来的男女学生,还有李林等集美学生为国捐躯。他为此感到骄傲。

陈嘉庚的讲话给集美学校师生以巨大的鼓舞、信心和力量。陈嘉庚也从师生的奋斗精神和昂扬的斗志中看到了未来中国的希望。

在大田职校,有一位老木匠,大家叫他利阿师傅。他在陈嘉庚创办中学师范时就在集美学校做工,集美学校内迁时,他又随集美学校来到大田。听说陈嘉庚校主来了,他壮着胆子去拜望校主。陈嘉庚一眼就认出了他。陈校主拉着利阿师傅的双手,问长问短。利阿师傅不知说什么好,他以平常待客之道,顺口说了句客套话:"请校主到工棚坐坐,喝杯茶,吃碗糜(稀饭)。"他万没想到,校主竟然立即答应。利阿师傅有点不知所措,但话说出去了,也只好照做。他煮了一锅地瓜稀饭,炒了一碟花生米,还有一盘萝卜干炒蛋。校主到工棚,坐在木匠椅上,端着大碗,吃着利阿师傅煮的地瓜稀饭,就着小菜,故乡人煮的故乡饭使他真正尝到故乡味,他胃口大开,吃得很开心。校主一边吃着稀饭,一边和利阿师傅聊天。利阿师傅看到校主津津有味地吃着自己做的、上不了台面的地瓜稀饭,心里有说不出的高兴,情绪也不再紧张了。校领导要给加几个菜,陈嘉庚说:"不必。抗战艰难,一切都要节俭。吃利阿师傅煮的地瓜稀饭就菜脯(萝卜干)比什么都好。"

利阿师傅看着陈嘉庚吃饭,心里一直想问他一句话,但犹豫再三,一直不敢开口。直到最后,他才鼓足勇气,支支吾吾地问了一个大家都想问又不敢问的问题:"校主,学校很艰难。……"他刚开口,陈嘉庚就明白他的意思,便回答说:"我这次回国,到过很多地方,许多人都把我当财神爷。我多次说过:我'并未携有物质返国,而仅带来了千百万侨胞爱国的赤心'。学校的困难我知道,你的意思我明白,我会想法解决。"

陈嘉庚的话给利阿师傅、给集美学校师生一颗定心丸,给了一股巨大的力量。

陈嘉庚一行在陈村牧和厦门大学校长萨本栋的陪同下,离开福建往桂林。他将从桂林出境回新加坡。在桂林,他会见了多年的老朋友、集美学校的老校董叶渊,认识了在桂林求学的叶渊侄子叶振汉。叶渊感谢陈嘉庚特地到他安溪老家吊唁他母亲。陈嘉庚给他们讲了延安的见闻。叶振汉听得入神,精神振奋;叶渊却神色紧张,提心吊胆。

叶渊以老朋友之诚,劝陈嘉庚说话要多加小心,不要得罪当局。陈嘉庚义正词严地重复他说过多次的话:对延安,他将据实说话,绝不指鹿为马;对当局的弊政,他将抗争到底,绝不退让。

29. 校主，你在哪里？

1940年的最后一天，12月31日，陈嘉庚回到新加坡。他驱车进入城区，天色已黑，华灯初上，到处是一派浓浓的庆圣诞迎新年的欢乐气氛。他到怡和轩俱乐部，新加坡各报、各新闻社的记者早已聚集在那里，抢占最佳位置，争夺头条新闻。陈嘉庚一进门，各路记者围了上去，镁光灯伴着咔嚓咔嚓的照相机的快门声闪着炫目的光。记者提出各种问题，陈嘉庚借回答问题谈了他回国观感和对国内时局的看法。

一个多月前，也就是11月24日，陈嘉庚离开桂林，到柳州等地考察后，从昆明出发视察滇缅公路。12月9日从宛町入缅甸境。在仰光逗留一周后，乘船到槟城，住好友刘玉水处。他又到马来亚多个地方。无论是在缅甸，还是在马来亚，所到之处，陈嘉庚都如实地向侨胞报告回国的情况，特别是在延安的所见所闻。

陈嘉庚在印尼爪哇避难处

[四]1933—1943　烽火岁月　弦歌不辍

陈嘉庚对记者说"谢谢光临。再会!"之后,回到自己在三楼的卧室。此时,时钟的时针和分针正在滴答滴答地靠近,就要在12点处重叠。他脱掉西装外套,走到阳台上。时候已近午夜,但元旦前夕的新加坡城,万家灯火比平时更加璀璨,节日的霓虹灯闪着五彩斑斓的光,一片宁静、和平、繁荣的景象,这和他九个月来在祖国所见的受敌寇蹂躏的战争惨景完全是两种景象,两种对比强烈的景象,天堂和地狱的景象。他越发感到日寇的可恨,和平的珍贵。

咚咚咚咚……时钟响亮地敲了12下,1941年的新年到来了。陈嘉庚就这样迎来了新的一年,一个充满挑战、角斗的年头,一个大难临头的年头。

这一年的12月8日,日军偷袭珍珠港,太平洋战争爆发。当天晚上,日本飞机轰炸新加坡。陈嘉庚在怡和轩三楼卧室里休息,突然听到三声巨响,开始他以为是打雷。他起身一看,空中火光四溅,把大地照得如同白昼。与此同时,高音警报长鸣。陈嘉庚明白日本人已开始轰炸新加坡,日本对英国的战争已经打响。此刻,他没有恐惧,倒觉得极大的宽慰,因为,日本人四处树敌,伟大祖国就不再孤军与敌人奋战了,最后胜利必定是我们的,而且越来越近了。

1月15日,陈嘉庚写信给陈六使,劝他把钱存到祖国。陈六使由新加坡中国银行汇出700万。陈嘉庚又找女婿李光前、儿子陈济民、陈厥祥等人,他们又汇出150万。

新加坡殖民当局请求陈嘉庚负责华侨动员会的工作,为各地提供援助。形势危急,陈嘉庚的侄子陈共存到怡和轩劝陈嘉庚早日离开新加坡。陈嘉庚表示已把生死置之度外,一旦被日本人拘捕,他绝对不屈服。他已经做了以身殉国的准备。

1月31日,英军炸断连接新加坡和马来亚的柔佛大桥,准备撤退,却给华侨抗日义勇军发枪一千支,让这些未经训练的华侨守前线。陈嘉庚不赞成武装华侨让华侨当炮灰的做法,决定离开新加坡。

2月1日,日军占领柔佛,开始进攻新加坡。

2月2日,陈嘉庚处理完南侨总会未完事务,又给陈村牧写了一封信。

2月3日,陈贵贱、刘玉水、陈永义前来催促陈嘉庚离开。陈嘉庚觉得还不到最后时刻,不想走。陈贵贱说:"政府已经来人把这小火轮登记上册,随时可能征召。到时,想走也走不了啦!"陈嘉庚连家人都来不及道别,给陈敬贤夫人王碧莲留下500元做生活费,就登上陈贵贱停在新加坡美芝路码头的小火轮。同时登上另一艘小火轮离开新加坡的有黄奕欢、胡愈之、李铁民、郁达夫、张楚琨等抗日分子及家属。小船冒起一阵浓烟,突突地起动,离开新加坡,冲进万顷波涛,向

129

着茫茫的海天连接处驶去……

此后,国民党中央通讯社发布一条消息,说:陈嘉庚"以华侨领袖自居……不顾侨胞安全,骗取通行证,潜行离星……"恶毒地对陈嘉庚造谣中伤。

自新加坡失陷之后,集美学校的师生没有得到任何关于校主的消息,他们日夜都在为校主的安危操心,有的甚至偷偷地流眼泪,有的暗暗地为校主祈祷祝福。当《血花日报》的抄报员从重庆中央电台听到这条消息后,这新闻就迅速地传布开了。师生们真是又高兴又气愤。高兴的是终于有了校主的消息,校主已安然离开新加坡;气愤的是国民党当局竟然用这种恶劣的态度对待一个为国家、为民族作出伟大贡献的华侨领袖,用如此恶毒的语言、卑劣的手段中伤一位万民崇敬的伟人,举世闻名的厦门大学、集美学校的校主。

为此,陈村牧主持校董会会议,并在会上发言,慷慨激昂地驳斥国民党中央宣传部、中央社对陈嘉庚的污蔑。他说:"他们竟敢用如此卑劣手段,造谣中伤我校主,何其毒也!是可忍,孰不可忍?我们要针锋相对,迎头痛击这些跳梁小丑!"

与会者个个义愤填膺,对国民党中央宣传部、中央社的无耻谰言进行批驳,情绪激愤,言辞激烈。会议决定,调动各种手段,发动学校师生,省内外校友以及闽南各地华侨团体,社会人士,利用报纸、刊物,对中央社进行坚决的回击;并且决定:以集美学校校董会的名义,在各地报纸刊登"辟谣启事",发表致国民党中宣部、中央社电文,驳斥其污蔑陈嘉庚的无耻谰言。

校主安然离开日寇占领下的新加坡,这使大家无限宽慰;回击国民党中央宣传部、中央社对校主的攻击,大家感到义不容辞。可是,在这太平洋战云密布,处处狼烟的时刻,校主陈嘉庚不知身在何方,生死未卜,大家有泪往肚里流,都希望用一种方式表达自己想念校主的心情,为校主祈福的愿望。

于是,校董会会议决定:着手准备于1943年10月21日在安溪校部举行庆祝集美学校建校卅周年暨校主七秩寿辰以及陈大弼执教25周年活动。

集美学校广大师生在心里呼喊:校主,你在哪里?

陈嘉庚一行驾着小艇向荷印(现印尼)开去,第二天在苏门答腊靠岸。2月15日,陈嘉庚到达巨港,他们发现巨港已被日军占领。2月15日是中国的大年初一,也就是在这一天,日军攻陷新加坡。13万英国联军抵挡不住6万日本兵,都成了日军的俘虏;英军总司令白思华在投降书上签字。新加坡成了"昭南岛"。

几经辗转,陈嘉庚在日本宪兵严密的盘查、追捕下,先后到达万隆、吧城(雅加达),在郭应麟、林翠锦、廖天赐等厦大、集美校友的保护下,到达泗水,在梭罗与校友黄丹季、陈明津相见。他们在梭罗觅屋，郭应麟为其准备了化名李文雪的身份证，陈嘉庚就在梭罗住下。过了两三个月，陈嘉庚觉得梭罗的住处有不祥之兆，于是，他们于8月初迁到玛琅巴蓝街4号。没过几天，听说日本宪兵部派人四处暗查陈嘉庚的踪迹。几位校友感到十分焦虑。陈嘉庚安慰他们："你们不要为我担心。人生自古谁无死？我这么一把年纪了，就是死了也不算夭寿。万一我不幸被捕，我将一死以谢国家！"但大家还是无时不为他提心吊胆。

而此时，在安溪、大田的集美学校，因为陈六使等的汇款还无着落，学校陷入十分困难的境地。危难之中，他们努力自救，为校主分忧，也更加思念校主陈嘉庚。

陈嘉庚的儿子陈国庆当时流落在重庆。他去问蒋委员长，可有他父亲的消息。蒋介石告诉他："没有消息。没有消息就是好消息"。这是一个很聪明的回答。是的，像陈嘉庚这样的人物，一旦有什么事，肯定消息满天飞。没有消息，说明陈嘉庚是安全的。所以，"没有消息就是好消息。"但是，这样的回答宽慰不了陈国庆的心，也不能给集美学校师生任何安慰。

玛琅是座山城，环境优美，气候宜人，不冷不热。陈嘉庚住在那里，生活安定、舒适，吃得好，精神愉快。他说生活过得比在新加坡还好。他还因此产生自责：战时艰难，不该有这等享受。但，在日本人践踏下没有一寸安静的乐土。日敌悬赏百万荷盾捉拿他，陈嘉庚经常受惊吓。

一天清晨，一阵汽车的马达声响过之后，日本宪兵把住屋团团围住。接着就是一阵猛烈的敲门声。黄丹季他们吓得魂飞天外，为了掩护校主，还是壮起胆去开门。开门一看，门口站着几个凶神恶煞持枪的日本宪兵。见到黄丹季，其中一人嚷嚷道："不是荷兰人！不是荷兰人！"另一个喊道："错了，错了，不是四号，是二号。"他们是来抓住在2号的荷兰军医，走错门了。

在此之前，住在3号的荷兰工程师的妻子被抓进了集中营。

一天下午，来了一辆汽车，停在门前。大家吓得满头大汗。原来那日本人是来查6号屋主的家产。又是一场虚惊。

一天，陈嘉庚躺在躺椅上看书。进来了几个日本兵，领头的手指着陈嘉庚，用印尼话大声喝问："你是谁？"陈嘉庚照样看他的书。此时，黄丹季从内厅赶出，用手指着自己的耳朵，示意老人耳聋，听不见。这一招总算把日本人糊弄过去了，但他们都吃惊不小。

陈嘉庚在日本人的眼皮底下有惊无险地度过了1942年。1943年3月，陈嘉庚开始着手撰写《南侨回忆录》。

后来,7号搬进一个台湾女人,日本宪兵队长的姘妇。这女人会说闽南话,经常过来聊天。敬鬼神而远之。为安全起见,陈嘉庚由黄丹季陪着,到刘玉水寓所暂住,后移至苔栳与李荣坤家同住。那座房子在大路旁,来往人多,敌人也常来常往,曾经有日本兵进屋来讨咖啡喝。校友及知交都劝陈嘉庚转移,但陈嘉庚坚执不肯。他不信鬼神,但半信命运。他认为,如果末日未到,就不必迁移;如果末日已到,迁移也无用。自己平生于国于社会问心无愧,安危付之天命,听其自然。他身上一直带有极毒的氰化钾,随时准备为国捐躯。

在安溪、大田的集美学校,继1942年集美学校校友会第二届代表大会提出的"校友养校"的倡议之后,1943年3月,学校老教师陈大弼又提出《扩大校友养校运动》的倡议。广大校友热烈响应,有钱出钱,有力出力,有物出物,"以奠母校经费长久之基,使校主的伟大理想与母校的光荣历史永垂无疆,庶于'校友'的名分责任两俱无愧!"

10月19日起,集美学校师生开始为期一周的庆祝集美学校建校卅周年暨校主七秩寿辰以及陈大弼执教25周年活动。19日起,分布在诗山、大田、同安的高中、高商、高农、小学的师生员工和晋江、同安、永春、安溪等县的校友,满怀激情,翻山越岭,不辞辛劳,先后汇集安溪县城。第四行政区张专员及附近各县的来宾也在20日莅校。

20日,安溪县城到处张灯结彩,鼓乐喧天,一派喜庆气氛。夜幕降临之后,文庙一带,灯火通明,火把点点,座座用榕树枝叶编搭而成、缀满鲜花的牌楼在火光映照下,显得非常地艳丽耀眼。安溪城从来没有过这么大规模的庆典,也从来没有过这么多的人出现在街道上。到处人声鼎沸,人头攒动,摩肩接踵。街道两旁的住户,从窗户探出头来看热闹。

21日,庆典正式举行。会场和寿堂设在安溪文庙大成殿前的广场上。一个硕大的用金纸做成的"寿"字挂在寿堂的正中央,两旁悬挂着国民政府中央各院、部、会首长,各省当局、教育界名流及本省长官的颂祝诗文。

21日上午8时,"三庆"典礼开始。各界首长、校友、嘉宾以及学校师生到寿堂拜寿。

红烛高烧,焰光四照。人们排着整齐的队伍,按司仪的口令,在欢快喜庆的乐曲声中,向校主玉照三鞠躬。中午,出席庆典的人士和师生,人人吃闽南的面线、红蛋。面线,也叫线面,面线长又长,祝福校主福如东海,寿比南山;鸡蛋圆又红,祝福校主吉人天相,事事吉利,安然无恙。

此时,在距苔栳市一公里半的笨珍路,陈嘉庚在李荣坤寓所里,正埋头写着他的《南侨回忆录》。

他是10日前,即10月10日搬到这里来的。那一天是农历九月十二日,正是陈嘉庚70岁生日。陈嘉庚平时不让家人为他做生日、祝寿,而家人都背着他在每年阴历的九月十二日,在厅堂点红烛,烧高香;早餐吃面线红蛋,晚上吃大餐,为他祝寿祈福。林翠锦有个表妹,名王素虹,是陈嘉庚二公子陈厥祥的太太。林翠锦在表妹家住过,知道他们家有这个规矩。于是,她和郭应麟、黄丹季等校友就在这一天,煮面线红蛋,杀鸡宰鸭,买鱼买虾,心照不宣地为校主做生日。

这天早餐,黄丹季吃过面线鸡蛋后,就骑自行车到工地巡视。他打开办公室的门,看到地上有一张纸条,上面写着"风声紧"三个字,署名李荣坤,并有泗水的地址。黄丹季赶回家和林翠锦商量怎么办。两人商定暂不让老人知道,先由黄丹季到李荣坤处打听个究竟,然后决定如何行动。

黄丹季找到李荣坤,李荣坤详细地告诉事情的来龙去脉。

李荣坤是在泗水出生的华侨后裔,虽非厦大、集美校友,但仰慕陈嘉庚的为人。离泗水不远的玛琅住着一位兴化籍的侨商,名陈嘉祺。他原来的一个伙计,略通日语,被日本人找去当翻译。日本人令他打探陈嘉庚在玛琅的行踪,有消息要立即报告。这个伙计来问他的老头家,可听到有关陈嘉庚在玛琅的消息,日本查得很紧。陈嘉祺一听说要查陈嘉庚,一下子慌了神。他急中生智,立即回说:"陈嘉庚哪会到玛琅这个地方来呀?我想八成是有人把我陈嘉祺误当陈嘉庚,报给日本人了。名相近而实不相如也!"

李荣坤听到陈嘉祺给他透露的这个秘密,也十分着急,立即到黄丹季的工地通风报信。因为找不到人,就从门缝里塞进一张纸条。

经商量,大家觉得陈嘉庚还是离开玛琅为妙。于是,就在大家为陈嘉庚做70大寿的当天,陈嘉庚迁到泗水与李荣坤家同住。

在日本宪兵的追捕下,陈嘉庚经常迁徙于泗水、玛琅以及附近的峇株、梭罗之间。

对此,陈嘉庚颇有感慨地说:"新加坡怡和轩瞎眼的算命先生说我要过七十才会出运。他的话还真灵验。我七十生日,到七十,未过七十,难免受此虚惊。"

李荣坤的家在大路旁,行人来来往往,日本宪兵也常路过,还到过他们家讨水喝。为策安全,黄丹季等人劝陈嘉庚另搬他处,陈嘉庚坚持不肯。

陈嘉庚埋头写他的《南侨回忆录》。

安溪。10月21日夜,学校举行音乐晚会,表演军乐、弦乐、独唱、混声、口琴、钢琴等20多个节目。

22日中午,明伦堂东边的大膳厅2000人大会餐。会餐分两场,安溪县政府机关、企业、事业单位负责人出席。

游艺晚会连续举行三天,分别演出《反间谍》、《野玫瑰》、《金指环》等三部话剧。

运动会21日下午开始,24日下午结束,25日上午颁奖,历时5天。

大会在寿堂两旁连庑通廊的十余间教室,举行教育成果展览,陈列书画、仪器、博物、劳作、农产加工品等,集中展现集美建校30年取得的辉煌成果。

大会还编辑出版了纪念刊。纪念刊印有陈嘉庚的木刻像,上面刻着"By M. G."字样,为著名木刻家朱鸣冈所作。

福建各地校友会相继举行庆祝活动。战时省会永安也举行庆祝大会,省府主席、秘书长、外事科长都参加。厦门大学校友总会、集美学校校友会长汀分会编辑出版了《校主陈嘉庚七秩庆特刊》,厦门大学校长萨本栋为之题词:"嘉庚老伯七秩大寿——耆英望重"。他还另题"德高寿永",刊于《中南日报》,以扩大影响。庆祝活动打掉了国民党右派的嚣张气焰,伸张了正义,讨回公道。

校友会把各地校友为校主祝寿捐的国币40万元,拨充奖学基金。

校友会提出"校友养校"的倡议,各地校友会捐献基金达3400多万元。

学校奖给在集美学校从教25年的陈大弼老师"良师兴国"巨型宝鼎一座,并现金2万元。陈大弼是学校的英语老师,爱校如家,他的9个子女、9个儿媳、女婿全都是集美校友。有人戏说:"陈老师一家就是一个校友会,只有师母是来宾。"

在这规模宏大、历时一周的庆典活动中,贯穿始终的是包树棠作词、曾雨音作曲的《颂歌》。这是这次活动的主题歌。歌词是:

三十春风栽李桃

七旬黄耇辛且苦

我爱集美

我爱集美

有千间广厦何崔峨

百寻天马

万顷云涛

好个读书窝

中小职业肇规模

东西富学科

[四]1933—1943 烽火岁月 弦歌不辍

际艰危
大地干戈
播迁弦诵
继晷焚膏
诚毅精神永不磨
效嵩呼
并寿山河

  歌声响彻会场、膳厅、教室、宿舍,大街小巷,响彻整个安溪城;这歌声带着集美学校师生对校主安全长寿虔诚的祈祷,带着对母校繁荣昌盛的良好祝愿,带着对祖国抗战胜利的热切期盼,跨越连绵不断的群山,响彻浩瀚的茫茫大海,直冲云霄……师生们狂歌当哭,化泪为笑,他们在心底深处呼喊着:校主,你在哪里?

【五】1943—1953

雄图大略
百废待兴

30. 寄希望于"良政府"

怡和轩的算命先生没有说错,自七十大寿那次惊吓以后,虽然陈嘉庚还搬迁过一两次,但总的说,日子还是过得很安定的。

1944年2月,陈嘉庚搬到峇株3公里外的巽勿左村一栋荷兰人的住宅居住。这是一处私家园林,主人被日本人抓去。园前有一条大路,路面不佳,鲜有车辆往来。此处风景非常优美,一边是峇株山,一边是笨珍山,两山都不高,相距约五六公里,山脚下有洋房点缀其间,红白相衬,煞是好看。两山各有一条小溪,涓涓细流从山顶流下,在两山交接处合二而一,向东南流去。陈嘉庚租用的是一座平屋,房子的四周有无柱走廊,便于散步。屋前屋后,林木蓊郁,鸟雀和鸣,空气清新。一年到头,不冷不热,无大风,没蚊虫,在这里居住,十分安全、舒适。陈嘉庚觉得在新加坡很难找到一个像这样的好地方。他写道:"卜居此地,虽王侯亦不过如是。我平生未尝过别墅生活,当此国难方殷,又兼亡命之时,如此享受,未免太过分乎。"兴之所至,他把这住处称为"晦时园"。

1944年4月,陈嘉庚在这里完成了他的传世之作《南侨回忆录》。在该书的最后,他写了一首诗以明志,其中有这样两行:"何时不幸被俘虏,抵死无颜诣事敌。"

那些日子,他写回忆录,思念着故乡、故国、故人,考虑着战后集美学校的维持和发展以及新加坡光复后的华侨教育问题。此外,他大量时间都在读书,看

回到新加坡的陈嘉庚

报。他根据敌方《共荣报》的信息,分析战局的发展。盟军在新几内亚登陆后,许多人都推测下一步将进攻爪哇。陈嘉庚断言不可能,结束战争必须从日本本土下手。本土一解决,南洋各地就等着接收。

局势的发展果然如他所料。8月12日,日本无条件投降,陈嘉庚结束了长达3年8个月的匿居生活。

9月21日下午5时,外电报道陈嘉庚安全健在,即将返回新加坡。陈村牧从永安传来喜讯,安溪、大田沸腾了。人们奔走相告,电传各地校友。闻讯者相拥相抱,狂欢乱跳,喜泪横流。

10月1日,在黄丹季的陪同下,陈嘉庚离开玛琅往泗水。10月6日,陈嘉庚由吧城乘飞机回到新加坡。新加坡、重庆分别召开庆祝陈嘉庚安全大会。毛泽东给重庆的庆祝大会送了一幅单条,题"华侨旗帜,民族光辉",这是对陈嘉庚准确的历史性评价。

再说集美学校。早在1945年初,抗战胜利的曙光初现之时,学校就开始迈开复员的步伐。4月,陈村牧就召开校董会会议,讨论战后集美学校回迁问题。经反复讨论,会议作出决定:利用现有条件,包括安溪校舍,合理调整,把各校逐步搬回。搬迁要有计划进行,分批实施。工作程序是先修葺校舍,做好准备,然后搬迁;在复员的基础上,进一步发展。

为了制订集美学校搬迁、复员计划,陈村牧带着几个人,冒着敌人的炮火,到集美进行实地考察。

集美学校校舍正面对着厦门高崎,那里日本人的大炮炮口时时对着集美学校,高崎机场的日本飞机一起飞就到集美上空。集美学校遭日本人的飞机轰炸40多次,投入校园的炸弹共200多枚,最多一次有轰炸机8架,投弹20多枚;大炮轰击几十次,炮弹2000余发。学校60余座楼宇无一完好。面向高崎一面的校舍、民宅受破坏最为严重。集美学校完全被炸毁的楼宇达二三十座,延平楼、校主楼、敬贤堂、肃雍楼、图书馆、尚勇楼等成了一片瓦砾;集美东南小岛上的鳌头宫也被夷为平地。集美码头严重损毁,集美一号、三号实习船均被炸毁。校园荒废多年,野草丛生,鼠虫横行,没有完全被炸毁的校舍也破损严重,尘封盈寸,蛛网密布。修复工程巨大,没有巨款难以恢复旧貌。

8月12日,校董会召开"校务联席会议",确定回迁的安排。陈村牧又不辞辛劳到南安、晋江、惠安、仙游、莆田等地拜访校友,募集学校基金,然后取道福州转永安,请求省政府补助修缮款。陈村牧想尽一切办法筹资募款,为校主分忧。

10月,陈村牧在永安发表《集美学校复兴计划》。这是一个非常实际的计划，充分考虑了学校受破坏的严重程度，及学校的财力、物力，同时考虑了将来的发展可能。按这个计划，集美学校复兴分三个时期。第一期：修复航海、商业、农林各校校舍，为三校回迁集美做好准备；同时，修复学校码头，恢复厦集汽船码头，方便学校与厦门的联系。第二期：修复高中、初中及小学校舍，为其迁回集美做好准备；修复科学馆、医院及电灯厂，整理并添置图书仪器。第三期：重建图书馆、大礼堂及小学校舍，建造航海实习船，安装自来水；建设水产航海专科学校校舍，并筹设商业专科及职工学校。据估算第一期、第二期费用在国币 7000 万元以上。

陈嘉庚回到新加坡，酬酢甚忙，多次出席各种欢迎集会、聚会，会见亲友、客人。交谈中，他了解了南洋战后的很多情况和急需解决的问题。作为南侨总会的主席，他要做的事情很多，刻不容缓的是解决战后海外华侨子女的教育问题。

战争期间，海外许多学校都关门，大量学龄少年都耽误了学习，必须给他们补习误了的功课；台湾光复了，要对台湾孩子进行祖国文化教育。这都需要大量的教师。1940 年回国慰劳结束回南洋之前，陈嘉庚就委托厦大校长萨本栋和集美校董陈村牧到重庆见教育部长陈立夫，转达他的建议：在福建、广东建立两所侨民师范学校。陈立夫没有食言，1942 年分别在福建和广东创办了侨民第一师范和第二师范，学校培养的第一届学生毕业了，都是正用得着的人才。这两所学校的创办真是正当其时。在玛琅避难期间，陈嘉庚反复考虑过战后师资问题。现在这些问题排上日程了。他想：如果集美学校暂缓迁出，将集美学校的校舍借给政府，由政府出资修复，在那里开办师范学校，收海外初中、高中毕业生，给予较优惠的待遇，培训一年，毕业后，他们可以回海外，包括台湾，当老师。这样做，一举多得：（一）可以解决南洋师资紧缺问题；（二）为政府节省大量办新学校的开支；（三）可以修复学校被破坏的校舍。但，问题是要有一个"良政府"，一个愿意这样想、这样做的"良政府"。

回新加坡后，陈嘉庚还得面对他企业的经营问题。自 1934 年收盘后，他把企业经营交给李光前他们，自己很少过问。战争中，他的企业受到严重破坏。为修复设备，恢复生产，他又贷了新款。新款旧债要一年之后才能还清。对集美学校，除了已经汇去的 15000 叻币和将再筹寄的 25000 叻币外，他手头已经没有钱再支付了。他知道学校在战争中遭受严重破坏，要修复，得有大笔的钱。但他力不从心，不敢奢望。

他天天都在打听来自中国、福建、集美方面的消息。回到新加坡以后 40 多天过去了，集美学校还没有来函，也没有来电，大儿子济民、二儿子厥祥在福建，也只字未达。他猜想,大概是战后邮路、电报还没有恢复所致。他心里着急,再没有耐心等下去了,便给在重庆的五公子陈国庆发了一封电报,要他转发给集美学校陈村牧校董。11月18日,他又给陈村牧写了一封信,希望知道学校这几年是怎么维持的,共花了多少钱,现在学生数是多少,学校可得到政府或其他方面的补助,集美校舍的现状和前几年比较如何,等等。

陈村牧收到陈嘉庚的电报和来信,喜出望外,认真地一读再读。对陈嘉庚提出的问题,他一项一项详细地作了回复,并随函附上《集美学校复兴计划》等材料。

陈嘉庚终于收到陈村牧的来信,这是陈嘉庚四年多来第一次收到陈村牧寄来的函件。陈嘉庚内心激动,急切地想了解时时萦绕在他心中的集美学校的近况,他一行一行地读下去,一页又一页地翻过去,又翻转过来,寻找他心中想读到的文字……读完,他把信和材料往桌子上一扔,身子无力地往椅背一靠,摘下眼镜,闭上眼睛,信和材料中所说的事,一件件轮番在他脑子里翻腾起来……

"他们说的都对啊,可是我没有钱!就是有钱,现在也不能这样做呀!"陈嘉庚深叹一口气,自语道。

以后几个月,陈嘉庚和陈村牧函电往来频繁。陈村牧作为校董,如实地向陈嘉庚汇报一切,对陈嘉庚的决策绝对服从。陈嘉庚知道,陈村牧所述,反映了学校绝大多数师生员工的愿望。他们急切要求复员集美,恢复集美旧貌,要求扩大学校规模,提高教学质量。他也知道陈村牧体谅他的难处,想方设法争取外援,解决学校面临的困难。

陈嘉庚关于把集美学校校舍借给政府,让政府办师范学校的想法,在1946年2月1日给陈村牧的信中提过,以后没再说起,大约是他认为没有"良政府"的缘故。

陈嘉庚不急于恢复学校旧貌,而且主张学校不扩大规模,招生只减不增,同意关闭农林学校,损毁的校舍"非至要,勿修"。凡此种种,除了经济困难以外,还有更重要的原因。

首先,他清楚地看到中国内战不可避免,他不想急急忙忙恢复学校,再让其在战争中遭受二次破坏;

其次,他料定内战必然引发严重的通货膨胀,国币将变成德国的"马克",几近废纸。在这样的时候修复校舍,物价飞涨,工料昂贵,即使有钱,也无法承受,更非上策。

陈村牧对陈嘉庚心中所想,不能说不明白,但在那个时候他对陈嘉庚的深层次思考和全局性的考虑未必有深刻的理解。

为了给校主分忧,陈村牧发动校友募捐,求助于社会贤达,向政府求助,劳苦功高。但陈嘉庚对此并不十分认同。

陈村牧提出到南洋募捐,陈嘉庚严词拒绝。他说:"南洋募捐,不但困难,且绝非所愿。"他对陈村牧说:集美学校不"向外人求助"。如果不是校友、亲友主动提出,自己没有颜面向别人开口求助。如果学校困难到办不下去,可以裁掉一半学生,但不要去求人。

陈嘉庚曾为厦门大学三次亲向富侨劝募,他曾让厦门大学校长林文庆到南洋募捐,可对集美学校,他坚持不求外人,他没有让叶渊还是其他任何人到南洋募捐过。因为,他开办厦门大学,只想带个头,希望有人跟上,大家共同来办。所以他称自己是"倡办"厦门大学,不是"创办"厦门大学。所以,在他看来,厦门大学对外募捐是顺理成章的事。而集美学校,始终是由他独力支撑的,他求过族亲帮忙,但拒绝向外募捐。这与陈嘉庚内心坚守的宗亲观念有关,也是陈嘉庚爱国爱乡行动中表现出的特色。

此外,陈嘉庚在企业收盘之后,最担心的是,有人说他办学导致企业收盘,又因收盘无力把学校办下去的议论。把厦门大学交给政府接办时,他就觉得自己为善不终,累及政府。如果他为维持集美学校而向人伸手,岂不是"累及别人"吗?这是陈嘉庚绝对不愿意做的事。他兴学,本来是想带个头,开风气之先,让富侨们都来关心、支持教育。他不希望别人从他的荣枯中得出有悖于他初衷的结论。陈嘉庚内心深处的这个秘密,陈村牧在提出到南洋募捐之前是未曾想到的。

1946年底,新加坡集美校友会发起劝募复兴母校基金活动。陈嘉庚不赞成校友募捐修复校舍。为此,他在《中南日报》发表《谢却校友募捐复兴基金函》。函中写道:急需的校舍已用董事长在他回新加坡前在国内募捐的款项和他本人支付的款项基本修葺完竣,余下的待修校舍破损严重,非巨款不能修复。简言之,耗资不多的已经修复,耗资巨大的不是靠校友募捐能解决问题的,除非有资力雄厚的校友,肯慷慨解囊,捐献巨资。果能如此,无任欢迎。时下,内战正在进行,民众惨苦,他只想维持集美学校现状,不急于恢复旧貌,不想加重校友的负担。他对陈村牧募捐的款项特地加了一个定语,说是"董事长等在他回新加坡前在国内募捐的",言外之意,当时募捐此款他并不知道,如果他知道,也不会同意。

不错,陈嘉庚本人在抗战初期的1939年8月确实在报纸上发表过启示,号召校友为复兴集美学校募捐。此项活动得到校友积极响应。1940年,陈嘉庚回国慰劳时,看到战争不会迅速结束,集美学校修复尚早,便把募得的款项冲入集美学校基金,募捐活动告一段落。

显然,陈嘉庚此时不同意向校友募捐,原因之一是因为他不急于恢复集美学校。而他的这一决策,和他对时局的看法和他与蒋介石、国民党当局的矛盾的激化有直接的关联。

陈村牧请示:行政院善后救济总署厦门分处拟用工赈的办法,帮助集美学校8500万元修葺部分校舍,可否接受。

陈嘉庚看到"工赈"一词,火冒三丈。他说:"国家不幸,遭抗战之损失。战争结束后,国家不奋志自立,以图强盛,反而要依靠外国救济……可耻可悲,可羞可痛。素称'礼义廉者(则无耻)',果如是乎?可哀也已!"

集美学校校董会遵照陈嘉庚的训示,不吃嗟来之食,致函救济总署厦门分处,拒绝接受工赈。

1946年,集美学校完成了《集美学校复兴计划》规定的第一、二期任务,所有学校迁回集美。

至1949年4月,陈嘉庚支持集美学校30多万叻币,其中一半用于修复校舍,一半用于校费。

陈嘉庚对集美学校抱定一个主张:在腐败政府时代,集美学校只能维持,绝不可扩大,招生宜少不宜多。他多次在给陈村牧的信中强调:集美学校的事,不是他不关心,不予考虑,而是时机未到,希望学校遵照他的计划行事。

陈嘉庚所说的时机,就是"良政府"的出现。他相信:"良政府"必定会出现。只要"良政府"一出现,就什么都有办法,不但损毁的旧校舍可以全部修复,而且还要扩建新的校舍。

31. 归　来

1949年12月27日晚8点,陈嘉庚回到他梦萦魂牵的故乡集美。

此次归来,他的心情和9年前大不一样。9年前,那是1940年,他回国慰劳完毕,回归阔别19年的故里。那时,因为他据实说话,为民请命,得罪了国民政府当局。他决心:恶势力不倒,他一定抗争到底。他也知道:当局也一定会因此视他为寇仇,不允许他回来。在他看来,那次归里,已是今生最后一次;那次离乡,就是诀别。一种生离死别的忧伤袭上心头,他心情十分沉重,怎么也兴奋不起来。而此次归来他心情十分轻松,非常高兴,因为让他高兴的事情太多了。特别是能重回他本以为今生无望再见的

陈嘉庚视察被轰炸的集美学校

故乡,更使他无限兴奋。

在1940年回南洋后的10年间,陈嘉庚经受了一个又一个的劫难。回新加坡后,他处处受到国民党驻新总领事和国民党派去的要员的掣肘和打击。1942年初,新加坡沦陷前夕,国民党把他排除在接回国的人员之外。为抗日,他把生死置之度外,日本人欲置他于死地而后快,而国民政府又不接纳他。他赤胆忠心,竟落得个有国难回的结局,这是何等让人痛心疾首的事。他只得逃离狮城,避难爪哇,在日本宪兵的追捕下,过了三年零八个月的匿居生活。抗战胜利后,陈嘉庚站在人民一边,坚决反对蒋介石在美国人的支持下挑起内战,把饱受百年战争祸害的四万万五千万同胞推入内战的血海。因此,国民政府更是视他为眼中钉,肉中刺。内战之初,蒋介石气势汹汹,不可一世。陈嘉庚面临着巨大的压

力。但他始终站在正义一边,人民一边,反对蒋政府,揭露蒋政府祸国殃民的罪行。他的高瞻远瞩和对蒋政府针锋相对的态度,一时为多数恪守正统的侨胞所难接受。他受到滚滚而来的"反陈"浪潮的冲击。即使是在最困难的时刻,陈嘉庚也未曾动摇过他正义的立场。他终于和人民一道迎来了新中国的诞生,迎来了他多年期望的"良政府"。

1949年1月20日,中共中央主席毛泽东电邀他回国参加新政协。陈嘉庚回电,对祖国的新生表示由衷的兴奋,并答应春暖花开之时回国庆贺,但婉辞参政。

5月5日,76岁的陈嘉庚在庄明理、张殊明陪同下,拿着手杖,登上"迦太基"号邮船,离开新加坡往香港;5月28日,他换乘"捷胜"轮离开香港北上,6月3日,到达天津。6月4日,陈嘉庚一行乘火车到达北平,受到董必武、林伯渠、叶剑英等要人的热烈欢迎。这都是他在抗战时期结识的中共领导人。7日,周恩来到北京饭店看望陈嘉庚。周恩来握着陈嘉庚的手,亲切地说:"嘉老,我们十年不见面了。我们知道,这十年,你作了重大的贡献,也受了很多罪。"周恩来带陈嘉庚到西山见毛泽东。毛泽东和陈嘉庚说了很多话,谈兴甚浓,深夜方回。中共请陈嘉庚参加人民政协筹备会,陈嘉庚极力推辞。经多方劝说,陈嘉庚受周恩来、郭沫若等人的真诚所感动,同意参加政协筹备会。会议结束后,他到东北参观、考察,历时两个多月,行程5000多公里,先后到达沈阳、鞍山、长春、哈尔滨、大连、旅顺等十几个重要城市。9月21日,中国人民政治协商会议开幕,陈嘉庚以华侨首席代表的身份参加会议,并当选为政协第一届全国委员会常务委员。10月1日,陈嘉庚登上天安门城楼,参加中华人民共和国中央人民政府成立典礼。

站在天安门城楼上,看到五星红旗冉冉升起,看到威武雄壮的三军阅兵式和空前盛大的群众游行,陈嘉庚感到作为一个中国人从未有过的骄傲,他感到他多少年企望的新中国、日夜盼望的"良政府"诞生了,他心里是难以言喻的欣喜和激动。

9月23日,集美解放。这正是中国人民政治协商会议开幕后的第三天。当陈嘉庚得到这个消息的时候,他兴奋得不能自已。10月17日,厦门相继解放。陈嘉庚欣喜莫名,急切希望回到他日思夜想的故乡。

10月30日,陈嘉庚在庄明理、张殊明的陪同下,离京南下,乘火车到山东、江苏、河南、湖北等省参观考察。在济南,他参观广智院博物馆,该馆的陈设引起他极大的兴趣。11月22日,陈嘉庚改乘吉普车离开长沙,前往福建。陈嘉庚抵达赣、闽交界的上饶时,第三野战军运输部特备中吉普并一连武装部队护送,29日入福建。福建省省长张鼎丞派张兆汉、林滔专程从福州到南平迎接。陈嘉庚一行乘汽船,沿闽江直下,12月3日到达福州。

陈嘉庚在福州会见了福建省人民政府主席张鼎丞、三野第十兵团司令叶飞等军政要人,并出席欢迎大会,报告各地见闻。陈嘉庚还与前集美中学校长郭鸿忠夫妇,前清翰林、福建省人民政府委员陈培锟等见了面。12月19日,陈嘉庚离开福州,一路视察涵江、莆田、惠安、泉州、同安。在泉州、惠安,他特别关心李光前创办的国光中学和刘玉水创办的荷山中学等学校。12月27日晚8时,陈嘉庚到达集美。

车开进集美地界,陈嘉庚按捺不住心中的激动,急切地探出头来,看着眼前闪过的一切。眼前所见,有战争留下的壕沟,日寇和蒋军飞机、大炮破坏留下的残迹,修复和未修复的楼房……未等车停稳,陈嘉庚就提起手杖,急忙起身要下车。随行人员扶着他下车。脚踏在故乡的土地上,陈嘉庚真正感到"游子回乡"的那份心情,那种滋味。

同安县军政要人和集美乡亲热烈欢迎陈嘉庚归来。

第二天清早,南国初冬的晨风还是有些凉意。陈嘉庚一早就起床,穿上黑西装,戴着黑色的礼帽,提起手杖,走出门来。随行人员紧跟其后。他顺着学村坑坑洼洼的道路,往前走去,察看被日本人和蒋军破坏的集美学校和集美大社的情况,特别是蒋军飞机对集美轰炸留下的惨状。

早在离京南下的途中,陈嘉庚就获悉:蒋军飞机自11月11日开始,连日对集美学村进行疯狂的轰炸。陈嘉庚无比愤怒,当即在汉口发表书面谈话,严词谴责蒋介石"狠毒"的暴行,说蒋军"将遗臭万年"。

路上,道路两侧,到处是断垣残壁、溅落在地的砖块瓦片、各种用具衣物的碎片、学生课本作业本的残页,处处都覆盖着厚厚的爆炸扬起的尘土。陈嘉庚走在满目疮痍的故乡土地上,内心激愤地听着陈村牧等人给他讲述蒋机的暴行。

11月11日下午,天气晴朗,天空一片蔚蓝,偶尔有淡淡的白云飘过,给大地投下一片紫蓝色的阴影,为学村的绿树繁花增添了新的层次和色调。孩子们在老师的带领下,在大榕树下,高声唱着一支刚学会的歌:"解放区的天是明朗的天,解放区的人民好喜欢……"

突然,有孩子发现集美学村东北的天际下出现几个小黑点。小黑点越来越大,并伴有轰隆隆的轰鸣声。

"飞机!敌机!赶快疏散!"同样的尖叫声在学村不同的角落响起。

[五]1943—1953 雄图大略 百废待兴

说时迟那时快,敌机已经临空。8架蒋军重型轰炸机在学村上空低飞环绕,发出刺耳的哨音和轰鸣声。其中一架一进学村,就俯冲轰炸。敌机轮番轰炸,盘旋扫射。天空中弥漫着浓浓的硝烟和尘土,震耳欲聋的爆炸声淹没了孩子、女人的哭喊声。敌机轰炸、扫射达一个小时之久,投下重磅炸弹32枚。居仁楼及尚勇楼被3枚炸弹命中,居仁楼几乎全部倒塌,尚勇楼严重损毁,即温楼前落下一枚炸弹,受强震冲击,楼体垮塌。校园其他地方落下炸弹6枚,留下一个个巨大的弹坑;未中弹的楼房也因炸弹爆炸引起的强烈的冲击和震动,受到不同程度的损坏。

三座被炸倒塌的大楼都是遭受二次毁坏。抗战时,居仁楼中炮弹多发,屋顶被毁;尚勇楼中燃烧弹,全部被烧毁;即温楼大部被震塌。

居仁楼和尚勇楼被炸倒塌,中学校长黄宗翔被埋在废墟中,只露出个头,满脸灰土。陈村牧赶到时,一群师生正在轮番用手把黄校长从废墟中扒出来。黄校长被送进医院,但因伤势太重,被夺去生命。不幸罹难的还有办事员廖瑛和6名学生。

陈嘉庚听着听着,不觉停住脚步。他表面非常平静,但神色凝重,内心翻腾着激烈的波澜。

11月11日空袭后,人民解放军立即在集美周边部署防空部队,全天候戒备,随时迎击敢于来犯的敌机。

为策安全,集美学校师生暂时停课,并就近搬迁。这是集美学校的第二次播迁。

陈嘉庚在陈村牧和族亲的陪伴下,来到延平故垒。故垒已不见,只剩石条搭成的寨门。延平楼正面对着高崎,是首当其冲受到对面日军大炮轰击的目标,如今已剩一片瓦砾,连楼前的《集美小学碑志》也仅留半截碑座。坡下的大海已涨满潮水,东南方向不远处原来的鳌头宫被日寇摧毁后,已被海水淹没,只见几块突出的礁石在浪中时隐时现地沉浮着。

陈嘉庚听着身边随行的人员给他讲那一段段惨烈的往事,不时插问一两句话,问及一个两个人。

他们走下坡地,来到国姓井旁。一个村妇正在井边打水。陈嘉庚走过去,他不认识这位村妇,那村妇也不认识他。陈嘉庚亲切地打招呼:"你是哪家的?水挑哪?"

那村妇也落落大方地答道:"是啊!我是豪阿的大媳妇。您是……"这几天村民都在说"嘉庚伯在北京当大官了,要回来了!",她猜想:这人大概就是嘉庚伯吧,但不敢贸然说出口。

随行的族亲中有人说:"他是咱的嘉庚伯。"

那村妇立即跟着叫了一声:"嘉庚伯!"并说,"大家都盼着您呐!"

陈嘉庚看她打上来一桶水,说:"我也打一桶水好吗?"

大家看着他拿起水桶,把绳子放进井里,很利索地抖落了一下井绳,水桶就没入水中,装满了水。他把井绳往上提,边上的人赶忙拥上前,要帮他一把。他连声说:"不必,不必!我还行!"

水提上来了,大家一阵喝彩。陈嘉庚双手掬起一捧水,浅浅地喝了一口,说:"甜,有点甜。还是小时候那个味。"

他们沿着田埂来到一片稻田后面的校主屋。校主屋已被日本燃烧弹烧毁,徒有几垛丈把高断墙残壁在向人们讲述着日军的暴行。

"嘉庚伯,这校主屋应该重建了!"一位族亲说。

"需要建的多着呢。要先天下之忧而忧,后天下之乐而乐嘛!学村还有那么多房子需要重建、新建,我怎么可以先建自己的住房呢?"

他们一路往前走,来到一栋楼前。墙上贴着的一张布告吸引了陈嘉庚的眼光。他走近一瞧,上头赫然写着一行大字:中国人民解放军步兵第八十五师司令部、政治部布告。下面的正文是:

  查集美学校为华侨民主人士陈嘉庚先生所创、规模较大的学校,希我各部人员尽量不进驻该校,并坚决予以保护,严禁搬移或损破该校一切教育用具及房屋、树木,仰各切实遵照为要。

透过布告,陈嘉庚看到一支完全新型的军队,和领导这支军队的政党。他见过清朝的军队、民国的军队、英国军队、荷兰军队,不值得一提的日本军队,没有一支军队可以和解放军同日而语。

"这样的军队举世无双!解放军解放了集美,没有以胜利者自居,坑害百姓,而是处处为民,这样的军队得民心,得民心的军队所向无敌。"陈嘉庚感动不已,说。

随行的乡亲接过他的话,讲起了解放军在解放集美战斗中作出的重大牺牲。1949年9月21日,中国人民解放军29军85师253团开始解放集美的战斗。解放军势如破竹,很快就逼近距集美仅10华里的地界,把蒋军包围在其第一道防线之内。蒋军企图突围,解放军兵临敌第二道防线的前沿。敌军躲在暗堡里,把集美学校的校舍葆真楼、尚忠楼、诵诗楼、三立楼、科学馆及教职工住宅当成天然屏障,负隅顽抗。此时,解放军如用重炮轰击,即可摧毁敌人藏身之所,集美唾手可得,然而,未撤出的村民、师生将难免伤亡,集美学校的校舍将受到破坏。正当部队首长在进行利弊得失权衡的时候,85师接到中共中央军委副主席周恩来的指示:"集美学校是爱国华侨陈嘉庚先生创办的,一定要保护好。"253团立即召开党委会研究,落实周副主席的指示,一致认为:周副主席的指示就是命令,体现了党的侨务政策和文化政策,我们一定要坚决执行中央军委的指示,宁愿部队伤亡,也一定要保护好具有悠久历史、享誉海内外的集美学校。为了保护集美学校,部队决定:在解放集美的战斗中,作战部队不使用重武器,而全部用轻武器。即使在蒋军炮兵用重炮对我军轰击时,解放军也没有以炮火还击。解放军采用近战、夜战打击敌人,经过一天一夜的激烈战斗,终于打下高地,在当地群众和地下党组织的配合下,解放了集美。集美学校师生、集美村民无一伤亡,校舍、民宅无一受损,但253团蒙受了巨大的牺牲,死伤200多人,其中牺牲者81人。

集美一解放,253团政治部主任张茂勋就到学村找集美学校的负责人陈村牧,向他传达周恩来的命令并报告253团执行命令的情况。部队为保护集美学校校产、图书、仪器,开始帮助学校转移重要设备,连夜疏散教工及家属,以防蒋军飞机、大炮袭击。

一个是占驻校舍,破坏校具,抢劫民财,为非作歹,惨败之后还不甘心失败,派飞机、大炮对学校狂轰滥炸,使无辜的师生、百姓遭受灭顶之灾,蒙受巨大损失,犯下祸民灭后的滔天罪行;一个是宁可自己作出巨大牺牲,也要保护学校,保护学校师生和村民,为民立下不朽的功勋。在短短的一个多月时间内,在他故乡的土地上,就在他的眼前,这两支军队,用各自的所作所为,让陈嘉庚更加直接地、切身地,也更深刻地看清了这两支军队的本质。相比之下,陈嘉庚激动地说:"人民解放军保护学校、保护百姓,国民党军却轰炸,残杀庶民,丧心昧良。一正一邪,老天看得见。违反人心的事都不会有好结果。"

集美学村是多灾多难的,早的不说,鬼子来了以后,"永久和平学村"就再没有和平;抗战胜利之后,连自称是"国军"的蒋介石军队也对学村恣意蹂躏,狂轰滥炸。"和平学村",哪有和平?

眼前所见让陈嘉庚气愤、痛心,但他精神振奋,信心百倍。他乐观地说:"这是最后的轰炸,以后我们就可以努力加强建设了,我们应该为集美的新生欢呼。"

32. 大建设序幕

陈嘉庚在鳌园工地

新中国的成立和建设成就，使陈嘉庚深受鼓舞，无论他走到哪里，无论在海内还是在海外，他都大讲特讲新中国，大讲特讲毛泽东。他作为华侨的首席代表参加中央人民政府工作，心中感到非常不安。1949年，他到北平西山双清别墅见毛泽东的时候，毛泽东、周恩来请他参政，他一口回绝，理由是"自己是政治的门外汉"，"不懂国语"。郭沫若对他说："心通胜于言通"；周恩来最了解他的心思，便对他说：新政府必须有人代表华侨的利益说话，嘉老是最合适的人选。如果他不参加政府工作，谁来替华侨说话？这些肺腑之言使陈嘉庚无话可说，不好再推托。

但事后，他总觉得自己不是从政的料，多次对周恩来说："总理，我不懂政治，不会做政府工作，不能对国家有所贡献。"

周恩来对他说："嘉老，您对国家的贡献大着呢！您还可以对国家做出更大的贡献。我们国家进行社会主义建设，需要大量的外汇。您可以利用在海外的影响，号召华侨多寄侨汇，帮助国家建设。这就是最好的贡献呀！"

陈嘉庚听了周恩来一席话，备受鼓舞，感到自己有了用武之地，当即向周恩来表示，说："请总理放心，我一定照总理的指示做。"

可是，怎样才能号召海外华侨多汇侨汇回国呢？陈嘉庚开始动起脑筋。没费多少周折，他便想出一个妙招。

1950年2月15日陈嘉庚返回新加坡,处理未完事务,5月21日回国。

8月12日,陈嘉庚从北京到上海,住上海大厦。在那里,他会见上海集友银行负责人邱方坤。交谈中,陈嘉庚讲到他落实总理指示的办法。他说:"我这是一举两得,洋人叫一石二鸟。"

"我们叫一箭双雕。校主,什么妙招,请不吝赐教。"邱方坤说道。

陈嘉庚讲了他的打算。他说:"抗战时,我们在南洋募捐,得到一条重要经验:要募得巨款,有人带头至关重要。现在要号召侨胞汇款,重要的还是自己要带头。我打算向海外亲友筹集资金,修复、扩大集美学校、厦门大学。这既有利于学校,又能为国家争取外汇,岂不是一举两得?"

邱方坤一听,连声说:"确实是妙招。"

说着,陈嘉庚从口袋里掏出一张写好了的电报稿,递给邱方坤,说:"发香港,给厥祥。叫他汇一笔款到厦门,用于两校。"

陈嘉庚的次子陈厥祥接到电报,立即照办。

9月5日陈嘉庚在福建省委统战部秘书长张兆汉的陪同下,回到集美。考虑到陈嘉庚已77高龄,又不会说普通话,需要有人帮助处理日常事务和担任翻译,有关领导决定给他派一位秘书。9月7日,张兆汉带着一个年轻人到集美拜见陈嘉庚。

年轻人一见陈嘉庚,就亲切地叫了一声:"校主!"接着便自我介绍说,"我叫张其华,水产航海高13组学生。"

陈嘉庚打量了他一会,说:"你是集美学生。好!什么地方人?"

张其华答:"惠安人。"

接着,他又问张其华哪一年毕业,现从何业。张其华一一作答。

陈嘉庚略加思索,对张兆汉和张其华说:"我这里没有什么事,不需要秘书。有事我可以找校董会的人帮忙。"

张兆汉诚恳地对他说明领导的好意,希望他接受。

陈嘉庚想了想,问张其华:"你说你是惠安人,惠安什么地方?对打石头、搞土木建筑熟悉吗?"

张其华说略知一二。

陈嘉庚没再说什么,便答应了。从此,张其华就在他身边工作。

陈嘉庚在集美定居,住在校董厝的二楼主房,张其华和校董会派来管陈嘉庚生活事务的总务主任叶祖彬住在二楼的一个房间。一楼是校董办公室。三十一军派一个排负责陈嘉庚的安全保卫工作,住在校董厝前的一座平屋里。

陈嘉庚一住下来就开始忙着修复和扩建集美学校和厦门大学的工作。

这年冬天的一天，陈嘉庚来到集美延平故垒东边的海滩，跨过一道沙堤，来到鳌头屿。那里原来有一座庙，叫妈祖宫，抗战时被日本人的炮火炸平了，如今只剩一片废墟。一位村民出于好奇，一直在背后跟着他。不远处站着随行人员和警卫。

陈嘉庚拄着手杖，在废墟上绕了几圈。手杖对着海滩，指指点点。

那村民好生奇怪，便多嘴地问道："嘉庚伯，你这是要干啥呀？"

"我呀，我要在这里建一座纪念碑，外围建一个博物大观。"陈嘉庚说。

那村民不知什么叫"纪念碑"，更没听说过什么"博物大观"，但他猜测，这绝对是很大很了不起的建筑。事关重大，他憋在肚子里本来不想说的话不能不说了。他说："嘉庚伯，这个地方可不干净呀！"

陈嘉庚听了，不觉一乐，抿嘴一笑："你说的是有鬼邪，是吗？"

那村民点点头。原来，沙堤那个地方是附近村民埋葬夭折小孩的荒冢。

陈嘉庚说："这纪念碑就是一座大石碑，高好几丈，上头刻字，是纪念我们集美解放的圣碑，纪念在解放集美战斗中牺牲的解放军。解放军，连国民党蒋介石都赶走了，还镇不住几个小鬼头？"

"那能。这我懂。"那村民说。

听说解放军为保护集美学校不受破坏，在解放集美的战斗中不使用重武器，牺牲了八十几个官兵，陈嘉庚大受感动。此后，他一直在考虑着如何永远纪念他们。在北京参加开国大典的前夕，他出席了人民英雄纪念碑的奠基仪式，那时，他就想在集美也建一座纪念碑，纪念解放集美牺牲的英烈，纪念解放集美、解放全国人民的共产党、毛主席，让人民永远记着他们的功劳。可这纪念碑建在什么地方合适呢？他比较来，比较去，最后还是觉得在鳌头屿好，离陆地近，又伸入海中，既显眼，又不占地；海滩很大，还有扩展的余地。他想着想着，就兀自往海边走，想亲自到现场踏勘踏勘，看看是否可行。

"嘉庚伯，你还说要建个啥'大官'呀？"那村民又问。

陈嘉庚轻轻一笑，说："不是什么'大官'，我说的是'博物大观'。就是用石头雕刻好多好看的图画，有刘备、关公、张飞，还有……"他正要继续说下去，突然感到这三言两语难说清楚，便把话头刹住，转口说道："到时你一看就明白了。你一定喜欢。"

建"博物大观"对陈嘉庚说来，不是一时的心血来潮。参加开国大典之后，陈嘉庚与庄明理、张殊明到济南，参观了广智院博物馆。博物馆里陈列了许多古代名人字画、各种古董器物、飞禽走兽标本,此外,还有一些有关卫生、交通、住屋以及造林、水利等示意模型,十分吸引人。博物馆中还有不少对照性的图画,如旧的街道和现代马路。旧街道——路面狭窄,泥泞污秽,高低不平,行人赤着双脚,一手拿鞋,一手提裤子;而现代马路——宽阔整洁,两边植树,中间行车,人行道走人。又如住屋、餐饮、卧床寝具,什么不合卫生,什么卫生,都有模型和实物展示,一目了然。陈嘉庚很有兴致地看着,觉得这是一个很好的教育手段,值得学习,值得推广。他对周围的人说:"希望各地都能设立这样的博物馆。"回集美后,他就不停地琢磨,想利用惠安有名的石雕工艺,雕刻各种图画,包含政治、经济、历史、文化、工农业还有卫生等内容,让群众看了,在休闲中受教育。因为这都是石头雕成的图画,是露天的,不能叫"馆",于是他给起了个名,叫"博物大观"。

经过踏勘,陈嘉庚心中有数,开始筹建集美解放纪念碑和其他工程。

1951年3月4日,陈嘉庚在《厦门日报》、《江声日报》和《福建日报》同时刊登广告,征求纪念碑设计方案。几个月后,应征的设计稿陆续寄到。经陈嘉庚组织专家和工匠比较、评选,最后选定福州陈世英设计的方案。

纪念碑叫什么名呢?他斟酌再三,决定叫"集美解放纪念碑"。请谁来题这个碑名呢?他第一想到的是开国领袖毛泽东。自从1940年在延安见到毛泽东之后,陈嘉庚就认定毛泽东是"真命天子",是"中华民族的救星"。在延安期间和以后的岁月,他和毛泽东的交情日渐加深。还有,毛泽东是个大书法家,他的草书龙飞凤舞,气势磅礴。如能恭请到毛泽东为纪念碑题字,那真是再好不过了。但是,毛主席身为一个泱泱大国的元首,且不说日理万机,有没有时间顾及到这件事,本身就是个问题。此外,集美是一个小地方,是晋江地区属下同安县的一个乡,由一个国家的最高领导为一个乡的纪念碑题字,会不会有损尊严,有失身份?陈嘉庚反复思索着,拿不定主意。最后,他下定决心,不妨一试。毛主席虚怀若谷,即使自己要求不合适,毛主席也会谅解的。1951年5月,陈嘉庚给毛泽东写信,请他为"集美解放纪念碑"题字。

此后,陈嘉庚又写了一则《集美解放纪念碑题词征文启》,分寄中央人民政府及政协各首长及老相识。大意是:集美学校自创办以来,几经战争破坏,现祖国解放,可望大发展。为纪念这一伟大变化,决定建立集美解放碑。《征文启》写道:"素仰先生道德文章,时望新归,寄上笺纸二幅,乞赐文言体数十字乃至二百字,以资刻石,藉垂观感。"

纪念碑要有碑文,镌刻在碑的背面。这个碑文应该由他自己撰写,刻上石碑的字也应该由他自己书写。他开始寻思这件事。

还有，纪念碑是有设计方案了，可这碑座的台阶应该有深刻的含义，不能随意，更不能马虎。陈嘉庚也反复琢磨。

至于建筑施工，还是要自己组织施工队，石匠、泥瓦匠、木匠、小工都自己来雇；石料、木料、石灰、沙土等等都要精打细算。事无巨细，陈嘉庚都想到了。

慢慢地，成竹在胸，陈嘉庚开始从务虚到务实，迈出实际的一步。

1951年9月6日，趁海水退潮，陈嘉庚带着几个人来到鳌头屿妈祖宫旧址，现场给他们讲他建纪念碑和"博物大观"的设想。他用手杖指着最高的一块礁石，说："在那石头上面建一座纪念碑，叫'集美解放纪念碑'。碑要高，十丈。"

人们仰头朝天上望，"哇"的一声，不约而同地喊了起来。"那不是顶到天了。"有人说。

"这石头大，作基础结实。受得住。没问题。"陈嘉庚说。接着，他又把手杖向四周的海滩一挥，说："把海滩围起来，四周建围墙。墙上嵌入各色石雕，像'小人书'，讲故事，好看。叫'博物大观'。"

大家都有点听傻了。

陈嘉庚又挥起手杖，对一个叫陈坑生的工人说："你去砍几捆芦苇，一根根插在海滩上，标出围墙的东西四至。东边沿着小屿旁插过去，西边照东边坐向直插到屿下那潭水窟，然后圈起来。这就是落墙的地方。后边的沙堤将来要垫高，建成通道。"

这陈坑生是安溪人，抗战时，逃壮丁，到内迁的集美学校当校工，以后随学校到集美，长期住了下来。他为人忠厚，但很机灵，做事又勤谨，陈嘉庚一点他就领会，一说，他就明白，事事办得妥帖，陈嘉庚有事常交代他办。陈坑生领了陈嘉庚的令，就带人到水塘边砍芦苇。他砍了几大捆苇秆，第二天，就赤着脚，下海滩，照陈嘉庚指点的位置，把苇秆一根一根地插上去。为了把苇秆插牢，不被海潮冲倒、刮走，陈坑生每一根都使劲地往深处插。当天晚上，他到深夜才插完。插完后，他不放心，还站在岸边，看着海水涨满又退下，一看，除一两根倒下外，其他的都安然无恙。陈坑生把那倒下的苇秆扶正，才回家睡觉。他刚躺下，就听到屋外树上鸟儿在叽叽喳喳地叫了。

陈坑生迷糊了一会，就急急忙忙起身，胡乱吃点东西当早餐，就到鳌头屿等候陈嘉庚的吩咐。

这一天是1951年9月8日，农历八月初八，算是吉日良辰。早饭过后，潮水退到最低位，鳌头屿四周的滩涂都露出水面。陈嘉庚穿着长筒雨鞋，挂着手杖，来的小岛边，站在岸上，迎着海风，看了看湛蓝的天空和蔚蓝的大海，说："好天气",大有"天助我也"的感慨。他迈着稳健的步伐走到海滩,踩着淤泥,顺着陈坑生插的苇秆往前走。随行人员紧张地跟在后面。看着一个78岁的国家要人单独走在步步难行的滩涂上,谁都不放心。一位高个子警卫上前扶他,他把手一甩,表示拒绝。

陈嘉庚走到海滩的深处,看着还飘着绿叶的苇秆围成的轮廓线,他仿佛已经看到自己想象中的"博物大观"和纪念碑。他从西走到东,从东走到西,从不同角度看着、审视着用苇秆标画出的一比一的图纸,无形的模型。

他满意地走上岸,说:"开工!"

这就是陈嘉庚亲自主持的闻名中外的旅游胜地鳌园的开工仪式;陈嘉庚的一声"开工"令拉开了集美大建设的序幕。

工程技术人员和工匠根据陈嘉庚的设想画成工程设计图纸,经陈嘉庚审定后,照图施工。

百年往事

33. 鳌园春秋

纪念碑和"博物大观"都在围墙内，都在鳌头屿之上。随着陈嘉庚的一声唤，这个几十年来人迹罕至、死寂的废墟、荒冢如今变成了热闹的工地，用那个时代的人喜欢的比喻叫作"热火朝天的战场"。陈嘉庚从惠安招了数百、成千的建筑工人，集美东海滩到处是临时搭起的工棚。海滩上陈坑生插的苇秆转眼间变成了石头砌的高墙，一个个浪头有节奏地在墙根下击出一朵朵白色的浪花。海滩

陈嘉庚陪客人走在集美大道上

在变样,陈坑生也跟着在成长。陈嘉庚在集美成立了建筑部,陈坑生成了集美建筑部的负责人。

这里以前有座鳌头宫,陈嘉庚把这围墙内的建筑称作"鳌园"。

工地上,人来人往,熙熙攘攘。惠安打石师傅手中的铁锤和钢錾在石头上碰击出碎石片和火花,一块块顽石在这无休止的碰撞敲击下,白色的花岗岩变成光亮可鉴的石条,黑色的青石变成了一件件艺术品。一双双铁肩膀压着拳头粗的大竹杠,顶起一块块巨石,一双双粗大、指头张开的赤脚踩着竹木搭起的"路架",把石头扛到预定的地方。瓦匠师傅按照陈嘉庚手杖的指点,把一块块石头、砖块砌到各自该在的位置。陈嘉庚胸中的蓝图逐渐变成一个个令人叹为观止的奇观。

陈嘉庚天天都挂着手杖,到工地巡视,风雨无阻。他十分亲和,见熟人就直呼其名,见师傅就称师傅,见小工就叫"哥"、"嫂"。他不轻易说话,但一说话就一诺千金,谁都不敢违抗,说个"不"字。他是绝对的权威。而他的权威来自他的正确。

看着工地按照他的设想一天一个样地变化着,陈嘉庚心里的兴奋不可言喻。与鳌园差不多同时开工的还有海边的工程:延平故垒后面的延平楼正在修复,楼前原先荆棘遍地、墓如鱼鳞的斜坡正在修建3层24级的石台阶,台阶下是美丽的延平游泳池。

办学、搞建设,钱是一个必须解决的问题。陈嘉庚的设想是:把集美学校交给政府,由政府拨款维持。这样他就可以把自己有限的财力用于政府不能投资的项目上,比如鳌园、游泳池、道路等的建设,美化学村的环境。为此,他早在1950年3月就写信给陈村牧,指示他向政府提出愿意无条件把集美学校交政府接办的请求。当年4月和5月,陈嘉庚又分别给福建省省长张鼎丞和教育部部长马叙伦写信,表达同一个意思。然而,当时国家政策是鼓励华侨办学,省政府不同意接办,但同意补助学校经费。

不管接办不接办,政府都在支持、补助着集美学校。陈嘉庚在争取政府帮助的同时,开始向海外争取援助。他给女婿李光前等海外的亲友写信,请他们汇款支持集美和厦大的建设。他亲口向李光前提出要600万港元用于厦大建设,李光前如数承诺。集美建设需要的资金更多,大大超过厦大,他本想请族亲陈六使承担,岂料陈六使遭火灾,损失惨重,陈嘉庚不好开口。

海外亲友的支持解决了部分投资问题,但要根本解决问题还要靠国家,靠政府。陈嘉庚早就认定:集美未来的发展要靠"良政府"。他还是要继续争取国家接办集美学校。只有政府接办,集美才能摆脱"半死不活"的状态,才能有大的发展,才能"为人模范"。

集美学校的建设得到政府的大笔赞助,而鳌园的建设是陈嘉庚独力支持的。

鳌园建设的一个重要部分是博物观。博物观包含数百石刻、水泥雕,内容包括历史故事、风景名胜、民族风情、工农业、交通运输、农林水利、文化教育、体育卫生、动植物等等。陈嘉庚创建博物观的目的非常明确:不仅为风景美观,而且为社会教育,普及文化科学知识。

陈嘉庚聘请的惠安石雕师傅都是能工巧匠,民间艺人,他们对祖辈传承下来的技艺十分娴熟,他们精于雕刻福禄寿喜、飞龙舞凤、观音菩萨、帝王将相、才子佳人,让他们雕刻历史题材的石雕,绝没有问题,但要让他们创作出其他题材的作品,那就难了。为了给他们寻找参考、仿造的图式,陈嘉庚每次到北京、上海,都光顾书店,挑选各种知识图解书籍、连环画、风景图片。他用了一两年的时间,几乎跑遍了北京、上海的大小书店,买了许多参考书。书买到后,陈嘉庚又亲自挑选图画,供师傅参考仿造。找不到合适材料供参考的,陈嘉庚便把自己的构思告诉师傅,再与师傅磋商,研究出方案,然后由师傅绘出草图,反复修改,定型。

鳌园的主体是纪念碑,碑名的题字是至关重要的。陈嘉庚请毛主席题写碑名,信已经发出快一年了,还没有回音,既没人给他说行,也没人给他说不行。这使他心里十分焦急,想法很多。一个国家元首给一个小渔村的纪念碑题字,权且不说以前有没有先例,就陈嘉庚所知,那是绝无仅有的。陈嘉庚的狐疑、猜想,随着时间的推移变得越来越多,越来越复杂。他的心越来越忐忑。

1952年5月下旬的一天,陈嘉庚从工地巡视回来,上级通讯员给他送来一封信。陈嘉庚接过信,一看,是毛主席寄来的。他高兴得心怦怦地跳,拿着信,小步跑上楼,通讯员在后面紧跟。他小心翼翼地把信封打开,信里只有两张信笺大小的白纸,一张是毛主席写给他的信,信上写道:

  陈委员:惠书早已收到,迟复为歉!遵嘱写了集美解放纪念碑七字,未知合用否?先生近日身体如何,时以为念。顺致敬意!毛泽东
  一九五二年五月十六日

另一张纸是陈嘉庚日思夜盼的"集美解放纪念碑"的题字。陈嘉庚激动不已,心跳不能自已。他头侧过来,侧过去,这样看看,那样看看,越看越觉得毛主席书法功底深,洒脱、奔放、大气,这些字刻在十丈高的石碑上,那真有气贯长虹的气势。

陈嘉庚心中的石头落地了。他开始着手撰写碑文。他住在水产航海学校附

近的校董厝,楼下是校董会的办公处,楼上是他的办公室、卧室。他就在这里提笔伏案撰写这字字千钧重的雄文。

这碑文实在难写。石碑面积有限,字数不能多,他想以三百字左右为宜;碑文要刻在石头上,千秋万代,供后人观赏,文字要简练明了,字字都要斟酌;内容要记述自己的创业经过、兴学历程,还要包含学校历经的坎坷,以及建碑的初衷。陈嘉庚反复思考,反复修改,至1952年9月12日,碑文终于写成,定稿,全文285字。

第二步,要把碑文书写成能刻在石头上的文字,才能传之后世。陈嘉庚研墨展纸,正了正身子,调一调气息,提起笔,饱蘸浓墨,庄重地落下第一笔,腕力轻使,自左至右一横,一个卧蚕似的"一"字就出现在宣纸上,接着是左一撇,右一撇的"八"字,再接着是"七四年",他的出生年份……毕竟童年学过书法,陈令闻先生教的是颜体,他习过颜真卿的帖子,功底还在,以后几十年,无一时辍笔,虽然他多数用的是钢笔、铅笔,岁数也八十了,但握管挥翰的手还稳,笔画圆润,字字见功力,整体一看,整齐统一,结构和谐、大气。陈嘉庚把笔搁下,退后几步,左看看,右瞧瞧,脸上露出满意的神情。他把写好的碑文拿起来,想挂在墙上。张其华等几位赶忙过去帮忙。

陈嘉庚一有空闲,就坐在那不成对的破旧沙发上,看着暂时固定在墙上的碑文,看到哪个字不顺眼,他就写上几个同样大小的字,从中挑一个他觉得写得最好的,用剪刀裁下来,贴在要替换的字上。就这样,陈嘉庚不断把不满意的字换掉,直到他自己觉得无可挑剔为止,而到这个时候,整幅字已经像一件和尚穿的百衲衣了。

陈嘉庚把写好的碑文折叠收藏起来。

消息传出去,领导、方家都慕名而来,想先睹为快。陈嘉庚也乐得有个机会听听各方高见。

人们都对碑文的行文和书写赞誉有加,但对碑文落款日期的写法却议论纷纷,文人雅士说不敢苟同。政界领导,特别是厦门市委领导,深感不安。因为陈嘉庚写的是"大中华人民共和国一九五二年九月十二日"。但当着陈嘉庚的面,谁也没说什么。这事很快就报告到厦门市委。市委经过慎重考虑,派一位领导到集美拜访陈嘉庚来了。

客套寒暄之后,这位领导就把话题引到碑文上来。陈嘉庚拿出大卷宗,打开,拿出那幅墨宝。那位领导夸陈嘉庚碑文写得好,书法功底深厚。陈嘉庚说:"久不练,人也老了,写起来有些力不从心。比如,这中间几个'一'字、'大'字,虽然笔画不多,可一直写不好。看来,这字,笔画越简单越难写。"

领导同志就拿陈嘉庚提起的"大"字说起事来,问道:"嘉庚先生,您在'中华人民共和国'前加了一个'大'字有什么说道呀?"

陈嘉庚高兴地说起自己的想法。他说:"我中华民族历史悠久,地大物博,人口众多,没有一样不大。如今,革命胜利了,这是伟大革命的伟大胜利,新建立的中华人民共和国是一个屹立于世界的伟大国家,那样不大?当然是'大'中华人民共和国。"

那位领导插话:"可是……"

陈嘉庚像没有听到这位领导说什么,继续说他的心中所想:"自古以来,一个统一的中国,哪个不叫'大'?秦叫'大秦',汉叫'大汉',唐叫'大唐',宋叫'大宋',明清也都叫'大','大明'、'大清',我中华人民共和国当然要称'大中华人民共和国'了。"

"可是,嘉庚先生,我们中华人民共和国是个完全新型的国家,不同于过去……"那位领导想说服他。

"不同于过去,那就说说现在。小小一个小日本都称'大日本帝国',欧洲大陆之外的英伦三岛自称'大不列颠'、'大英帝国',我们的共和国为什么不能称'大中华人民共和国'?"

那位领导给他讲了一通道理,说了一堆"规定"和"原则",陈嘉庚虽然心里想不通,但出于对领导的尊重,退了一步,同意把"大中华人民共和国"的"大"字去掉。

那位领导看到自己的努力已初见成效,便乘势"追击",劝说陈嘉庚按照中国人民政治协商会议确定的年号,写"公元",不写"中华人民共和国",把落款的日期改为"公元一九五二年九月十二日"。

陈嘉庚急了,站起身来,拿起手杖直击地板,击得楼板"嘭嘭"作响,他的声音也提高了。他说:"你是说连'中华人民共和国'也不要了?"

陈嘉庚急了,显然是产生了误解。那领导赶忙站起来,心平气和地轻声说道:"嘉庚先生,我不是这个意思。我的意思是……"

"你的意思是什么我不知道,连'中华人民共和国'七个字都不要,不行!"陈嘉庚的手杖击着地板。

那位领导无可奈何地摊开双手,说:"那好,嘉庚先生,我们改天再谈。"说着,拿着公文包告辞下楼,木板楼梯传来急促的脚步声。

"中华人民共和国一九五二年九月十二日"作为碑文的落款日期就这样刻在

[五]1943—1953 雄图大略 百废待兴

集美解放纪念碑背面的碑文上，真实地记录着这位历经中国近、现代几个时期重大变革，始终站在时代前列的世纪老人炽热的爱国情怀。

鳌园的建设日新月异，成了社会关注的焦点。除了颂歌，难免也有微词、杂音。鳌园开工不久，1952年1月26日，中共中央发文，开展"三反"运动，主要目标是反贪污、反浪费、反对官僚主义。中央指示私立集美学校是否开展运动，要征求陈嘉庚的意见。陈嘉庚不仅赞成开展这个运动，而且亲自向师生作报告，亲自写信揭发校董会、科学馆存在的浪费问题。他还揭发：有一个新中国成立前夕跑到香港的人员，校董会不仅不予除名，还因人设事，委任其为特设校董、集美学校驻港办事处主任等职，发给高额工资。校董会当即采取相应的措施，予以纠正。陈嘉庚对到乡下参加土改归来的秘书张其华说："'三反'很重要。我们学校不是生产单位，只有开支，更需要精打细算，厉行节约。学校里，浪费和官僚主义普遍存在，必须通过教育加以纠正。"他要张其华多多过问此项工作。

陈嘉庚不仅提倡节约，反对浪费，他自己更是一以贯之、言行一致、身体力行的节约模范。远的不说，就说他回国后在集美的生活和开支，那实非人们意想得到的。

陈嘉庚在中央政府任职，每月基本工资是440元，加上地区津贴共540元。陈嘉庚每月伙食费15元，平均每日5角。余下的500余元全部打入集美学校账户，投入集美学村建设。

然而，却有人对他兴建鳌园大发议论，说：陈嘉庚不顾国家经济困难，不顾还有不少百姓饥不果腹，而花大笔钱财，大兴土木，雕刻那些没有任何经济价值的花鸟虫鱼、才子佳人，云云。在发此议论者中，不乏负有相当责任的领导干部，他们甚至上告到中央。这些话，一般不会当陈嘉庚面说，但有些风言也传到他的耳朵。他一生经历了多少风雨，对这点风言风语他全然不放在心上。当初他企业收盘时，有人说他"孟浪"；如今，他建鳌园，又有人出来说他"浪费"。看来，他今生与这个"浪"字结缘了。他觉得要让人们知道他现在做的这一切的价值需要时间，未来会证明一切。至于国家困难，还有人饿肚子的说法，陈嘉庚更不以为然。建设鳌园是陈嘉庚投资的，没花国家一分钱。兴建鳌园，雇佣上千工人。工人有工做，有钱赚，不挨饿，难道不是在帮国家解决困难吗？

风刮着，但多数日子毕竟还是阳光明媚。鳌园的纪念碑基座在加高，差不多到最后一层了。这一天，集美中学几个十二三岁的学生来到鳌园工地，半是嬉戏斗闹，半是游览观看。他们在台阶上跑上跑下，边看边谈论，后来竟争吵起来。

他们谈论纪念碑的台基上面的两层碑座是什么意思。一个说没意思，一个说他们老师说过,第一层八级象征八年抗战,第二层三级象征三年解放战争。那位说"没意思"的小孩不相信。于是,两人就争论起来。

这时,陈嘉庚拄着手杖来到他们身边。小孩不知道他是谁,便请他作裁判。陈嘉庚肯定了后一个小孩的说法,并问他叫什么名字,是不是侨生,从哪里来的,等等。

那小孩告诉陈嘉庚:他叫杜成国,另一个叫陈能秋,都是印尼来的侨生。杜成国13岁,陈能秋14岁,两人都在集美中学读书。刚到学校不久,是慕陈嘉庚之名而来的。杜成国问面前这位老人家:"你见过陈嘉庚吗?我们想见他。"

陈嘉庚笑而不答,反问道:"你们为什么想见他?"

杜成国晃动手中的照相机,说:"我想和他老人家照张相,寄到海外去。爸爸妈妈、兄弟姐妹、亲戚朋友看了,一定高兴!"

陈嘉庚说:"那好,我跟你们照相。我就是陈嘉庚。"

两个小孩用怀疑的目光看着眼前这位老人。老人慈祥的目光告诉他们,他是不会骗人的。两个小孩兴高采烈地和陈嘉庚合了影,旁边的同学也凑了上去,抢个镜头。

"咔嚓"一声,快门一按,瞬间的定格成了永久的纪念。

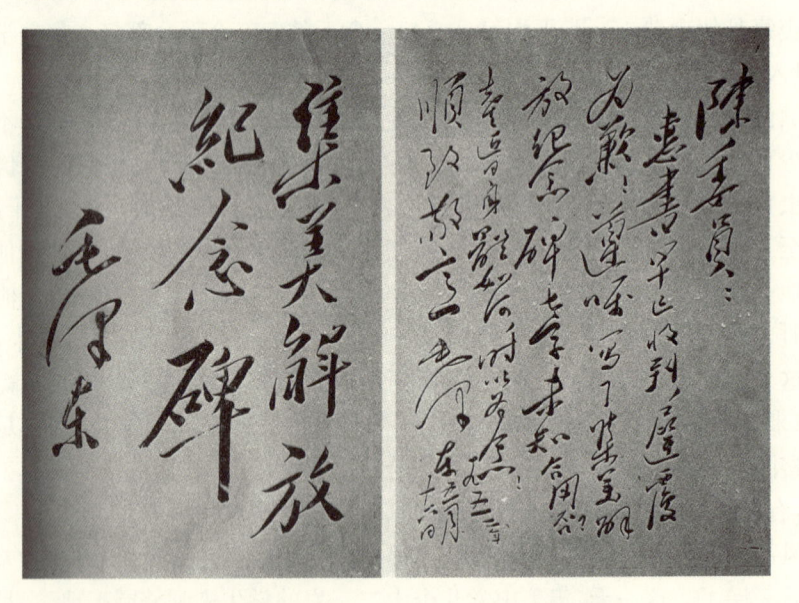

毛泽东致陈嘉庚信和题写的"集美解放纪念碑"

[五]1943—1953　雄图大略　百废待兴

34. 布阵点将

　　陈嘉庚回国后，海外华侨受他的感召，向往新中国，纷纷把子女送回国内读书。杜成国和陈能秋就是带着父母对祖国的热爱和眷恋，怀揣着自己对新生祖国的热望，和为国尽力、为国献身的抱负回国，来到集美中学求学的。大批像杜成国这样的孩子来到集美求学，因为陈嘉庚创办的集美学校在海外有很强的吸引力。接纳越来越多来自海外的孩子是集美学校，特别是集美中学，不可推托的使命。

　　这些孩子以后还要升学、就业，陈嘉庚觉得自己应该为他们的发展创造条件。在恢复、扩大、建设集美学村的同时，他必须把现在的集美各校办好，办出成绩。

欢送升学的毕业生

陈嘉庚十分重视职业教育,特别是水产航海教育,对此他真是煞费苦心。1949年,在第一届全国政协会议上,陈嘉庚就提出在全国沿海各重要地区设立水产航海学校的提案。1951年,他增办大专档次的集美水产商船专科学校,同年又发表《告中等学校同学书》,号召扩充集美航海水产商船专科、中专学额,为新中国成立后收回海权培养生力军。

　　陈嘉庚很重视校长的选择。在选择校长方面,他有很多教训和经验,早期的集美学校和厦门大学让他最头痛的问题之一就是选择校长。陈嘉庚认为,校长是一校之长,是办好一所学校的关键所在。他不干涉校务,校中一切事务交由校长处置,由校长做主,但,对不称职的校长,他格换勿论。

　　为加强水产航海教育,1951年陈维风受命筹办集美水产商船专科学校,出任校长。

　　1951年9月集美校董会遵照陈嘉庚的意愿,聘俞文农任集美水产航海学校校长。

　　俞文农,莆田人,集美高级水产航海学校渔航第五组学生,1930年8月毕业后,到上海吴淞商船专科学校继续深造。1938年至1940年,先后在英国轮船"金尼华司"号和"尼尔斯摩拉"号当驾驶员。抗战时期,陈嘉庚号召有实际航海经验的校友回校教学,充实师资。俞文农响应校主的召唤,于1941年2月回校任教。1946年2月出任校长。1948年,因失业在家的毕业生越来越多,为解决毕业生就业和在校生上船实习问题,俞文农向学校董事会提出辞呈,辞去校长职位,再次上船,重新走上航海工作岗位。俞文农在船上,帮助不少毕业生上船就业,也帮助安排了部分学生上船实习。

　　俞文农接到母校电报时,他正在香港远洋轮"复昌"号上当船长。他不顾亲友的劝说,毅然放弃高薪等优厚待遇,辞职从香港回校,担起水产航海学校校长的重任。

　　俞文农学识渊博,又虚心学习。他全身心投入学校的教育和管理工作。他肯于思考,善于发现问题。当时,校主陈嘉庚就住在水产航海学校附近的校董厝,俞文农经常到陈嘉庚住处汇报学校工作,主动请示校主。他对学校的建设和发展有真知灼见,陈嘉庚对他的见解和举措非常欣赏,对他的工作也甚是满意。

　　俞文农住在集美,每天下班回家,敬贤堂前的通道是他的必经之路,通道南侧的瀹智楼住着单身职工。集美高级商业职业学校校长萨兆铃是光杆司令,就住在那里。萨兆铃是福州人,厦门大学1946年的毕业生,1950年任集美高级商业学校校长。俞文农和他过往甚密。他们对学校工作都十分负责,经常交谈,交流看法。周末,俞文农常邀萨兆铃上家里喝两杯。俞文农船长出身,海员海量,千杯不醉;萨兆铃也能喝几杯。他夫人烧得一手好菜。两人对饮,无话不说。

俞文农有个小女儿,排行第二,名婉华,上集美小学,天真活泼,十分可爱,总是围在她父亲身边转。萨兆铃非常喜欢她。俞文农见状,主动提出让二女儿婉华认萨兆铃为干爹。萨兆铃没有结婚,觉得不妥,但经不住俞文农执意相劝,便顺水推舟,答应了。他到厦门买了一块衣料作见面礼,认了俞婉华这个干女儿。这是题外话。但集美学校两大支柱学校的校长彼此之间的关系,却因此更进了一层。友谊能产生巨大的能量。两人联手,虽然专业不同,但都是校长,都在为校主陈嘉庚的事业奋斗,共同的话题多,互相交流,互相学习,相互促进,两个学校都办得很红火,名声越来越大。

俞文农和萨兆铃是集美学校当时最得力的校长。1952年初,晋江地区教育科与厦门市文教局商谈把集美学校划归厦门市时,集美学校校董会派出的五个代表就有他们两位。

1952年12月,集美高级商业学校改为福建私立集美财经学校,萨兆铃仍任校长。

新中国成立后,集美中学迅速发展,成为全国排得上号的规模宏大的完全中学。从1953年起,集美中学教职员工的工资由政府补助半数,学生的助学金全部由政府负责。学校规模的扩大,特别是海外侨生人数的增加,亟须一个强有力的校长来主持校务。陈嘉庚开始物色合适人选。他曾商调厦门教育局副局长谢高明到集美中学担任校长,但没谈成。他和厦门大学校长王亚南商量过集美中学校长人选。后来,有人向他推荐福州师范学校校长叶振汉,说这人是一位教学经验丰富、领导水平高超的校长。陈嘉庚一听叶振汉这个名字,就动了心。他知道叶振汉是叶渊的侄子,1940年陈嘉庚回新加坡路过桂林时,在叶渊家里见过他。当时,他就对这个小伙子印象很好,觉得是个人才。

陈嘉庚征求校董陈村牧的意见。陈村牧对叶振汉赞美有加。陈村牧告诉陈嘉庚:叶振汉是集美校友,1937年集美高级师范学校毕业生,第二年考入广西大学,是该校的学生会主席。1941年大学毕业后,到内迁安溪、大田的集美学校任教,期间主编《安溪新报》。他到过越南,在堤岸任公立福建中学校长。回国后,先后在惠安中学、福州二中、福州一中、福州师范学校任校长,是一个学识渊博、有担当、有能力的干才。

陈村牧只给陈嘉庚介绍叶振汉的一般情况,陈嘉庚听罢就感到极大的兴趣。接着,他又问道:"你说他在越南当过中学校长,那么他也是归侨了?"

陈村牧立即给予肯定的回答。

陈嘉庚又问:"他是中共党员吗?"

陈村牧知道叶振汉是共产党员,而且清楚地知道他是1947年在厦门入的党;他到越南是因叛徒告密,奉组织之命转移的;在越南,他蹲过监狱,以后是被法国殖民者押解出境的。因为,陈村牧本人不是党员,这些事他虽然知道,但都不确切;此外,他为人一贯谨慎,事关别人前途、命运的政治问题,他历来抱一种能避就避的态度。再说,陈嘉庚对于党派问题有自己的看法,他说过一句话:"我不能领导别人,也不能受别人领导。"对陈嘉庚提出的这个问题,陈村牧一时不知如何作答。他正在犯难,陈嘉庚又说了一句:"他要是党员就更好了。中学现在很乱,需要一个强有力的领导。最好是中共。中共会做思想工作。"

听了陈嘉庚这话,陈村牧心中有了底,便直截了当地答道:"是,他是共产党员,还是个负责人呢!"

1953年7月,陈嘉庚正式向福建省委宣传部商调叶振汉出任集美中学校长。陈嘉庚还直接给福建省省长叶飞写信,请调叶振汉。8月,福建省委组织部正式对叶振汉谈调他到集美中学任职的问题。叶振汉当时正准备进京任职,从个人的前途考虑,那是一个绝佳的机会。即使没有进京任职这件事,当福州师范学校校长,不管从哪一方面说,都比当私立集美中学校长强。叶振汉当时不知道这是陈嘉庚亲自向省委提出的要求,但他是个党性很强的人,他不考虑个人得失,服从组织调动,毅然离开他所熟悉、对全省有影响的学校,只身来到集美,担任集美中学校长。

陈嘉庚召见他。十几年不见,陈嘉庚还能清楚地说出当年他们在桂林第一次见面时的情景。陈嘉庚问叶振汉可知叶渊近况如何。陈嘉庚告诉叶振汉,是他向省里、向叶飞省长要的他,他希望叶振汉发挥自己的才干,把集美中学办好,集美中学对吸引海外侨生十分重要,办好了,才能大发展。

陈嘉庚还告诉他:前天,中侨委送来一个文件,征求他的意见。文件中叶振汉被提名任中侨委委员。陈嘉庚把叶振汉的名字划掉,他认为当好一个中学校长不容易,要集中精力,专心致志,不要图虚名,才能把学校办好。

叶振汉第一次听到有人这么坦诚直率、不拐弯地和自己谈与自己有直接利害关系的问题。叶振汉不仅没有因此对陈嘉庚产生任何芥蒂,相反地,他觉得老人家做事非常认真,对人十分真诚。他为他的诚挚所打动,当场表示一定努力工作,把集美中学办好。

办好集美中学,可以大量接纳侨生。而面对日益增多的回国侨生,和侨生程度参差不齐的问题,1953年,陈嘉庚向中央政府建议在集美创办归国华侨学生中等补习学校,专收归国侨生,进行补习教育。人民政府采纳他的建议,并拨专款委托陈嘉庚筹办学校并负责校舍建设。

1953年11月,集美华侨学生补习学校筹备委员会成立,并启动建校筹备工作。三个月前,根据教育部的决定,福建航专迁大连,与东北航海学院、上海航务学院合并,成立大连海运学院。原来福建航专的校舍、家具移交给华侨补校筹委会。当年12月,学校开始接受第一批侨生,12月下旬开始上课。1954年1月4日,举行开学典礼,陈嘉庚在会上致辞。校名正式定为"福建省集美华侨学生补习学校",简称"集美华侨补校",或"集美侨校"。学校由中侨委和地方政府双重领导,以中侨委为主。校长是福建省侨委办公室主任陈曲水。集美侨校飞速发展,到1955年,学校总生数就超过1000名。

不久,陈曲水离任,集美侨校校长空缺。1956年,中央华侨事务委员会考虑调杨新容到校任校长。陈嘉庚欣然赞成。杨新容是福建省海澄县人,1927年加入中国共产党,1934年因白色恐怖被迫移居印尼,在印尼从事华侨教育事业达18年之久。1953年回国,在北京华侨补习学校任校长。1956年,杨新容任集美侨校校长兼党支部书记。

1953年8月,根据政务院颁发《关于改革学制的决定》,福建航专迁往大连,和其他两所航海高等院校合并成大连海运学院。对此陈嘉庚持有不同看法。更让他伤感的是,他的"爱将"、福建航专的校长陈维风也随校而去了大连,在那里任教授,当教研室主任。

陈维风到校董厝向陈嘉庚道别,感谢陈嘉庚的栽培之恩。

陈嘉庚很清楚地记得陈维风是集美水产航海学校第2组的学生,1926年以全科第一的成绩毕业,由他资助选派到日本留学。他还记得1930年,陈维风学成回国到集美水产航海学校任教,后任校长。

陈嘉庚对陈维风说:"他们告诉我,1940年,你响应学校的号召,告别病妻,挑着行李和两个年幼的女儿,徒步从广东走到大田任教。我听了很感动。我向你表示感谢。"

陈维风连声说:"不敢,不敢。那是我应该做的。"

他们又谈到1943年,陈维风奉福建省教育厅之命,筹备省立水产学校,兼任校长的往事。

陈嘉庚对陈维风说:"当校长要有才有德。只有忠心耿耿、德才兼备的好老师,才能当好一所学校的校长。"陈嘉庚肯定了陈维风为集美学校作出的贡献,对陈维风等一批能人干才的离去,表示十分的惋惜。

陈嘉庚是一个顾全大局的人,虽然他心中有不同意见,但他还是鼓励陈维风到大连以后,要像在集美一样,努力工作,为祖国的海洋事业的发展贡献力量。

陈维风告别陈嘉庚。陈嘉庚站在校董厝门口看着陈维风爬上门前的斜坡,陈维风回过头来向陈嘉庚频频招手。

其实,陈嘉庚不是不赞成院校合并,他是舍不得把福建航专合并到大连去,舍不得他的爱将离开集美。在福建航专合并到大连之前,早在1952年的9月,也是根据政务院颁发的《关于改革学制的决定》,省立高级航空机械商船学校(简称省立高航)的航海科迁入集美,并入集美高级水产航海学校。对此,陈嘉庚就非常欢迎。

【六】1953—1963

空前发展
光辉永照

35. 食宿问题

省立高级航空机械商船学校（简称省立高航），源于福建船政，是一所老牌学校。该校奉命停办后，其航海科合并到集美高级水产航海学校。一年级、二年级、三年级各一个班，学生105人，教职员6人，一起来到集美。

师生们一大早就赶到福州汽车站报到，托运行李，5点，天还没亮就开车。从福州到厦门的公路路况不好，车摇摇晃晃地，有的同学晕车，吐了。车开得很慢，直到下午4点多才到达集美车站。

同学们一下车就到白楼前的球场集合，分配教室、宿舍。孩子们年纪都不大，起得早，睡眠不足，又一路颠簸，晕车，不少人像被台风打过的小树一样，垂头丧气，东倒西歪。二年级42个学生中，有一个学生，年纪比多数同学大，个子不

陈嘉庚和来宾在集美建筑工地

高,来回奔走着,帮同学提行李,给晕车的同学打开水。他的名字叫任镜波,是个学生干部。接到并校通知时,他正在团省委和省学联联合举办的暑期学生文艺训练班接受培训。听说要合并到陈嘉庚创办的集美学校,他高兴得一夜睡不着觉,巴不得赶快到集美报到。到集美的当天,他就和集美高水的几个老师及负责接待的同学混熟了。第二天,他就认识了校长俞文农。

同学们一缓过劲来,第一件事就是给家里写平安信。初来乍到,人生地不熟,他们都不知道邮局在哪里,是这个任镜波把他们的信收集起来,拿到邮局去寄的。学校的校舍好,伙食好,学生不仅不交伙食费,家庭经济困难的还有助学金。同学们对这一点特别看重,信中无一例外地写下了这一条。

没过几天,《厦门日报》刊登了一条消息,报道省立高航并入集美高水后师生大搞卫生的事。消息很短,第二版右下角一块"豆腐块",很不起眼。但这条短新闻却在集美高水炸开了锅,因为文章的下方括号里有三个字"任镜波"。哟,那大脑门的小家伙还是把笔杆子呢! 其实,省立高航的同学都知道,他在福州就经常给报刊投稿。接二连三的"豆腐块",还有巴掌大的思想评论使任镜波成了《厦门日报》的通讯员。他家穷,为了得到每月 30 斤糙米的奖学金,读书很用功,在省立高航时,每学期总平均成绩都在 90 分以上,到集美,他用功程度有增无减。不久,学校学生会改选,任镜波被选为宣传部长,接着,又被推为学生会主席。

那时候,集美学校原来的地下党员都服从组织安排离开学校担负重任去了。1952 年 9 月,整个集美学校成立了一个党支部,有 8 个党员,林祖谋任书记。1953 年 1 月,支部发展一个新党员:任镜波。他是新中国成立后集美学校第一个学生党员。

任镜波他们住在水产航海学校的即温楼,和陈嘉庚住的校董厝紧连着,相距不到 50 米,即温楼在坡上,校董厝在坡下。同学们经常能见到校主,经常和校主迎面走过。见到校主,大家都很有礼貌地打个招呼"校主好!",一走而过。多少次,任镜波和校主擦身而过,向他问好鞠躬。每次走过以后,他都有一种说不出的懊悔,因为他很想和校主多说几句话,可是又不知怎么开口。还有一个大障碍:校主不会说普通话,而他不会说闽南话。遗憾! 咋办?

他入党后两个月,1953 年 3 月 13 至 15 日,集美学校举行 40 周年校庆,陈嘉庚出席庆典并亲自向各校师生作报告,回顾集美学校 40 年发展历程。陈嘉庚说:最近这两三年,集美学校正在重整旗鼓,蓄势待发,一个大张旗鼓的发展时期已经到来。他的话给任镜波很大的鼓舞,他以此为题给报社写了报道。

机会总是给有准备的人。任镜波终于得到一个难得的机会,可以和校主交谈，而且无语言障碍。他是共产党员，和他同支部的党员是张其华、叶振汉，还有集美侨校的校长陈曲水、副校长曾仲霖、副教导主任庄恭武等人，只有水产航海的卓杰华是教政治的老师。他们在一起过组织生活，谈论政治、党的方针政策，谈思想，讲体会，互相交心，彼此关系非常融洽。在支部的成员中，任镜波是唯一的学生，虽然最容易被边缘化，但也特别容易得到重视，因为他代表的是学校的主体——学生。

张其华就在陈嘉庚身边工作，叶振汉经常向陈嘉庚汇报工作。陈嘉庚希望了解学生的情况，想和学生交谈。校庆后，陈嘉庚要他们给找个学生，他想了解一些学生的情况。他们想到的不会是别人，只能是任镜波。因为他是党员，和他们经常接触，还因为他是学生会主席、《厦门日报》通讯员，他给《厦门日报》写的报道给大家留下深刻印象。

陈嘉庚找任镜波谈话，任镜波找了个会说闽南话的同学作搭档，一者可以壮胆，二者可以当翻译。

陈嘉庚很慈祥，很平易近人。他先说了他对学校各项工作进展的评价，说一切都进展得很顺利，他都很满意。唯一一件让他不高兴的事是集美的福建航海专科学校被合并到大连海运学院。为此，他给周恩来总理写了信并在中央会议上提出批评。

他要任镜波谈谈省立高航同学到集美有什么想法，有什么困难。然后他又问同学们有什么要求和需要解决的问题。

任镜波说集美学校比福州省立高航条件好，同学们都很满意。至于问题和意见，他提了三条：（一）同学们饭量大，膳厅的饭不够吃；（二）看到去年毕业的同学至今还有没有分配工作的，大家都担心毕业后工作分配有问题；（三）同学中不团结，主要是福州的同学和厦门的同学互相瞧不起，合不来。

陈嘉庚说他提的意见很好，和俞文农校长汇报的情况差不多。他说：他到过膳厅看同学们吃饭。俞校长说同学盛饭是"一碗平，二碗顶，三碗尖尖顶"。俞校长说这是同学编出的顺口溜，描绘得很贴切。同学这样做，就是怕最后一碗打不到嘛！陈嘉庚交代厨房，孩子在长大，海员要有好的体魄，没有什么好吃的，但饭总要管够。

关于工作分配问题，陈嘉庚说：现在台湾海峡不通，航运受限制，将来一定会有大发展。我们现在是在为将来贮备人才。等到将来需要再来培养，那就来不及了。这叫未雨绸缪。他希望同学们把眼光放远点，现在的任务是好好学习，学好本领。有本事总有用武之地。

谈到团结问题,陈嘉庚很激动。他讲了南洋华侨过去分帮,互不往来,内斗,让外国人有机可乘。以后,联合办学,不分帮,不分派。学校办起来了,对大家都有好处。我们中国人过去让人讥笑为"一盘散沙",现在不同了,在毛主席共产党领导下,全中国人民团结一致,国家强盛了。他让任镜波告诉同学们,就说是校主说的,不论是福州同学还是厦门的同学,现在都是集美学校的同学;现在不团结,将来想起来会觉得可笑,会后悔的。

不久,学校传来了一个振奋人心的消息:教育部下来文件,提高航海学生的伙食标准:每生每月伙食费折合大米 50 斤。贫困的学生还有助学金,甲等每月 4 元,乙等每月 2 元。老师说:这事是陈嘉庚听了俞校长的意见和同学的反映,亲自调查,写信向教育部反映的。为此事,陈嘉庚还找了教育部马叙伦部长,是马部长亲自批准的。

陈嘉庚牵挂得更多的还是越来越多的侨生就读问题。他恢复、扩大集美学校的一个重要宗旨是广招侨生。他回国之后,每年进集美中学的侨生数量都在增加。到叶振汉接手的 1953 年,集美中学的侨生就有 150 多名,集美侨校创办之后,第一年就招收侨生 700 多人,分成 14 个班。这么多的华侨学生涌进小小的集美,整个学村顿时热闹起来了。与此同时,各种需要解决的问题日渐增多。

首先是校舍问题。侨校从无到有,创办之初什么也没有,只有原航专留下的六栋平房。陈嘉庚加紧校舍建设,很快地建成了一栋二层楼"侨五"。这只能容纳 300 多学生上课、住宿。根据政府关于长期收纳侨生的方针政策,侨校招收的是没赶上考期的海外学生,或者是文化程度较低、考不上国内学校的学生,或者新近回国的华侨学生。他们到校的时间很不一致,水平也参差不齐,学校采取随时入学,按各自的文化程度分别编级编班,进行补习。

侨校的经费全部由国家拨给,标准比一般中学高,贫困学生还可享受助学金。学校的建筑由陈嘉庚亲自主持,边办学,边建校,进度很快。到 1954 年年底,完成的校舍可容纳 1200 名学生。

国家委托陈嘉庚负责侨校的校舍建筑,分期拨款 350 万元。陈嘉庚对侨校校舍建筑和集美其他学校校舍建筑、厦门大学的建筑都十分经心。他提着手杖,带着集美建筑部主任陈仁杰、副主任陈坑生和建筑师傅杨护法现场选址、设计,他把集美侨校校舍建设当作集美学村建设的一个组成部分,把最好的地块给了集美侨校。侨校校舍,由低往高顺坡而建,且低处为平房,逐行加层,最高处为五层,步步登高,极其壮观。

一天,陈嘉庚带着陈仁杰他们来到延平楼西侧一片荆棘丛生的坡地上,告诉他们他要在这个地方建一座高楼。

杨护法师傅顺着他手杖所指的方向,从东西南北各个方向远远近近地看了又看,不住地点头,说:"通南通北,有山有水,好风水。好地方。"

陈仁杰和陈坑生也说很好。

"二伯,盖几层?"陈仁杰问。

"十五层。"陈嘉庚说。

几个人都大吃一惊,异口同声地问道:"几层?"

"十五层。"陈嘉庚重复说道,"全省最高。观瞻所在。要给来厦门、集美观光的海内外观光客有好的观感。"

"请谁设计?"

"你们听我的。蓝图在我脑子里。你们看着。"陈嘉庚说着,拿起手杖在地上画了起来,边画边说,"整座楼是一只冲天而起的凤,这是主楼,十五层,中间是凤头;两边是凤翼,从十五层泻到五层;两翼的末端卷起两团云朵,高七层。整座楼就叫金凤振翼。明白吗?"

"明白。"

陈嘉庚接着就交代各部分的尺寸,三个人个个洗耳恭听,陈仁杰赶忙在一张纸头上记了起来。

陈嘉庚说完,用命令的口吻说道:"今天清场,明早放样,明天下午我来看。"

第二天上午,在陈坑生带领的民工清理出来的场地上,杨护法师傅按照陈嘉庚手杖所指的位置和交代的尺寸,撒上石灰,标出灰线。

下午,陈嘉庚来了。他挂着手杖,用脚步量着长短,对各条灰线检查了一番,做了一些修正,满意地点点头,大声说道:"开工!"

师傅们按照他们从师傅那里学来的代代相袭的施工方法,把陈嘉庚脑子里的蓝图变成了一座巍峨的建筑,这就是傲据东南的集美地标建筑——南薰楼。南薰楼是一座教学楼,它是嘉庚建筑的代表作。

陈嘉庚用同样的办法建起了道南楼、克让楼、福东楼、黎明楼、南侨楼、诵诗楼、福南堂、体育馆等建筑。

为了保证质量,节约成本,陈嘉庚不仅自己组织建筑队,还自建砖瓦厂、石料厂、石灰厂。

陈嘉庚每天三次巡视建筑工地,风雨无阻。他在工地,随时发现问题,随时提问有关负责人,随时整改,管理极其严格。

陈嘉庚在集美定居以后,上级领导、海外侨领、观光团经常到访。陈嘉庚往往亲自接待。他总是将他们领到建筑工地,兴致勃勃地给他们讲解、介绍。1953年10月,缅甸华侨体育观光团和印尼华侨球队到访。陈嘉庚在集美小学三楼礼堂接见他们。陈嘉庚登楼,有人要扶他,他说:"我虽80高龄,但每日三次巡视工地,在烈日下督工。上三楼,算不了什么。"

以南薰楼和侨校南侨楼群为主体的集美学校新校舍建筑和鳌园、龙舟池等的建设同步进行。集美,这个祖国东南的教育重镇,不仅吸引了越来越多的海内外莘莘学子,而且以其独特的魅力吸引着千千万万来自五洲四海的游客。

1955年9月,集美建筑工地上人人兴高采烈,他们在传阅着刚出刊的《人民画报》,因为上头登载着陈嘉庚介绍集美中学的文章,还配了五幅彩色照片。上《人民画报》,还有彩色照片,别说是在那个时代,就是以后任何时候,都是一件了不起的事。看着自己眼前的建筑、周围的人变成彩色的画面,传播到全世界,无人不感到新鲜、神奇、兴奋。

百年往事

36. 侨生摇篮

  1955年9月号的《人民画报》刊登的陈嘉庚的文章,题目叫《集美中学的历史与近况》。文章中列举了集美学校各校1955年在校生数,介绍学校的规模。那一年,集美学校学生总数是5000多人,扣除幼儿园和小学1000名,集美中学、集美水产航海学校、集美财经学校和新建的集美华侨补习学校四所中等学校学生总数是4000名,其中,集美中学2000多名,占一半;集美中学的侨生1100人,超过一半;集美中学和集美华侨补习学校两校侨生总数超过2000人,超过集美学校四所中等学校学生总数的一半。

  这是陈嘉庚写的、介绍集美中学的文章。通过这组数字,陈嘉庚告诉我们:集美中学占据集美学校的半壁江山;在集美的侨生是集美学校小学以上学生的一半。集美中学在集美学校中举足轻重,集美学校是名副其实的"侨生摇篮"。

陈嘉庚和集美学校的学生在一起

[六]1953—1963 空前发展 光辉永照

1953年8月,叶振汉调任集美中学校长时,集美中学的总生数是1500多人,侨生150多人,只占总生数的10%左右。时隔两年,总生数增加了500人,而侨生人数增加了1000人。这意味着:集美中学国内生的人数在减少,侨生的人数在迅速增长。侨生人数的快速增长说明新中国在海外的影响迅猛扩大,陈嘉庚自抗战后就多次提出的集美中学应多招侨生的主张正在变成现实。

而这一切变化都是在叶振汉校长主持下实现的。

叶振汉到任之时,集美中学尚忠楼前贴出醒目的标语,上面写着:"热烈欢呼党派党员校长领导我校!"黑板报也刊登欢迎文章和标语。叶振汉是集美中学第一位党员校长,看到这样的标语,他感到十分欣慰。

可是,到校的当天,叶振汉就感到问题严重。学生闹事,闹得白天无法上课,晚上无法睡觉。学校的领导、教师来见他,反映情况,只得把门关上,把噪音堵在门外。他们都众口一词地咒骂"这群害群之马",而且建议,要少招侨生,否则,集美中学没有希望。

这些话和陈嘉庚的交代完全背道而驰。叶振汉意识到:要完成陈嘉庚交给的任务,首先要把眼前的集美中学办好,说得更直接一点,就是要教育好这群"害群之马"。

叶振汉是扭转困难局面的高手,是领导手中用来处理棘手问题的王牌。解放才四年,叶振汉已当过了四所中学的校长。每到一校,那个学校就改变面貌。到集美中学后经过一段时间的调查、摸底,叶振汉提出:学校工作中心的一环是转变学生的思想,加强学生的思想政治工作,特别是侨生的教育工作,并以此带动学校其他方面的工作。他本人工作的重点是抓侨生。

他对侨生作了深入的调查、分析。结论是多数侨生是好的,是向往新中国而来的,是慕陈嘉庚之名而来的,在他们身上寄托着他们父母对祖国的希望,他们把自己的子女送回国读书,希望他们将来能为国家出力,为民族作贡献。所谓"害群之马"是少数,他们是在海外无法无天,为非作歹,父母无法管教才送回国的。即使是这样的学生,他们身上仍然寄托着他们父辈对祖国的信赖和希望。

叶振汉在大会、小会上,用各种方式,从不同角度宣示自己的想法,他的真诚赢得了教师和同学的理解和配合,学校的面貌有所改观。

但真正的难题不是靠言词能解决的。

学校有五名侨生,纠集在一起,强占一间宿舍,在门上贴上一张大纸条,上头写着:"五虎办公室 非请勿入"。他们为所欲为,闹得四邻鸡犬不宁。叶振汉找他们谈话。他们一走进校长办公室,为首的从腰间拔出一把三角刀,"啪"地一声,重重地放在叶振汉的办公桌上,粗声粗气地说:"校长,你找我们干什么?"

叶振汉连看都不看那刀一眼,泰然自若,亲切地说:"找你们来谈谈心,交个朋友。"然后招呼他们坐下,拿出糖来,像款待客人一样地招待他们。

友好气氛代替了剑拔弩张的杀气。叶振汉开始问他们的名字,来自何地,父母亲从何业,回国前在哪个学校读书等自然情况。叶振汉尽量让他们说话,让他们讲自己最得意的事,让他们谈最希望做的事,不管他说什么,他绝不打断,说错了也不纠正。五个人都很高兴,在校长面前露了各自的一手。谈话从上午9点一直进行到中午12点,吃饭的时间到了才结束。叶振汉缄口不谈"五虎办公室"的事。

第二天,叶振汉亲自到"五虎办公室"拜访他们。叶振汉的出现,他们都感到意外,一时不知所措。

叶振汉在床边坐下,说:"事先没有预约,对不起。"

五虎听到这话,一时品不出什么味道,也不知怎么回答。

叶振汉又说:"昨天,请你们到我办公室做客,今天我到你们办公室回访。这是起码的礼貌。你们不介意吧!"

这些孩子在海外家境都比较优裕,对待客之道并不陌生。来而不往非礼也,他们也以礼相待。他们谈的仍然是一些他们愿意谈、愿意听的话。叶振汉走了之后,他们就不由自主地谈论起叶校长这个人,揣测他想干什么等等问题,叶振汉说的每一句话都成了他们费心的课题,特别是他说的"到你们办公室回访"那句话,让他们感到很不安。接着就谈起以后做事该收敛一点之类的话。其中一人提出把"五虎办公室"的"招牌"去掉,其他四人,有两人赞成,一人不说话,一人想反对,看大势如此,也保持沉默。第二天一早,过往的同学发现"招牌"不见了。消息传到叶振汉的耳朵里,叶振汉立即告诉有关老师,对他们的进步给予充分的肯定,让共青团、班干部主动热情地去关心他们,和他们交朋友,从各个方面去帮助他们,引导他们。经过一段艰苦细致的工作,"五虎"完全变成令人刮目相看的好学生,其中三"虎"考上大学,一"虎"在海外当船长。

1955年,在敬贤堂召开的学生大会上,叶振汉讲到在越南堤岸亲眼看到一个十七八岁的无辜少女,惨遭反动派凌辱至死的惨状,难过得说不下去,停顿了好几分钟。全场深受感染,一片静寂。叶振汉的真情实感激发了同学们共同的民族感情。

叶振汉身教言教并重,以身作则。有一次他劝一个侨生戒烟。那侨生马上挑战地说:"你戒我也戒。"叶振汉立即把正抽着的烟掐掉,说:"一言为定。"此后他再没抽过烟。

叶振汉从每一个细节关怀学生。上自修,他到教室;熄灯后,到宿舍,给学生盖被子;学生病了,给请医生,送医院;困难学生给补助;逢年过节,他放弃与家人团聚而和学生在一起。每年春节,有家的学生都回家过年去了,那些有家难回的侨生格外地想家,往往伤心落泪。这个时候,他们特别需要关怀,叶振汉也就在这个时候出现在他们面前,与他们同乐,和他们分享家的温馨,而他自己的妻子儿女正在家盼着他回家过年。

许多侨生都有自己的特长,有的能歌善舞,有的善跑能跳,有的能绘画摄影。叶振汉非常注意发挥他们的专长,组织他们参加各种兴趣小组,给予特别的训练。当时,集美学校有个"星海合唱团",在一个称作"小巴黎"的地方,其实就是钟楼下的一间平屋,排列节目,吸引了不少学生,其中很多人来自中学。因为有了高尚的爱好,不少人放弃了低俗不健康的习惯,不少人日后成为这方面的专门人才。集美中学初中82组、高中40组是集美中学人才最密集的年段,他们在校学习的时间是1953年到1959年,正是叶振汉到校后的6年。他们中有中科院院士俞昌旋,著名影视导演黄健中,著名企业家张祥盛、丁文志、陈振中,著名作曲家李海晖,资深摄影记者杜成国等。他们至今一提到叶校长就心存感激,有的竟眼泪汪汪。

叶振汉在集美中学工作中形成了自己治校的理念,建立了与之配套的机制和机构,培养了相应的队伍。不管什么学生,一到集美中学,就会被这种育人的氛围所熏陶,茁壮成长。集美中学不仅是侨生的摇篮,而且是青年学生成才的熔炉。

叶振汉经常向陈嘉庚请教。陈嘉庚总是谦逊地说:"教育我是门外汉。"叶振汉向他报告学校的工作。陈嘉庚对学校的每一进步、学风的点滴转变、学生中的好人好事,等等,听了总是满意地微笑。

学校把学生当子弟,把家的温暖给了这些远离父母的孩子,而学生也就把学校当成家,把师长当成自己的父兄。

在叶振汉任内,集美中学规模不断扩大。他到任时,全校学生数1500多人,侨生150多人;到1957年,在校生数猛增到4000多人,79个班级,其中侨生1640多人,占41%,成为国内外有较大影响的一所完全中学。

学生人数的增加,特别是侨生人数的增加,教育质量提高的难度就大大地加大。对此,作为福建省教育厅厅长的王于畊忧心忡忡。

1955年以前,福建省教育相当落后,突出表现是高考成绩大不如人。教育厅厅长王于畊是当时福建省省长叶飞的夫人,也是枪林弹雨拼搏出来的老革命,她决心改变这个落后面貌。集美中学学生这么多,侨生占了将近一半,而且多数侨生水平相对较差,她很担心会拉全省高考的后腿。她把集美中学当成自己抓的一个点,几次到集美中学蹲点。那时任镜波已在毕业分配时分配到省教育厅工作,多次随王于畊到集美。

王于畊不止一次地对叶振汉表明她对集美中学教育质量的担心,希望集美中学不会拉福建打高考翻身仗的后腿。

叶振汉斩钉截铁地表示:"不会。"

叶振汉不是说大话的人,他是个实干家。

1955年秋,福建在华东地区高考中落败,王于畊等福建教育界的领导和专家受到强烈的刺激,他们认真地思考福建教育落后的原因,决心经过努力,跻身全国教育先进行列。叶振汉和其他领导一样,精神振奋,他和几位校长冒着北方的严寒,到上海、江苏、北京等地考察,学习先进地区的经验。果然,这趟没有白跑,他们带回大量材料,在王于畊主持的会议上,大家对照检查,找出落后的原因。省里采取了相应的措施。

在集美中学,叶振汉在加强侨生思想工作方面已取得显著成绩。在此基础上,他又提出:"思想政治工作应当有利于教学工作的进行,要在提高教育质量上发挥作用。思想政治工作必须做到教学过程中去,做到学生学习过程中去。"

叶振汉是教师出身的资深校长,有丰富的教学和领导经验,他又虚心学习,能调动教师的积极性、主动性。学校采取了许多行之有效的措施,强调从学生的实际出发进行教学,强调课堂的主阵地作用,强调对学生知识现状的了解、分析和交接。在叶振汉和全体师生的共同努力下,集美中学在高考中连年取得好成绩。1961年,集美中学政治科高考全省第一,得到王于畊的表扬。

在多次的调研考察中,王于畊看到叶振汉始终和老师们一起站在教育的第一线,同甘共苦,日夜奋战,她的心也就放下了。她不止一次地说:"在所有的中学校长中,叶振汉是最辛苦操劳的一个。"在一次离开集美前,她说:"振汉同志挑得动这副担子,我们可以离开集美了。"

王于畊到集美时,拜访过陈嘉庚。叶振汉、任镜波随行。

陈嘉庚认出任镜波,知道他在省教育厅工作,连连点头说:"好,好。"

陈嘉庚对叶振汉说:"你是安溪人,在集美的时间比在安溪长,你也是集美人。"

叶振汉说:"我一定努力,为建设好集美尽力。"

[六]1953—1963　空前发展　光辉永照

　　王于畔对陈嘉庚说:"集美中学是一所规模全国屈指可数的学校,叶振汉校长把学校管理得井井有条,实在不容易。"

　　陈嘉庚对叶振汉主持下的集美中学工作和取得的成绩十分满意。

　　集美中学和集美侨校在接纳侨生、教育侨生方面取得很大成绩,集美学校被誉为"侨生摇篮",当之无愧。

37. 生前身后事

晚年的陈嘉庚

1956年7月,香港一家报纸发表记者曹聚仁的报道,文章说:"这次在北京机场,看见陈老嘉庚亲自到西郊机场接客。这真是出人意想不到的奇怪事。而所接的客人竟然是个名不见经传的黄丹季。"

陈嘉庚一贯反对无谓应酬,也不赞成不必要的繁文缛节。他很少到机场接人,所以他在机场出现就成了香港记者眼中的奇闻,大肆渲染,更何况他接的是个"名不见经传"的小人物,岂不更让人啧啧称奇吗?

其实,这个人物不是"名不见经传",而是这位记者读的"经传"太少。陈嘉庚的《南侨回忆录》不能不算"经传",在这部经典中,陈嘉庚用大量的篇幅记载黄丹季等在印尼爪哇冒死保护陈嘉庚的史实。陈嘉庚感其恩,故于1955年5月,通过中国驻雅加达领事馆的总领事赵仲时邀请黄丹季回国观光。

飞机在北京西郊机场降落。透过飞机的舷窗,黄丹季看到一群人向飞机走来,而陈嘉庚就在人群中。机上的乘客都已下机,机舱内就剩黄丹季一人。陈嘉庚、张楚琨、蔡钟长等十余人走上前来。陈嘉庚看到黄丹季,紧紧地握着他的手,久别重逢,两人百感交集,有话说不出。

张楚琨告诉黄丹季:"天气不好,飞机晚点。嘉庚先生在机场等了两个多小时。"

在北京,陈嘉庚安排黄丹季参观了故宫、颐和园等多处名胜古迹。周恩来总理还接见了他。周总理以前两次见过黄丹季,一次是在总理出席亚非会议时,黄丹季是玛琅总代表;另一次是在雅加达中国大使馆,总理接见印尼各地的代表。总理好记性,还记得他。在回陈嘉庚住所的车上,陈嘉庚告诉黄丹季:"总理大公无私,每天工作十四五点钟,全心全意把自己献给国家。他是国家的柱石。德高望重,前无古人。"

黄丹季住在北京匹马厂陈嘉庚住处,和陈嘉庚朝夕相处,无话不谈。一次,吃罢晚饭,两人在休息室闲谈。陈嘉庚问黄丹季回国有何观感。

黄丹季说:"我生性愚蠢,对有些政策不理解。"

陈嘉庚说:"别说你在海外不理解,连我这身在国内的人对有些政策都弄不明白。"

他讲了他不能接受的几个问题:(一)中国的版图形如海棠叶,现已丢弃一角。(二)苏联专家住在皇宫般的旅馆,享受特殊待遇;我国派到西伯利亚的四万工人,全被打入农场,薪金微薄,还不许寄回。(三)台湾大兴建设,发展经济,信心干劲十足;而我们却说福建属前线,不好建设。(四)把集美办的师范迁到福州,把在集美的福建航专迁往大连,这不是振兴教育,是摧残教育。

陈嘉庚还给他讲了自己身后事的安排。他说,他自己一人回国,他寿终的后事不想累及别人,要自己了结。他请了好几位风水先生帮助找墓地,大都没下文,不了了之;有来回话的,也说自己肉眼凡胎,不敢造次乱来。最近,墓地终于有了着落。

其实,回国定居后不久,陈嘉庚就着手准备自己的身后事。1952年,在厦门大学附近的胡里山海滩上,发现两根四方形的黑色巨木。那木头质地十分坚硬,在海中浸泡多年,竟一点没有损腐、裂纹。老一辈的人记得,那是1921年陈嘉庚创建厦门大学时,一艘运送进口建筑材料的驳船在胡里山下被大浪打翻,水泥、钢材等全沉入海底。这木头是从东南亚运来的硬木,叫黑心石,是木头中的极品。因为质地坚硬、沉重,浮不起来,沉入海底,近期才露出沙滩。陈嘉庚得知,便吩咐厦大建筑部的负责人陈永定将这两段巨木劈成板材,运到集美。板材运到之后,陈嘉庚视同宝贝,亲自交给叶祖彬,妥为保管,将来做成棺材。这事,他不说,别人也不问。

1955年,鳌园的纪念碑已建到顶端,进入收尾阶段。一天,82岁高龄的陈嘉庚拄着手杖,顺着"路架"爬上最高的一层脚手架。随行人员担心他的安全,紧跟其后。走在他身旁的是工匠林江淮师傅。陈嘉庚纵目远眺,海天一色,海上的舟船、对面的高崎及大小岛屿一览无余。他感到心旷神怡。此时,脚下的海水正在上涨,垂眼一看,一块巨石傲然立于浪涛之上,任凭白浪搏击而无所动,恰似一只在水中遨游的巨鳌。鳌就是龟,龟是吉祥之物,象征长寿。惠安许多泥水师傅都兼有看风水、断阴阳之术,林江淮师傅更属上乘。眼前所见引起他许多联想,他用一种先知先觉的口气对陈嘉庚说:"这巨石作个风水绝佳。"所谓"风水"就是墓地。他一提"风水",便引起陈嘉庚浓厚的兴趣。陈嘉庚对他的解释洗耳恭听,频频点头。

于是,陈嘉庚的手杖一挥,鳌园的纪念碑后面就加上一个新的建设项目:陈嘉庚墓。他吩咐石匠师傅杨顺源在石头上凿出一个八尺长、三尺宽、四尺深的穴。其他配套工程,如填海、围墙、建筑等同时进行。

巨木、巨石的发现纯属偶然。照哲学家的说法,偶然存在于必然之中。讲科学的人对巨木的来历、巨石的出现都有很合理的解释。可是,老百姓却有自己的想法,认为这是天意。说这是天意,虽然不科学,却有更多的内涵,包含着更多的情感,更有神话般的奇妙。

1955年是农历乙未年,春节过后,秘书张其华发现陈嘉庚的情绪有些变化。首先,他很专注地交代各种款项、账目,过去的、将来的;海内的、海外的;公家的、私人的;或是口头地,或是书面地,十分清楚,还写了遗嘱。

更让张其华、他侄子陈仁杰及身边人员感到不安的是:陈嘉庚准备了一套西装,还有衬衫、帽子、手套,放在一只皮箱里;箱子旁边,放着鞋子和手杖。他还写明这是"去世时穿用"的衣物。

侄媳陈连香给陈嘉庚送来缝补好的衣裳。陈嘉庚把几个纸包交给她。纸包上都写上名字,请她照着代为分送。那是海外寄来的高丽参和他本人在北京买的人参。

陈连香说:"二伯,你留着自己吃吧!"

"我不用再吃了。"陈嘉庚说,"告诉你婆婆,善治阿,带阿信来给我看看。"

他的话更引起大家的担心和猜测。

尽管如此,陈嘉庚生活、工作一切照旧,照样巡视工地,照样会客,照样找人谈话,照样为集美学校的招生、发展操心。

但到夜里,张其华他们发现,老先生经常到夜深还在床上辗转反侧,木板床嘎嘎作响。他们还多次听到他在念"人生自古谁无死,留取丹心照汗青"的诗句,有时还能听到他呼唤儿孙的名字,并伴有长吁短叹之声。

张其华还发现,他在给北京好友庄明理和在香港的二儿子陈厥祥的信中都用了"风烛残年"、"为日有限"等过去很少用过的字眼。

他们焦急、忧虑,茫然不知所措,也不知如何帮他排遣。他们劝他外出考察,或出国访问,都被他拒绝。

有关领导得到报告,格外关心,但对此也百思不得其解。倒是福建省委统战部副部长张兆汉一句话提醒了大家,他说:"是否与风水、占卜之类的事有关?"大家都认为有此可能。

1955年2月21日,农历乙未年正月廿九日,虽然夜里睡得晚,也没睡好,清晨5点,陈嘉庚还是照常醒来。他照常例,先在床上动动手脚,做做操,然后起床,刷牙洗脸,沐浴,接着穿上早已备好的衣着,打上领带,穿上皮鞋,庄重整齐,就像要去见最尊贵的客人一样。

早餐吃得比平时简单。早餐过后,陈嘉庚没有去工地巡视,而是端端正正地坐在沙发上,安详地等着自己最后时刻的到来。

时钟敲了八点,楼下校董会的人员开始上班。他听到有脚步声下楼,又有脚步声上楼,来到他卧室的门口,停了一会,又蹑手蹑脚地离开。他听到有窃窃私语的声音,又慢慢远去……九点过去了,陈嘉庚感到意外,同时感到喜出望外——他等待的事情没有发生。

楼下,陈村牧、张其华、陈朱明、叶祖彬、陈仁杰等心里着急,脸上神色紧张,悄声交谈着,猜测着,想着怎么办。

九点半,时钟敲了一下,表示半点。几个人对陈仁杰会意地点了点头,陈仁杰便上楼去。他来到陈嘉庚卧室门口,正要敲门,突然听到里面有动静,急忙退后两步。屋里传出陈嘉庚的声音:"谁?"

陈仁杰有些慌乱,回答道:"二伯,是我,仁杰。"

"有事?"

"没事。早饭怎么吃?"

"吃过了。"

"那我走了!"

这一天,陈嘉庚一切活动正常,只是晚上直到12点过了,才如释重负地上床睡觉。这一夜他睡得特别香。照中国传统的计时法,12点是亥时,亥时过了,一天就算过去;接着是子时,新的一天开始。

这是一场虚惊。原来,新加坡一位叫赛神仙的相命先生给陈嘉庚算过命,说他寿终于乙未年正月廿九日辰初三刻,也就是1955年2月21日上午9时。在这一天到来之前,陈嘉庚就在做着各种准备,到这一天的那个时刻,陈嘉庚就等着寿终正寝时刻的到来。廿九日终于过去了,他喜慰莫名。他下楼来,面对着陈村牧、张其华他们,喜不自胜地说:"我真有福气,大福!"

他看大家不解地望着他,便给大家讲了相命先生相命的故事。讲完,他微微一笑,说:"这个相命先生给多少人相过命,百相百准。可在我身上他错了。"

"那是嘉庚先生您做善事多,上天给您添寿。"

"那可好!"陈嘉庚将信将疑,说道。他不信鬼神,但信天命;对相命卜卦,半信半不信,时信时不信。

陈嘉庚把这段时间所写的遗嘱交张其华保管。

遗嘱对集美社公业基金,对集美学校的预算、建筑计划、远景设想及香港集友银行等有关事项作了交代。

遗嘱交代他的丧事要从简,用已有的木材做成棺木在鳌园墓穴下葬,亲人只穿黑色衣服,不披麻戴孝。

遗嘱还交代给三位忠心耿耿为校董会和建筑部工作、且生活有困难的人员叶祖彬、陈坑生和陈永定予固定补助,领取时间截至1956年年底。

遗嘱重申把自己余下的几个企业和唯一的橡胶园划入集美学校基金,不留分文给子女,倾资兴学的初衷贯彻始终。

陈嘉庚的子女严格遵守执行父亲的遗训。遗嘱使集美学校和还在进行的各方面的事业得以顺利交接和发展。

一场虚惊过后,陈嘉庚情绪逐渐恢复正常。4月1日,他宣布下半年要到全国主要城市考察,了解第一个五年计划执行情况,交代张其华做好准备。

5月中旬,他邀请黄丹季作为印尼五位华侨代表之一回国观光。

黄丹季到北京后,在那里住了一段时间。8月下旬,陈嘉庚陪他乘火车到福建,参观集美、厦大建筑工地和华侨新村,鳌园当然是非去不可的圣地。

黄丹季对鳌园加上老人家陵寝之举十分赞赏。他是厦门大学的毕业生,深谙文墨,他说:"没有陈老的陵寝,鳌园是个'回'字,'回'则'归',表达的是'归来'之意;有了陵寝,加上博物大观的隔墙,鳌园呈现出'圖'字的布局,表示'宏图大展'之意。先'归来',后'宏图大展',寓意深刻,先后次序也妙。天意!真是天意呀!"

陈嘉庚听他这么一说,也觉得他解读得好,不觉会心一笑。

黄丹季到安溪老家探亲谒祖后,于9月25日到集美会陈嘉庚,然后和陈嘉庚一道上北京,参加国庆大典。10月1日,黄丹季登上观礼台,看到声势浩大的国庆大典,他心潮澎湃,感慨良多。国庆后,黄丹季到东北参观,与陈嘉庚在北京分手。临别,陈嘉庚对他说:"丹季,你今天去东北参观,一两天后,我也要回集美。南洋虽好,怎及自己的祖国温馨?此番出去,希望你早日归来!"

[六]1953—1963　空前发展　光辉永照

38. 改"董"为"委"

　　1955年,陈嘉庚逃过一劫,最后的时刻没有到来。他喜出望外,决定五月初五端午龙舟赛后,起程到各地视察。

　　端午节是阳历6月24日。兴建中的集美龙舟池的土围已经合拢,堤岸砌石工程还未完工,部分亭榭还在建设中,但不影响比赛的进行和群众观看。有54队700多名运动员参赛,分9个组进行。厦门市区前来看热闹的观众很多,公交公司开了17班客车,仍趟趟爆满。龙舟池四周,人山人海,热闹非凡。

　　这时的集美,纪念碑已经封顶,鳌园基本完工,新增的陵墓进展顺利;福建第一高楼——南薰楼奠基后,工程进度在不断加快;延平楼重建完成;福南堂早已完工交付使用;南侨群楼已完成大半……陈嘉庚极力推动的鹰厦铁路已于1954年

陈嘉庚与厦门市领导在集美学校委员会前

开工,即将全线通车;厦门高崎海堤已开工,成千上万民工冒着敌机的扫射和轰炸,硬是在高集海峡滔滔的波涛之上筑起一道长堤。这一切给集美增添了新的亮点和迷人的秀色。

厦门市的领导来了,厦门大学领导来了,集美学校各校的负责人都来了,还有海外华侨观光团的来宾也来了。主席团设在池畔北侧正中一座刚落成的亭榭上。陈嘉庚和领导、来宾在主席台上就座,观赏龙舟竞渡。百舸争流,万众欢腾的盛景令陈嘉庚心旷神怡。

陈嘉庚向领导和来宾们介绍集美的建设和筹资情况。在集美的建设中,除了陈嘉庚的奉献和族亲的支持,国家的投入起了重要作用。陈嘉庚回国定居后,他原计划向陈六使筹募比李光前更多的资金,无奈,陈六使海外企业遭受火灾,损失惨重,陈嘉庚不好开口。政府及时予以帮忙,解决了相当一部分的资金投入问题。他对政府,特别是周恩来总理的知遇之恩特别感激。他还向他们介绍了集美的发展前景,特别强调他自抗战胜利以来一直提倡的广招侨生的理念,说秋季要把集美侨校 300 名侨生输送到集美中学,经费和校舍都已落实,绝无问题。

他也讲了两件他不满意的事:一件是他要把集美学校交给政府,政府不接;另一件是政府把在集美的福建航专合并到千里之外的大连,他认为这不是发展教育,而是摧残教育。

厦门大学党委书记陆维特向陈嘉庚汇报了厦大今后的发展方向:面向海洋,面向东南亚华侨。陈嘉庚听了,感到特别欣慰,连声表示赞赏。

龙舟比赛几天后,6月29日,陈嘉庚离开集美,前往北京参加全国人民代表大会第二次会议,并外出视察。

路过上海,集友银行上海分行新任行长邱方坤到北站迎接。陈嘉庚交给他100元,交代他说:"这钱放在你这里,作备用金,以后我托你买东西时用。"他接着做了自我检讨,说:"我前次托你买四瓶鸡眼药水,把两块钱夹在信里邮寄给你。这不好,违反国家规定。"

邱方坤问他:给他买的一张旧皮沙发收到没有。陈嘉庚感谢他的帮忙,说:"很好用,坐着舒服,写字平稳。"

陈嘉庚腰有宿疾,1940年回国慰劳前曾经发作过,后来治好了。现在上了年纪,坐在桌旁写字,时间稍长就感到酸痛,他便坐在沙发上写。他在集美办公室有一张旧沙发,扶手是圆的,不好放纸写字。于是,前次到上海,就托邱方坤给找一张扶手平的旧皮沙发,并交代只买一张,说不配套不要紧,合用就好。邱方坤一有空就出去寻找,果然,半个月前在一家旧货店找到一张,仅仅一张,就像特地为他准备的一样,完全符合要求。他买后就托运到集美去。

到京时,陈毅副总理、李维汉副委员长、全国侨联副主席庄希泉等到车站迎接。在京期间,他和朱德总司令多次相互拜访,和陈毅、李维汉、廖承志、张鼎丞等领导就国际形势、国家建设、教育、华侨等方面的问题推心置腹地敞开交谈。当然也谈到集美的发展、前景和他不满意的事。

此次进京,让陈嘉庚特别高兴的是,在人大一届二次会议上,毛主席走到他面前,对他说:"鹰厦铁路修通了,三个姓陈的(陈嘉庚、陈毅、陈绍宽)都高兴了。"陈嘉庚真是又兴奋、又感激、又得意。

8月6日,陈嘉庚起程到全国主要城市参观考察。出发前,他给周总理写了一份报告。总理看了报告,特地前来探望陈嘉庚。陈嘉庚简要地向总理汇报了集美的情况,主要是学校的发展计划。

在东北,他到大连海运学院视察。他发现该院管理不善,浪费极大,校舍简陋,造价却很高,每平方米40元左右的校舍,其花费竟达200元之高。名为学院,却没有图书馆、科学馆、体育馆、礼堂等必要设施。陈嘉庚非常诧异,对周围的人说:"如此学院,真是闻所未闻。"他又拿眼前的学院和福建航专比较,觉得无论从师生比,还是每生平均投入,福建航专都更经济、效率更高。回京后,他立即给人大常委会和周总理写信报告,要求查究。

大连海运学院是由原在集美的福建航专、上海航务学院、大连航运学院三校合并组成的,但却不向福建、河北、山东三个沿海省份招生。陈嘉庚认为这是不对的。参观学院后,他说:"今后要把集美航海学校办成航海学院。"集美航海在他爱国兴学的活动中占有特别重要的位置,把福建航专合并到大连始终是陈嘉庚心中解不开的结。

陈嘉庚此次考察,连在北京开会、活动的时间,历时5个月。行程安排很紧,白天参观考察,晚上和当地领导交谈、看材料、写信。随员们都感到疲乏不堪。张其华,当年29岁,竟然在郑州参观时晕倒。而陈嘉庚把考察当成严肃的公务活动,自始至终认真对待,一丝不苟,但他仍精神饱满,毫无倦容。

11月30日,陈嘉庚回到集美。第二天,他提前到工地巡视检查,下午约人谈话,了解6个月来学校情况和基建进展,对一些基建项目进展缓慢提出批评并采取补救措施。

当他发现秋季招生没有按照他的交代,从侨校输送300名侨生进集美中学的时候,他大发雷霆。周围的人从来没看过陈嘉庚发这么大的火,都惊呆了。陈嘉庚之所以有如此强烈的情绪宣泄,是因为这300侨生对他来说举足轻重,影响深远,而且无可补救。这是他早已计划好了的,涉及学校长远发展计划和发展方向,他已经向中央和有关部门报告过了,向各界也打了招呼,做了宣传,而且,中侨委早已把扩招 300 名侨生追加的经费拨付到位,校舍也已做好安排。如今造成这个局面,叫他如何交代?

陈嘉庚追查原因,认为问题出在校董会和集美侨校领导身上。他连续几天夜不能寐,反反复复地想着有关问题,主要是校董会和陈村牧 18 年来的功过是非。

他想起陈村牧狮城临危受命,使集美学校摆脱"无舵之舟"的纷乱局面;想到他抗战历尽艰辛,使集美学校弦歌不辍;想到他抗战胜利后,把学校回迁,完成了一系列的发展工作,还帮助李光前、刘玉水创办了国光中学和荷山中学。他觉得陈村牧功不可没。

可是,1940 年之后,因为陈嘉庚对国民党政府已经失去信心,在集美学校的回迁及未来的走向等问题上,陈嘉庚发现,陈村牧想的显然和自己不一样。陈嘉庚想的是"只有待将来有'良政府',集美学校的各项问题才能解决",而陈村牧却勉为其难地争取各方帮助,极力维护和发展学校;对集美学校,陈嘉庚想的是收缩,陈村牧想的是发展;陈嘉庚想的是发展师范,为战后的南洋培养师资,而陈村牧想的是恢复原来的学校,扩大规模,创办新校;新中国成立后,陈嘉庚想的是大量增招侨生,而陈村牧显然对此落实不力……

……民国时期,因为有陈嘉庚的影响,国民政府当局也有意通过陈村牧,修复与陈嘉庚破裂的关系,陈村牧在政府内部、在各界都有相当的影响,办事容易;而今,不说他曾兼任过旧省参议会秘书长之职,面对新中国成立初期共产党严格的办事作风和严密的组织关系,他陈村牧工作乏力,说话的底气也大不如前。

陈嘉庚能理解、接受陈村牧的想法和做法,能体谅他的处境。君子和而不同,他并不强求陈村牧事事保持和自己的一致,但他觉得陈村牧已经不是 15 年前那个虎虎生风的陈村牧了,在新环境下,他已经很难挑起集美学校这副重担,此次中学从侨校招收 300 名侨生会搞成这个样子,就是明证。

在陈嘉庚心目中,集美中学从侨校招收 300 名侨生是一件再简单不过的事。侨校和集美中学同属集美学校,都在校董会管辖之下,经费已到手,校舍空着等人。连这样的事都办不好,你这个校董还能做什么? 这能不使他动雷霆之怒吗?且不说这件事有多重要,影响有多大,也不说因无法补救,会造成什么样的后果,就这事本身叫他陈嘉庚如何向中侨委交代?

陈嘉庚爱才,求贤若渴,他对包括陈村牧在内的几个校董、校长都是竭诚以求的,而且视若肝胆兄弟,然而,一旦他发现其不称职,他也是不留情面、"格撒勿论"的,他自称是"撤换校长专家"。他左思右想,最后下定决心,改组自1941年1月组建以来的第二届校董会。

他在邱方坤替他买的那张旧沙发平坦的扶手上,写下了他心中的改组方案。刚写下几行,他就停止了。撤了陈村牧,找谁来当校董?以前的两次教训如今不能重演了,因为自己已不再年轻,没有时间让他像当年那样去"伯乐相马"了。他犹豫了。

他征求各方意见,经反复思考,半个月后,他决定把个人负责制的校董会改为集体领导的委员会制,即撤销校董会,成立集美学校委员会,聘请原校董会秘书陈朱明为主任。

过了两天,陈嘉庚找张其华谈话。他对张其华说:"这两天,我想了又想,连续两夜不能合眼。我担心陈朱明年轻,不能掌权。你来兼任集美学校委员会副主任,帮助他。你看怎么样?"他看张其华脸有难色,便补充道,"工资可以由校委会发。"

其时,省委已下文任命张其华为厦门市委统战部副部长。张其华感到为难。后经领导决定,张其华的任命暂不宣布,服从陈嘉庚的安排。

1956年1月1日,集美学校委员会成立。陈嘉庚任命:陈朱明为集美学校委员会主任,张其华为副主任;陈朱明、张其华、吴藻青、叶祖彬、陈水萍为常务委员。委员会由17人组成,陈村牧作为"原董事长"进入委员会,其他成员包括集美各校校长、集美镇镇长、集友银行协理。叶振汉、俞文农、萨兆铃等作为集美各校校长参加。

在陈嘉庚作此决定之前,张其华等人都对陈嘉庚作过解释,说明300名侨生没有按计划招入集美中学并不是董事长陈村牧和集美侨校校长陈曲水有意不执行陈嘉庚的计划,而是因为当时农村普遍成立高级农业生产合作社后,办了一批中学,有些侨生就地入学,集美侨校无法如数招到学生,也无法如数输送学生给集美中学。

陈嘉庚了解了个中的缘由后,仍不原谅,说:"那他们也应该给我报告呀!我也好向中侨委有个交代,把增拨的经费退回去。难道这也有困难吗?"不说还好,一说就更惹他生气。他气愤地说:"言而无信,不知其可。失信于人,罪莫大焉!我现在怎么去见这些人?"

就这样,陈嘉庚把校董会改组为校委会。校董会和校委会,一字之差,然而,改"董"为"委",陈嘉庚伤透脑筋,熬了多少个不眠之夜!

校委会组成后,中侨委对集美侨校领导班子也作了调整,原校长陈曲水调回福建省华侨事务办公室工作,调北京侨校老校长、全国政协委员杨新容前来接任。陈村牧到集美侨校任副校长。

这年中秋,陈嘉庚组织了一次游海活动,邀请厦门市新任副市长张楚琨、厦门大学党委书记陆维特、在香港集友银行工作的集美校友林诚致、集美学校老校董陈村牧、厦门大学校长办公室主任林莺等六人共度中秋佳节。这是陈嘉庚一生中少有的奢华安排。这天上午,陈嘉庚和客人上了"鹭江号"游艇。艇上摆有中秋月饼、糕点、水果、茶水,还请厦门南音社的男女演员在艇上演唱南曲。游艇从集美码头起航,向海沧缓缓驶去。陈嘉庚和张楚琨等人在艇上一边听着优美的南音,一边品茶、尝月饼,一边漫谈。陈嘉庚兴致很高,谈兴很浓,谈笑风生,艇上笑声不断。

谈话中,陈嘉庚说:"近年招收的侨生中,有很多是初次回国的。每逢佳节倍思亲,他们会想念海外的父母亲人。"他问陆维特:"厦大侨生中秋怎么过?"

陆维特告诉他:学校已经做好安排。中午他和学校的其他领导已和侨生共进午餐,晚上准备在大操场的椰子树下、香蕉丛中举行晚会,侨生们穿上他们在国外穿的服饰,和领导、教师一起,在异国风光的场景中,唱他们在国外唱的歌、跳国外的舞,品尝异国风味的食品,让他们像在家里一样,过个欢乐团圆的中秋节。

陆维特还说:"我答应他们回去参加联欢会。"

陈嘉庚听罢,深情地说:"你们办学的人就要像家长、兄姐一样对待侨生。"

游艇迎着初升的月亮向厦大方向驶去。

陈嘉庚提醒陆维特:"厦大的晚会快开始了吧!"

陆维特会意,告辞和林莺下船。

皎洁的明月,照亮大地,照亮世界各个角落的中国人。陈嘉庚的心,就像中秋的月亮,关怀着每一个海外赤子。

[六]1953—1963　空前发展　光辉永照

39. 人老志弥坚

陈嘉庚在上海

1957年初冬的一个早晨,陈仁杰带着四岁的儿子陈忠信,来到陈嘉庚的住处。一进门,他就看到那旧皮沙发左侧放着一张凳子,上面放着一个缺了角的小瓷碗,倒扣着,碗底是一摊融化又凝固了的烛蜡,中央残留着一小段黑色的烛芯。显然,老人家又熬夜了。

集美学校有电厂,所发的电量只供照明,所以称电灯厂。随着学校规模的扩大,电灯厂发的电越来越供不应求。发电用的燃油供应紧张,为了节省燃油,陈嘉庚指示白天长的季节,学生要早睡早起,用早自修弥补晚自习时间的不足;晚上准时停电、熄灯。他的小烛台就是停电熄灯后的备用灯。

屋里没人。陈仁杰喊道:"二伯!"

陈嘉庚从小阳台转进来,手里拿着个搪瓷脸盆,多处搪瓷碰掉了,露出一个个铜钱大的黑圈。

陈仁杰知道他在做什么,说:"二伯,你都这么大的岁数了,衣服你就放着,自己就不要洗了。"

"就一两件内衣内裤。自己能做的还是自己做的好。"陈嘉庚说。

陈仁杰对儿子说:"阿信,叫伯公!"

小忠信叫了一声:"伯公!"把手中的一个小袋子递给陈嘉庚,说:"我阿嫲给您的。"

陈嘉庚接过小布包,用手摸了摸陈忠信的小脑袋,说:"阿信真乖!"

陈嘉庚从小布包里抓出一把花生给小忠信。忠信不要。陈仁杰说:"他在家吃过了。"

陈嘉庚把花生放进袋子里。这是他特别喜欢吃的"干壳含汤水煮花生"。这花生是水煮的,外面看是干的,剥开,壳里含汤,好吃又不上火。那是陈嘉庚教他弟媳邱善治做的。这花生水煮容易,可外干内含汤,听起来就不可能,但还是有人做出来,他们也学会做了。

陈嘉庚从一个盘子上拿了一块用玻璃纸包着的小零食,放在忠信的小手上,说,"这个你要了吧? 好吃! 榴莲糖! 槟城华侨观光团送的!"

陈仁杰把一包他母亲给补好的衣物交给陈嘉庚。陈嘉庚从中拿出一件衬衫给陈仁杰,说:"这件你拿去。补是补了,还可以穿!"

陈仁杰接过衬衫,看着那破碗做成的烛台,对陈嘉庚说:"二伯,你又熬夜了。都八十好几的人啦,上年纪了,早点睡!"

"我在看一个材料。有人提了个建议,用海潮发电。"陈嘉庚说。

"这可能吗? 要真能行,那咱还缺电吗?"陈仁杰说。

"我也这么想。"陈嘉庚说,"我不敢相信有这样的好事,又希望这能成真。所以反反复复地看着人家的建议,反反复复地想着。"

陈仁杰无语。

陈嘉庚想得到他的赞同。他从袋子里拿出一个花生,剥开,说:"这花生,外面干,里面含汤,看起来不可能。可不是也做出来了吗?"

接着,陈嘉庚讲起自己在南洋试种橡胶的故事。他说:"当时,我们也不知道橡胶怎么种,只知道前景看好。于是,就捷足先登,抢了先机。因为有当时大胆的一试,才有后来这几十年我们这些亲族、亲戚的发展。在新加坡,原先广东人的经济实力比福建人强,但他们一犹豫,坐失良机,以后再赶就迟了。"

他拿出一沓手写的稿子和几张蓝色的图纸,摊在陈仁杰的面前,对他解释道:这个方案是利用海水涨潮、退潮的落差发电。在杏林湾东侧集美段开一条通海渠道,在水渠的出海处安装上发电机组。退潮时,水库里的水水位高,海潮的水位低,两者之间有个落差。利用这个落差推动水轮机转动,带动发电机,产生电流,开始发电;涨潮时,海潮水位高于水库的水位,高水位的海水推动水轮机转动,带动发电机发电。为解决平潮时的发电问题,在航海学校后操场的高坡地上建一蓄水池,通过水泵把潮水打上去,平潮时把水放出,从高处泻下的水推动另一台水轮机,带动发电机发电。

主要设备包括600匹马力水轮机一台,400匹水轮机一台,3300伏发电机一台,抽水机一台。

主体工程包括开挖一条引水渠道,长1000米,宽90米,一个蓄水池,库容32000立方米。

设计发电量200千瓦至250千瓦。

造价初估24万元。

陈仁杰是陈嘉庚的侄子、新组建的集美学校委员会的委员、集美建筑工程部主任,陈嘉庚请他找校委会主任陈朱明和常委们讨论讨论,看看是否可行。

陈嘉庚找航海学校的老师请教。几个对潮汐比较精通、名气大的航海教师,俞文农、熊特歧、胡家声都成了"右派",要么劳动改造去了,要么不敢说真话了。他又去请教中学的物理老师。他们的说法都差不多:理论上可行,但现在省内没有,国内也没听说,从有关资料上看到,国外只有法国人在试验。毛主席教导说:我们要敢想、敢说、敢干,一切通过试验,实践出真知。结论是:试验应该是可行的。

几个大牌航海教师不是被合并到大连去,就是被打成"右派",劳动改造去了,陈嘉庚心里真不是滋味。他不知道"右派"是什么东西,过去没听说过。当上"右派"又会怎么样,他去请教党内的领导。回答更让人满头雾水——

凡是有人群的地方都有左、中、右;

"右派"就是反党、反社会主义;

"右派"有指标;

抓不出"右派",领导就是"右派"

……

陈嘉庚不明白,像俞文农这样的人怎么会反党、反社会主义呢?他关心的是,像俞文农这样的人,当了"右派",还能再当校长吗?

陈嘉庚想起了这年春天,他和仰光中华总商会会长徐四民从集美出发,一道到北京开会。在中南海怀仁堂的讲台上,他发言痛斥党内的官僚主义。发言完了,他发现气氛和以前大不一样。以前,每次他话一讲完,台下总是掌声一片,可那一次,只有几个海外来的代表在鼓掌,其他代表鸦雀无声。他感到有些诧异,可是问谁谁都不说什么,即使说了也说不清。反正搞不清,他也就不再问了。那时"反右"的苗头已初露端倪。

陈仁杰回来汇报说:几个常委进行了认真的讨论,大家都说校主有远见,站得高,看得远。校主的决策一定是正确的,坚决拥护校主的决策。只是管财务的陈天送问:这钱从什么地方开支?

为谨慎起见,陈嘉庚又约见提建议的工程师。此人名叫邱后从。陈嘉庚见了他,对有关的细节从头到尾又问了一遍,对预算也再核实一遍。

陈嘉庚一生信奉"耳听为虚,眼见为实"的信条。他穿着胶靴,亲自带着校委会和工程队的有关人员,顶着烈日,到集美码头海滩踏勘,探索兴建海潮发电站的可能性。

他又指示有关人员把方案送省水电厅,请专家审定。省水电厅的总工程师带领几个人来到集美,进行实地考察。这位总工程师显然觉得邱后从的方案数据不足,不敢插手,但因为这是一项前无古人的工程,过去没有任何这方面的经验可供借鉴,他也不敢妄评。他只是建议陈嘉庚多作可行性考证,再作决定。

陈嘉庚早就知道这事有风险,没有风险不可能全世界至今没有一个先例。他征求了许多人的意见,至今,没有一个人说这项目不科学、不可能。总工程师的意见是"多作可行性考证",可是,不做怎么考证?不入虎穴,焉得虎子?陈嘉庚下定决心,干!他决定要做的事就一干到底,绝不改变。

他认为:"试验如果成功,是一个突破,既能解决学校用电的困难,又可在沿海省份推广应用,意义重大;如果失败,就是24万元的损失,可将基建项目拖缓,以利息收入弥补。"

他对工程作了宏观的安排:总投资约24.5万元,其中机器设备14万元,土石安装10万元。主机在上海订购,其余由厦门通用机器厂提供。

他对失败的可能性也作了充分的估计,他在给二儿子陈厥祥的信中写道:有一水电工程师提议利用海潮发电,属试办性质。"如不能成功则失败,20余万元尽归乌有矣!我想未必完全失败,或者减少电力,如250千瓦降为150千瓦,或100千瓦耳!然正当之失败胜于畏惧之失败,无悔恨矣!"

于是,1957年年底,集美海潮发电站工程开工。陈嘉庚把电站的名称定为"中华人民共和国集美太古海潮发电站",其雄心壮志可见一斑!

工程预计1958年8月1日部分发电,年底完工。

工程开工后不久,不幸的事情发生了。1958年1月,陈嘉庚右额眼眶上隆起一肿块,经诊断为鳞状上皮癌。他旋即到上海华东医院治疗,2月,转到北京就医。陈嘉庚在病榻上,时时关心着工程的进展,书信不断,有时甚至一天两封。

7月上旬,原计划部分发电的时间8月1日迫在眉睫,工程进入最紧张阶段。集美学校高中以上的学生和教师组织了一支支的义务劳动大军,轮批夜以继日地奋战在工地上。海滩的烂泥能没脚踝,烂泥里有许多残存的海蛎壳。师生们赤着脚在泥滩上挖泥、传土,手脚经常被刺伤。师生们平时没有干过如此高强度的体力活,一个个都累得直不起腰来,有的甚至一屁股瘫坐在淤泥上。

7月15日凌晨,狂风暴雨突袭,闪电刺破夜空,雷声滚滚,风夹着豆大的雨点打得人脸上发疼。就在这时,海水涨起来了,惊涛骇浪凶猛地搏击着临时的土堤,土堤随时都有被冲塌的危险。工程指挥部发出紧急通知,要求师生们到危险的地段,和工人师傅一道,固堤抢险。来自各校的一千多名学生冲上危堤,用木板、树桩、装沙的草袋、麻袋加固。师生们一身雨水,一身泥浆,一个个像泥人一样,但没有人替换,谁也不下工地。

16日午夜,凶险的恶浪把土堤冲开一个缺口,滔滔的海水汹涌而至,把缺口越拉越大。如果不及时把缺口堵上,整个工地就有被海水淹没的危险。就在这万分危急的时刻,学生们和建筑工人纷纷跳进水中,手挽着手,筑成一道道人墙,顶住阵阵狂浪的迎面扑击,硬是用自己的血肉之躯把决口挡住,保住了工地。

而此时的陈嘉庚正在和病魔进行顽强的抗争,他的病情转危,疼痛加剧,胃痉挛,腹胀,进食困难,体力难支,起不来床。面对这样严峻状况,会诊的医生对抢救方案产生了分歧。脑、五官、肠胃等专家认为继续放射治疗,会导致体质严重下降,把身体全面搞垮,十分危险,因此主张暂停或放弃放射治疗,先解决胃痉挛问题,同时输入营养,恢复体力,再视情况进行下一步的治疗。而肿瘤专家吴恒兴坚持己见,认为只有乘胜追击,不给癌细胞有喘息的机会,才能实现对其有效的控制。在周恩来总理亲自关怀下,华东医院的领导决定由肿瘤专家最后拍板,坚持继续放射治疗的方案,其他各科医生积极配合。经过一个星期极其紧张、艰难、危险的治疗,陈嘉庚从病危中解脱出来。慢慢地,他的健康有所恢复,体质也不断加强。吴恒兴院长断言:可以保证陈嘉庚再活三年。

8月1日,集美海潮发电站工程按计划进行部分发电。试验的结果是,最高潮时水轮机主轴转速达到设计转速的一半,低潮时不转动;水泵不能把潮水抽入蓄水池。这个结果虽然没有那么令人沮丧,但也没有那么使人欢欣鼓舞。大家等待着有更加鼓舞人心的成果,再向陈嘉庚报告。

在此期间,正在病榻上和病魔进行一场生死攸关殊死搏斗的陈嘉庚,没有接到集美学校有关海潮发电站试车发电的消息,心急如焚。当他刚挣脱死神的魔爪,身体有所恢复的时候,就心急火燎地天天向医生要求出院回集美,一刻也不能等待。医生无奈,只得允准。就这样陈嘉庚未等治疗结束,便于11月初,拖着赢弱的身躯，急急忙忙地赶回集美，拄着手杖，迈着沉重的双脚，带着陈仁杰、邱后从等人赶往海潮发电站工地。

路上，他发现陈仁杰还是穿他以前穿的衣裳，便问道："仁杰，我给你的衬衫你穿了吗？那是补过了的，但最少还可以再穿几次。"

[六]1953—1963　空前发展　光辉永照

40. 成功之母

陈仁杰对陈嘉庚的问话不知怎么回答,嗳嚅道:"换下来洗了。晒着呢!"

一路上,陈嘉庚看到红红绿绿的标语,上头写着:"鼓足干劲,力争上游,多快好省地建设社会主义!"、"总路线万岁!"、"大跃进万岁!"、"人民公社万岁!"等口号。这是党中央发出的号召,陈嘉庚从上海南下,透过火车车窗,看到的都是这样的标语,到处都响着歌唱总路线、大跃进、人民公社三面红旗的歌声。集美当然也不例外。

路上,陈嘉庚问8月1日试发电的结果。陈仁杰和邱后从对视了一下,然后,陈仁杰回答,邱后从做了补充。

陈嘉庚在海滩上踏勘

陈嘉庚听了,觉得这结果没有他希冀的那么好,也没有他预想的那么坏。毕竟高潮时水轮机的转速达到设计速度的一半。一部科学发展史说明:成功总是在千百次试验甚至失败之后取得的。第一次就有这样的成绩,证明这个设想的理论依据是正确的。陈嘉庚曾预料:工程可能不完全成功,也不可能完全失败,发电量有可能从设计的250千瓦降为150千瓦,或100千瓦。作为第一步,这个目标已经触手可及了。

陈嘉庚对陈仁杰、邱后从说了一些鼓励的话,两人如释重负。

陈嘉庚对陈仁杰领导的工程队的工作表示满意,对集美学校师生在海潮发电站建设过程中表现出的勇敢拼搏、不怕苦、不怕累的精神高度赞扬,说:"年轻人经受锻炼,吃苦耐劳很有必要。"他同时强调:"学生上学是来读书的,不是来干活的。劳动搞一点,是为了锻炼,不要太多。"

接着,他对邱后从提了好些问题,这些问题比他北上就医之前提的问题更深入,也更带专业性。他在北京、上海治疗期间,请教过多位水利专家,学了不少新知识。这些专家的意见和福建有关人士的意见基本相同,都说这个项目有科学根据,意义重大,难度不小,至今无人突破。他们也都不约而同地赞扬陈嘉庚有远见卓识,敢想他人之不敢想,敢言他人之不敢言,敢为他人之不敢为。他们说陈嘉庚搞海潮发电站,是鲁迅赞颂的"第一个敢吃螃蟹"的勇士;说陈嘉庚把发电站称为"中华人民共和国集美太古海潮发电站"一点不为过。如果试验成功,那将是一个全国性的大成就,而且将轰动全世界,其意义、效益、影响远非他当年试种橡胶成功可比。

陈嘉庚脑子是清醒的,他没有让溢美之词吹晕,而是从中学会更客观、辩证地看待面前不佳的局面,增强自己的信心和勇气。他对邱后从说的话,既有肯定、鼓励,又有提醒、鞭策;既强调搞科学要敢想敢试,又强调要实事求是,来不得半点虚假,还要讲究经济效益。

这时,他们来到侨校工地后面,见到墙上贴着一张关于亩产水稻超万斤的标语,陈嘉庚便借题给邱后从等讲起一个故事,告诫他们。

那是集友银行上海分行经理邱方坤到医院看望陈嘉庚时,给他讲的、亲眼所见的故事。邱方坤说:上海市侨联组织他们到郊区颛桥公社参观,见到一块"试验田",施肥五六千担,亩产谷子几万斤。陈嘉庚将信将疑,对邱方坤说:"一亩地能产多少谷子,这是无止境的,谁也不能把话说绝,但几万斤的指标不容易达到;即使能达到,施肥几千担,动用那么多的人力、物力,也不合算。再说,亲眼所见的东西未必是真,魔术不都是亲眼所见吗?孔夫子不是说'目犹不可信'吗?"他最后强调说:"我的意思是,搞科学要敢想敢闯,但不是胡想乱干,不能'风龟'说大话,弄虚作假,要脚踏实地,要讲究实效。"

陈嘉庚拄着手杖,到海潮发电站工地进行了一番实地考察,和邱后从、陈仁杰等人进行研究,确定下一步的行动。

陈嘉庚在巡视中,看到几个学校的操场上,师生们正在一座座"小高炉"边炼铁。他很不高兴,说:"炼铁炼钢已经发展到很高的技术水平。这样炼铁,连古代人都不如。这样炼出来的铁不能用,浪费人力物力。"他一发现炼铁炉,就对领导严加批评,坚决要求清除;对校园里堆积的炼铁废料,责令校长限期清理。

陈嘉庚拥护总路线,赞成大跃进。为表明自己的态度,提倡正确的"跃进"观,8月2日,他在《厦门日报》刊登《集美学校跃进措施启事》,称:

"在社会主义建设总路线的光辉照耀下,全国文化教育事业都突飞猛进,我们学校也应鼓足干劲,力争上游,实现大跃进,我采取如下实事求是的跃进措施。"

在《启事》中,他再次强调教育应德、智、体并重,并列出具体措施,其中包括建立新式标准运动场所,扩大数十个篮球场、足球场、游泳池和羽毛球场,要扩充图书仪器及其他教学设备;聘请优良教师,提高教学质量。

在抓紧海潮发电站建设的同时,陈嘉庚开始进行《启事》中所列工程。

陈嘉庚每天到海潮发电站工地现场检查工程进度,亲自与邱后从及施工人员研究问题。对邱后从提出的问题,他亲自逐一加以解决,对他提出的要求,也尽量予以满足。

为了加强机械方面的力量,陈嘉庚决定将他的第八公子陈国怀留在集美,到电厂协助工作。陈国怀是他海外子孙研究决定专程从马来亚派回国侍奉他老人家的。陈国怀是机械专家,抗战期间曾在重庆、桂林后方机场从事飞机维修工作,在机械方面造诣颇深。

陈嘉庚在集美不到一个月,由于日夜操劳,且心情不好,身体有不适之感,旧恙复萌,便于12月初再次到北京诊治。

在北京治疗几个月中,他无时不为海潮发电站操心。他每星期都给集美发电报、写信,有时两天一信,查询工程进展情况,及时作出指示。

当时水泥奇缺,他亲自找人,通过政府渠道,拨购水泥5000包;他亲自给打石头的石匠师傅写信,要求调整海潮发电站用石规格;为了海潮发电站工程,他亲自指示,放缓其他工程,把泥水匠调到海潮发电站工地,加快施工进度。

1959年2月,海潮发电站基本完工,2月21日再次试车,结果还是一样,水轮机转速仍达不到设计要求,不能发电,试车失败。消息传到北京,陈嘉庚再次受到沉重的打击。

周恩来总理得悉后,于1959年4月初通知福建省政府汇款20万元,予以支持。陈嘉庚得知后,对总理的关怀十分感激,但他觉得:如果试验失败,他无颜接受政府的资助,他不拖累政府。他以总理的关怀和政府的资助激励全体参加建设的员工,一定要把发电站搞好,搞成功。为此,他连续于4月6日、8日两天,给集美校委会写了两封信。其中一封信写道:"周总理令省汇款20万助修水电,我不敢即收。能够建成功,然后接受,如不能成功,我有何颜接受,万望共事诸位善体我意,必将成功……免为总理失望。"

当得知省政府拨的款项已汇交集美校委会后,陈嘉庚更是下了狠心,决心破釜沉舟,背水一战,他写信指示说:"不惜工料费,决修建。"要求校委会负责人"会诸技工头头,切速研究",并把情况电告他。

5月1日,陈嘉庚不顾重病缠身,返回集美,天天到发电站工地现场检查。

经他细致的查验,实地深入了解,他发现邱后从此人不老实,做事不实在。早在提交方案之时,邱后从就故意在报价中压底造价,好让陈嘉庚接受。出现问题后,他不敢正视,而是想各种借口回避。发电站不能发电,关键是水的落差不够,冲力不足。而他极力回避这个问题,而在其他次要问题上修修补补,找各种借口为自己开脱。

工程在陈嘉庚的亲自监督下,一切按预期的目标进行。眼看工程就要全面竣工了,再度试车在即。邱后从感到压力越来越大,开始绞尽脑汁寻找招数,渡过眼前的难关。正在他无计可施之际,老天爷帮了他的忙。

1959年8月23日午夜,一个40年一遇的12级以上的特大台风正面袭击厦门,风速34米每秒。狂风怒吼,把大树连根拔起。屋顶上的瓦片被风掀起,像片片树叶在空中翻飞。滔天的巨浪,吐着白沫,拍打着海岸;航行的船舶被浪头打翻,打碎的船板、残骸在海上漂浮着,被卷上岸来,横在道路上、校园内。狂风夹着暴雨,把个集美搅得天翻地覆,一片狼藉。

此时的陈嘉庚住在重建的校主屋。他正躺在二楼卧室的床上,想着海潮发电站的事。刚刚迷迷糊糊睡着,突然听到一阵阵狂野的呼啸声,和器物坠地发出的响声。他披上衣服,打开门,顶着狂风站在二楼大厅栏杆处,眺望着天空和前面的大海,看着狂风暴雨肆虐下的学校和村社。他的心在发颤,他在估计这突如其来的天灾将给集美学校和大社等几个村庄造成的损失,在想着海潮发电站的命运。

[六]1953—1963　空前发展　光辉永照

校主屋屋顶的瓦片被风吹走了一大片,阁楼顶上已片瓦不存,大雨如注,直往房间里灌,并顺着楼梯冲到二楼。陈嘉庚八公子陈国怀和孙子陈联辉住在阁楼里,他们踩着雨水跑下楼梯,来到二楼大厅,看到陈嘉庚站在那里焦急地等着什么。陈国怀和陈联辉怕他受凉,催他进房间,但他仍站着不动。

而此时,集美校委会主任陈朱明、副主任张其华因风雨太大,道路被淹,一时无法赶到校主屋关照陈嘉庚。他俩在校区巡查,然后沿着堤岸赶到海边,帮助打捞蒙难者的尸体。

邱后从从睡梦中被惊醒,急忙爬起来,从窗口向外一望,迎面飞进来一断枝差点打到他的头上。他急忙把窗门关上。他心怦怦乱跳。待他缓过神来,他不觉嘴角微微一动,一丝得意的笑影掠过他的脸庞。

狂风暴雨从凌晨两点一直延续到5点,整整肆虐了3个小时。雨一停,水渐退,陈嘉庚完全不顾自己年老体弱、重病缠身,带着校委会和建筑部的人员到各处检查。到处是被连根拔起的大树和折断的树枝,东倒西歪的电线杆,道路上流着从高处倾泻而下的浑浊泥水,偶尔有死猫、死狗漂浮其上。海边的游泳池和水产学校的操场上,横着被风吹上岸的木船。航海学校的即温楼、中学的西膳厅等十几座楼房被吹倒,没倒的房子也受到严重的损坏。灾害中有58人丧生,其中有学生4人,居民7人,其他的均为外地船工。

这损失让陈嘉庚伤透了心。而他最为关切的海潮发电站工地已成了水乡泽国,完全泡在水里,受损情况得等水完全退后才能估计。

陈嘉庚沉着镇定地组织、指挥着抗灾工作,同时,向周总理、中侨委和省政府报告灾情。

晚上,陈嘉庚在灯下打着算盘,核算学村和村社所受的损失。学村损失82万,居民损失24万。他为如何筹措这笔巨额的修复费用皱着眉头。

正在他发愁焦急之际,周总理发来慰问电,并告已通知福建省人民政府拨款支持。紧接着,江一真省长也发来慰问电,并告已指示省财政厅拨台风救济款80万元。陈嘉庚对周总理和省政府在危难之时的关怀和伸出的援手无限感激。

在周恩来的亲切关怀下,在人民政府的大力支持下,在陈嘉庚亲自组织、指挥下,集美学生师生和集美社的居民齐心协力,只用了半个月的时间,就基本消除了灾害造成的破坏,学校恢复上课,社会生活恢复正常。

但陈嘉庚为抗击灾害付出巨大的精力和体力,以致沉疴复发,不得不于9月13日再次到北京治疗。

在海潮发电站修复和准备再度试车的过程中,一有问题,邱工程师就说是大台风闹的。但无论如何,经过四个多月的奋战,一切准备就绪,试车将于1960年1月进行。

试车当天晚上,海潮发电站的工作人员、集美学校师生,还有当地的居民都屏住呼吸,凝神注视着一盏盏电灯,期待着海潮发电站发出的电能让每一个灯泡大放光明。关键时刻到来了,人们同声欢呼起来,灯亮了!可是,他们的兴奋还没来得及表达出来,灯又灭了。只一闪,就没了。人们兴奋的情绪刚提上来,就又跌入低谷。但是,人们还是耐心等待着,等待着再来一闪,不,一亮,不再熄灭。然而,他们失望了,那灯,再也没亮!

人们开始问为什么?最知道内情的人当然是工程师邱后从。那一亮是他制造出来的。他偷偷地拉了一条线,把电灯厂的电冒充海潮发电厂发出来的电,让所有的灯泡都一闪。在他想来,有这一闪,他就可以完全推卸责任,因为,这一闪说明他的设计可以发电,其他的就不是他的问题了。

为海潮发电站,陈嘉庚费尽心血,想方设法挽救败局,但回天无力,历时三年有余的集美海潮发电站工程宣告失败。工程耗资91万元,是鳌园60万元的1.5倍。海潮发电站的失败是陈嘉庚晚年建设事业中一次最大的挫折,对这位87岁高龄、重病在身的老人是一次沉重的打击。他在生命最脆弱的时刻进行这项前无古人的试验,付出的是生命的代价。

但是,失败是成功之母。

面对失败,陈嘉庚仍潇洒以对,他还是重复他多次说过的那句话:正当之失败胜于畏惧之失败。

试车的那一天,陈仁杰特意穿上陈嘉庚送给他的那件打了补丁的衬衫,准备给成功添一点亮色,没料到结果让他大失所望。

有人开他的玩笑,说:"仁杰,你伯父九十几万就这么泡汤了,这钱买衬衫,够多少人穿一辈子呀!"

陈仁杰回敬道:"我伯父说了,'该花的钱十万百万都不要吝惜,不该花的钱一分一文也要省。'"

集美海潮发电站没有成功,但其意义远远超出电站本身的成败。在上世纪50年代,陈嘉庚就想到用海潮发电,并且先试先行,这对今天备受能源困扰的人类来说,对正在寻找永不枯竭清洁能源的人们来说,不能不说是开了新能源探索的先河。

未来,当着人们能从奔涌的海潮中得到自己所需能源的时候,当人们在书写海潮能源开发史的时候,就一定会想到陈嘉庚的"中华人民共和国集美太古海潮发电站"。遗憾的是,因为现代化建设,这个海潮发电站的遗址已经荡然无存。今天人们只能站在厦门大桥的集美一侧望着车流兴叹!而未来的人将有怎样的感慨,我们就不得而知了!

集美太古海潮发电站机房

41. 光辉永照

海潮发电站因为无法取得技术上的突破，终告失败。陈嘉庚虽然潇洒以对，但失败对他这样一个年近九十、身患沉疴的老人的巨大打击不难想象。1960年2月14日，陈嘉庚癌细胞转移，再度往北京就医。病魔对他的折磨越来越加剧，疼痛越来越难以忍受。但他仍执意坚持出席政协第二届全国委员会第二次会议。经政协秘书长徐冰耐心劝说，陈嘉庚才同意不出席会议，原拟的发言以书面形式印发。

4月，陈嘉庚获悉周恩来总理将赴印度与尼赫鲁谈判，担心周恩来的安全，写信给毛泽东和周恩来，表示不赞成周总理赴印谈判。尼赫鲁是陈嘉庚的老朋友，但此时，他野心毕露，陈嘉庚对他已完全不相信。为此，周恩来在出发往印度

周恩来、朱德为陈嘉庚执绋

的前一天晚上8点多,特地前来看望陈嘉庚,感谢他的关心,请他放心,希望他安心静养、治疗。

陈嘉庚在与病魔顽强斗争的同时,心里总惦记着集美学校的发展。他给周总理和中侨委写信,希望扩充集美航海、水产、轻工三所职业学校。他与福建省省长叶飞、水产部部长许德珩、厦门市市长李文凌通过书信、电报,商讨、落实三校的发展问题。

陈嘉庚在病中更加频繁地给集美学校发信,有时甚至一天一信。他写的最后一封信是在1960年3月27日。

1960年7月下旬,陈嘉庚决意回集美,监督他所办的各项事业。尽管脸上的伤口无法愈合,疼痛难忍,右眼失明,左眼视力低下,体虚乏力,走路艰难,但他仍坚持到工地、校园巡视,只是把过去的一天两次改为一天一次,逐渐变为两天一次,三天一次。10月11日,因病情恶化,不得不再上北京,从此卧床不起。这是他生前最后一次离开集美。

他病重住院,只允许总务主任叶祖彬、警卫员林和成和一位护士在身旁,其他人一概该干什么干什么去。他让秘书张其华回学校,不要耽误工作;专程从海外来照看他的儿子陈国怀、孙子陈联辉也被他责令回集美,陈国怀在集美电厂做义务工,陈联辉在学校学习。

1961年1月以后,陈嘉庚出现昏迷,神志不清,说胡话。2月12日,陈嘉庚叫叶祖彬代笔,由他口述,给二公子陈厥祥写信,交代校委会款项、家庭成员生活安排等事项。信中再次重申:他所有余款全部交由集美学校委员会用作教育事业费用。陈嘉庚在信上签了字。这是他签字的最后一封信,是他签字的最后一个文件,也是他最后的一次签字。

神志清醒时,他会说一些轻松话。他说《聊斋》说的是鬼话,却是劝人为善,教人做人。

那年端午过后,张楚琨从厦门到北京看他,给他讲集美龙舟赛的事。他很高兴,特别是抓鸭子的事更让他兴奋。他还记得一个学生,无力但清楚地说:"一个瘦小的学生,莆田人,姓林。"他说的是水产学生林启仁。林启仁当学生时个子不高,人又瘦,但运动很好,多次得集美、厦门全能第一。陈嘉庚给他颁奖时,摸着他的脑袋说:"集美需要更多这样的学生。"那时,运动会的奖品是锦旗。林启仁没钱买短裤,就把锦旗拿去改作运动裤。陈嘉庚看到,就问为什么,并给周围的人说:"以后要奖些有用的东西。"于是,后来就奖背心、短裤。抓鸭子也是陈嘉庚发明的。他见林启仁很瘦,运动量又大,便说"要给你们加强营养"。那年,龙舟池就放了不少鸭子让运动员去抓。林启仁抓了好几只鸭子,拿到食堂宰杀,同班同学都大大地改善了一下生活。抓鸭子作为龙舟赛一个正式项目是1963年的事。

陈嘉庚在病危期间,仍念念不忘台湾的回归,他号召华侨为台湾回归、祖国统一事业贡献力量。他还亲自写信给台湾的国民党人,希望他们为祖国的和平统一尽力。

1961年春,陈嘉庚记忆力已严重丧失,百事皆忘,唯独台湾回归一事长记心间。有一天,他兴奋地从病榻上费尽全身力气,站了起来,嘴里呼叫着,要大家勇往直前。在他的眼前是解放台湾的场景,他正在参与指挥。"要尽早解放台湾,台湾必须回归中国"是他最后的遗言。

他临终最为牵挂的是"集美学校还要办下去"。

1961年6月23日,周总理又到病房探望陈嘉庚,并指示:(一)嘉老的后事按照嘉老的意思办;(二)台湾回归祖国一定要实现,请他放心;(三)集美学校一定照嘉老的意见继续办下去,一定把它办得更好,请他放心。

当工作人员把总理的嘱咐告诉陈嘉庚时,虽然他已经不能回话,但他慈祥的脸上露出宽慰的神情。此后,陈嘉庚再没有醒来。

张其华按照中侨委的要求,带着陈嘉庚交代他保管的两份遗嘱到北京;陈朱明带队押运棺材同时出发往京。

1961年8月12日零时15分,陈嘉庚在北京逝世,享年88岁。陈嘉庚的第八公子陈国怀、孙子陈联辉侍奉在侧。他的二公子陈厥祥和儿媳王素虹夫妇乘政府派去的专机从香港经广州赶到北京。

以周恩来总理为主任委员、由43人组成的陈嘉庚先生治丧委员会当天发出讣告,宣布这一不幸的消息。

8月14日,陈嘉庚遗体入殓,周恩来等国家领导人参加了入殓仪式。毛泽东、刘少奇、周恩来、朱德、宋庆龄、董必武等送了花圈。首都各界3000多人前往吊唁。

8月15日,首都各界举行公祭陈嘉庚大会,2000多人出席。周恩来主祭,朱德、陈毅等13人陪祭,廖承志致悼词。

公祭结束后,起灵,周恩来、朱德领先执绋。习仲勋、陈淑通、廖承志、张苏、蔡廷锴、许广平、李德全以及陈嘉庚的亲友护送到火车站。专列从北京站缓缓开出,随车护送的有申伯纯、庄希泉、庄明理、张楚琨及家属亲友数十人。车到天津、济南、南京、上海、杭州、鹰潭、永安等站,当地党政领导、侨联、归侨代表献花祭奠。

专列于8月20日下午3时到达集美。福建省、厦门市领导，集美学校师生，集美乡亲等万余人，护送陈嘉庚的灵柩到鳌园墓园安葬。陈嘉庚的灵柩覆盖着中华人民共和国国旗，他安息在故乡的土地上。

全国二十几个城市的归侨、侨眷、各界人士相继举行悼念活动。

陈嘉庚的逝世，是集美学校的一大损失，对中国、对东南亚、对世界的进步人类都是一个重大的损失。东南亚的新加坡、吉隆坡、马六甲、槟榔屿、雅加达、万隆、玛琅、曼谷、仰光、河内等地都举行了隆重的追悼会。在新加坡举行的万人追悼会上，陈嘉庚巨幅坐像的两侧，悬挂着一副悼联：

前半生兴学，后半生纾难；

是一代正气，亦一代完人。

对联概况了陈嘉庚一生最伟大的贡献和他为人的高尚品格。

日本、欧洲、美洲也有华人团体或华侨、华裔致电吊唁。

在参加追悼会和发唁电唁函的人中，有些人尽管过去和陈嘉庚在政治上意见相左，但也受陈嘉庚的精神人格感染，对他肃然起敬。陈嘉庚的精神是一切进步人类共有的精神财富。

陈嘉庚痛恨国民党反动派，临终还说"国民党是坏的"。台湾的国民党当局对陈嘉庚也极尽攻击诋毁之能事。但在陈嘉庚逝世后，台湾最高当局还是授意侨委会副委员长黄天爵，发表了一篇悼念陈嘉庚的广播词。广播词对陈嘉庚1936年"捐机寿蒋"、抗战时领导南侨总会捐资捐物、招募南侨技工、宣传抗日、抵制日货等行动给予高度评价，称他是"爱国老人"。广播词洋洋洒洒数千言，不仅在台北"中央广播电台"播发，而且在《中央日报》全文刊登。

陈嘉庚属于全体炎黄子孙。陈嘉庚临终期望的祖国统一必将实现。

陈嘉庚逝世后，为实现陈嘉庚的遗愿，落实周恩来关于"集美学校一定照嘉老的意见继续办下去，一定把它办得更好"的指示，受周恩来的委托，中侨委主任廖承志、副主任方方召集美学校有关人员，于1961年9月在北京举行两天会议，中侨委、全国侨联、福建省、厦门市有关领导，集美校委会，集美中学、集美水校、集美航校、集美轻工业学校、集美侨校等五校及集美工程部负责人，陈嘉庚的八公子陈国怀等参加。会议研究了陈嘉庚去世后有关集美学校管理体制、基建项目、资金安排、审批制度等问题，并作出详细的相应的规定，保证了集美学校和进展中的事业顺利交接和进一步的发展。会议同时做出决定，分五年继续完成陈嘉庚未完成的基建项目，资金缺额由国家分两年拨付。

自1950年动工兴建鳌园开始到1961年陈嘉庚去世,陈嘉庚先后建起了一大批的校舍和公共设施,其中最为引人瞩目的除了鳌园(包括集美解放纪念碑和陈嘉庚墓)外,有福建最高的15层的南薰楼、设计新颖别致的道南楼、可容4000人的大礼堂福南堂等。龙舟池及其周边的亭榭,就山而起的、阶梯式布局的南侨群楼,和如巨舰锚泊港口的海通楼,赋予集美学村完整、协调、壮观的景象。这些建筑倾注了陈嘉庚晚年绝大部分的心血和资财,凝聚了国家对陈嘉庚事业的关心和支持;这些建筑不仅满足了集美学校教育发展的需要,也让集美成为海内外闻名的风景优美的教育重镇。

陈嘉庚迟迟不肯动工复建的故居,已在陈嘉庚在世时由政府拨款修复、暂用。1958年,陈嘉庚迁入居住。

鳌园,实际早已竣工,因陈嘉庚陵寝的添入,最后的收尾工程直到陈嘉庚去世长眠其中之后才告完成。

陈嘉庚去世后,在故居前面,新建了一座闽南庭院式建筑——归来堂。那是陈嘉庚想建而未建的工程。早在1957年,陈嘉庚就和弟媳王碧莲商定在那里建一小祠堂,使海外的子侄回乡祭祀祖宗、敦亲睦族有个寄宿之地,增强家乡观念。这小祠堂定名"归来堂"。但因集美学村建设计划未完成,陈嘉庚觉得"不能先私后公",被他视为"私事"的归来堂的建设便被搁置下来,直到他去世仍未破土动工。周恩来得知此事,认为陈嘉庚的想法很有意义,指示一定要建好。集美校委会特拨出专款兴建。归来堂于1962年陈嘉庚逝世一周年落成。

集美的其他未完建筑工程也在1963年集美学校建校50周年前完工,原先的尚忠楼群、三立楼群、允恭楼群和各公共设施都整饬一新。这些建筑,融古今中外建筑艺术于一炉,形成了有丰富内涵和外在特色的嘉庚建筑风格,称为嘉庚建筑。至此,陈嘉庚生前设想的集美学校阶段性的目标实现了。陈嘉庚的学村建设梦基本成真。

1963年4月10日,集美学校举行建校50周年大庆。这是陈嘉庚半个世纪倾资兴学成就的回顾,也是陈嘉庚逝世后,集美学校按照陈嘉庚的遗愿继续办下去,而且办得更好的展示。福建省有关部门、厦门市政府对这次活动十分关心,进行了统一部署,做了大量的筹备工作。

校庆前,中央及省、市有关领导为校庆题词赋诗,或赠送锦旗。

校庆当天,福南堂举行了隆重的庆祝大会。集美各校师生、校友、来宾4000多人出席。中央、省、市有关领导魏金水、陈绍宽、方方、黄长水、庄明理、庄希泉等出席。福建省省长魏金水等讲话,热情赞扬集美学校50年的发展和陈嘉庚的丰功伟绩。

　　校庆期间,集美水产专科学校、集美水产学校、集美航海学校、集美轻工业学校、集美中学、集美侨校、集美小学、集美幼儿园都通过展览等形式展示各自专业的特色和办学取得的成就。新建的集美侨校在短短的几年内,取得显著成绩,其中体育方面的成绩特别引人注目。学校培养了6名运动健将,41名一级运动员,还有大批的二级运动员。校庆文艺晚会集中反映了各校师生的精神状态,各校表演了各具特色的节目,各校代表队的演出既呈现了专业特点又有地方特色,异彩纷呈。

　　截至1963年,集美学校共有学生7000多名,等于此前在校生数最多的1931年2700多人的2.6倍,其中侨生占32.6%;校舍总面积等于陈嘉庚回国定居之前的4倍多。

　　节日期间,集美岑头街和校园里的各条通道,人头攒动,穿着各色艳丽服饰的侨生夹在其中,给集美的老街平添了一份欢快的气氛。乘长途客车从同集路经集美到厦门的旅客,都从车窗探出头来看着集美巍峨的建筑,看着成群结队的男女学生,迈着轻盈的步伐,从集美学村的牌楼下通过,顺着斜坡步步向上,消失在拐弯处,他们眼里都流露出羡慕、向往的目光。在他们眼里,集美就是仙境,学生就是仙境中的画中人。

　　校庆之夜,夜幕降临,华灯初上,轮廓灯把南薰楼勾勒得格外分明,四周的五色彩灯把整个集美装点成一个五彩斑斓的童话世界。来宾、师生、校友,在晚春的暖风吹拂下,徜徉在龙舟池畔,坐在延平楼前的石台阶上,站在座座楼房的阳台上、骑楼下,耳边响着洞箫、琵琶演奏出的南曲悠扬而优美的旋律,在浓浓的师生情中、校友情中,欢声笑语,抚今追昔,都情不自禁地、发自心底地为陈嘉庚创办集美学校的不朽功绩唱起赞歌,都在潜移默化中受到他伟大精神和人格的熏陶。

　　在这欢乐的时刻,他们中的许多人,都因为见不到陈嘉庚,没有了他们的校主,而黯然神伤,偷偷地落泪。

　　陈嘉庚去世了,但他的事业永存,他的精神光辉永远照耀着心中有他的人们;他爱国兴学的嘉庚梦还在延续,还在不断变成现实。

【七】1963—1983

调整停课 恢复发展

42. 默　誓

　　面对着校主的陵墓，他鞠了三躬。太阳已经触到西边的山峦，就要下山了。慢慢地，他眼睛模糊了，碑上的小字也变得越来越不清晰了，只剩下"陈嘉庚墓"四个醒目的大字。自从墓碑上出现这几个字之后，他感觉有些事情在悄悄地改变。他希望这只是自己"庸人自扰"。暮色渐浓，最后连"陈嘉庚墓"四个大字也只见大概轮廓了。他希望看不到这四个字，他希望没有这四个字。他不相信冰冷的石头下躺着的是他敬重的校主。他站在那里，觉得问心有愧，对不起校主。

　　他是福建集美轻工业学校校长萨兆铃。1946年，他毕业于校主创办的厦门大学，1949年任集美高级商业学校的教务主任，1950年8月，任福建私立集美高级商业学校校长。这所学校在他手上15年，最后，他竟把学校的金字招牌"集美"二字给丢了，连厦门郊区杏林都没了立锥之地。作为校长，他不知道该怎么看这样的事，不知道该怎么向校主交代，他也不知道，如果校主有知，面对眼前发生的事，会作何感想。

　　看护鳌园的老伯来催他离开，说："天黑了。老人家走了，回不来了。走吧！"听得出，他的声音在发颤。

鳌园夕照

[七] 1963—1983　调整停课　恢复发展

　　听到老伯的话,他强忍着的泪水顺着脸颊滚落下来,重重地落在墓前的石板上。

　　他顺着来时的路走回去。从延平楼前的石台阶爬上高坡,走过延平楼下的骑楼,来到南薰楼,拾级而上,到了最高层。天黑了,海天一片昏黑,城市的灯光和海上的渔火呈现出海岛城市的另一种美。南薰楼的西侧是道南楼,后面是黎明楼。此刻,这些都还是福建集美轻工业学校的校舍,同学们还在教室里安静地温习着功课。他们不知道,或许已经知道,他们的学校就要一分为二,变成两个学校,一个是财经学校,一个是轻工业学校。他们不知道,他们就要搬离这些校舍,这些校主陈嘉庚费了多少心血建起来的校舍。这是集美学校最美的校舍,最新的校舍。这些校舍自落成以来,就是福建集美轻工业学校的教室和宿舍。老屋尚且恋居,何况这相伴多年的鸿筑巨构?搬走,没有关系,反正住进来的不是别人,是兄弟的集美中学,都是集美学校的一家兄弟。集美中学在叶振汉校长的主持下,十几年来有很大的发展,无论在规模上,还是办学的水平上都全省闻名。集美中学和集美华侨补习学校都是"侨生的摇篮",在海外的影响越来越大。让集美中学和侨校并排在集美的前沿,凸显集美的形象,应该!这也是集美学校的光荣。他想得通,而且一万个赞成。

　　他走下楼来,在路的前头,有一个黑影。他细细一看,像是叶振汉校长。他想唤他,又突然止住。他现在心烦意乱,不知和他说些什么,万一不慎说走嘴,还可能引起误解。在集美学校几位校长中,叶振汉堪称老大。原因很多,主要是面对棘手问题,碰到难事,他拿得出办法。大家把他当主心骨,有事常向他讨主意。

　　在集美学校的领导层中流传着这样一个故事。

　　那是1959年冬的一个下午,地处集美的厦门市郊区委员会通知集美各校主要负责人,晚上7时准时到郊委会议室开紧急会议,郊区党委书记有重要指示,部署停课修路的工作。虽然集美各校从属的上级都来头不小,但在党的关系上属地方党委领导。虽然他们都知道停课修路是不合规定的,但几个学校的党政主要负责人都不敢怠慢,提前赶到郊委集中。到会的各校领导有中学的叶振汉、轻工业学校的招展、水产学校的刘惠生、侨校的杨新容等。

　　郊委秘书见他们来了,忙着端茶倒水,招呼大家坐下休息,说书记就到。大家耐着性子等候。慢慢地,耐心在消耗,内心变得焦躁。杨新容校长上了岁数,开始打起瞌睡。他们一直等到12点过后,久候的书记才来到。他跟跟跄跄地踱进会议室,嘴角叼着一根牙签,身上散发出一阵阵呛人的酒气。

　　他还没坐下,就高声说:"叶振汉,杨新容,还有……"他叫不出其他人的名字,稍顿,便问道,"你们都是共产党员吗?"

叶振汉很有礼貌地答道:"是,都是。"

"那好!既是党员,就要服从党的领导,听党的话。我是市委常委,郊委书记,我代表党要求你们,按照各校的人数,包干修建集美南湖的大马路。务必在春节以前完成任务,完不成任务者开除党籍。"

几个领导都愣住了,面面相觑,最后都把目光投射到叶振汉身上。

叶振汉从容不迫地站起来,说:"期末快到了,马上要转入复习考试阶段,省教育厅三令五申要求学校不能随便停课参加地方义务劳动。×书记,您的指示,实难执行。"

杨新容校长也附和着说:"省侨委也通知不能随便停课。"

那位书记的威严受到挑战,勃然大怒,说:"你们不服从党的领导,不听党的话,这是反党。"

叶振汉不慌不忙地对着书记说:"×书记,您喝多了,早点休息。明天再谈。我们走了!"

说着,带头离开会场,其余的领导跟着走出门来。

叶振汉等领导明知道地方领导随意停课劳动不对,但他们还是按组织原则办事,服从领导,按时到会,耐心等待,从容应对。既坚持了原则,又不违背组织纪律。没有长期的党内工作经验,难以恰如其分地处理这样的问题。

萨校长想着,想着,来到龙舟池畔。他顺着石板路往前走,集美近二十年的往事又浮现在他的脑际,在他的头脑中绞缠。

福建集美轻工业学校前身是校主陈嘉庚于1920年创办的集美学校商科。以后30年,学校多次变动,更名。1950年后,学校多次更动,但萨兆铃都是校长。期间只有1959年,他被停职。因为他是个实在人,学的是经济,容不得一点虚假,在那吹牛说大话成时尚的年代,他自然吃不开,被戴上"右倾"帽子,校长也被挂起来。第二年,平了反,校长照当。但自那以后,他就被入了"另册",说话的分量就大不如前了。陈嘉庚在世的时候,学校的多次更动都是在他主持下进行的,是适应发展和社会需求而作的必要调整。那时的变动,不管怎么变,叫商业学校也好,叫财经学校也好,叫轻工业学校也好,都称"福建集美某某学校"。就是1959年,当时的福建集美财经学校和厦门纺织工业学校、泉州食品工业学校合并组成新校,但仍称福建集美轻工业学校;1960年,"大跃进"期间,学校增设大学部,升级为轻工业学院,1962年,学院下马,恢复原称。不管是学院还是学校,"集美"两个字都没有丢,或称"福建集美轻工业学院",或称"福建集美轻工业学校"。"集美"两字始终没动,始终保留。

　　1964年秋天,根据省有关部门的指示,萨兆铃所在的福建集美轻工业学校内分为"轻工业学校"和"财经学校"两个学校。经过几个月的准备,1965年春,福建集美轻工业学校正式分为"福建财经学校"和"福建轻工业学校"。两个学校都把"集美"这个老牌号给丢了。

　　萨校长知道,分校是根据1964年春节毛主席在教育工作座谈会上讲话的精神进行的。去年(1964年),集美水产专科学校就作了专业调整;航海学校重归交通部,校名"福建集美航海学校"改为"集美航海学校","福建"两字去掉,"集美"两字仍保留,并没有把"集美"两字都去掉,换上"交通部"三字的衔头,叫"交通部航海学校"。要真那样,真是小家子气到家,贻笑大方。8月,航海学校下放给广州海运局领导,仍称"集美航海学校",没有改成"广州海运局航海学校"。只有他所在的学校,把"集美"这块金字招牌给丢了。作为分校前的福建集美轻工业学校和分校后的福建轻工业学校校长,他觉得内疚。虽然,这其中有种种原因,有许多"根据"和多方面的"必需",不是哪一个人的主观意志,也不是他的责任;但是,他认为,校主如在世,断不会发生这样的事,他也绝对不会允许这样的事发生。

　　他想起1940年的一件事。当时福建省政府建议国民政府教育部把"厦门大学"改为"福建大学"。陈嘉庚正回国慰劳,教育部就此事征求他的意见。陈嘉庚不置可否。国民政府明白他的意思,不敢妄动。

　　想着,想着,他来到钟楼下的"小巴黎"。那几栋矮房子的生意已没有前两年那么红火了。因为,最困难的年头已经熬过,虽然大家油水仍然不多,但已不再饥肠辘辘;再者,听店里的人说,老先生去世后,"特别供应"的物资少了。

　　萨校长在那里遇见俞文农校长的二女儿俞婉华。她于1959年从集美中学进入厦门艺术学校,学舞蹈。经过几年刻苦学习、磨炼,已出落成一位人气颇旺的舞蹈演员,艺术学校的台柱。她见到他,便大声叫着:"干爹!"跑了过来。

　　她挽着萨校长的胳膊,对他说,他们家来了一个客人,是他爸爸前几年在渔捞船队劳动时的一个朋友,一个老渔工,带来两条大黄鱼。她爸爸见到老朋友特别高兴,叫她过来请干爹过去喝两盅。

　　俞文农校长1957年"反右"时被莫名其妙地划为"右派"。航海学校同被划成"右派"的还有胡家声、熊特歧等人,他们都是特别受学生欢迎的好教师。集美其他学校也有多个难逃厄运者。俞文农被撤掉校长之职,并"清除出教师队伍",下放到厦门水产局监督劳动。那时,他的精神几乎崩溃。但他很快地调整自己,在和渔民们同吃、同住、同劳动中,和他们结下深厚的友谊,渔民们从心底把它当成自己的兄弟。他重新找到自己的定位。他发挥自己的才干,帮助船队实现"机帆化",解决灯光捕鱼的技术难题,还冒着多重风险到海南岛开辟新渔场,做出显著成绩。

1959年9月29日,俞文农头上的"右派"帽子被宣布摘掉。因为他的表现突出,他是厦门市屈指可数的有幸被首批摘掉帽子的"右派"分子之一。为扩大教育面,他的大名登上《厦门日报》,头版头条粗大的黑体字标题写道:"我市首批摘掉俞文农等人右派分子帽子"。俞文农心中的兴奋,无法表达。他仍在厦门水产局当技术员。他工作依旧努力,成绩非常突出。

俞文农在渔捞船队劳动期间,他大儿子俞华诚得急性肾炎,因为缺钱,没有及时有效救治,转尿毒症不治身亡,年仅16岁。俞文农十分自责,觉得自己作为父亲,竟无力救活一个本不该死的亲骨肉。这成了他的心病。

萨校长在"小巴黎"要了两瓶酒。酒要侨汇券,恰巧,他身上有几份,付清了。

路上,萨校长告诉俞婉华,他们的学校要搬到南平去了。过几天就走。

俞婉华大感意外。

事情是这样的:丢了"集美"这金字招牌的"福建轻工业学校"原计划搬到杏林工业区,在原厦门华侨技工学校的校舍继续办学。没想到,厦门纺织厂扩建,职工宿舍紧张,因为厦门纺织厂和福建轻工业学校同属省轻工业厅,厅领导便把原来要给轻校的校舍给了纺织厂和一所半工半读学校,从集美来到杏林的福建轻工业学校就没有了落脚之地!他们被支使到南平和南平造纸学校合并,成立新的"福建轻工业学校",他萨兆铃还是校长。作为校长,他怎么能接受这样的事实?他怎么面对学校的老师、同学?怎么向校主陈嘉庚交代?这是他绝对无法说服自己的!可是,他又能怎么样呢?

萨校长来到俞文农家。那位老渔民听说请来一个校长和他同饮,托故走了。萨兆铃和俞文农二人对饮,更有"千杯少"的感觉,而萨兆铃多少有借酒浇愁的意思。他的心思瞒不过俞文农的眼睛。交谈中,相互间什么都明白了,萨校长一再说,"要是校主还在,断不会有这样的事"。

经过磨难的俞文农书生气少了,干练多了。他前些时候或许还在希望着重归教职,但此时他已无任何奢求,只求一家平安,一切顺遂。对他工作、生活以外的事情,他兴趣明显减少。但对轻校的事,他也觉得有关部门领导此举欠妥,但他会"正确看待问题",便开导萨兆铃,对他说,在处理这种棘手问题上,叶振汉是高手,要拜他为师。萨兆铃也觉得自己在厅领导的眼里是个"入另册"的小人物,人微言轻,说也没用;还是要学叶校长,审时度势,先服从,然后寻找机会,相机出击。

萨校长暗暗对天盟誓:总有一天,要把轻工业学校带回集美学校来;一定要还轻工业学校"集美"两字的金字招牌。

百年往事

43. 浩　劫

　　萨校长带着队伍到南平，当起福建轻工业学校的校长；俞文农终究没回集美航海学校，而仍在福建省水产研究所工作。两人各得其所，倒也安然、泰然。

　　叶振汉的集美中学，以其占全集美学校一半的学生数，挺进集美标志性建筑：南薰楼、道南楼群；杨新容的集美侨校稳居南侨楼群，雄踞集美西侧，和集美中学及最东边的鳌园冲天的纪念碑，构成了集美靓丽的风景线。

　　财经学校，校长董益三，进入尚忠楼群；航海学校，由卓杰华主持，水产、水专、党政领导人夏继乔、刘惠生，稳住原来的地盘；集美小学，校长叶文佑，搬进三立楼，连成一片。三校和集美小学构成集美的后院。集美学校没有围墙，楼与楼之间由连廊相连，成为完整的一体。

　　航海学校的允恭等楼在烟墩山顶，地势最高。允恭楼前立着一根上了黄色

挂大喇叭的大桅杆　　　　　　　　　　　　　　（杨程　摄）

油漆的大船用桅杆,上有大喇叭。大喇叭每天早晨播放中央人民广播电台的新闻联播,人们可以听到国内外大事,从中感知政治气候,触摸阶级斗争的脉搏。

"树欲静而风不止……要横扫一切牛鬼蛇神……"1966年6月的一个清晨,校园的大喇叭播放着中央人民广播电台的联播节目。俞文农还住在航海宿舍,那天,他吃罢早饭,正准备出门上班。听到广播员那抑扬顿挫、充满强烈战斗气息的语调,他不觉一阵心跳。用这样声调播放的文章已经连续一段时间了,每次听到这种音调,他都不由自主地一阵紧张。看样子,上头又有什么大动作,又要搞大运动了。

以后,广播里不断出现一些过去没听说过的术语、名字,这些术语、名字也出现在报纸上,大小会议上,渐渐渗透到人们的工作和生活中。

在大喇叭的召唤下,航海校园里开始出现大字报,一种用毛笔写在纸上贴在墙上的文章,一种"新发明"。开始是一张,接着就好多张,接着就是一大片,矛头所向是一些有所谓"历史问题"的教职工,但还没指向俞文农;后来就出现了矛头对准校领导卓杰华等人的大字报,随之而来的是支持卓杰华等人的大字报,两种意见交锋。

于是,厦门市市委工作队进驻,表态;于是,出现攻击工作队的大字报;于是,组织集美其他学校师生到航海游行,开大会声援工作队;于是,争吵、揪打、伤人,出现史称"6·19"的事件;于是,省委表态,宣布工作队为"反革命",撤离学校,撤销卓杰华等人职务,新工作队进校……在这一串"于是"中,航海创造了多个全省第一;卓杰华是全省第一个在这次运动中被撤职的校领导。

航海停课。各校停课。

大鸣大放、大字报、大辩论成了随时可见的校园即景。小学生还背着书包上学校,教室还有朗朗书声传出。

8月19日,北京街头出现大规模的"破四旧"运动,砸文物、打人、抄家成为时尚的"革命行动"。此风借着广播喇叭吹到集美,年轻、热情、幼稚的学生开始想着如何紧跟伟大领袖,紧跟形势,紧跟潮流。陈嘉庚和陈嘉庚的鳌园进入他们的扫描范围。

——他可是伟大领袖赞颂为"华侨旗帜　民族光辉"的伟大人物呀!

——有这回事?即使有,也是过去。他是大资本家,这点难道还有疑义吗?天下乌鸦一般黑。即使他过去有过贡献,今天的革命也就是要革过去革过命的人的命。

——看看再说吧!先从别的地方动手。

——"一万年太久,只争朝夕!"再说,我们破的是"四旧",又不革他的命。你看,那鳌园内,什么《诸葛亮马前课》、《赵武灵王》、《现世报》,还有这个"公"那个"王"的,都是彻头彻尾、彻里彻外的封、资、修破烂货,都是百分百的"四旧",难道不该破?

——可是……

——没有可是。拿出《毛主席语录》……

那是8月下旬的一天下午,南国夏天正午酷热的暑气还未完全散去,集美社的村民上班的上班、做工的做工、上山的上山、下海的下海,多数人不在家。一群没戴袖章的"红卫兵",手拿大小不等的铁锤,既不喊"造反有理"的口号,也不唱"造反歌",悄然来到鳌园,进入游廊。他们在游廊的厢壁上架起梯子,挥起手中的铁锤,朝着他们认为是"四旧"破烂货色的石雕,砸去。说时迟那时快,手起头落,一锤一个,一时间多少个人头落地,多少石雕精品瞬间成了残缺不全的废物,成了这无知、狂热、盲从胡为的牺牲品。

正在拜亭乘凉的几位老人听到动静,立即过来阻止,有的回村子报讯去。集美族亲拿着锄头、蠔铲赶来,那些红卫兵跑了。他们直追到学校。驻校的军宣队怕事态扩大,一面将惹事的学生藏起来,一面向厦门市委第一书记袁改汇报。袁改得到消息,当即向国务院值班室请示。村民把学校的主楼围住,要求军宣队交出学生,并申明肇事者不出来,人不散;肇事者不出来就将采取进一步的措施。军宣队一再声明他们一定会处理肇事者,请大家回去。可村民就是不散。村民的行动是出于从内心深处对陈嘉庚的崇敬,这种崇敬容不得任何无礼,更容不得这光天化日之下的亵渎和破坏行径。

几小时后,总理办公室给厦门市委打来电话,传达周恩来的指示:"要说服造反派,暂时封存鳌园建筑物,待运动后期处理。"

厦门市市长李文陵随即带着周恩来的指示,赶到集美。李文陵传达了周总理的指示后,对大家说,周总理已知道这件事了。对肇事者政府会严肃处理的。鳌园绝对不会再被砸,请大家放心。

听了总理的指示和市长的讲话,集美村民们才慢慢散去。

为了预防不测,村民们还把一些石雕抹上泥巴,封存起来。

鳌园就此得到保护。这是周恩来继解放集美时保护集美的指示之后,第二次保护了集美的文化遗产。

几个学生的行动惊动了周恩来总理,这也许又是此次运动中的又一个全省第一。

此后,继陈嘉庚之后、星马著名的华侨领袖陈六使回梓省亲。陈六使已几十年没回故乡集美了,此次归来,身揣巨款,欲回报家乡父老呵护提携之恩。在集美只三两天,看到集美发生的一切,他在失望与痛苦中愤然离去。

陈敬贤夫人王碧莲听说有人要砸鳌园,便在儿子陈共存的陪同下,从新加坡赶回集美。她母子到敬贤堂,陈敬贤的遗像已经不见了;他们到鳌园,鳌园已依照周恩来的指示,封闭了。他们北上晋京去见周总理。总理对他们说:我们深切怀念为中国人民革命胜利作出重要贡献的嘉老,祖国不会亏待爱国华侨。

"造反"之初,30多个造反派代表,还有数百名学生到厦门市委造反,责令已在市委任职的张其华到集美学校敬贤堂接受问话。核心是"私立集美学校"的"私立"两字。集美学校自1950年开始,国家就给予补助,并且逐年增加,从经常费到基建费,从职业学校到整个学村。但国家始终没有接办,学校仍为"私立"。造反派高呼口号,要张其华表态把"私立"二字去掉。张其华坚持不举手。随后,"私立集美学校"牌子被砸,集美学校委员会被撤销。1979年9月,国务院侨办下文,重申"私立集美学校委员会的名称不宜改变"。此是后话。

与此同时,广播喇叭播放了红卫兵大串联的消息、报道,伟大领袖接见红卫兵。集美中等以上的学校学生都投入全国规模的空前大串联。乘车不要钱,吃饭、住宿、穿棉衣由各处的接待站解决。学生们以各自形式,抱着各种目的,离开学校,"到大风大浪中游泳去"。

集美各校校园空荡无人。只有小学生在街头巷尾打闹、斗殴,仿佛回到陈嘉庚50年前说的"蛮荒时代"。

各校的领导,此时称"当权派",叶振汉、杨新容、陈村牧、庄恭武、卓杰华、夏继乔、刘惠生、董益三、叶文佑及其他大字报点名的大大小小"当权派",在"对运动很不理解、很不认真、很不得力"的状态中上班、下班,惶惶然,不知听谁的。他们被监督劳动,他们手头的扫帚使校园卫生大有改观。

萨兆铃在南平深山中,也不得安静,扫地、监督劳动是难免的。俞文农不是当权派,还在水产研究所上他的班。

1967年2月,中央号召学生"复课闹革命"。此后,广播喇叭天天喊着"复课闹革命",但几乎没人响应。"闹革命"容易,"复课"难呀!"闹革命"就是揪斗"当权派"、"夺权"、打派仗、"文攻武卫",加上抓"牛鬼蛇神"。

叶振汉、陈村牧、杨新容、卓杰华、庄恭武、卢振乾、夏继乔、刘惠生、董益三、叶文佑等都先后被当成"牛鬼蛇神",关进"牛棚"隔离审查。倒霉的俞文农难逃厄运,从福建水产研究所被揪回航海关进"牛棚",交代问题。

叶振汉首当其冲,因为他是福建省首屈一指的中学校长,运动一开始就受批判。他几乎天天被揪斗,罚站、游街、挨打。起先,造反派批判他执行修正主义教育路线,随着运动的深入,就把他和王于畊、叶飞挂上钩,想从他口中得到打倒叶飞、王于畊的"炮弹"。叶振汉不管自己受多少折磨,绝不向上推诿,把责任往上推。造反派把学校里的积极分子、骨干骂成是"保皇派"、"红人"、"走狗"等等,要他对每一个人表态。叶振汉始终坚持说"×××是好同志"、"××是好人"、"有错误应该我负责"。为此,他不知受到多少拳打脚踢。

叶振汉在任期间,根据党的政策,给该摘帽的"右派"分子摘帽,发挥历史上有这样那样问题教师的作用。"文革"中,这成了他的一条"大罪状",重用"坏人"。叶振汉坚持原则,宁可自己吃苦头,也不胡说八道殃及无辜。

叶振汉在"文革"中吃尽苦头,但广大正直的教职员工始终站在他一边,从精神上给他支持和鼓舞,尽可能在生活等方面关照他。当造反派揪斗叶振汉时,有的工人就自发地戴上红袖章,站在他身边。要是哪一个敢对他动手动脚,他们就挺身而出,把动手的人推开,教育他们"要文斗不要武斗"。

叶振汉在"牛棚",身体消瘦,厨房的工人悄悄地把鸡蛋塞到他的饭下,让他增加营养。更重要的是表达他们对他的关心和慰问。

一次叶振汉发高烧,造反派不给水喝。一个工人得知后,穿上借来的电工服,戴上电工帽,把水带给他。

一位曾被打成右派的教师,摘帽后被下放到农场劳动。他多次想法接近叶振汉,想拿自己的经历和感受开导他,请他放开心。没想到,叶振汉比他还想得开,对他说:"参加打扫卫生之类的劳动,比整日关在'牛棚'好得多。"他还勉励他任何时候都不能放松学习。他说"物极必反","大乱之后必有大治"。看到看管的人来了,叶振汉示意他赶快走开。

叶振汉在"文革"中被禁闭整整6年,直至1972年7月,才被宣布"解放",调离集美中学,8月,调厦门第五中学,协助党支部抓教学工作。

在"牛棚"里的陈村牧虽然受尽辱骂、恐吓,但仍挺直着腰杆,俨然一只昂首天外的仙鹤,从不因自己所处的逆境而低一下头。

陈村牧于1937年抗战前夕临危受命担任集美学校校董,为陈嘉庚管理集美学校,为此,担任了国民党三青团职务,但早已于1940年全部摆脱;他还兼任国民政府民意代表、省参议员,但1946年拒绝参加党团登记,也一概放弃。新中国成立后,他带头在千人大会上作检查,说清问题,宣布与旧政权有关联的历史彻底决裂。

[七]1963—1983　调整停课　恢复发展

其实,陈村牧早在新中国成立前夕就与国民党势不两立了。厦门解放前夕,陈村牧作为闽南以至南洋教育界有相当知名度的集美学校校董,早已进了国民党胁迫去台的人员名单之中。特务几次威逼利诱他去台,都被他凛然拒绝。为了躲过特务的魔掌,在集美小学校长叶文佑的安排下,陈村牧匿居在集美幼稚园的葆真楼顶棚上。一家人轮换给他送饭,女儿张仰仙负责观察动静。

国民党飞机对集美的"双十一"轰炸,集美师生的鲜血更让陈村牧擦亮了眼睛,更坚定了他为新中国尽力的决心。

在清理阶级队伍中,陈村牧进了"牛棚"。他的罪过之一,是他是金门人,属于危险人物。

其二,他有一把蒋介石赠送的"中正剑"。其实那是1940年,陈嘉庚回国慰劳路过陵县时,当地一位铸剑名匠仰慕陈嘉庚之英名,特地铸赠他的。陈嘉庚把此剑交集友银行,后藏于华侨博物院。造反派偷梁换柱,移花接木,陈村牧莫须有地有了第二条罪状。

其三,1937年蒋介石在庐山召开社会贤达座谈会,陈村牧作为陈嘉庚创办的集美学校的校董应邀参加。在大会的纪念品中,有一帧蒋中正的相片。造反派勒令陈村牧交出这照片,否则,就是另有图谋。这条罪状确实不是冤枉他陈村牧。而陈村牧却有说不明白的苦衷。因为在发纪念品的时候,陈村牧发现自己的名字被写错了,当即退了回去,没再要回来。

其四,他担任集美学校校董几十年,兼任诸如集友银行代理董事长等流着油水的要职二十几个,他能没钱,家里能没有黄金?他遭无数次的抄家,名是找"罪证",心照不宣的是找黄金。造反派逼着陈村牧交代黄金的去处。陈村牧说:"如果找到黄金,我全部吞下!"

陈村牧和杨新容、集美元老林鹤龄,还有杨飞岚等两个"黑帮"教师、两个"黑帮"学生关在一起。陈村牧全身浮肿,老眼昏花。他视网膜曾剥离过,经治疗视力虽有所恢复,但每况愈下。每天,都有人来找他外调,写证明材料。他有时连字是不是写在行上都看不清。来外调的人强迫他按他们的口径出具证明,他绝对不昧着良心说话,不出假证明,不在假证明材料上签字、按手印。他们把他的头按下,一松开,他又昂首挺胸。他趴着写出八九百份的旁证材料,没一份提供坑人的假证明。像过去保护爱国师生、革命师生、中共地下党员一样,陈村牧又以他刚正不阿的人格保护了多少干部和群众,而他为此吃尽苦头,作出了巨大的牺牲。

陈村牧在牛棚里蹲到林彪折戟沉沙,批判极"左"思潮开始的时候才被放了出来。当他走出"牛棚"的时候,他步履艰难,但他的脊梁仍然是直的,头是高昂着的。

杨新容在那狂风暴雨中,无辜遭受残酷的迫害、人身的诋毁,导致心脏病、肾病并发。在"牛棚"里,他几次昏迷,生命垂危。但他一清醒,仍然忍辱含垢,忧国忘身,忘怀得失,无怨无悔,令旁人为之动容,暗自鸣咽。

俞文农是1969年从省水产研究所被揪回来"审查"的。他的罪名是所谓以"黄文沣为首的1962年里应外合配合蒋帮反攻大陆的厦门点黑会"的成员。俞文农是活着进牛棚的,死后被草草掩埋在荒郊野冢之中,家人连他最后一面都没看到。他的妻子儿女哭干眼泪,双手扒着他坟头的黄土扒出血来,也难再见他的音容笑貌。他于1969年4月12日被无辜迫害致死,命终之时还只有56岁。他在牛棚是怎么死的,至今没有人说清。是说不清,还是不敢说清?天晓得!

1979年11月4日,由厦门市政协、厦门市统战部、厦门市教育局、厦门市水产局、福建省水产研究所、集美航海学校、集美水产学校等七个俞文农校长工作过的相关单位共同组成的治丧委员会,在厦门市政协大礼堂举行俞文农同志追悼大会。悼词说:"现已彻底查清,所谓的以'黄文沣为首的1962年里应外合配合蒋帮反攻大陆的厦门点黑会'是'四人帮'一手策划制造的一起把矛头指向敬爱的周总理、从中央到地方的大冤案、假案的一个组成部分。俞文农同志是此冤案、假案的受害者之一。现在,此冤案、假案从中央到地方均已彻底平反。"

黄文沣,集美学校水产部2组学生,陈嘉庚早期出资派往日本留学的水产航海专才,1940年陈嘉庚回国慰劳回福建路经江西时,他陪同参观。新中国成立后,任集美水产学校校长。黄文沣后任福建水产研究所所长,是俞文农的顶头上司,又都是莆田人。在那个疯狂的年代,任何一点相似都可能成为受株连的"线索"!

经过两年的"革命",集美各校家在农村的学生早已回乡,家在城镇的学生和家在国外的侨生于1969年开始"上山下乡"。1969年2月至10月,仅集美中学上山下乡的学生就有1781名,其中1966、1967、1968三届的毕业生1522名,同期归国的侨生259名。他们呼着口号,在喧天的锣鼓声中,笑着离开学校,到农村安家落户,去接受充满痛苦、磨炼、泪水甚至屈辱的"再教育"。

学生走了。接着,学校也一所一所地停办。

1969年秋,福建财经学校下放给厦门代管,1970年秋,学校停办,教职员工下放各地。

集美水产专科学校和福建水产学校,两块牌子一套人马,于1970年10月停办,教职工部分安排到厦门市的学校或企事业单位工作,部分下放到闽西、闽北劳动;校舍全部转作他用,校产、仪器设备、图书资料全部散失。

集美航海学校于1970年春由交通部下放给福建省,同年,学校被撤销,部分并入厦门大学。撤销的公文是一纸用毛笔写的便函,连文号都没有。航海学校的教职员除小部分转入厦门大学外,多数下放到中、小学及其他单位,有的下放到龙岩煤矿。黄色桅杆上的大喇叭不响了。

福建轻工业学校于1970年停办,校舍被占用,仪器设备、图书资料散失殆尽,125名教职工大多数被下放到闽北、闽西山区劳动。萨兆铃丢了校舍、丢了地盘,最后在遭受无休止的批斗后,连队伍也四散凋零了。他还有梦吗?

集美华侨学生补习学校有幸和集美小学、集美中学一起维持了下来。但不到一年,最终还是于1971年停办,校舍被占光,设备被分光,教职工走光。

造反,革命,批判,斗争,夺权,文攻武卫,乱哄哄"你方唱罢我登台",到头来,"落了片白茫茫大地真干净"。

44. 复　苏

航海黄色桅杆上的大喇叭是什么时候再度响起的，人们说法不一：一说是1972年6月；一说是1973年秋季。各有其理，各有其据。

说是1972年6月，是因为当时厦门大学收编了原集美航海学校部分教师，设立海洋系航海专业，在原集美航海学校校址开办了第一期短期训练班，为上海远洋分公司培训船员，驾驶班30名，轮机班30名。既然有了学生，大喇叭就应该响起。

说是1973年秋季的，首先认为，60名学员的培训班规模太小，用不着大喇叭；再者，当时学校的几座楼分别被几个单位占用，家具被搬光，连大操场也被当成取土场，被挖几米深，根本没有条件响喇叭。此后，根据周恩来总理主持下制订的第四个五年计划，在"四五"的后三年，即1973—1975年，中国远洋船队要有大的发展，要增加百余艘万吨轮，迫切需要培养大批远洋船员。厦门大学海洋系

航海学生在做旗语操

航海专业又办了第二期培训班。于是,应时代之需,厦门大学成立了航海系;1973年8月,厦门大学航海系又改办集美航海学校,由交通部远洋运输总公司领导。秋季,复办的集美航海学校第一次正式招生,招收工农兵学员120名,驾驶两个班,79名;轮机一个班,41名。学校开展正常教学,早晨出操,敲钟上课,一切按正规教学进行。大喇叭到这个时候才再度响起。

这大喇叭之声是集美学校复苏的信号,是集美学村肃杀严冬即将过去的通知,是万紫千红的育人之春到来之前的召唤。

其实,集美春的信息来得比这早。早在1971年9月,原集美的学校正在一所接着一所关门的时候,上海水产学院就来到集美。中央决定该院迁出上海到福建,归福建省领导。福建省政府决定让其落户厦门,在原福建水产学校和集美华侨补习学校的校址继续办学,更名厦门水产学院。对一所上海的高等学校说来,迁出上海到福建的厦门集美,就如同集美的学校迁到南平、龙岩一样,已经是"下放"了。

1973年,福建省财政厅收回在集美的福建财政学校校舍,复办福建省财经学校。姚颂先为党的核心组副组长,负责复办工作。

1974年1月,福建省轻工业局党组任命原"福建轻工业学校"校长萨兆铃为"福建轻工业学校临时党支部书记",负责学校复办事宜。萨兆铃"去新野,走樊城,败当阳,奔夏口"之后,始终没有忘记他对校主陈嘉庚发的誓,没有放弃他的"集美梦",终于等来了时机。他负责复办轻工业学校,名为复办,实是重新筹备。

省轻工业局给学校拨65万元专款买下原厦门纺织厂半工半读学校的校舍,总建筑面积8024平方米,并征用周围的部分土地。校舍买是买了,但纺织厂的工人和家属住着,人家说"你总不能叫他们到大街上住吧?"萨兆铃也无可奈何。经过多方协商,学校费了九牛二虎之力,才搞到1002平方米的办公用房和77平方米的学生宿舍,只有应收回的1/8。学校的教学、办公、用膳、住宿、实习场所都十分拥挤、简陋。萨兆铃处处以身作则,吃苦在先;他对教工、学生十分关心、体贴,师生也很体谅学校的困难。上下同心,闯过了一道道难关,学校天天有新的起色。萨兆铃把学校搬回母校怀抱的愿望实现了。

1974年6月,福建水产学校复办,秦嗣照负责。因为学校原来在集美的校址已经由省革命委员会拨给上海外迁落户集美的厦门水产学院,所以,水校得另找落脚之地。1974年9月,学校借用福州树兜两个仓库作临时办公地点和校舍,以后,南迁厦门,借用东渡渔港一栋楼房为临时校址。他们以"竹棚作课堂,马路当操场",因陋就简,一边开学上课,一边参加学校新校舍的建设。

集美义顶山上，有一座犹如军舰的建筑，最高处就像舰桥上的驾驶台。那是陈嘉庚亲自选址、亲自督建的福建航海俱乐部。1974年，福建省体委在此创办了福建体育学校。慕香亭为党政总负责人。

集美各专业学校和侨校关门之后，集美仿佛又经历了一次抗战内迁，热闹的学村只剩下一片死寂的空房。水产学院的出现无疑给学村带来了生机。更何况水院的教工中，有不少上海人，他们口袋里的钞票比起当地人来可是"大大的有"，卖海蛎、螃蟹、鱼虾的生产队的社员见到这样的主顾，当然格外高兴。另外，水院一落户，就盖起宿舍楼，里面是一色的新式套房，那都是集美过去所未曾见过的。水院给集美带来了一股清新的现代气息。

水产学院对面的集美航海学院来了一批又一批的培训班学员，前几批都来自上海远洋分公司的，多数是上海、江浙一带的人。他们和水院的不少教工及家属是同乡。于是，在街道上、菜市场上就能时时听到轻音乐般的吴侬软语。这话语对听惯了侨生说的"番仔话"而又久违了的集美人来说，似乎也是一种新的补充。

以后，中国远洋运输公司下属的广州远洋分公司也派学员到航海学校培训。培训班的学员都是跑远洋的海员，工资是岸上工作人员的好几倍，而且每年还可免税带"几大件"电器，还有"大中华"香烟，最差也是上海"牡丹"。这在当时中国的任何地方都是叫人垂涎欲滴的，更不用说连买一包"海堤"牌香烟都弄不到票的当地人。在他们的眼里，这些船员和华侨一样都是"天外来人"。

对于航海学校的教师说来，远洋船员也给他们带来不小的刺激。他们在与学员的交谈中，了解了不少外面世界的情况，也有了到外边走走看看，开开眼界的念头。于是，他们接过上头发出的"开门办学"的口号，以批判"修正主义"教育方式为理由，要求到生产第一线去和实践相结合。他们去了，在远洋船上看到许多新设备，学到许多新知识、新技术，了解到世界航运界的新动态，眼界大开。他们以新的眼光审视学校的教学方式、教学内容，对教学改革有新的、更切合实际的想法。他们的新思维最先在教学内容上体现出来，删掉过时的，补充最新的。这是最实际的，也是最容易办到的。他们在远洋船上，吃到了面包、白塔，抽到了名牌烟，喝到了"可乐"，思想方法和政治观点也产生了变化。他们回到学校，还有点"手随"，周围的人也都刮目相看，喜欢听他们讲船上和外边世界的新鲜事。但，他们知道什么可讲，什么不可讲，多数人三缄其口。

1975年集美航海学校党委成立，王彬任书记，叶振汉、尹一民为副书记，卓杰华是七常委之一。

[七]1963—1983　调整停课　恢复发展

黄桷杆上的大喇叭天天响着,不断变着口号,从"反右倾回潮"到"批林批孔",从"丙辰天安门事件"到"批邓反击右倾翻案风",没一天消停。讨论会、批判会停日没停周。上级甚至发文,给陈嘉庚为陶冶学生情操按古代圣人的标准命名的、航海学校的五座楼的楼名"即温楼"、"明良楼"、"允恭楼"、"崇俭楼"、"克让楼"戴上"封建主义"的帽子,明令废除,因为这些楼名连起来就是"温良恭俭让",是"孔老二贩卖的精神鸦片"。学校按指示把五座楼用阿拉伯数字按次序编号,分别叫一号楼、二号楼……上级机关竟然下文废止几座楼的楼名,如此小题大做,如此折腾有意思吗？学校里,热衷于这类"破事"的人少了,对"阶级斗争"的兴趣降低了。多数人都在想一个问题:这么闹下去何日是个头？中国什么时候实现现代化？中国人什么时候能够过着人样的生活,不再用羡慕的眼光去看别人？

集美幼儿园、集美小学早就复课,1969年春季恢复招生。中学按照毛主席"学制要缩短"的指示,实行两年制,1973年就有初、高中毕业生。1974年,学校改变春季招生的做法,恢复秋季招生。

1973年,厦门市教研部门派王毅林到集美中学主持校务。王毅林是集美中学的校友。他于1941年在内迁南安的集美中学加入中国共产党,以后,经历了长期复杂的斗争,辗转南北,1957年回厦门工作,曾任厦门一中党支部书记兼校长。王毅林到集美中学时,社会上乱象环生,学校的教学秩序混乱。媒体上,交白卷成了"反潮流的英雄","不学ABC照样闹革命"成了学生拒学的理论根据。学生安不下心,厌学现象严重,教师莫衷一是,一筹莫展。为扭转这种局面,王毅林把工作的重心放在恢复集美中学的优良传统上,把注意力集中在恢复学校正常的教学秩序上。

他采取多种措施,其中有四项特别可圈可点。

第一,他给同学们讲陈嘉庚倾资兴学的故事,讲集美学校的传统。他反复宣传、反复强调陈嘉庚"没有文化就会受天演之淘汰"的名言。说这些话在当时的政治背景下,是要冒诸多风险的,别人随时可以从任何角度向你射来毒箭。

第二,他把陈村牧从不公正的待遇中解脱出来。陈村牧是集美学校30年代到50年代的老校长、老校董,他在集美学校最困难的时候,领导全校师生员工,在广大集美校友的帮助和支持下,把集美学校维持下来,使之弦歌不辍;集美学校的存在和发展他功不可没。1973年1月侨校解散,王毅林把陈村牧调到集美中学,安排他在图书馆工作。

第三,拨出延平楼和黎明楼等地方,安置曾在集美中学或集美侨校工作过的、获准从"上山下乡"的地方回校的教职员工,使他们居有定所,生活有着。

第四,多方努力,帮助57名已毕业、一时又找不到工作、侨汇中断的侨生解决生活和工作问题。

这些措施让人们看到久违的正气和传统,感受到社会长期缺失的同情和爱心。这些措施对人们精神上的影响和心里的震撼是无形的,但是强烈的、持久的。通过这些措施和其他举措,王毅林成功地把集美中学一步一步地带上正常的、健康的发展轨道。

在那"人妖颠倒是非淆"、"人人自危"的时代,提出并实施这些措施不仅需要有一颗赤诚的心,而且需要有敢于冒险、敢于担当的胆量。这样的事别人是干不了的,唯有他这样的老革命,受过陈嘉庚精神熏陶,又受过党多年教育的老革命、老校友才干得出来。

1976年的国庆节,对于每一个关心国家前途和命运的中国人说来,内心的感受也许是最复杂、最说不清的,咸酸苦辣甜五味皆有。在一阵阵叫人撕肝裂肺的哀乐声中,人们在泪水中先后送走了三位开国元勋;人们又在震耳欲聋的鼓乐声中欢庆打倒"四人帮"的伟大胜利。国庆之夜,当人们看到天安门城楼上没有了所熟悉的身影,看到的是身材魁梧的"英明领袖",而没有人们所期待的"绵里藏针"的邓大人,对祖国的前途不免多了一份忧心。

那一年的集美,为总理举行追悼会受监视,不慎对新领袖说句失敬的话提薪被除名。但在走廊上,在饭桌旁,人们还是三三两两议论着,说着他们心里想说的话。

有人用手势示意:"隔壁有耳。"

"说你的,怕什么?他要敢去报告,我们就一口咬定:是他说的。"

……

"备课去。明天还有课。不要误人子弟。"

没有几年前的狂热,只有忧国忧民的深思、胆识和机智,还有为国家、为民族负责的自觉。

[七] 1963—1983　调整停课　恢复发展

45. 航海家的摇篮

随着船长发出的一声声船令，停泊在厦门与集美之间石湖山海域的 6000 吨远洋船"海智"轮（Sea Sage），烟囱冒出一股淡淡的轻烟，沉重的铁锚出水，船开始慢慢地向着北边集美方向移动，开到集美锚地，停泊下来。这一天是 1978 年 4 月 21 日。这是一艘退役的远洋船，经交通部批准，由远洋局拨给集美航海学校，做教育实习用船。这船以后改名"育志"，长期停泊在集美锚地，作为直观教学基地使用。

早在 1976 年，交通部远洋局就拨给集美航海学校 6000 吨级轮船一艘，名"泰山"轮。这船一接手，就交给福建省航运管理局使用，条件是省航运局要负责安排航海学校师生到该局所属的船舶实习。这船名义上属于集美航海学校，实际上没有在集美露过脸，除了上船实习过的师生，集美很少人知道它的存在。集美航海学校自从划归交通部远洋局领导之后，远洋局领导对学校的发展很重视，除了拨款建校舍外，还拨了大小不等的多艘实习船，学校建立了船队。

航海学生上船实习

"育志"轮不久就被拖离集美当报废船舶处理了。但在集美航海学校的所有船舶中,没有一艘船像"育志"轮那样留下永恒的纪念。

首先,这艘船进入当时的厦门港口,就是一个不小的轰动。因为,在此之前,厦门至集美水域没见过这么大的船,厦门航运单位也没有过这么大的船。当这船的洋船长把船交给航海学校的时候,厦门海事部门的领导都到场了。到这条报废的船上参观的领导和职工无一日中断。"育志"轮成了集美新的一景。"育志"轮给那时的厦门人开了眼界,厦门人对"育志"轮也给足了脸。

那时候,西安电影制片厂在拍一部故事片《血与火的洗礼》。这是以红军医生傅连璋为原型的故事片。影片的开头,主人公高逢春(陈少泽饰)和女友何莉(温毓君饰)从英国留学归来,在船上谈论救国问题。这场戏就在"育志"轮上拍摄。1978年,那是中国大地复苏的年头,能成为电影的拍摄场景那是无限荣耀的事。学校不仅欣然同意提供场所和群众演员,还热情接待,把船上的剩余食品拿出来招待。在演职人员大快朵颐的同时,前来看热闹的有身份的人物在享了眼福之后,也大饱口福。他们议论得最多的是炸鸡翅。他们不明白外国人为何如此奢侈,一只鸡只吃两个翅膀?

因为拍电影,"育志"轮着实火了一把。电影上映后,又风光了一阵。电影为"育志"轮留下了永久的记忆。有这福分的船舶是屈指可数的。

"海智"轮是在航行中突然接到公司的电报,卸货后不再装船,立即开到厦门交给集美航海学校的。因此,船上的各种日用物资都比较充足。又因为是报废的船,船上的用品都可当废品处理。于是,学校领导决定,船上的锅碗瓢盆、毛巾牙刷肥皂等卫生用品、纸张文具都按人头分发给各单位职工,象征性地收点钱。穷得可以的教职工们,就像土改时的贫雇农分到地主的浮财一样高兴。消息传出去,经过反复放大,"育志"轮又火了一把。这些东西,其中的消耗品,早就不见踪影了,就是耐用物品,如钢精锅、不锈钢餐具,经过这么些年,不报废也更新换代了,真能留下的也可以送到博物馆珍藏了。

"育志"轮留下的一个永恒纪念是如今集美大学航海学院南大门上坡的那段水泥路。那是用"海智"轮舱底打扫出来的水泥铺成的,那是集美第一段水泥路。这段路记录了一段值得怀念的历史。

这些事都是在王彬任航海学校党委书记时发生的,或在王书记领导下进行的。

船上有一台彩色电视机,拿下船后放在学校会议室,学校还特地做了一个木盒子用锁锁起来,钥匙就放在王书记口袋里。集美好些小孩都知道航海学校有

[七]1963—1983　调整停课　恢复发展

大彩电。当他们看到王书记吃过晚饭往学校走时,就成群结队地跟在他后面来到学校,走进会议室,站在王书记背后,或趴在窗户上看那难得一见的电视。

集美航海学校在许多方面都是集美之最。

1978年11月,集美航海学校经国务院批准,改办大专,定名集美航海专科学校,直属交通部,成为我国培养高级航海技术人才的三大基地之一。1960年2月,时任福建省省长的叶飞到医院看望陈嘉庚,谈到陈嘉庚提出的发展集美航海学校的问题。那年的上半年,在多次的信件往来中,陈嘉庚和叶飞就创建集美航海专科学校的问题已进入细节商讨。集美航专的创办,实现了陈嘉庚的一个梦想。

集美航海专科学校成立后,叶振汉就是实际的领导人,虽然他一直到1980年10月才正式被任命为校长兼党委书记。叶振汉是一个很讲究实际的人。1978年全国恢复和增设的普通高等学校有169所,交通部有3所,只有集美是从中专升为专科的,其他两所都是从中专升格为学院。当时叶飞任交通部部长,据说,他也主张集美航海学校一步到位,升为学院。而叶振汉认为,办学要一步一步来,学院和中专有很大的差别,先办专科过渡一下,待条件成熟再办学院。

集美航海专科学校建立后,叶振汉首先提出的是,要把最后一届中专毕业生按质按量地送出校门,要求所有的教研室主任都要亲自担任毕业班的课。他抓住社会上知识分子还不吃香的短暂时机,指示人事处处长吕和俭到各处搜罗人才,充实队伍,为学校日后的发展打下了很好的根基。针对当时多位业务骨干生活上的困难,他让人事处在学校办托儿所,给他们的家属安排工作,分房子不受家属户口限制。80年代初,上头有个文件要清退临时工。按照这个文件的精神,学校多位教学骨干的家属都得被清退。叶振汉一方面组织传达文件,一方面找人想办法把这些家属留了下来。他是个爱才领导,他认为人才是办好学校的根本。

叶振汉做的另一件大事是筹备庆祝集美航海专科学校60周年校庆。他想通过校庆,光大由于"文革"而蒙尘的陈嘉庚的形象,发扬集美学校的光荣传统,并以此凝聚海内外的力量,把学校办得更好。70年代末80年代初,"校庆"这个词如果不是已经从人们的记忆中消失了的话,那也是已经十分淡漠了,30岁以下的一代人根本不知道"校庆"为何物。校庆把集美航海专科学校冠以"陈嘉庚创办的"的定语,在"文化大革命"十年浩劫之后,意义不同寻常。重提陈嘉庚这个名字,有振聋发聩的效应,在海内外校友中激起强烈的反响。他们仿佛在经过百花凋谢的严冬之后,听到惊蛰的第一声春雷,感受到春的气息,看到祖国复兴

235

的希望。校庆的倡议得到了海内外的一片赞同和支持。交通部、福建省、厦门市也都将其作为一件大事来抓，专门成立了以厦门市市委书记、市长吴星峰为组长的领导小组，叶振汉是副组长之一。方毅、廖承志等中央领导为庆典题词。

这是集美航海专科学校60年来的第一次校庆，也是"文化革命"之后集美，甚至是福建省，甚而至于是全国第一次校庆。这一切，如果没有陈嘉庚，绝对不可能。

校庆期间，包括校庆之前的准备阶段和校庆之后的反响时期，说得最多、听得最多的一个词是"校友"，特别是"香港校友"。

香港校友为学校的每一位教职员工赠送了一套做工精致的蓝色的中山装，女教工是小翻领的制服。筹委会编印了一本画册，校友捐款在香港印刷；还特别设计了一个徽章，此徽章是一个艺术变形了的深蓝色的铁锚叠在一个红色的近乎四方的菱形之上，相当好看，这徽章和集美学校的徽章一起，制成同样大小可以别在胸前的徽章，老校友见了，爱不释手。这在当时都是破天荒的。

庆祝大会在福南堂举行。主席台的正中悬挂着校主陈嘉庚的巨幅油画像。那时的福南堂是陈嘉庚建造的福南堂，可容四千多人。二楼的后部和两侧都可坐人。师生穿着各自的制服，学生一色的白色大盖帽，整齐划一，威武雄壮，那气势特别令人震撼。学校的铜管乐队，演奏着《集美学校校歌》，那旋律、那节奏在集美的上空回荡。来自全国各地和港澳的校友两百多人，在乐曲声中走进会场。乐曲激起他们对往事的无限回忆。

他们是校友的代表，他们是一部航海学校的历史。他们代表着集美航海60年来培养的4200多位毕业生，和2000多名远洋培训班的学员。在代表中，有蜚声中外的香港著名实业家庄重文，在没有来的校友中，有曾经担任过世界最大、最豪华的邮轮"伊丽莎白皇后号"船长宣伟。据不完全统计，当时单就香港一地，在166位集美航海校友中，有总船长12人，船长71人，企业经理20人。香港航运界称集美航海是"船长学校"。

集美航专校长叶振汉在会上致辞，缅怀陈嘉庚先生兴学的丰功伟绩，对来宾校友表示热烈的欢迎，回顾了学校的办学历程和成绩，提出今后的发展目标。他特别欢迎居住在国外和台湾的校友回母校参观访问，进行学术交流。

福建省副省长张格心，厦门市市长吴星峰，交通部教育局局长陈新丰，香港招商局副总经理周吉，香港校友代表团团长庄重文、副团长林一瑜、校友代表山东海洋大学教授沈汉祥等在会上发表了热情洋溢的讲话，赞扬陈嘉庚先生爱国兴学的精神。

[七]1963—1983　调整停课　恢复发展

　　大会没有"校主陈嘉庚"这个提法。可是校友见面,最令人感到亲切、令人感动激奋的莫过于听到彼此口中说出的"校主"、"校主陈嘉庚"这样亲切的称呼,最令人感动快慰的莫过于看到"陈嘉庚先生创办的集美航海专科学校"这样的标语。看到大会主席台上陈嘉庚的画像,好多校友就像看到久违的亲爹娘一样,热泪盈眶。在大会发言中,在座谈会上,人们听得最多的是"陈嘉庚先生爱国兴学的精神","陈嘉庚先生倾资兴学的光辉业绩"。经过拨乱反正,"文革"中被颠倒的是非终于又颠倒过来了,旗帜在更高地飘扬,光辉将永远地高照。

　　庄重文的心情特别激动。这是他自1928年被开除之后近50年第一次回母校。那时,他因参加抗议日本人制造山东济南惨案活动而被当局驻校的冷教练开除。重访当年上课的教室、住过的宿舍,他无限深情地回忆起当时在校的生活,回忆起他离开学校后到新加坡在校主陈嘉庚为主席的福建会馆创办的学校工作的情况。

　　他特别讲了1950年在香港见到校主的情景。他在新加坡得知,校主陈嘉庚在济南惨案之后积极组织华侨募捐救济受难的同胞,他断定自己的被开除校主一定不知道。他在那次见面中对校主陈嘉庚说到此事。陈嘉庚说:"还会有这种的事?你为什么不和他们讲理?"

　　庄重文为母校取得的成就感到特别骄傲。他如数家珍地给大家讲了海内外校友的成绩。他说在过去的60年中,集美航海培养了300多名船长,60多位轮机长。他说:1950年香港招商局起义,13艘轮船驶往国内,其中有许多人是集美校友。他列举了在国外、在香港、在台湾,还有在内地航运界杰出的校友。他能叫出他们的名字,担任的职务,在校的组别。他把母校的成绩看成是自己最值得骄傲的成绩,是他崇敬的校主陈嘉庚不朽功绩的一部分。

　　校庆之前,学校发出《寄台湾校友书》,信中说:"让我们继承陈嘉庚先生的爱国精神,发扬母校光荣的爱国传统,顺乎历史的潮流,并肩携手,共同努力,促进台湾和祖国大陆通邮、通商、通航……为祖国统一大业作出应有的贡献。"

　　校庆期间,校友们在敬贤堂举行座谈会,在归来堂举行茶话会。73岁的老校董、新任集美校友会理事长陈村牧主持茶话会并讲话。

　　74岁的老校友陈维风得悉校庆的消息,不辞辛劳,远道而来,见到200多名回母校的新老校友,听到几十年未听到的校歌,激动得泪花在眼眶里打转。他没有力气唱歌,却情不自禁地打起节拍来。官宏光、陈武博、白力行等校友纷纷发言。他们说:母校是我国最早培养航运人才的学校之一,是抗战时期仍坚持办学为数极少的航海学校之一,母校是全国三大航海人才培养基地之一,"航海家的摇篮"的美誉母校当之无愧。

校史展览上,许多校友找到了毕业照上的自己。找到自己在母校怀抱里的位置,他们感到格外的舒坦与安慰。

校庆当晚,福南堂表演了丰富多彩的文艺节目,著名的歌唱家蒋大为等为校庆一展歌喉。

校庆期间,集美举行了自"文革"以来第一次龙舟比赛。自陈嘉庚定居集美的1950年到他身患沉疴去世后的1963年的13年间,集美学校举行了12次龙舟赛,陈嘉庚多次亲自主持。

校庆过后的一天晚上,在两年前落成的八号楼的最高层,举行了电视放映专场。这是一次非正式的活动,可是吸引了许许多多人前来观看。电视片是航专电教室自己制作的电视片《航海家的摇篮——集美航海专科学校》。航专电教室前面的大凉台上,投影的电视屏幕显现着一个个人们熟悉的场景,一座座建筑,一张张熟悉的面孔,每个观看的人脸上都现出神奇而不解的神情。"真神,航专自己拍的电影!""航专能自己拍电影,好厉害!"他们说。

这是用香港校友赠送的电教设备拍摄、播放的电视片。这在当时的厦门市绝无仅有,连厦门广播电台都前来参观。校友赠送的还有电教听音设备,那也是领导厦门甚至福建新潮流的。

集美航海专科学校60周年校庆重提陈嘉庚是学校的创办人,重申"诚毅"校训,重唱《集美学校校歌》,此外,还创造了多个第一,有厦门的,有全省的,还有全国的。

[七] 1963—1983　调整停课　恢复发展

46. 根深叶茂

　　陈村牧让会场的服务人员扶着走下主席台的临时木台阶，彬彬有礼地向他们点头道谢，示意自己可以走了。他挂着拐杖，挺直腰杆，昂首走出会场，多位领导、校友尾随其后，随其左右。他是以集美校委会顾问、集美校友会理事长的身份出席集美航海专科学校 60 周年庆典的。

校友在陈嘉庚墓前

几个月前,他还在集美中学图书馆书库当管理员。1972年,因为得到王毅林校长的关照,他被转移到集美中学图书馆工作。那时的图书馆简直是一个废品收购站,书籍狼藉,蒙着厚厚的一层尘埃,许多图书残缺不全。他整天在那里修补破损的图书,重新编制目录。1976年,为了让第五儿子"补员",他申请退休。领导批准他的请求,但希望他留下来帮助新的管理员。陈村牧欣然同意,又每天埋头于图书整理、修补工作。按规定,他每月可为此领取50多元补贴,但他分文不取,且乐此不疲。当领导找他谈话,请他出山做校委会和校友会工作的时候,他觉得颇为意外,可一点没有喜出望外的表现,他显得非常淡定,眼前发生的事就像平时领导调换他的工作一样。

复出之后,陈村牧还兼任中国农工民主党厦门市副主委、福建省金门同胞联谊会顾问、福建省政协常委、厦门市人大常委,他已经是一个德高望重、举足轻重的人物了。

然而,陈村牧是一个历经半个世纪风霜的人,他荣辱皆忘,毁誉不惊,心静如水。在别人看来,他是一天一世界,昨天在地狱,今日在天堂。可在他眼里,"牛棚"、书库和办公室,不过是个安身立命的地方,条件不同,处境不同,境遇不同,可为人的准则是一样的。

他现在要做的是,发挥自己的优势,以陈嘉庚先生爱国爱乡、爱国兴学的精神,广泛联络校友,争取海内外校友为学校的发展服务,为祖国四个现代化建设服务,为祖国的统一大业服务。

集美校友会恢复活动后,陈村牧就四处奔走,联络各地校友,发动校友成立校友联络处,进而成立校友会。陈村牧到泉州,曾国杰等校友觉得喜从天降,热情接待,他们对陈村牧等提出的建立泉州集美校友会举双手赞成,并商量了具体步骤,作为第一步,就像永春那样,先联络一些校友,成立泉州集美校友联络处,然后再过渡到校友会。惠安等地也可以这样办。1982年12月泉州校友联络处成立,不久,泉州集美校友会正式成立。

早在1981年集美校友会恢复活动不久,陈村牧就以集美校友会的名义在《集美校友》上发布了《致海外校友书》,希望海外校友在方便的时候回母校参观访问,并保持与母校、与集美校友会的联系。香港集美校友积极响应,于1981年12月11日成立了香港集美校友会有限公司筹备处,资深校友庄重文、林诚致、曾星如分别担任会议主席。经过一年的筹备,筹备处成员从14人发展到37人。

陈村牧想,东南亚,以至世界各地,到处都有集美校友,集美校友会亟须加强与各地校友的联络。香港是联络世界各地校友的枢纽,建立香港集美校友组织尤其必要。1982年8月,陈村牧应香港校友邀请,率领集美校友总会访问团访问香港。访问团共8人,其中有陈夫人傅丽端,校委会主任张其华,还有林诚志、柯栋梁等。

陈村牧一行一走出机场的出口,在那里久候的香港校友一见到他们,就如同小孩一样,兴奋得手舞足蹈。他们挥着手,赶过来和他们握手,问好。"陈校董好!""张主任好!"访问团受到香港校友热烈的欢迎。

"陈村牧就像一块磁铁,对校友有着巨大的吸引力。不管你在哪里,在香港,在美国,他都能把你吸引过来。"校友们这么说。

听说陈村牧到香港,多位校友从世界不同角落赶到香港,迎候他们心中时时惦念着的老校董,他们的恩师。

陈村牧他们在香港的新加坡宾馆下榻。他们的到来,使宾馆一下子热闹了许多。校友们奔走相告,接踵而至。会客厅里,挤满了人,师生促膝谈心,欢声笑语,好不热闹,好不开心!卧室里电话响个不停,要找陈校董的校友一个接着一个,绝大多数是约他见面,同时请他赴宴。要不是陈夫人干练,还有同事、校友帮忙,陈村牧就是有分身之术也应付不了。

陈村牧到港的第二天晚上,李尚大、李陆大昆仲在香港海外银行俱乐部宴请陈村牧和代表团的全体成员,还有香港校友会有限公司筹备处的全体成员和知名校友。李尚大是专程从印尼前来会见陈村牧一行的。1940年,李尚大被开除离开学校后,又到福建学院等校就读。他历经坎坷,最后辗转到印尼,在那里创业发展,终于事业有成。他胞弟李陆大也是集美校友,在集美任过教。出洋后,事业也蓬勃发展。兄弟二人十分崇拜陈嘉庚,感念陈村牧。每年大年初一,兄弟二人总是最早打越洋电话向陈校董拜年。

宴会上,李尚大看到陈村牧一头白发,消瘦清癯。虽说人生七十古来稀,但如今八十不算老。陈校董刚七十出头,却显得过于苍老。李尚大为老人的健在庆幸,也为老人历尽的坎坷动情。为了校主陈嘉庚的事业,他操劳大半生,吃苦耐劳,蒙冤受屈,两袖清风,无怨无悔,他用自己的牺牲和奉献演绎了"诚毅"校训的内涵,他的精神和品格让李尚大深为感动,赢得他由衷的敬佩。

李尚大为人豪爽,说话入木三分,极富哲理。言谈中,他处处流露出对故土一往情深的怀念,对母校魂牵梦绕的牵挂,对老师、朋友难以释怀的眷恋。李陆大亦同此心。陈村牧理解他们的心情,鼓励他们采取行动,了却自己的心愿,"但使愿无违"。

8月13日晚,香港校友会筹备处在福建体育会举行欢迎会,宴请陈村牧一

百年往事

行。庄重文等集美校友及旅港福建社团代表200多人出席。宾主欢聚一堂,共叙校友情、乡亲情,畅谈复兴母校大计。宴会洋溢着热烈的气氛。校友们见到陈村牧一行,犹如回到母校的怀抱;陈村牧见到校友们兴旺发达的气势,更加钦佩校主陈嘉庚倾资兴学的远见卓识。在交谈中,大家形成了一个共识,要尽快成立香港集美校友会,要积极向中央、省、市领导建议隆重庆祝陈嘉庚先生创办集美学校70周年。

不久,香港集美校友会成立,庄重文任校友会董事主席。1983年1月1日,校友会隆重举行香港集美校友会成立大会暨首届理监事会就职典礼。集美校友会赠送贺词:"迹寄香江共忆弦歌敦旧好,心怀祖国相期诚毅谱新章。"

对隆重纪念陈嘉庚先生创办集美学校70周年的提议,各级党政有关部门都非常重视。不久,一个以福建省省长胡平为主任委员的"纪念陈嘉庚先生创办集美学校70周年筹备委员会"成立,卢嘉锡、林一心、肖枫、庄明理、陈村牧、张其华、叶振汉等16人为副主任委员;肖枫兼秘书长;王毅林名列53名委员之中。

时任福建省省委书记项南对这项活动特别重视。他四次亲到集美调研,召开会议,现场办公,解决实际问题,一样一样地抓落实。当时,集美的环境不佳,火车站前的三角地带又脏又乱,航海学院西侧坡下的地被临时占用,一片狼藉。他指示对三角地带进行清理、美化;航海学校被占的土地限时归还,加以整理。他还具体落实了归来堂前的归来园建设,陈嘉庚铜像的创作、矗立等事宜。

项南关心集美学校,为的是继承陈嘉庚爱国主义精神,为的是光大"陈嘉庚智力开发的光辉"。项南敏锐地体察到海洋对福建发展的重要意义,因而对集美航专的发展寄予厚望。他说:"集美航海要作为福建海洋事业发展的母机。"他登上海通楼上的模拟驾驶台,参观仪器设备。他站在海通楼上,看着集美全貌和高集海峡那边的厦门。他视野之内的高崎,不久将是一个厦门通向世界的国际机场。按计划,项南将在集美航专会议室召开会议,但他临时决定会议改在海通楼航海教研室举行。也许,他想让与会者看看福建海洋开发的未来。

出版《集美学校七十年》是校庆筹委会安排的重要内容之一。项南为其作序、题词。因为时间仓促,福建人民出版社表示无法按时出书。项南亲自打电话给出版社,要求按时完成出版任务,并要求出版社为该书配备最好、最有经验的责任编辑,保证出版质量。

胡平省长也亲自到集美考察,听取工作汇报,并作了具体指示。他拜谒了陈嘉庚陵墓,还乘航专的端艇跨海到宝珠屿。从小岛看集美,他感慨地说:"集美是方人杰地灵的宝地。有集美才有陈嘉庚,有陈嘉庚才有集美。"

[七]1963—1983　调整停课　恢复发展

1983年10月20日,海内外校友有的乘包机从刚开通的厦门国际机场降落,有的乘"集美"号客轮到达,多数国内校友乘火车、汽车赶来。陈村牧的家宾客盈门,高朋满座。

10月21日上午,集美各校分别举行仪式为校友、来宾接风。几代校友相聚一堂,说不尽的岁月沧桑,道不完的师友情谊。

下午2时,具有历史意义的集美标志性建筑——百尺钟楼上的洪钟响起,钟鸣70响,象征陈嘉庚先生创办集美学校70年。

下午2时30分,纪念陈嘉庚先生创办集美学校70周年大会在集美福南堂隆重举行。主席台正中悬挂着有天马山、浔江水图案和集美字样的硕大校徽。叶飞、杨成武、林丽韫、何英、庄炎林、庄明理、王汉杰、项南、胡平、曾鸣、邹尔均等中央、省、市领导出席了大会。陈村牧作为集美校友会理事长出席并在主席台就座。庄重文、林诚致等200多位来自海外13个国家和地区的校友,800多位来自内地18个省、市自治区的校友出席纪念大会。胡平、叶飞、庄明理、林丽韫讲话,高度赞扬陈嘉庚爱国兴学的伟大功绩,号召海内外炎黄子孙为振兴中华、统一祖国贡献力量。庄重文代表校友讲话,希望同学们牢记"诚毅"校训,为祖国的四个现代化建设,为人类的和平进步贡献力量。

庆典期间,最使大家揪心扼腕的是廖承志副委员长在校庆前四个月逝世。三年前,廖公动过心脏手术。他自知自己时日不多,拼命工作,一天工作十几个小时。他对集美校庆极为关心,在病中为《集美学校七十年》、《陈嘉庚先生创办集美学校70周年纪念刊》题写书名,为"陈嘉庚先生故居"、"集美学村"题写匾额。他在"集美学村"之外还多写了一个字"校",他的意思是"集美学村"和"集美学校"可随意选用。墨宝寄到不久,噩耗传来,学村为其垂泪。廖公生前十分关心陈嘉庚的事业,集美学校师生和校友永远铭记廖公的功德。

下午3时半,在新建的归来园举行陈嘉庚先生铜像揭幕典礼。领导、来宾、校友、各界代表3000多人参加了典礼。在雄壮的《国歌》声中,在喜庆的鞭炮声中,叶飞、杨成武、庄明理、伍洪祥揭开大红锦缎,陈嘉庚先生的光辉形象耀然出现在人们面前:他,一手执着手杖,西装搭在臂上,另一手拿着礼帽,身着衬衫领带背带裤,神采奕奕,风尘仆仆,仿佛远途归来,看到故乡集美一片兴旺蓬勃的景象,心中无限欣慰,脸上露出慈祥的笑容。塑像没有基座,陈嘉庚先生就站立在每一个人的面前。陈嘉庚就在人们中间。顿时,人们鼓掌,欢呼,为陈嘉庚先生生动的艺术再现喝彩。

雕像是广州美术学院教授、雕塑家潘鹤的杰作。当天,潘教授就在现场,看到这感人的一幕，他谅必更加领悟到陈嘉庚的伟大，更加深了对自己创作意义的认识。陈嘉庚雕像的制作是陈村牧负责的一项工作。他请广州美术学院院长胡一川校友帮忙推荐承担此项工作的艺术家。胡一川校友推荐了潘鹤教授。潘教授不负众望，出色地艺术再现了陈嘉庚的形象，并且赋予塑像深邃的思想和哲学内涵。陈村牧组织各方人士审定，最终是专家点头，群众拍手，亲属如见其人。陈村牧为此感到欣慰。

盛况空前，嘉宾云集。领导、嘉宾、校友，无论是耄耋才俊，还是后起之秀，他们不远万里，齐聚集美，缅怀爱国老人陈嘉庚的光辉业绩，表达共同的心愿——振兴中华。海内外校友，看到母校的新貌，心中的愁云和疑虑为之一扫。他们拜访师长，会亲访友，觥筹交错，狂欢撒野，摄影留念，恨不得时间倒流，回到负笈母校的时代。在校友中，有一位校友，本来奔放不羁，属举杯痛饮、高歌狂吟之辈，但此次到来，他变得十分拘谨，力避在公众场合出现，绝对不入镜头，不留影像。他叫蔡继琨，来自菲律宾。

蔡继琨曾就读于集美中学，毕业于集美高师，留学日本，专攻音乐。1936年他创作的管弦乐曲《浔江渔火》获日本国际交响乐曲首奖。抗战时，他创办福建音乐专科学校，并任首任校长。陈村牧从集美学校调四台钢琴予以支持。蔡继琨后来到菲律宾任菲律宾国立交响乐团指挥，马尼拉中央大学教授。再后移居台湾。当他收到陈村牧理事长写给他的亲笔信，邀请他前来参加母校70周年校庆时，他便义无反顾地绕道归来，共襄盛举。他与台湾有密切的联系，到大陆来是当时台湾当局所不容的。他因此谢绝一切可能招致麻烦的行动。有人招呼他照相或者要和他合影，他都很有礼貌而又幽默地说"心照就好，不必身照。"但他站在陈嘉庚墓前三鞠躬，悄悄地对着校主发誓："校主，我一定会回来的！"

校庆期间，陈村牧主持建立的陈嘉庚生平事迹陈列馆也是校友们必到之处。陈村牧博采众长，对展出方案一再修改，力求尽善尽美；文字说明，五易其稿。他亲自在馆内向校友、来宾介绍："集美学校发展到今天，一共有10所院校，70年来培养了56000多毕业生，可谓桃李满天下。集美学校是一棵参天大树，校主陈嘉庚是种树人。母校这棵大树，历经70春秋，根深叶茂……"

母校是棵大树，校友是片片绿叶。根深必然叶茂。

【八】1983—1993

开拓进取　升格提高

47. "家书"

校庆以后,11月中旬,陈村牧不顾年迈体弱,又赶到北京向国务院侨办、全国侨联汇报。事毕,他无心欣赏京城的宫闱名胜,而是穿梭于大街小巷,来往于胡同四合院和机关大楼之间,拜访老前辈、老校友。为成立厦门大学北京校友会和集美学校北京校友会,他走访了中国科学院院长卢嘉锡和追随周总理几十年的老领导陈乃昌。卢嘉锡是陈村牧的好朋友,两人同是厦门大学校友会的名誉理事长;陈乃昌是集美校友,和陈村牧是老同学、老朋友。陈乃昌在崇文门新侨饭店设宴为陈村牧接风。经过反复协商,最后决定,两校各自成立校友会,卢嘉锡任厦门大学北京校友会理事长,陈乃昌任北京集美校友会理事长。

经过陈村牧的沟通和联络,在陈乃昌登高一呼的召唤下,北京百余名校友在西长安街鸿宾楼饭庄聚会,唐潮水做东。聚会上,陈村牧代表集美校友会向在京

不同时期出刊的《集美校友》

的校友问候,传达母校对在京校友的思念之情。不久,北京集美校友会宣告成立。北京校友会藏龙卧虎,人才济济。著名作家白刃、著名导演黄建中、大教授李锦秀、作曲家李海晖、老航海家周秉鈇等都是耀眼的明星,校友会活动的热心人。

陈村牧出山后,身兼数职,忙得不可开交。厦门大学校友会成立后,他兼任厦大校友会名誉理事长。他是一个务实的人,有名就得有实,挂名就要干事。他经常往来于厦门与集美之间,厦门大学校长兼党委书记曾明曾指示办公室负责人高扬要给陈村牧往来厦门集美派车。只要陈村牧说句话,他往来于厦集之间的派车绝无问题。但陈村牧坚决不享受这特殊待遇。他说,派车接送,往返四个来回,岂不浪费!

有一次,陈村牧到厦门拜会一位新加坡来的校友,又为校友会和《集美校友》的事到市政府办公室、市委统战部找有关人员汇报、协商。事办妥后,已过正午,烈日当空,灼热难耐。他五儿子陈执中一路陪他,见此情景,轻轻地叨念了一句:"叫派个车吧?"陈村牧一听,就有点不高兴,执意要去赶公共汽车。陈执中无奈,只好扶着父亲到浮屿公交车站买票等乘到杏林路经集美的公共汽车。父子上了车,车里人多,非常拥挤。车厢四壁被太阳烤得热烘烘的,往外散发着热气。陈村牧被挤在人缝里,连落脚的地方都没有,他手死死地抓住头顶的横杠,任凭身子随车子摇着。陈执中看到年过七旬的父亲大汗淋漓,满脸通红,心里真不是滋味。幸好,一位年轻人给他让座。他正要坐上,突然注意到一个抱小孩的妇女站在他的眼前,他对那位让座的年轻人连声道谢后,把那位子让给了那个带小孩的母亲。

车到集美,陈执中扶着父亲下车。陈村牧这时才感觉腰部酸痛。陈牧村由陈执中扶着,一步一瘸地走回家。陈执中上山下乡后,函授学习过中医,懂得医术,当晚就给父亲推拿按摩。他一边推拿,一边说:"爸,今天要派个车,你就不会受伤。"陈村牧没有吭声。执中又说:"爸,我看市委那个领导对你反映的意见好像不太高兴。你以后说话反映情况不要太……"没等儿子说完,陈村牧就大声训斥道:"太什么?你究竟要学什么作风?只要对,就要去做,去催,不能看别人的脸色办事!——你要不愿意,以后不要跟我去!"

陈村牧挤公共汽车的事不胫而走。不久,北京校友来信要求有关部门给派车、配车,李锦秀校友还来信说要给配秘书,如果上级不好派,他毛遂自荐要来给他当秘书。消息传到新加坡,传到印尼,李尚大、李陆大兄弟感动不已。为了恩师免受公交车劳顿之苦,兄弟俩特地买了一部日产的丰田小车赠送陈村牧。陈村牧把车转赠集美学校委员会作为公用车。

人们劝他接受。陈村牧给大家讲了一段校主的故事。

50年代初,陈嘉庚为厦门大学与集美学校两校建设的事,经常往来于两校之间。那时,没有海堤,过海要搭小船。那小船坐起来不舒服,遇点风浪就颠簸摇晃,很不安全。总理知道后,特地指示国务院给配一艘小汽艇。校主说国家有困难,自己不能搞特殊,坚决不接受。

"和校主相比,我们算什么?"陈村牧说。

陈村牧任集美学校委员会顾问,集美校友会理事长。顾问是虚职,顾顾问问而已;校友会理事长是有事无利之职。无利没关系,那不是陈村牧之所求,有事干就行,无事可干的"官"他陈村牧还不肯当呢!校友会没有固定的办公地点,他们谈事、开会有时在中学的会议室,有时在归来堂。因为校委会在故居旁边的一座小楼办公,他们有时也在陈嘉庚故居开会碰头。

这一天,陈村牧来到归来堂的小会议室,航海专科学校校长叶振汉、集美师范专科学校校长谢高明也来了。《集美校友》编辑人员张咏清、任镜波等也在那里,看稿,改稿。

陈村牧坐在木沙发上。说是沙发,只是一张大木靠背椅子,没有软垫,只有几条透气的长木条。陈村牧双手平伸,放在面前直立支在地板上的手杖上,腰杆笔直,正襟危坐。

他们在翻看着《集美校友》复刊号至第10期的合订本,也就是1980年的复刊号到1982年的最后一期;一本是1983年的合订本。

"这创刊号,别看它简单、粗陋、单薄,只有12页,没有封面,连套红都没有,但影响不小。"陈村牧一边翻着那本被人称为"活页文选"的《集美校友》合订本说。

"那是。创刊号发出后,我收到好几位校友的信,都说收到这本《集美校友》就像收到家书一样,感到特别亲切。"叶振汉说,表示同意。

"现在,经过多年'文革',许多校友都不了解母校情况,也不了解校友间的情况。看到牧老的文章,校友们特别高兴。因为他们知道牧老平安无事,安然健在。"谢高明说。

"'烽火连三月,家书值万金'。没有音讯,十几年,不是三个月呀!校友着急呀!"陈村牧说。停了一会,他又说:"我们校友会恢复活动后做的第一件大事就是复办《集美校友》。看来,这件事是做对了。下面就看我们怎么办,怎样进一步把《集美校友》办好。"

"牧老说得很对。我看,校友会今后要做的事很多,重要的有两项,一是宣传陈嘉庚先生的精神和事迹,二是广泛联络校友。做好这两项工作,都要通过《集美校友》这个渠道。"叶振汉有板有眼地说,"至于怎么办好,我们要争取校委会和统战部的支持,另一方面就得看看他们几位搞编辑工作的笔杆子了。张咏青老师,镜波,你们说呢?"

"任镜波,"谢高明翻着手中的《集美校友》,说,"你写的文章很多呀!我读了,很有文采,特别是通讯报道,能敏锐地抓住亮点,很吸引人。你是哪一个学校的?不是师范的吧?"

叶振汉听了微微一笑,说:"谢校长,你名为'高明',这点就不高明了。任镜波是老航海了,怎么会是你师范的呢?"

"哈哈!"谢高明也笑了起来,说,"我是说'不是师范的吧?'因为我心里就觉得他不是师范的,我不至于那么'兵僚',连自己的老师都认不出来。我是想:不是师范中文科的能有这样的大手笔?"

"那还算你慧眼识才。"叶振汉说,"张老师的文笔也很好。淡雅,清丽,用词讲究,准确。"

大家半是认真半是玩笑地说了一番。陈村牧又郑重其事地说起《校友》的事。他说,校庆期间,总会协助筹委会编了两本画册,一本是《陈嘉庚先生创办集美学校70周年纪念刊》,一本是续集,还写了一本《集美学校七十年》。《集美校友》第二期刊登了一条消息,厦大出了几本关于陈嘉庚研究的书,一本是余纲和王增炳写的《陈嘉庚兴学记》,一本是陈碧笙和杨国桢合作的《陈嘉庚传》,还有一本陈碧笙和陈毅明合作的《陈嘉庚年谱》。以后,我们也出了几本书,其中有骆怀东和王增炳合作的《教育事业家陈嘉庚》。他说,开展陈嘉庚研究,弘扬陈嘉庚的爱国主义精神和倾资兴学的光辉事迹应该是校友会的一项重要任务。今年是陈嘉庚先生诞辰110周年,上面应该会有动作,我们应该有所准备。

张咏青停下手中正改着的稿子,说:"集美图书馆黄克武馆长建议整理陈嘉庚书信。我觉得可以请林鹤龄老先生来做这个工作。《集美校友》可以刊登。"

大家都表示赞成,都说林老先生是最恰当的人选。

任镜波笑了笑,然后慢条斯理地说:"谢校长抬举我了。我是航海毕业的。刚回母校工作不久,小人物,少有人认识。"开场白之后,他又从谢校长的"烽火连三月,家书值万金"引入正题,说,"《集美校友》刚复办,不容易,但很重要。家再穷,家书总是要写的。"接着他对《集美校友》今后应该做的工作提了"三点小小的建议":(一)要增加经费;(二)提高办刊质量;(三)要争取正式刊号,向海外发行。

"陈少斌请海关帮忙。《集美校友》现在可以出口了。但是没有刊号,人家不一定让进口。争取正式刊号势在必行。"陈村牧说。

"镜波,看来你是胸有成竹呀!"任镜波刚开一个头,叶振汉就把他的话打断。

陈村牧正要说话,他的小儿子恒中出现在门口,唤他回去,说有一位校友带着夫人到家里来,要见他,看样子像是海外来的人。

陈村牧正要起身,听说是"海外来的人",又坐了下去,说,"我就不回去了。请他们到这来来。这里比较方便。"

陈恒中再三催促,说那人说哪儿也不去,只在家里等。两位校长听恒中这么说,也帮着劝陈村牧回去。陈村牧这才站起来,跟着儿子回他的住家八音楼6号去。

看到陈村牧出了门,叶振汉叹口气说:"这种事还真是难办。"

谢高明说:"牧老正直。不贪。北京多少人借这种机会捞一把。"

他们都知道这其中的故事。

陈村牧住在八音楼。那房子在一二十年前,应该说还是可以的。可是,陈村牧家人多,东西杂,家中的家具都是破旧的老古董。最麻烦的是,像集美其他住房一样,屋里没有卫生间,更没有抽水马桶,厕所就是屋外的粪坑。他们一家生活在那里几十年,倒也习惯,没有感到什么不便。

陈村牧出山后,许多海外校友闻讯,都格外高兴,纷纷来访。陈村牧就在那里接待他们,粗陋的茶具,加上几颗糖果,他觉得很坦然。虽然有人给他讲了北京某些有名望的人士借海外有人看望的机会,向所在部门提出换房等要求,劝他勿失良机,但陈村牧觉得这不是君子之所为,连想都不想。

可是,麻烦来了。有一次,一位海外校友偕夫人到陈村牧家探望他。师生促膝交谈,忆往昔,谈今日,甚是投机,竟忘了时间。他太太坐在一边,脸上的神色有些不自然。后来,她打听 WC 在哪里。当她被带到屋外的粪坑时,那臭味,那苍蝇,把她吓得掉头便跑。回屋后,她坐立不安,催着丈夫离开,回宾馆。

这件事弄得主人、客人都十分尴尬。陈村牧也想到把房子改造一下,可这不是一家一户、小修小补就能完成的事。作为一种补救办法,每次来客,特别是海外来客,他都安排到陈嘉庚故居或归来堂见面。但有些学生却非要到家中拜访不可,因为在那里能见到师母,能看到恩师的真实情况。他也无可奈何。

1981 年国庆前夕,著名画家、中央美术学院教授黄永玉校友来访。他就是当年的黄永裕。他带着夫人梅溪和儿子黑蛮前来寻访故地,拜访昔日的师友。他最急切想见的人就是当年的校董陈村牧。

陈村牧听说黄永玉偕夫人、儿子到来，马上安排在归来堂和他见面。可黄永玉是一位率直、天真得像小孩一样的人，容不得半点虚假，他一定要在陈村牧家中拜见恩师。陈村牧只得相从。陈村牧赶回家时，黄永玉和太太、儿子早在那里等候。黄永玉见到陈村牧虽满头白发，脸颊清瘦，但精神矍铄，感到十分宽慰。谈话间，黄永玉为陈村牧的高风亮节所打动。

黄永玉参观了集美学校，坐在学生的课桌后面，回味少年求学上课的情景，大家为之一乐。他希望学校保留老校舍，老校门，经常有白发苍苍的老校友来校看看走走，出主意。黄永玉和太太毕竟都长期在国内待过，一切正常，没出什么"乱子"。

回到下榻的宾馆后，黄永玉展纸挥毫，把对恩师的崇敬之情凝聚笔端。他一反常规，不画残荷，而是用气势磅礴的大写意画了一片片苍翠葱郁的荷叶，荷叶之上是一支鲜红的荷花，像一把利剑傲然挺立，那花鲜红鲜红的，像剑把上被风吹起的红缨，透出一股冲天的正气。黄永玉在画的右上方写着《红荷图》，落款是"辛酉秋日为村牧老师作　学生黄永玉于厦门"。

陈村牧把黄永玉的赠画挂在客厅的正中间。黄永玉的此次到访画上了一个完美的句号。

可是，没想到的事发生了。黄永玉和李尚大是无话不谈的好朋友。李尚大经常打越洋电话给他，和他长谈。回京后，黄永玉就在电话中谈到集美见陈校董的事。黄永玉是文墨书画兼通的艺术大师，对别人看不见的细枝末节往往有特殊的敏感。他对自己在陈村牧家中所见，连客人上厕所的尴尬也免不了作了生动的描述。不久，从李尚大那里就有话传来，陈村牧从中知道，李尚大兄弟对这一切都了然于心。

此后，陈村牧更不轻易在家接待海外校友了。

这回求见的是从新加坡来的一位早期校友。师生相见，格外亲热。这位校友在谈话中多次提到李尚大、李陆大兄弟，谈到《集美校友》。他说《集美校友》很好，但是他们在新加坡看不到，偶然看到的都是校友回来随身带去的，校友们都抢着看。他们希望能直接寄给他们。他也不约而同地说了那一句话："校友都把《集美校友》当家书，真是'家书值万金'呀！"

他还说，李尚大不止一次地说要给陈校董买一栋别墅。

陈村牧听了这话，随即忙不迭地说："请告诉尚大、陆大兄弟，这事万万不可！"

48. 圆梦行动

陈村牧送走了客人,脑子里就翻来覆去地想着怎样才能把《集美校友》寄到海外去。

陈村牧到陈嘉庚故居,叶振汉已在那里,坐在椅子上翻着报纸。

陈村牧说:"叶校长,早!你又是校长又是书记,还有空到这里看报?"

叶振汉放下手中的报纸,说:"都不当了。从1983年的最后一天起,我就什么也不当了。当顾问。"

"谁接你的班?"

"书记是吴景宁,校长陈心铭。陈心铭是陈培锟的公子。"

"陈培锟,福建教育界的元老。归来堂拜堂屏风上的《归来堂记》就是校主请

首次发表联办集美大学的期刊

陈培锟撰写的。"陈村牧说,"我已经向校友会理事会提出辞呈,要求辞去理事长职务。你来接正好。"

"牧老的威望谁也代替不了。我们可以帮您做点事。"叶振汉说,他说的是真心话。

陈村牧和叶振汉谈起新加坡校友要求把《集美校友》寄到海外的问题,谈到那天任镜波提出的"三点小小建议"。

叶振汉说:"任镜波提的三点都很对,目前重要的是提高质量。要把刊物寄出去,质量和刊号是两个硬指标。没有刊号寄不出去,质量达不到要求争取不到刊号。"

"刊号控制得很严,就是质量上去了,也不一定争取得来。"

"所以,得有人想着这个事,肯跑。"

1984年1月,陈村牧辞去集美校友会理事长职务,当名誉理事长,叶振汉被推选为理事长。不久,叶振汉病重,任镜波在身旁照顾。叶振汉在病榻上多次交代任镜波要把他的三条建议付诸实现。6月25日,叶振汉去世。11月,谢高明接任理事长。

在谢高明任内,1984年《集美校友》改为双月刊;1985年成立集美陈嘉庚研究会,谢高明为会长;决定陈嘉庚诞辰之日10月21日为集美学校校庆日;1986年集美校友会更名为集美校友总会。

张咏青、任镜波努力提高《集美校友》的办刊质量。

《集美校友》有"各校新貌"、"陈嘉庚思想研究"等栏目。在"各校新貌"栏目下刊登集美各校的发展和新气象。1978年福建体育学校复办为福建体育学院;1979年,在恢复上海水产学院的同时,厦门水产学院在集美继续办学;1978年集美航海学校改为集美航海专科学校;1979年厦门师范专科学校成立,1980年更名为集美师范专科学校;1980年福建水产学校恢复原校名——福建省集美水产学校;1985年福建轻工业学校恢复原集美轻工业学校校名——萨兆铃的愿望实现了!

各校在发展,几所学校升格为大专,原来按所属行政部门命名的校名都恢复"集美"原名。多数学校发展了新校区,发展了新专业,只是这些新专业都是热门专业,重复率高,各校争相发展,"各听各的令,各敲各得磬",谁也管不了。——任镜波他们在编辑、报道各校的新发展、新动态时,总想着以前陈嘉庚在世的那些岁月,有个统一的领导、协调机构,协调各校的动作。要是那样就要好得多。

有编辑说:集美学校应该结成"欧盟"。

《集美校友》每期都在"陈嘉庚研究"中刊登陈嘉庚的论著、文章或书信。任镜波他们在研读陈嘉庚的书信中，有重要的意外发现：早在1923年初，陈嘉庚就在给当时集美学校校长叶渊的信中提出把集美学校改办为集美大学的设想。

第一封是1923年1月27日写的，信中提出："本校将来应改为大学"、"厦大办不到之科而由本校承办，并助吾闽各科学之完备也"；第二封是2月23日写的，信中说："预算过几年如能获利250万元，可供两大学（指厦门大学与集美大学）之费"；第三封写于2月28日，信中进一步表达了他的设想，他写道："故今日计划集美全部，宜以大学规模宏伟之气象，按二十年内，扩充校界至印斗山（在集美学村北面）。建中央大礼堂于内头社边南向之佳地……至于大学校舍之地址，弟意非内头社，后则许唐社后诸近处，另独立山冈，建较美观座座独立之校舍。"

陈嘉庚在一个月又一天中，连续在三封信中谈及同一个问题，说明他的设想是经过缜密思考才提出来的，不是心血来潮，随便说说。三信虽寥寥数语，可已经明确地提出创办大学的宗旨、学科、经费及地界诸要素。

任镜波读到这些信，对陈嘉庚的远大目光更加崇敬、叹服。

任镜波是集美航海专科学校党委办公室和校办公室的主任，兼《集美航海专科学校学报》主编。航专设有科技情报室、高教研究室、科研科、航海史研究室等科研机构，还有学报、校报编辑部，有一支研究能力比较强的科研队伍，有几支笔杆子，任镜波是实际的统领。这些笔杆子经常凑在一起，交换信息，交流思想和学习心得。

这一天，任镜波谈到陈嘉庚关于创办集美大学的三封信，还谈了目前集美各校发展势头很好，但如此分散发展、无序竞争的局面应该改变。

他的话马上引起高教研究室主任陈修兴的兴趣，他嘴角挂着白沫，声如炸雷，说："呃，你老兄提的可是个大问题，一个大课题，可以做一篇大文章。值得研究，探讨。"

"你说的这三封信是一个大发现。我写《集美学校七十年》和《教育事业家陈嘉庚》时都不知道有这件事。创办集美大学真的是一篇大文章，和《中共中央关于教育体制改革的决定》精神是一致的。"骆怀东是校办副主任，校报主编，是航专的大笔杆子，说话和写文章一样，书卷味很浓。

三个人味道相投，便开始琢磨做起集美大学这篇大文章来了。

1985年12月6日，任镜波、陈修兴、骆怀东三人撰写的文章出炉，题目是《关于成立集美大学的建议》。文章说成立集美大学是为了实现陈嘉庚先生的遗愿，完全符合《中共中央关于教育体制改革的决定》精神。他们想各种办法，通过多种渠道把《建议》分送给中央和省、市的有关领导。

没有回声,在沉寂中过了两年。

1987年底,集美学区大中院校校际协作委员会成立了"集美学村高等教育发展战略研究课题组",黄顺通、傅子玖、白少山、刘惠生、张丽珠、陈子权、叶永昌、骆怀东、陈忠信、陈瑞仁等参加。任镜波是重要推手。陈修兴因为是执笔人,摆在第一位。

陈修兴是写文章的快手,没多久,他就拿出由他执笔写成的《集美学村高等教育发展战略的构想——由现有的8所院校合并组成集美大学是我国高教体制深化改革的必然趋势》讨论稿。1988年1月11日,这篇《构想》在课题组获得通过。

《构想》引起了省、市有关部门的注意。一个月后,1988年2月5日和6日两天,厦门市委集美学区工委在集美学村召开了"集美学村高等教育发展战略研讨会",以《构想》为主要文件,进行研讨。到会的有省、市教委和集美各院、校的领导,以及潘懋元等著名的教育专家80多人。潘懋元在会上说了一句很经典的话:办集美大学"是好事,但不好办"。会后,《解放日报》、《文汇报》、《厦门日报》、《未来发展研究》、《陈嘉庚研究》、《集美校友》等报刊及有关的内参竞相发表消息,有的还发表《构想》的全文。创办集美大学的构想吸引了社会各界的目光。

又过了一个月,1988年3月3日,厦门市委集美工委和集美学校委员会、集美学区大中院校校际协作委员会,联合向省政府、省教委写了《关于集美学区8所院校联合办学,要求成立集美联合大学的报告》。几天后,省政协六届一次全会召开。任镜波、陈修兴都是省政协委员,他们分别联络了曾国杰、陈秉忠等十多位委员,联名写了一个提案:《建议筹建集美大学》。

在省领导接见与会委员时,任镜波抢先站到第二排主要首长后面。首长来了,他伺机把准备好的《提案》从后面塞给首长。省长陈明义是从厦门水产学院走出去的,是熟人。陈明义见到是任镜波递的东西,点点头,笑一笑,表示明白了。陈光毅书记感到有人给他递东西,回过头来,一看是个胸前戴委员证的人,再看看递过来的是份《提案》,没什么特别的表示,便目视前方,等着照相。

至此,组建集美大学的建议,已从小人物的提议,变成一股反映民意的呼声,在社会上沸扬开了。但这呼声,没有得到有关当局的回应,慢慢地又沉寂下来,进入冬眠期。

春去冬来,花开花落。春雷响过一遭又一遭,但处于"冬眠期"的关于组建集美大学的倡议一直没有在春雷中萌动苏醒过来。

在这长达五年的"冬眠期"中,任镜波、陈修兴、骆怀东们照样上他们的班,做他们的事。

1988年,张咏青到香港定居,任镜波担任《集美校友》主编。在他和他的弟兄们的努力下,《集美校友》有了较大的改观。靠着校友的捐赠和任镜波的"化缘",《集美校友》的封面不仅彩色精印,而且加了"塑压"。任镜波自我解嘲说:"《集美校友》靠当叫花子穿起西装打起领带来了。"人靠衣装马靠鞍,《集美校友》经过一番打扮,更是大模大样地出入"大雅之堂"了。

1991年8月,《集美校友》终于获得国家新闻出版署批准,成为公开发行的期刊。据说,在全国所有的校友刊物中,能有此种"殊权"的屈指可数,在福建是唯此一家。深知其中之难者恭维任镜波,说他有能耐。任镜波总是脸带弥勒佛式的笑容说:"我们靠的是校主这棵大树。当然,还有朋友们的帮忙。"

对任镜波们来说,这是一件让他们高兴的事。但在此之前,还有一件事更有成就感,让他更兴奋。那就是他所在的集美航海专科学校于1989年5月11日经国务院批准升格为集美航海学院。他之所以有成就感,之所以兴奋,个中缘由容后细说。

再说组建集美大学的事蛰伏了五年,1993年春雷响过之后,又被重新提了出来。这次不是几个秀才加上几个地方官员一般性的咋呼,而是一股来势凶猛、锐不可挡的潮流。

1993年初,中共中央、国务院颁发了《中国教育改革发展纲要》,进一步要求"高等教育要适应加快改革开放和现代化建设的需要,积极探索发展的新路子,使规模有较大发展,结构更合理,质量和效益明显提高"。

真是东风劲吹,万物复苏。在中央这股强劲的东风吹拂下,筹办集美大学的呼声重新响起,愈来愈高,并且逐渐成为政府行为。

年初,在福建全省教育会议小组讨论会上,有人提出:应该在南部筹办集美大学。

3月21日,在全国政协八届一次会议上,钱伟长、汪慕恒、陈心铭、洪惠馨、张乾二、赖万才、张楚琨等七位全国政协委员,提交了《关于组建集美大学的建议》的提案。洪惠馨起了重要作用。

与此同时,海外关心陈嘉庚事业、关心集美学校的校友、乡贤也行动起来了。

集美校友、印尼企业家李尚大,给王兆国、陈光毅、贾庆林、洪永世等领导连续写了十多封信,恳切要求筹办集美大学。1985年,李尚大和他兄弟李陆大回故乡安溪,经过一番考察,开始投资兴办教育事业和其他公益事业,成绩斐然,得到中央、省、市领导的重视和海内外各界的称道。李尚大是一个认定目标不达目的不罢休的人。为了向贾庆林省长面陈组建集美大学的要求,他得知贾省长在厦门宾馆开会,便在那里等候,直到午夜。贾庆林省长为他老人家的精神所感动,此后,两人交往多了起来,成为知交。

陈嘉庚先生的胞侄陈共存,得知有人议论创办集美大学的消息,当即表示异议,说已经有了厦门大学,无须再办什么集美大学。当他听说他伯父陈嘉庚早在1923年就有这个设想的时候,他要求看原件。他给任镜波发了传真,要求把陈嘉庚三封信的原件传给他。看了原件的传真,陈共存改变了主意,也积极向国家教委和国家领导人要求创办集美大学。

4月15日,贾庆林省长在厦门现场办公会议上说:要"在集美学村创办一所面向海内外侨胞、港澳同胞和台湾同胞的综合性、开放性的集美大学"。

4月30日,陈嘉庚国际学会印发《建议筹办集美大学公启》。起草人是陈嘉庚研究专家陈毅明。

5月3日,省长办公会议决定:请省教委提出"在集美学村办集美大学的可行性方案"。5月21日,省政府办公厅发出"省长办公会议决定事项通知"。

接着,筹备工作在省、市层面上紧锣密鼓地进行。继召开筹办集美大学研讨会之后,洪永世市长指示研究、制定筹建方案,有关领导现场办公,研究整体方案和用地规划。有关各校表态,除航海学院态度有所保留外,其他学校均表示赞成组建集美大学。

7月底,省教委副主任叶品樵带队到北京向交通部、农业部、国务院侨办、国家教委征求意见,并商讨签订联办集美大学的协议书事宜。

8月29日,王良溥副省长在厦门宾馆召开有福建省、厦门市、农业部有关负责人和厦门水院、集美师专、集美财专主要负责人参加的高层研讨会,与会者30多人,课题组的主要成员任镜波、陈修兴应邀参加。交通部和集美航海学院没有派人参加。与会者一致吁请集美学村现有高校的主管部门一起行动,联合创办集美大学。

10月15日,福建省人民政府作出了《关于筹建集美大学的决定》。《决定》指出:"经农业部、福建省人民政府、厦门市人民政府研究,决定联合筹建集美大学。"筹委会主任委员为福建省省长贾庆林,副主任委员是副省长王良溥、农业部副部长洪绂曾、厦门市市长洪永世。

1993年10月21日,省、市联合举行纪念陈嘉庚先生创办集美学校80周年大会。会上,福建省人民政府副秘书长李子宣读福建省人民政府《关于筹建集美大学的决定》,并宣布成立"集美大学筹建委员会"。全国政协副主席钱伟长和中共福建省委副书记陈明义向筹委会授匾。

10月21日,国务院总理李鹏从北京寄来题词。题词写道:"弘扬嘉庚精神,办好集美大学"。

11月27日,中共中央政治局委员、国务院副总理李岚清到集美学村视察,明确表态:"我支持集美学村的院校联合办集美大学。"

12月30日,省委书记贾庆林主持召开集美大学筹建委员会会议,提出要加快集美大学的筹建步伐,争取在1994年9月前正式向国家教委申报建立集美大学。

在1994年新年钟声敲响之前,人们已经听得到集美大学到来的脚步声了。集美大学,陈嘉庚的世纪之梦,在经过70年漫长的等待之后,将在8年的圆梦行动中实现。

[八]1983—1993　开拓进取　升格提高

49. 为实现校主的遗愿

1993年8月29日,福建省主管教育的副省长王良溥在厦门宾馆召开高层研讨会上,交通部和集美航海学院都没有派代表参加,而应邀参加的课题组主要成员任镜波和陈修兴又都是航海学院的人。一方是坚持独立办学的上级领导和学院领导,一方是主张合并组建集美大学的职工,双方都在同一个学院里,可想而知,作为下属,任镜波和陈修兴的日子不会好过。

其实,集美航海和交通部的关系一直是非常密切的。集美航海教育,自从陈嘉庚1920年创办以来,就历经沧桑,新中国成立后,也经过多次变动。但不管怎么变,从管理体制上看,无非是私立、公管;公管又分省管、交通部或属下单位管辖。省管一般都把"集美"改成"福建",或者在"集美之前"冠上"福建"二字,而交通部不管冠不冠"交通部"三字,都保留"集美"原称。集美航海师生,都很看重"集美"两个字,有很深的所谓"集美情结",对交通部保留"集美"二字,一直心存感激。集美航海的师生、校友也都喜欢冠上"交通部"的衔头,觉得有气派。他们对交通部和集美都有同样割舍不了的感情。

可是,自从1973年交通部再次接管以后,交通部及其所属有关部门与集美

集美航海学院揭牌

航海始终在升格问题上意见不一致,甚至发生纠葛。

在航海学校时期,学校想提升为专科;当时的主管部门远洋局不大愿意,因为一升为专科,远洋局就管不了了,得归部管。

1979年升专科的时候,交通部部长是叶飞。叶飞在五六十年代是福建的最高首长,集书记、省长、大军区司令于一身。因为他在陈嘉庚临终的时候,和陈嘉庚谈过集美航海升格的事,对老人家有过承诺,所以,想借这难得的机会,一步到位把航海学校升为学院。而升格后要当家的叶振汉是个学教育、搞教育的行家,知道其中的奥妙,主张一步一步走,先专科,几年后,再学院。一个是革命家,知道机遇的重要性;一个是教育家,强调教育规律不可违背。这里没有是非,但事实证明,叶振汉的主张给以后集美航专的升格带来麻烦。

叶振汉在集美航海专科学校主事五年。开始他一心按照专科的要求力图把学校办好,但是,慢慢地他意识到环境变了,虽然现在学校是专科层次,但比起以前的中专,在社会影响、招生、毕业分配等方面,都远远不如从前。陈嘉庚办航海,有伟大的抱负,陈嘉庚又是一个要"为人模范,不模范于人"的人,是一个永远不服输的人,争先示范是他一生的追求。集美航海是中国最早的同类学校之一,即使在战火硝烟的抗战时期,学校也没有停办过,航海的学生饮誉海内外,不仅因为有许多人当了船长、轮机长,还因为在相当长的时间里,集美航海的毕业生占据了航运界各级领导、管理机关的许多重要位置。这是航海师生的骄傲,也是他们视为传统的责任。叶振汉离任前就感到学校非再往上升格为学院难保昔日辉煌。作为陈嘉庚的追随者,一个和集美血肉相连的人,他能无动于衷吗?任镜波等在他身边工作的人都知道他心之所想。

叶振汉的继任人吴景宁、陈心铭都是交通部从大连海运学院选派来的。他们到任之时,领导都再三嘱咐要安心办专科,而且要安心办好海上专业。他们严格按照交通部的这项基本方略行事,但慢慢地,他们也觉得在这禁地之内难有大的作为,甚至连保持以前的教学质量都面临许多困难。于是,他们就在专科的大框架内寻找突破。"上天无路,只好入地找门。"

他们找到的出路就是"五年制专科班",即所谓"五年制"。第一届"五年制"是1984年开办的,驾驶和轮机各一个班,每班30人,共60名,分别称为驾845和轮845。这两个班十分成功。以后连续几届成绩斐然。学生在各方面的表现都出乎意料地出色,特别是英语水平,尤其是英语口语,更是以前各届学生不能比的。领导、老师都高兴。这其中最重要的一条经验是:从各县、市初中毕业生招来的新生都是该地区中考最拔尖的学生。但是,好景不长,几年后,各地发现这些学生都是尖子生,都是三年后要为所在地争高考名次的主力,便采取措施,阻止尖子生报考航专,于是,最好的学生被卡住招不到了;另一方面,因为中招是在各县、市进行的,地方官员有很大的操控余地,于是,这就成了某些大权在握者把自己最没出息的公子送进大学的最便捷的通道。就这样,"五年制"一年不如一年,加上教育成本高,优势慢慢失去,弊端逐渐凸显,最后只好放弃。吴景宁、陈心铭作为书记、校长不得不做新的探索。

他们无他路可走,只能把视线也转向升格为学院这个目标。

1983年前,曾有这样一个插曲。农业部有一种意向,想把厦门水产学院交给交通部,与集美航海专科学校合并,成立集美航海水产学院或集美水产航海学院。交通部教育司曾派综合处处长王耀诚到集美航专调研,航专派任镜波与其配合。经过调查,交通部得出结论:如此合并后,交通部包袱太重,不划算,因而持否定态度。厦门水产学院方面,多数中层干部和部分教师觉得这方案不可接受,向省里作了反应。一方说亏,一方说不赚,双方谈不拢,就此作罢。这也再次强化了交通部的理念:集美航海最佳层次是专科。

1985年2月,陈心铭在交通部一次教育会议的小组会上发言,讲了集美航专搞半军事化管理、恢复向海外招生、扩大基建等问题,同时谈到体制问题,实际上是说应把集美航专升为学院。

此时,吴景宁也向当时的交通部部长钱永昌私下谈到这个问题和他们的意见。

集美航专开始发出与交通部不同的声音。

1985年4月19日至5月3日,吴炳煌副校长率团到香港考察,团员有任镜波、施祖烈、陈聪贵,还有交通部教育局综合处干部廖素华。此次考察目的是具体联系、落实在港澳招生问题。在与校友的接触中,校友情绪非常激动。因为他们曾经为闻名遐迩的母校骄傲,而今却为母校日渐衰萎而着急。他们反映最强烈的是:"集美母校如不与时俱进办成学院,不出几年,陈嘉庚创办的集美航海昔日的辉煌将不再,将丧失在海内外航海界已有的地位。"代表团成员说话都非常注意"内外有别",但心有灵犀一点通,不点也通。事后,香港校友给国家主席李先念写信要求办学院,也给交通部写信,提出同样的要求。但是,交通部不同意,理由也非常充分:(一)国家教委要求"重点发展专科";(二)从交通部航海高等教育的整体布局看,大连、上海两海院办本科,集美办专科,这种结构非常合理。

集美航海专科学校的领导无话可说。在这种情况下,他们再也不便出面提这个问题了。再提,就有"犯上"、"抗上"之嫌,但他们还是默许、希望属下和校友用各自的方式反映意见。

1985年10月22日,在纪念陈嘉庚先生创办航海教育65周年大会上,上海校友会理事长官宏光代表海内外校友发言,强烈要求办学院。

1985年11月3日,任镜波在集美陈嘉庚研究会上发言,强调把集美航海办成学院是校主陈嘉庚的遗愿。

1985年11月5日,任镜波找到他在省教育厅工作时的老领导王于畊,并经她介绍,向教育部副部长黄辛白反映集美航海办学院的要求,请他指导、帮忙。

此后,任镜波先后在交通部多次的研讨会上提交论文,在全国性刊物和地方期刊上发表文章,以陈嘉庚的教育思想和教育实践、陈嘉庚的高等航海教育发展观为中心议题,论述集美航专应当办成学院。他的目的是为办学院造势,但是,他的努力还没见到正面的结果,却先引起交通部有关领导的注意。有领导找他谈话,内容有肯定,有提醒,有许诺。任镜波不为所动,因为他对仕途早已看透。

1988年2月,交通部原部长彭德清到集美航专办事。离休后,他潜心做航海学会的工作,搞《中国航海史》研究,搞《中国船谱》,集美航专是他的基地。工作过程中,他一问到人员、设备、经费方面的问题,航专方面的回答往往是"没有"。专科"没这个编制","没这个设备","没这个拨款"。彭部长本来也是极力劝说集美航专安于现状的,经过几次这样的尴尬后,他也改变了主意。

一次,吴景宁、陈心铭带着任镜波到航专的"港澳楼"拜访他。他们谈到升学院的问题。彭德清不仅不反对,还出主意说:"这种事靠打报告是办不来的。要有专人去跑,专门办这件事。"

吴景宁说:"老任来跑最合适。"

陈心铭呵呵笑着说:"我同意。老任,这可是一个苦差事。"

当着彭部长的面,两位领导就把这件事定了下来:升学院的事由任镜波具体去"跑"。

于是,任镜波到北京。

任镜波去拜访老校友、周总理的老部下陈乃昌,说明来意。陈乃昌说:"这事应该办。不升格对不起老校主。"他和任镜波一道去拜访时任全国政协主席的邓颖超。邓大姐是一个党性极强的老布尔什维克,容不得半点庸俗的套近乎拉关系的行为。但一听到陈嘉庚,邓主席就说应该给予照顾,当即给分管交通部的国务委员邹家华打招呼。几天以后,邹家华的秘书打电话给任镜波,说:邹国务委员已经给交通部打招呼了,说集美航专有这方面的要求。

他去拜访叶飞、王于畊。叶飞说:"1979年我就说要办学院。当时要办了,就没有今天这个事。叶振汉太学究气了。"

他又去拜访卢嘉锡、项南等在京的领导,请他们指点、相助。看在陈嘉庚的面上,他们都同意方便的时候帮助说说话。

他到交通部找林祖乙和主管教育的副部长。林祖乙是集美校友,他也觉得此事该办,否则,集美航海的地位就会日渐低下,作为后人,实在对不起老校主陈嘉庚。但作为部里的主要领导之一,他也要考虑各方面的因素,影响。他和主管教育的副部长商量后,提出一个办法:"让学校直接到国家教委跑去!"意思是,部里先不表态,如果国家教委同意,部里也同意。这既不违背部里现有的布局、原则,也不影响集美申请升学院的进程。

这是个大难题。任镜波不知该如何去"跑"。第二天,他就到国家教委。在传达室作了登记,门卫向被求访单位打电话,回答是没有时间。他只好回去,第二天再来。第二天他来了,一切又重复了一遍。第三天,任镜波又来了。一切如昨。任镜波了解到,到国家教委办事的绝大多数是各部的领导,各大学校长、副校长,"出入相府无白丁",像他这样一所专科学校的办公室主任登教委大殿的还真是少见。任镜波耐心地、用含糖度极高的言语请求门卫让他进去,而且终于成功了。他到高教二司,想见领导。回答:"没空。""那我等。"

下班了,任镜波还在门口站着,等着。一个领导模样的人出来,他迎上前去。那位领导很好,说:"那你先吃饭去。吃完我们再谈。""我带着面包和矿泉水。""那好,我们谈吧!"

"不,您吃饭去,我在这等着。""还是谈完再吃。你简单点谈。"通过这次谈话,他才知道,高教司不管升格的事,升格是计划司管的。任镜波感到失望,却又得到意外的重要收获。这位和他接谈的是国家教委高教司司长龙正中。

任镜波到交通部教育局。教育局有一位叫胡洪策的副局长,是个热心人。胡副局长和太太给他引了路,他没费太多的周折便找到规划司的领导。

任镜波向接谈的领导说明了一切,并强调集美航海是毛主席誉为"华侨旗帜,民族光辉"的爱国华侨领袖陈嘉庚先生创办的,在国内外……云云。接待的领导说了一些既不鼓舞人心,又不让人垂头丧气的话,还说:"陈嘉庚先生办了很多学校,有大学,也有幼儿园、小学。弘扬嘉庚精神,重要的是办好各种层次的学校,不一定要升格。"听到领导机关的这位领导对弘扬嘉庚精神如此的解读,任镜波仿佛被缴械一样,不知如何作答。但待他缓过神来,便急忙把精心准备的材料呈了上去。

当他再到国家教委规划司的时候,迎头便被泼了一瓢冷水。那位接谈的领导说:"申请升格不是要你写这些过去的辉煌,现在的影响。我们是做规划的,要实打实。我们要了解的是你们为什么要求升格,也就是升格的必要性,具备什么条件……"

他的一席话又把任镜波弄懵了。可是他脑子一转,觉得自己找到路了,知道申办报告该怎么写了。他谢过那位同志,带着一份申报表,急忙赶到交通部向胡洪策副局长和林祖乙副部长报告。

胡副局长和任镜波一块研究,讨论下一步工作怎么做。林副部长也有茅塞顿开之感,说:"原来是这样的。我们还不知道呢!"

按照要求,任镜波准备了所有的文件。其中有一项就是现有设备状况。根据条文,航专显然达不到要求。教委的同志说,有个变通办法,只要主管单位承诺在一年内达标也可以。于是,交通部做了承诺。

国教委规划司司长徐敦璜等领导对此事还是很支持的。他们知道厦门大学,也知道陈嘉庚,毕竟是搞教育的,对陈老先生充满崇敬之情。

因为远洋船员培养有特殊要求,集美有特殊历史和地位,为了让国家教委有关领导对此有直观的认识,交通部教育局邀请国家教委派人到航专"育志"轮上对远洋船员的培养进行专题考察。国家教委同意。参加考察活动的有交通部张延华、单枫吉,国教委高教二司毛永琪、王培欣,规划司逄广洲、管培俊等,任镜波陪同。"育志"轮航行国际航线,停靠香港等港口。船到香港、新加坡,两地的校友闻讯上船来表示欢迎,并请他们参加校友活动,参观校友企业。

此行考察加深了他们对现代远洋航运业对人才素质要求的认识,他们都清楚地看到,远洋船员面临的各种挑战远非近海船员可比,因而应具备更高的素质,必须受更高层次的教育。而给他们留下最深刻印象的是:他们亲眼看到陈嘉庚创办的集美航海教育培养出来的人才在香港、新加坡等地的巨大成功,和在祖国与东南亚国家及海峡两岸关系上所起的特殊作用,也感受到集美航海在海外航运界曾经有过的辉煌,而最让他们难忘的是集美航海校友对陈嘉庚的深厚感情,这种感情出于肺腑,溢于言表,感人至深。他们开口闭口称陈嘉庚"校主"、"我们的校主","老校主";说到过去,他们喜形于色;说到母校的今日,他们既高兴其发展,又伤心其落后,有切肤之痛。考察团的成员们都感到,让这样的一所学校淹没在平庸之中,光辉不再,实在于心不忍。

1989年,有一百多所专科学校向国家教委提出升格为学院的申请,第一次筛选后,剩下72所,第二次筛选后,剩36所……最后剩10所。在各方面的努力和帮助下,集美航海专科学校经过层层筛选,仍在最后的10所之中。这10所将分三批最后讨论通过:第一批 3 所,结果已于 4 月份见报;第二批 3 所,第三批 4 所,将在近期相继讨论。集美航专排在第三批。

在一次电话交谈中,任镜波对计划司的处长逄广洲说:"第二批是 3 所,第三批是 4 所。为什么不第二批 4 所,第三批 3 所呢?"

"其实都一样。"电话那边说。

"既然都一样,那就这样:第二批的 3 所都讨论过后,如果方便的话,请您把集美航专从第三批提出来在第二批讨论。"

"看看吧!"对方说。

第二天,任镜波接到北京来的长途电话,是逄处长打来的。从电话里传来的声音听得出,他异常兴奋:"老任,过了!"

任镜波也兴奋地喊出来:"过了? 谢谢! 谢谢!"

"我先给你报个讯。但暂时不要声张。文估计 10 天后到交通部。"对方说。

1989 年 5 月 11 日,国家教育委员会正式发出《关于同意建立集美航海学院的通知》。陈嘉庚半个世纪的美梦终于成了现实。时任中国侨联主席的 96 岁的老归侨张国基先生十分兴奋,应邀为集美航海学院题写了院名。

集美航海的领导、师生闻讯都感到欢欣鼓舞。各级干部更是高兴,水涨船高,他们都升了半级。任镜波本来是正处,升格后还是正处。

"老任,你真是瓦西里呀!"

"这话怎讲?"任镜波不解地问。

"'他给我们运来十万普特的粮食,而自己却饿昏了。'哈哈!"他说的是苏联电影《列宁在 1918》中列宁的一句台词。

"这次申办学院成功,老任功不可没。"办公室副主任骆怀东在一次会上说。他了解全过程,知道其中的难度和艰辛。

"能为校主的事业做点事,是我们的本分。成功了,我们都高兴。"任镜波说。

几天之后,北京发生学生上街游行的事件,接着出现动乱。第三批因此被搁置,多年没有讨论。

【九】1993—2013

旗帜飘扬
高歌猛进

百年往事

50. 集大校董会之初

李岚清、贾庆林为集美大学揭牌

1994年元旦刚过,1月8日,集美大学筹建委员会在集美体育馆举行揭牌仪式和新闻发布会,并成立了筹委会办公室,正式挂牌办公。省教委主任郭荣辉为筹委会办公室主任,厦门市副市长王榕为常务副主任,厦门水院党委书记黄拔泉、中共厦门市高校工委书记邓渊源为副主任。日常工作由黄拔泉主持。

没有航海学院的加入,联办集美大学的进程照样向前推进。

没有航海学院的加入,集美大学金瓯缺角,是个莫大的遗憾,各方面都期待着交通部的首肯。

1994年6月2日,任镜波退休。经不住多家航运单位的"诚聘",他到一家航运公司任职,当顾问。工作轻松,自在,报酬不菲。

任镜波退休一个半月后,7月21日,交通部在各方的期待中致函福建省政府,正式同意所属的集美航海学院加入集美大学。

收到交通部的函,陈明义省长指示申办工作抓紧进行。8月15日,省政府正式向国家教委呈报《福建省人民政府关于申报建立集美大学的请示》。

9月1日,国家教委由计划司电告省教委,原则同意以集美学村现有的集美航海学院、厦门水产学院、福建体育学院、集美财经高等专科学校、集美师范高等专科学校为基础组建集美大学,并对集美大学的管理体制、集美航海学院实行"一校两牌"等问题提出了具体的意见和建议。

省委书记贾庆林在1993年最后一天提出的在1994年9月前正式向国家教委申报建立集美大学的目标实现了。

9月9日,贾庆林到集美,在航海学院接待室召开专题座谈会,讨论加快集美大学筹建工作问题。会后,下发了中共福建省委《关于加快筹建集美大学座谈会纪要》。就在这次座谈会上,成立了集美大学教育发展基金会,并指定任镜波为基金会常务副秘书长。

一时间,创办集美大学成了政府关心、社会关注的热点。从中央到地方,从总书记、国家主席、国务院总理、副总理、人大委员长、政协主席、有关部门的首长,到省、市书记和最高行政领导都参与了集美大学的创建工作。海外校友、乡贤也积极投入,并给予热切的希望和大力的支持。实现陈嘉庚世纪之梦是大家共同的心愿。一所大学的创办引起最高当局和社会如此热切的关注,在历史上是十分罕见的。

10月7日,中共福建省委任命王建立为集美大学党委书记,黄金陵为集美大学校长。

10月8日,国家教委正式发文同意将集美学村五所高等学校合并组建为集美大学。

1994年10月20日,这是一个难忘的日子。在省、市联合举行的"纪念陈嘉庚先生诞辰120周年"大会上,国家教委副主任王明达宣读了国家教委的贺信和给福建省人民政府、交通部、农业部、厦门市人民政府关于组建集美大学的通知。

会上,李岚清副总理作了重要讲话。

同日,李岚清、贾庆林为中共中央总书记、国家主席江泽民亲笔题写的集美大学校牌揭幕。校牌挂在集美学村入口牌楼南侧立柱上。这牌楼成了后来集美大学校徽所用的象征性图案。

当天下午,举行集美大学综合教学楼奠基典礼。那是一个规模宏大的校园建设工程,投资近亿元,地处原集美学村之西、杏林湾东侧的集美大学新规划区。工程由厦门市政府投资兴建,所用资金从台湾著名企业家王永庆捐赠给厦门市用于发展公益事业的1000万美元中支付。主楼和教学楼建成后都立了石碑,上面镌刻着"王永庆先生捐建"几个大字。主楼是集美大学的办公楼,集大标志性建筑。这主楼高耸云天,和集美钟楼、南薰楼并列,象征着集美学校发展史上的三个里程碑。

集美大学党委书记王建立、校长黄金陵开始着手进行集美大学创立后艰巨而复杂的工作。他们的办公地点设在集美侨校靠福南堂的一座楼里。校部机构仅设办公室、教学办公室、基建办公室。

任镜波为常务副秘书长的集美大学教育发展基金会,是一个领导、从属关系都不明确的空头单位,虽然有任镜波这个常任副秘书长,但没有秘书长。基金会只有一点是明确的:有效地向海内外集资。

任镜波,一个走出大门就能见到几位的小小正处级的退休干部,无职无权。他穷人家出身,大半生清贫,没有任何海外背景;虽然身体不算差,但毕竟是一介书生,手无缚鸡之力。有一种说法,"要成事,权、钱、拳,三项有一项即可,三项无一项的万事莫求。"任镜波是百分百的"三项无一项"之辈,他能有什么作为?他在任时连个副厅都混不上,退休后却成了"香饽饽",无怪乎不少人不服气。这是一个没有级别、没有待遇的苦差事,用他自己的话说,就是当"叫花子"。许多人劝他不要去接这吃力不讨好的烫手山芋。但是,任镜波觉得,既然上头有人看得上他,要他去当这个差,他也只好勉为其难去赴任,况且这是为校主陈嘉庚的事业做事。他辞掉公司的职务,一心投入这个少有人愿意干、也少有人能干的工作。

任镜波找校长黄金陵讨教。黄金陵是厦门大学化学系毕业生,留学苏联,卢嘉锡的高足,原福州大学校长,已退休,但仍在做研究工作。为了陈嘉庚的事业,他老骥伏枥,不用加鞭自奋蹄,担起集美大学首任校长的担子。他独自一人住在水产学院宿舍楼原来张渝民当学院书记时住的房子,三餐就在食堂打发。

任镜波向他建议成立董事会,以冠名等方式给捐赠者予应得的荣誉。黄金陵认同他的看法,并建议他以个人意见向王建立书记提出,听听他的意见。王建立和黄金陵持同样的意见,于是,任镜波又以个人意见向省教委建议。

在公立学校设立董事会这是没有先例的,是一项开拓性的工作,要越过传统禁区。书记、校长持谨慎的态度是必须的。给捐赠者予冠名权等应得的荣誉,是司空见惯的事,各地都这么做,极为普遍。但在集美,这可是一项突破传统之举。因为,集美是陈嘉庚的故乡,陈嘉庚在自己故乡兴学,不接受本地族亲之外的捐助。在集美捐资的,除了陈嘉庚兄弟,就是陈文确、陈六使兄弟等集美乡贤,新中国成立后,有政府的投入,此外,没有其他人。陈嘉庚的女婿李光前给陈嘉庚的事业很大的支持,但他资助的钱都用在厦门大学,没有用在集美。李光前生前创立了李氏基金,支持各种文教公益事业。李光前逝世后,由他的公子李成义等主持。上世纪八九十年代,李氏基金资助福建体育学院中型丰田轿车一部,后来又资助 400 多万元在体院建一座竞武馆，作为武术、体操等体育项目训练基地。轿车写着李氏基金捐赠，而竞武馆却和其他建筑没有差别，没有任何冠名。陈嘉庚捐资兴学，从来不用自己的名字冠名，集美各建筑都用中国传统道德教育的术语命名，如包含"温良恭俭让"的即温楼、明良楼、允恭楼、崇俭楼、克让楼，包含立德、立功、立言的三立楼，还有尚忠楼、瀹智楼等等。陈嘉庚不用自己的名字冠名，谁还敢在集美这方土地露头出名？如今，情况有很大的变化，任镜波他们才提出应该给捐赠人予冠名权等荣誉，作为一种回报。

当任镜波向黄金陵提这条建议的时候，黄金陵表示同意。但他是一个搞科学的人，做事十分严谨。他想了一下，问了一个问题："陈老先生在集美以外的地方可有这个先例？"

任镜波讲了陈嘉庚为厦门大学三次募捐的故事，说明陈嘉庚是允许别人冠名的。事实上，在陈嘉庚亲自主持下，厦门大学的多座建筑都用名字命名，有的是地名，有的是人名；有的比较直白，有的比较蕴含。如国光楼，就是李光前父亲李国专和李光前名字的第一个字组合而成的；南安楼、梅山楼、芙蓉楼都是李光前故乡的地名；而成义、成伟、成智三楼的名字就是李光前儿子、陈嘉庚外孙的名字。

黄金陵听了，点了点头说："我看，这个没有问题。"

但，谁来最后点这个头呢？

有关领导对建立集美大学校董会有了共识，王建立、黄金陵就抓紧校董会的筹建工作。于是，在两位领导的直接关心下，集美大学校董会（筹）办公室成立。办公室由任镜波、刘志华、黄建军、左军 4 人组成，任镜波任主任。他们奉命起草《集美大学校董会章程》。

这《章程》不好写。有些条款非领导不能定。任镜波说自己不敢造次。黄金陵说："起草嘛，就是提个意见，或者建议，让领导拍板嘛！大胆地写！你写好了，交给我们。我们也作为意见往上反映，最后当然是省以上的领导拍板。"

一开头，他就碰到问题。这个《章程》适应的对象是谁？首先，是组建成立集美大学的五所学校的主管单位，有中央的部，有省、省属单位，有市、市属单位，还有地方，还有集美校委会，还有……海内外校友，指五所院校校友，还是大集美校友？……谁来当校董会主席……

他又是请示，又是找人商量，最经常、最直接的是和办公室的另三位同事讨论。

四个人都主张搞"大集美校友"，他们说："好多知名校友都是中学的，像李尚大、蔡启瑞、李林……都是,搞'小集美',没戏。"

校董会主席应由福建省当任省长担任。对此,没有人有疑义。

有一建议:集资不容易。除了对捐赠人要给予冠名之类的回报之外,招募的人也要给鼓励,才有积极性。提建议的人还列举了一些单位的做法,抽成百分之几,还有他的朋友因此得了多少好处。

任镜波一听,连连摇头,说:"这种做法有利有弊。我看,弊大于利。这样做,招募的人积极性高了,可捐资人知道了会怎么想。难道他不会说:'我出钱让你去拿回扣。'这条我们不能有。我们希望别人弘扬嘉庚精神,劝募的人首先要弘扬嘉庚精神。我们不能有这一条。"

《集美大学校董会章程》初稿写出后,经由正常的渠道,由校长、书记层层上报,到各有关部门征求意见。

校长黄金陵和党委书记王建立向分管教育的副省长汇报成立董事会的建议。这位副省长不同意,说:"公办学校搞什么董事会?人家厦门大学还没成立呢!"黄金陵想起贾庆林曾对他说的一句话:有困难可以找他。正巧,贾庆林和陈明义在厦门宾馆,黄金陵便到那里向他们汇报。贾庆林立即表示同意成立董事会,并说:"请明义当主席。"陈明义接过他的话说:"那你当荣誉主席。"事情就这样定下。

后来,李岚清副总理到厦门,集美大学领导在汇报时提到建立董事会的建议,李岚清立即表示支持,并说:"学校不要叫董事会,叫校董会好。"

联络中央有关部委、海内外知名校友、乡贤也是校董会筹备办公室的职责。黄金陵是个学术型的校长,当校长的同时,福州实验室的研究工作任务也很重,好多事就交托任镜波去跑。他二上北京,三到香港,有时是独来独往,有时是陪领导前往,到国家教委、交通部、农林水产部请示、沟通,拜访名流、名校友,征求他们的意见,带着邀请函,为校董会确定、邀请校董、顾问。

任镜波直接向省委书记贾庆林建议聘请印尼集美校友李尚大为集美大学校董会副主席。贾庆林对李尚大有所接触,也有所了解,知道他自1985年以来,与其弟李陆大捐巨资在家乡安溪湖头镇创办了一个慈山学园,还资助其他文教公益事业,帮助家乡发展经济,远近闻名。不仅如此,李尚大是陈嘉庚国际学会的重要成员和捐资者,对集美大学的创办也很关心,为反映海外校友对建立集美大学的强烈愿望,李尚大曾在宾馆等着贾书记直至深夜。这事贾庆林记忆犹新。他当即表示同意。但当校董会副主席不同于一般的骨干成员,李尚大是否答应,他没有把握,便问任镜波有多大的可能性。心诚则灵。任镜波建议由贾庆林书记、陈明义省长以个人的名义分别写信邀请他,此君重情义,没有不答应之理。书记、省长同意照此行事,并命任镜波代为起草致李尚大的邀请信。

校董(筹)办抓紧各方面的工作,把工作进展编成简报,随时寄发联系对象,李尚大当然也在其中。李尚大也积极回应。

1996年7月,李尚大邀请黄金陵、张楚琨、洪惠馨、任镜波等4人访问印尼。黄金陵带去贾庆林书记、陈明义省长分别邀请李尚大出任集美大学校董会副主席的信函,并郑重其事地当面交给他。李尚大恭恭敬敬地接过邀请信,打开,一看,爽朗地笑着说:"这是任镜波先生起草的。"他转而对任镜波说,"那好,任先生,你也代笔替我给他们两位领导分别写封感谢信,并表示我不自量力,接受他们的盛情邀请。"几个人对李尚大的这种反应多少都有些不解。

在印尼期间,李尚大全程陪同他们参观访问。他经常到各个房间看望他们,和他们交谈。但到任镜波房间次数最多,和他交谈的时间也最长。他向任镜波了解集美大学进展等情况,还请他帮助出主意。他甚至问任镜波,对此次黄金陵他们到访自己要作何表示。同行觉得李尚大对任镜波不同一般,都想知道个究竟。但任镜波为人低调,恪守本分,对这类问题的回答一概是:工作关系,联系比较多。

1996年9月9日,集美大学校董会成立,贾庆林任名誉主席,陈明义任主席。两位福建省的最高领导都在集美大学校董会任职,两人都到会,为集美大学校董会开了一个好头。会议通过的《集美大学校董会章程》规定:福建当任省长是集美大学校董会的当然主席。这一条对以后集美大学跨越式的发展起了极其重要的作用。福建历任的省长都任过集美大学校董会主席,都对集美大学的发展作出自己独特的贡献。习近平在任福建省省长期间,担任集美大学校董会主席,坚持"任职就要做事"的承诺,3年到集美大学5次,每年一次的校董会全体会议或常务校董会议必到,而且提前到校,进行调研,每次必解决一些问题,此外还到校考察过两次;贺国强任职3年,每年一次会议必亲到,到任的第一年就解决了集美大学实质性合并的问题;卢展工任职期间,也是校董会每会必到,2003年,就是在当年举行的第二届校董会第二次常务校董会议上,卢展工作为省长和校董会主席宣布集美大学为福建省重点建设高校之一;黄小晶任职6年,对集大校董会也很重视,每年一会不是亲自出席就是委托分管副省长参加,在他任内,省政府批准了集大新校区工程,并给予一定的拨款;当任省长苏树林自2011年到任以来,不到三年就到校四次,两次出席校董会会议,两次到校调研,他为集美大学解决燃眉之急。在他的努力和关心下,福建省政府和厦门市政府签署了共建集美大学的协议,为集美大学化解了巨额的校园建设债务,使集美大学得以轻装前进。

在集美大学校董会成立大会上,卢嘉锡、钱伟长、李远哲、李引桐、孙炳炎、庄炎林、黄克立、彭德清、陈乃昌等被聘为顾问;李尚大被聘为副主席。在成立会上,李尚大作了书面发言,针对当时合并初期"形合实不合"的状况,坚定地提出"要改变原从属关系,实现实质性合并"的建议,并强调这"全靠政府的支持和决心"。这条建议和李岚清副总理的指示精神是一致的。他并提出实现实质性合并的具体办法和步骤,对集美大学迈出关键的一步起了重要作用。

[九]1993—2013　旗帜飘扬　高歌猛进

51. 校友情缘

黄金陵毕竟是化学家,又是研究催化的,知道怎么样得到自己想得到的东西。他问任镜波:"你和李尚大先生是筹办集美大学校董会才认识的吗?"

任镜波说:"要说认识,那是十年前的事了。"他和黄金陵经常接触,彼此尊重,都很坦诚,嘴边没有设卡。

"十年前?那很早了!"黄金陵把话往深处引。

"说来话长。那还得从叶振汉校长到上海就医说起——"任镜波开始他的故事。

1984年,集美航海专科学校校长叶振汉离休后才一两个月,就被确诊得了肺

李尚大与官宏光、任镜波、叶光煌等校友在一起

癌,到上海中山医院治疗。任镜波当时是学校党委和学校两办的主任,他亲自护送叶振汉到上海就医,联系在沪校友帮忙,而且亲自在病榻旁照料,时间达一个多月之久。其间,任镜波给他安排了两次专家会诊。这在当时,即使是在上海本地有相当影响、有相当地位的人也不是容易做到的。

任镜波为什么要如此投入地照顾一位离休了的老领导呢?因为他们俩的关系不同一般。首先,任镜波在集美读书时就入了党,是新中国成立初期集美学校第一个,也是唯一的一个学生党员。他和叶振汉校长同一个支部,经常得到叶振汉的教诲。以后,他毕业到省教育厅工作,几次随厅长王于畊到集美中学蹲点,和校长叶振汉接触多,两人就更熟悉了。集美航专成立后,他们又同到航专共事,一个是领导,一个是两办主任,两人志同道合,工作很默契,感情也不断加深。叶振汉离休后,集美校友会理事长陈村牧年迈引退,叶振汉被推选为继任人。任镜波也在校友会服务,叶振汉再次成为他的顶头上司。虽然时间很短,但这也算是一种缘分。在校友会那比较宽松的氛围中,两人的感情自然又加深了几分。叶振汉病了,出于这种特殊感情,任镜波撇开工作,到上海照顾他。为此,他招来不少非议。

在上海,集美中学的校友很多,叶振汉的老同学、老同事也不少。他们都来关心、看望叶振汉。有一位退休老船长,名叫官宏光,经常前来看望叶振汉。他是叶振汉的安溪同乡、上集美中学时的同学。他在校读书时名叫官松龄。以后,他又上集美高级水产航海学校。他第一次到医院来看叶振汉,就看到任镜波在他病榻旁喂汤喂药,以为他是叶振汉的家人或亲属。一问,才知道他是叶的同事;再问,叶才说是他以前所在单位的办公室主任。官宏光想:属下到医院伺候上司的事没少见,可那都是在任上呀,上司都离任了,还伺候啥劲呀?能捞到什么好处?整整一个多月,只要官宏光到医院,就能见到任镜波在叶振汉的病房,忙这做那。官宏光悄悄地对叶振汉说:"振汉,今生你有这么个部下,你官没白当!"

叶振汉去世后,学校为其举行了隆重的追悼会。中共中央统战部、国务院侨办、全国侨联、交通部等单位和叶飞、彭德清等送了花圈。整个丧葬和前后事宜主要都是任镜波具体张罗安排的。官宏光更觉得这个人够朋友,可交。

1938年,官宏光离开集美高级水产航海学校后,曾在上海三北等轮船公司当二副、大副,以后又去了香港,在航运公司当驾驶员。1950年,他回到上海,在民用船上工作。1951年,调到中国人民解放军北海舰队当专家,培训舰艇官兵。1955年,调上海海运局,任船长,一直到1979年退休。

他是一个热心人,特别热爱母校和陈嘉庚事业。离开大海以后,他得知母校校友会已经恢复活动,便想重新成立停办已久的集美水产航海上海校友会。

集美水产航海上海校友会的前身是1929年由旅沪校友林一瑜、张辉煌创立的集美高级水产航海学校留沪毕业同学会。同学会在十六铺设有会馆,用来接应到上海找工作的集美水产航海毕业同学,帮助母校安排到上海实习的同学。他们慷慨解囊,资助有困难的校友,特别是暂时找不到工作的校友。同学们互相帮忙,相互照应,彼此提携。抗战时,同学会会所被破坏。抗战胜利后,林一瑜和刘双恩、叶金泰等同学发起恢复上海同学会,并集资修葺被破坏的会所。以后,同学会再度停止活动。

官宏光四处奔走,联络校友,争取有关部门的支持,1986年,集美航专上海校友会重新成立。而此时,十六铺会所已被人占用。官宏光为讨回会所,前后奔跑了5年,终于讨回属于集美航专上海校友会的会所,校友又有了"校友之家"。1993年,因市政建设需要,会所又遭拆迁。他又到处找人,交涉、谈判,好容易才于1999年11月,得到对方偿还的192平方米的房子,并且取得产权。此后,他又四处筹款,装修会所。

在重建校友会和讨回、搬迁、装修会所的过程中,官宏光经常和母校联系,争取母校的支持。而母校直接负责这方面工作的正是任镜波。因为有前面一段不期而遇的交情,再加上为校友事业的共同目标,两人在同心协力的行动中,结成了知交。

官宏光的太太孙竞男是上海《解放日报》文艺副刊的编辑,是位女秀才,精通文墨。官宏光和李尚大是安溪老乡,又同有内迁安溪时就读集美学校的经历,两人都热心公益,好结交天下义士,志气相投,常有书信往来。李尚大性格率真,思想开放,为人真诚,他书信不仅有深刻的哲理,而且热情奔放,感人至深,妙语连珠。李尚大的好友、艺术大师黄永玉夸他"无求无欲无畏自得其乐","五十年来言论举止毫无改变"。他的书法自成一体,不拘不狂,赏心悦目。孙竞男把他的书信收集起来,打算汇编成册,请任镜波做些文字上的处理。任镜波读了李尚大的书信,觉得此人心地坦荡,有大爱之心,对他敬佩有加。

1985年以后,李尚大在家乡捐资兴学,每年几次回家乡。他好结交各方朋友,每次回来,都请一些朋友到家乡湖头参观,请他们帮忙出主意。当时帮助他创办、管理学校的是他的连襟吴朝明。官宏光和太太孙竞男是他的座上客。他们在李尚大面前说到任镜波,他的为人、能力、文采,李尚大爱才,便请他们再到湖头时把他请去。就这样,任镜波和李尚大彼此相识。

李尚大的朋友、客人，什么人都有，颇有春秋战国信陵君"仁而下士"食客三千的那种气度。任镜波在这些"士"中可以说是最沉静的，不问不答，半天不问，半天无语。一次谈到教育，李尚大向他讨计。任镜波是教育厅出来的，在学校多年，在教育管理上十分精通而且有自己的真知灼见。他的沉默引起李尚大的注意，他的见解引起李尚大的赏识。

　　在与李尚大的接触中，任镜波对李尚大的教育情结感到极大的兴趣。李尚大对教育有一套完整的理念，他对自己从一个厌学的"头疼"学生变成一位热心教育之士有深刻的感悟。他在不同场合反复讲他对教育重要性的认识，讲他少年不爱读书的故事，讲教育如何挽救了他，等等。任镜波很想写文章公之于世，教育启发人们。但他知道，李尚大不喜欢张扬。曾经有多位文人墨客给他写过传记，写完后请他过目。他给作者一笔润笔费表示酬谢，便把稿子放进抽屉，束之高阁。任镜波想，李老人家不喜欢张扬，但他却不反对别人宣传他的教育观，相反，他很赞成人们这样做。于是，任镜波就想出一个绝招，写了一篇文章，题目叫《他尊师重教的故事》，通篇不写名字，只写"他"，但文章写的都是李尚大的故事和观点。文章写完后，他请官船长的太太孙竞男指教。孙竞男赞不绝口，又把文章送给李尚大看。李尚大看了，没说什么。孙竞男问他："可以不可以发表？"李尚大说："不写名字就好。"看来老人家认可了任镜波的文章和他的文采。

　　文章不长，只3600多字。开头一段写道：

　　　　他是谁，恕不奉告。因为他做了好事、善事，都不喜欢留名，也不喜欢人家宣传。据说这是他母亲的遗教。他母亲曾对他说："你要记住，做了好事，一定不要想出名，出风头！"他一生，尤其在事业有成以后，一直以这个母训自律。

　　　　他今年74岁，是个上了年纪的人了，本可以在居住国天天去打高尔夫球，尽管做自己喜欢的事。但是，为了报效祖国、造福乡梓，从1985年底以来，他每年都要回国几次，在家乡帮助乡亲脱贫致富，兴办教育、福利事业。他既要捐输大钱，又要付出心血，甚至还要受气。这在今天，可以说是极其难得的。他为家乡、为祖国做了许多事，本文先介绍他在尊师重教方面的一些事迹。

　　文章的几个小标题是：

　　　　"他说，他是得到教育实惠最大的人"；

　　　　"他说，要推动国家进步唯有办学校"；

　　　　"他说，他很钦佩培文师范创办人"；

"他说,办学要有正确的思想和方向";

"他说,教师是一种令人羡慕的职业";

"他说,他喜欢的就是一股创业的精神"。

每一段都非常精彩。碍于篇幅,仅把第一节"他说,他是得到教育实惠最大的人"抄录于此。文字不多,但可谓字字珠玑,句句金玉之言。

他执着于尊师重教,不是没有缘由的。一方面,是受了陈嘉庚校主爱国兴学精神的熏陶,表示"要向校主学习";另一方面,是出自良好家教的影响,真正体会到了学校教育的作用。

他常说,自己小时候不喜欢读书,爱胡闹,是他慈爱的母亲含着眼泪逼着他上学的;后来,在学校里又受到良师的耐心教育和严格管理,自己才懂得了怎样做人、做一个好人。他还举儿时伙伴的例子,有的因为不上学,结果变坏了;有的自幼好学,后来成了大科学家。因而更加感慨,说:"我如果不上学,也一定成了社会的害虫,不是当土匪打劫,就是变为土豪、地痞。所以,我是得到教育实惠最大的人。我应该回报老师,回报母校,回报社会"。

他是说得少做得多的人,多少年来,他对以前几位老师的关心和照顾,可以说是无微不至的,甚至他对一些单位的捐赠,也都是以这些老师的名义,自己却不留名。真是:"谁言寸草心,报得三春晖"。

另外,第三节所说的"培文师范创办人"说的是施金城,文字中称其为施先生。施金城是李尚大的安溪同乡,也是集美校友。1982年,施金城在家乡创办培文小学;1985年,又办起了培文师范。李尚大对施金城十分钦佩。任镜波在他的文章中引用了李尚大给施金城的一封信,从中可见其一斑。

信中有一段说:"你自俸甚俭,克勤克劳,不先为自己求安乐,至今尚住在老店屋里,生活简朴,每月按时汇钱(回乡办学),认为能做到什么程度,就做到什么程度,义无反顾。尤为令人感动的,是你贤淑的内助,凡事亲力亲为,与你有同一崇高的品德,以你的理想为理想,同甘共苦,对你为乡梓的义举出钱出力,毫无怨言,支持你勇往直前。你的所作所为,比大富豪捐献了亿万元更具有价值。"

他甚至还写信到台湾,向乡亲介绍施先生的兴学精神。信中说:"施先生是用省俭挤出来的钱,在家乡独立创办了一所师范学校,以解决山区缺乏师资的困难,其崇高的品德,令人钦敬。"他对施先生如此钦佩,是因为施先生和他一样同具有崇高的爱国爱乡精神和尊师重教的思想。

文章先后发表在《福建侨报》和《福建统一战线》,又刊登在《集美校友》1994年第五期上。这无形中拉近了两人的距离。那时集美大学已正式挂牌,校董会还处于筹备阶段。

　　李尚大回乡,除了兴学,还想尽自己之所能,帮助家乡摆脱贫困状态。经过多方研究探索,他采取了多种扶贫解困措施,其中一项是向政府申请茶叶直接出口权。这是一项事关每年多少个亿进项的大事,是一件走衙门跑官府、四处磕头的苦差事。多少年来,人们都想办,但想归想,没人敢干。这回,李尚大要去闯闯这没人敢闯的禁区。他已经找了多位领导,慷慨陈词,请求救援安溪茶农。

　　为争取茶叶出口权,有一件事需要办。有人向他建议任镜波。果然,一切如愿,老人对任镜波更加赏识。作为酬谢,他给任镜波一笔钱。任镜波分文不取,连差旅费都没要,说:"我是在为公家出差的时候顺便办的。差旅费已经由公家报销了。"

　　李尚大更觉得任镜波不仅是个能人,而且是个忠厚人。

　　任镜波也清楚地看到:李尚大不仅有金山一般的财富,更有金子一般的心。所以,他极力向贾庆林、陈明义建议聘请李尚大为集美大学校董会副主席。

52. 相互激励

　　1996年,黄金陵、洪惠馨、任镜波应泰国集美校友邀请,代表集美大学组团访问泰国。集美大学成立伊始,首任校长出行,除了扩大学校的影响外,更重要的是希望得到有影响、有财力的校友、乡贤的支持和解囊相助。在泰国,他们计划拜见的乡贤中,有一位是李引桐。李引桐祖籍南安,是洪惠馨的同乡,是一位有声望的爱国华侨,为祖国、为集美学校做过许多有益的事。他常住泰国北部古城清迈。黄金陵等三人在曼谷拜见了福建会馆的侨领、乡贤和集美学校泰国校友会的校友之后,就专程从曼谷赶到清迈去拜访李引桐他老人家。

　　李引桐会见了黄金陵一行。黄金陵向他介绍了陈嘉庚早在上世纪20年代就提出的关于创办集美大学的设想,改革开放后各界要求创办集美大学的强烈呼声,以及从中央到地方各级政府对集美大学的重视和支持。李引桐听着,频频

李引桐参观集美大学

点头,对陈嘉庚由衷地表示敬佩,对集美大学的创立表示祝贺,但对"支持"一事缄口不谈,而是以长者的热心关心他们的起居、生活、行程,又以东道主的热情给他们介绍清迈的风光和历史遗迹。

清迈是泰国第二大城市,是清迈府的首府,也是泰国北部政治、经济、文化中心,其发达程度仅次于首都曼谷。清迈平均海拔3000米,是泰国的高原城市,气候凉爽,自然环境优美,是著名的避暑胜地。历史上清迈曾长期是泰王国的首都,至今保留着许多珍贵的历史文物和文化遗迹,城区内有许多古老寺庙,是灿烂而古老的泰北文化的代表。

李老先生建议黄金陵一行到清迈参观游览,并让秘书作了周到的安排,全程陪同。他对黄金陵说:"请你们先参观。参观回来,再到我的住所交谈。"

黄金陵对李引桐的盛情表示感谢,但说代表团的行程已经排满,而且国内还有一大堆事务等待处理,不可拖延逗留时间。礼貌地谢绝了李引桐的旅游安排。

黄金陵是个实在人,出国一趟不容易,募不到钱自己没有面子已经叫他心烦意乱,哪还有心思去游山玩水,哪有闲情逸致去参观庙宇古迹?

在与黄金陵的交谈中,李引桐有意无意问到海内外知名人士对集美大学的支持、捐资情况,但因为一切都刚刚开始,黄金陵实在没有鼓舞人的信息可以相告,只能是以套话予以应对。在曼谷,黄金陵从泰国福建会馆募得20万人民币作为助学金,但这毕竟不是李引桐想知道的。

黄金陵在清迈几乎一无所获,可说行囊空空打道回府。半年后,他们三人,加上知名老归侨领导、陈嘉庚的老部属张楚琨,一行四人直飞印尼,到雅加达拜访印尼著名爱国华侨李尚大。黄金陵知道李尚大是一个出手大方的人,又是省委书记、省长亲自聘请的校董会副主席,因而对他充满信心,充满期待。

当天,飞机晚点三个小时。当黄金陵一行从机场出口走出的时候,他们意外地发现李尚大在那里笑容满面地迎接他们。一位将近八十的长辈亲自前来接机,在机场等候三个小时,就这一点,就叫黄金陵他们感激万分了。

黄金陵和李尚大是第一次见面。只一见面,黄金陵就觉得李尚大果然名不虚传,他那乐观、开朗、热情大方的举止谈吐,就给人留下深刻的印象。李尚大素来好客,对四方宾朋无不热情欢迎,更何况黄金陵校长是来自他母校集美学校的客人,而他率领的是新成立的集美大学首个到访的访问团,是应他之邀千里迢迢从远方来的贵客,当然要倍加热情接待。李尚大以最高的规格迎接访问团。在雅加达,他们下榻在李尚大参股的当地最高档的香格里拉大酒店,吃的是美味佳肴,珍馐美馔。李尚大还安排他们到万隆、巴厘岛旅游观光,还专程带他们到爪哇岛的日惹、玛琅，谒访陈嘉庚抗战时遇险的地方和避难的晦时园。李尚大不但亲自安排接待项目，而且亲自全程陪同。真是盛情款待，无以复加。

黄金陵此行做了充分的准备，还特地请电教室录制了一盘介绍合并后的集美大学的录像带，有机会就放给李尚大看，否则就赠送给他，请他看看，了解集美大学的概况。见到李尚大，他一心急着能解决一些实质性问题，无心于游玩开心。他一再表示一切从简。他费尽心机寻找机会和李尚大搭话，像在泰国一样，介绍陈嘉庚的世纪之梦，介绍集美大学的情况，特别强调领导对他李尚大本人的重视等等。但每次一进入正题，李尚大就把话题引开，说："这回请大家来，只是想和各位交交朋友。大家工作都很忙，请大家来，轻松轻松，好好地玩，多多地吃；开开心心地来，快快乐乐地回。"

可是，这一切都提不起黄金陵的兴趣。高档宾馆无法使他入眠，山珍海味难以使他下咽，风景名胜更难吸引他的注意。李尚大是个精细人，敏锐地觉察到黄金陵心中有事。

他找任镜波探问个究竟。

任镜波告诉他：作为校长，他和别人不一样，此行他负有使命，也充满期待。泰国之行虽然有所收获，但与他和其他领导的期望值相差甚远。这已使他大失所望。现在，到印尼来，该谈的事都没谈，该做的事没有眉目，他心里自然感到压力大。

李尚大问："怎样才能缓解他的压力呢？"

任镜波直言不讳地说："他希望得到李先生的帮助。"

李尚大问："怎么帮助？要多少？"

任镜波说："这我就不好说了。"

任镜波也知道李尚大的难处：自1985年以来，他每年在故乡安溪投入大笔资金，创办、维持慈山学园，帮助家乡振兴经济，兴建公益事业；在厦门，他帮助创办厦门大学医学院，在中山医院也有项目，在北京还有燕京华侨大学需要他资助……近年，金融危机袭击世界各地，他的生意也大受影响。对校主陈嘉庚事业的支持，他责无旁贷；对母校的回馈，是学子应尽的义务。但眼下，他确实有困难。可是，李尚大说：无论如何，他不会让黄校长空手而归。具体多少，他要和孩子们商量商量再定。他对任镜波说，可以把这些话告诉黄校长，不要让他寝食难安。

任镜波如实转告。黄金陵吃了定心丸，心中的压力顿时缓解了许多，吃东西也有味了，当夜就睡了个囫囵觉，第二天脸色就转好，情绪也好起来了。

为期一周的访问就要结束了。在饯行餐会上，李尚大讲话，对黄校长一行的到来表达深深的感激，同时表示自己愿意为校主陈嘉庚的事业略尽微薄，先捐人民币 300 万元，请黄校长笑纳。

此前，李尚大已以陈嘉庚国际学会的名义给集美大学工商管理学院捐了 100 万元人民币。

黄校长喜出望外。他知道李尚大眼下手头确实不宽裕，他估计李尚大这次能给个一两百万自己就心满意足，就算不虚此行了，没想到竟然一出手就是 300 万。兴奋，感激，他一再颂扬李尚大的爱国爱乡爱校精神，对他的慷慨解囊的义举谢了再谢。

当黄金陵问及李尚大有什么要求时，李尚大提出此款所盖的建筑以他的恩师陈村牧命名。陈村牧是在安溪集美学校开除李尚大的校长。但李尚大不记他的仇，只记他的好。多少年来，他一直惦念着回报恩师。几年前，李尚大兄弟想在厦门岛内给他买一套房子，陈村牧不同意。后来，他们就把他住的老屋修葺了一番，加了一间有抽水马桶的卫生间。1996 年 8 月 29 日，陈村牧在厦门中山医院去世，享年 88 岁。在陈村牧生前，李尚大兄弟未能尽酬谢之意，如今他老人家仙逝了，他想在某个地方盖一座楼，用他的名字命名，以为纪念。如今，这是个合适的地方，他便提了出来。

至于这钱用来建什么样的楼，他完全相信学校。当时，集美大学学生宿舍紧缺，大学方面想盖一座学生宿舍楼。经征求陈村牧太太及其子女的意见，他们一致希望建一座和学术有关的建筑。后来，辛建德接任黄金陵校长的位置，也接手此项捐款的后续工作。学校最后决定把这笔款用于建设集美大学国际学术交流中心。但 300 万是建不成一座学术交流中心的。他们还得另想办法。

再说李引桐自和黄金陵在泰国清迈一别后，几个月，没有音讯。他在厦门有企业，经常来往于清迈—厦门—故乡南安之间。一天，他公司通知任镜波，李引桐要到集美大学参观，拜访领导。当时，黄金陵还在任，但不在集美。大学党委书记王建立、主管外事的副校长林敏基，还有任镜波出面接待。李引桐参观了陈嘉庚故居和陈嘉庚生平事迹陈列馆。他和王建立、林敏基都是初次见面，任镜波算是熟人。他知道任镜波随黄金陵到印尼拜访过李尚大。在参观过程中，他找机会和任镜波搭话，了解他们到印尼的情况，又问及李尚大捐了多少。

几天后，任镜波接到李引桐秘书电话，说李引桐也捐 300 万，还说他们老板说他不能超过李尚大。秘书请任镜波在约定的时间到集美大学校门口等候，李引桐在往南安途中将把支票当面交给他。

经事后了解，李引桐一直有心为陈嘉庚的事业做贡献，他对黄金陵在泰国谢绝游玩、一心只想为学校办事的表现非常满意，多次对人说："办学应该用这样的人。"他在泰国对捐款不开口，是因为他要探听个"行情"，看其他有雄厚财力的闽侨如何行事，再做决断。

1996年9月9日，集美大学首届校董会成立暨第一次会议隆重召开。李引桐作为集美大学高级顾问出席。校董会副主席李尚大没有出席，作了书面发言。

李引桐的300万元用于盖一栋学生宿舍楼。设计方案出来后，各方面都感到满意，只是有一个问题：造价达351万，超过计划51万。学校领导请任镜波给李引桐写信，征求他的意见，尽量争取他追加超过的款额。

这种事好说不好做。任镜波权衡再三，决定不用公函而用私人信件的形式与之沟通。信中，任镜波真诚可鉴，实话实说，最后提出两条建议：（一）修改设计方案，但效果将不尽如人意；（二）请李先生追加超限之额。而且他明确表明第二个方案为上策，希望也是李先生的首选。信是他用毛笔写的，端正的楷书，横竖点捺，一丝不苟。在电脑代替一切的时代，这信显得格外庄重、古朴、典雅。古道热肠的李引桐看了，真有一种亲近贴心的感觉，犹如见到久违的知音。

他的秘书打来电话，追加100万元。

李尚大也在原捐的300万基础上，追加了100万，把捐款总额增至400万。

李引桐捐建的学生宿舍命名为"引桐楼"。这是集美学校有史以来第一座用捐资者的名字命名的建筑。此前唯一一座用人名命名的建筑是"嘉庚体育馆"，那是人们为纪念陈嘉庚而用他的名字命名的，和引桐楼在性质上截然不同。引桐楼开始了集美学校用捐资人名字命名的新时期，赋予集美建筑新的文化内涵。中国科学院原院长卢嘉锡题写楼名"引桐楼"三个大字。

建造学术交流中心的担子落在新任校长辜建德身上。他希望能有人再捐上400万，和李尚大捐的400万加在一起，建一座两厢对称的建筑，合在一起是一座，两厢各为一楼，分别命名。他和黄金陵一样，很看重任镜波的为人和能力，便把这个任务交给他。

向谁劝募这笔款呢？任镜波想起一个人——香港校友庄重文的女儿庄秀霞。早在1980年代，集美航海专科学校和福建省影视制作中心联合摄制了八集电视连续剧《沧海之恋》。1994年他们又计划再拍一部电视文献纪录片《集美之光》，分集拍摄杰出集美校友事迹，一人一集，一集一人，由传主出资10万元拍摄制作。庄重文已于一年前"安息主怀"，任镜波找庄秀霞谈此事。庄重文去世后，庄家的大事就由他们姐弟妹仨商定。庄秀霞请来弟弟庄绍绥一起商量。庄绍绥是个痛快人,他同意制作父亲庄重文的电视片,但不是一集,而是两集,他出资30万,20万是制作费,10万作为他们对这项活动的支持。

　　这段记忆把任镜波带到香港。庄秀霞请任镜波到餐馆就餐,并请来他弟弟庄绍绥和妹妹庄秀纯,一起商量。任镜波说明来意,庄绍绥二话没说,就满口答应,还说:"能和尚大先生合作盖楼是我们的荣幸。我们只管捐款付钱,其他一切交由学校安排,只要学校认为合适,李尚大先生怎么办,我们就怎么办。"

　　就这样,在辜建德校长的安排操办下,一年后,集美大学国际学术交流中心就巍然屹立在集美大学新区校园里,位于综合教学楼的南侧,白墙,红尖屋顶,和综合教学楼一致。左右两楼分立,中间是连在一起的门厅和一通到顶、盖有透明顶盖的天井,十分壮观、大气。左楼和右楼分别竖镶着"村牧楼"和"重文楼"几个烫金大字,中间横列着"集美大学国际学术交流中心"的金字招牌。三个楼名都是著名书法家、教育家、旅居澳门的集美校友梁披云所题。

　　集大国际学术交流中心的建设记录了三位后来成为中共中央政治局常委的领导的关怀和足迹。中心的用地是在集美大学校董会首任名誉主席,后来成为中共中央政治局常委、全国政协主席的贾庆林主持下征得的;为中心奠基的是第二任校董会主席,后来成为中共中央政治局常委的贺国强;为其剪彩的是第三任

集美大学国际学术交流中心——村牧楼和重文楼

校董会主席,后来成为中共中央总书记、中华人民共和国主席的习近平。他们亲手种下的纪念树随着一次次的春秋轮回不断地增加着年轮,长高,长壮,已长成大树,将来还将长成参天大树,人们对这段历史的记忆,将像这些纪念树一样,永远鲜活,常长常青。

53. 良师益友

2003年秋天的一个黄昏,热带的太阳收起灼热的余威,没入西边的地平线下,天边的云霞被熏烤得一片火红,微风吹拂下的海面也闪烁着耀眼的光辉。在新加坡河口一栋高楼里,李尚大和李成羲坐在客厅里,面对着大海,透过硕大的落地窗看着夜幕降临前的狮城。虽然客厅里感觉不到外边的热气,但他二人都穿着衬衫,不打领带,非常休闲随意。李成羲是陈嘉庚的长外孙,李光前和陈爱礼的大公子,李氏基金的掌门人,他和李尚大有很深的交情。

他们在谈论着有关厦门集美中学一座即将落成的综合体育馆命名的事。

这也许是这座楼从设想到封顶以来他们碰到的最大难题。

一年前,集美中学校长刘卫平找到任镜波,给了他一叠集美中学申报全国示范高中的相关材料。按要求,集美中学高中部要成为示范高中,必须有一栋可供学生体育训练的室内体育馆。中学设体育馆,不是普及性的要求,教育部门不给投资。刘卫平无计可施,只好到任镜波处讨救兵。他希望任镜波出面,请求李尚大帮忙。

李成羲、李尚大与任镜波等人在新加坡

李尚大是集美中学的校友,对集美中学可谓一往情深。校长刘卫平是个有事业心的人,为人精明,有创见。他是厦门市教育局通过全国招聘挑选来的校长。但是,李尚大起先并不看好他,觉得他不是集美校友,对校主的事业没有感情,不一定干得好。慢慢地,刘卫平以自己的行动和业绩改变了李尚大的看法。当然,这其中也免不了有任镜波的美言和苦心。

李尚大结识任镜波以后,真有相见恨晚的感觉。他看准任镜波是一个可以信赖的人,是一个能给他办事的人,对他非常信任。两人越来越投缘。李尚大几乎天天晚上10点左右就给任镜波打电话,找他聊天,无话不谈。雅加达和集美属不同时区,比集美晚一小时,任镜波因此经常得到午夜之后才能睡觉。后来,经李太太提醒,老人家把打电话的时间提前,但次数、谈话时间一点未减。

当天晚上,李尚大又打来电话。任镜波把刘卫平的困难和要求向李尚大报告。李尚大问明有关事项及所需投资后,在电话里对任镜波说,让刘校长提供一个详细的报告。

李尚大拿着任镜波转过去的报告,到新加坡找李成义。李成义知道他外公非常看重集美中学,心中早有集美中学的位置。两人一拍即合,1600万元,李成义负责1200万元,李尚大出400万元。事情就这样定了下来。一年多后,当时的设想变成了一座宏大的建筑,屹立在集美龙舟池畔。大厦落成,刘卫平请求二位捐资者为大楼命名。

李尚大在海内外捐建了许多高楼,他像陈嘉庚一样,从来不用自己的名字命名,不是用他恩师的名字,就是用闽南杰出人物命名,有时也用他家乡"慈山"的名字。

李成义是李光前生前创立的李氏基金的掌门人,他在厦门投入了大量资金,绝大部分用于厦门大学。这是他外祖父陈嘉庚生前的安排。上世纪90年代初,李氏基金为当时的福建体育学院捐资180万元,兴建一座"竞武馆",并赠送价值30多万港元的豪华中巴一台。1995年10月,黄金陵、洪惠馨和任镜波等三人到新加坡参加怡和轩俱乐部成立百年庆典。在新加坡时,他们拜访了李成义。李成义说"成立集美大学实现了先外祖父的遗愿,我们一定会帮助。"他首捐人民币100万元,帮助集美大学设立学科建设基金,第二年,又给该基金追加人民币100万元。2000年,辜建德校长拜访了李成義,李氏基金又为集美大学体育学院捐资400万港元,帮助建造综合训练馆和塑胶网球场。此后,辜建德一到新加坡,就去拜访李成义。李成义又认捐400万港元,随后又追加200万港元,帮助集美大学建设现代化的图书馆。李氏基金为集美大学捐资设立基金,兴建校舍,但无论是基金还是校舍,除了图书馆用他外公陈嘉庚的名字命名,称"嘉庚图书馆"外,其他一概按功能命名。李成义没有为他们在集美捐资兴建的建筑命名伤过脑筋,因为他知道外公订的规矩。

李尚大和李成义为集美中学体育馆命名的事已经谈了很久。他们互相谦让,谁都想让对方来冠这个名。

李尚大说叫"成義楼";李成义说叫"尚大楼"。

李成义说不用"尚大楼",就叫"慈山楼";李尚大说,用地名命名,就叫"梅山楼"。慈山和梅山分别是他们故乡的地名。

……

两位老人就这样你一言我一语,推来让去了好一阵子,眼看夜幕降临了,还没个眉目。这么下去,也许到明天也谈不出个结果来。

李尚大突然心生一念,说:"发个电传给任镜波,让他在今晚8点以前提出三个方案传过来,我们从中选一个。"

李成义说:"好,好!就这样办。"

电传传出时,正是晚饭时间,任镜波一家子正在吃晚饭。任镜波放下饭碗,看了一眼传真,略一思索,便拿起桌子上的电话,给刘卫平等人布置任务,要求务必在7:50之前,把三个方案交上来。

不到一个小时的平静。电话铃响了。任太太林翠霞接电话,一听,把电话交给任镜波,说:"胖弟!"

任镜波接过电话,说:"请讲。我洗耳恭听。"一边准备记录。

"就叫'福山楼'。'福建'的'福','山川河流'的'山'。"

"很好,福山,祥山,陈校主最早的橡胶园。很好。还有呢?"任镜波是"陈嘉庚通",一点就明白。他一边说着,一边在纸上写着"福山楼"三个字。

"没有了。"电话那边说,"我写了17个,这是第18个。写到这一个,我就把前面的17个一笔划掉了。就这一个。我敢担保,准中。两位老先生一定同意。"

"那好,我也同意。刘校长那边不等了。我就报这一个。"任镜波说。

任镜波把"福山楼"传了过去,并在电话里对李尚大做了一番解释。

一百年前,准确地说,是1904年,陈嘉庚在他的福山波萝种植园试着套种橡胶,大获成功,得到丰厚的利润,踏上中兴之途。福山园可以说是陈嘉庚的发祥地。从1904年算起,陈嘉庚在福山园套种橡胶,到2003年,前后算起来正好是100年。因此,把这座楼命名为"福山楼"有特殊的纪念意义。

果然,没超过5分钟,电话又响了,是新加坡打来的。李尚大在电话里哈哈大笑,说:"我一说'福山楼',成義兄没等我说明,就连声说'好,就叫福山楼。叫福山楼好!'哈哈!哈哈!"

任镜波的智囊作用在不经意间表现得淋漓尽致。这使李尚大对他的看法又加了分。

李尚大在老家安溪慈山兴学,请他的连襟吴朝明帮助主持。吴朝明是离休干部,在任时是工厂领导。李尚大看他年纪渐大,不忍心把他一人放在远离老婆孩子的山区,一直都想免除他的负担。当任镜波来到他身边的时候,他便有意请任镜波接替吴朝明。但任镜波始终只答应帮忙,不同意任职。因此,李尚大便采取一事一交代的形式和任镜波共事。

世纪之交,李尚大在慈山碰到一个棘手的问题:慈山学校要不要开设高中。他身边的人各有主张,意见不一。李尚大也觉得各有道理,不敢决断。他让任镜波拿出意见。任镜波按照教育部门工作的套路,先进行生源和该地区现有教育能力和发展趋势及民意的调查。调查发现:当地生源在减少,现有教育资源可以满足要求,存在的问题是水平有待提高。结论是:不必再办高中。这与李尚大原来的设想是相悖的,他已在校区预留了高中部的用地。李尚大觉得任镜波说得有道理,采纳了他的意见。通过这件事,他更觉得任镜波是一个真正忠厚老实的人。因为,任镜波知道李尚大心里想要的是什么,但他不投其所好说违心话。这说明他没有私心,是个真心做事的人。于是,李尚大对任镜波的信任度又加了分。

对预留作高中部的用地,任镜波建议建实验大楼,设各种实验室和电脑室,像早期集美学校一样。这是提高教学质量的有效方法。但这个想法,特别是设电脑室,非常超前,一时不为多数人接受。但李尚大看得明白,采纳了他的意见。

那一年,李尚大一位叫李德报的朋友得了一种"怪病",肩部疼痛不已,白天好,晚上痛,痛得没法睡觉,久治不愈,人渐消瘦。因为此前,新加坡、印尼闻侨黄奕聪的姐姐也曾得一种"怪病",李尚大请任镜波帮忙,为其延医调治,他姐姐的病竟然奇迹般地好了起来。于是,李德报也来求李尚大帮忙。李尚大又来请任镜波出马。

任镜波想:李德报人在海外,既然到国内求医,就应该给介绍一流的医院。于是他请北京陈俊仰等校友帮忙,联系到解放军总医院,用传统针灸方法治疗,效果卓著。医院表示:人到立即住院。一切安排好了之后,这位老先生却变了卦,不来了。任镜波不忍就这么放弃,就请北京校友到医院打听针灸用什么穴位。他把得到的穴位告诉李德报,让他在当地找中医治疗。果然,李德报的病就这样治好了。李德报感恩不尽,通过李尚大要汇 5 万元给任镜波。李尚大告诉他任镜波不会收的。此前黄奕聪也给他 5 万元,亲自送到他手上,他都不收,而是如数送到泉州罗溪给他姐姐,说是她弟弟留给她作病后调养用的。但李德报坚持要表达自己的一点心意。李尚大就如此这般地转告任镜波,问任镜波的意见。任镜波说,既然如此,就把钱给集美校友总会,设立一个助学金。

最后的结果是:连李尚大也加盟了,集美校友总会增设了一个助学金,每年 20 万元,资助 100 个经济困难的学生,每生 2000 元;助学金名"德慈助学金"。"德"是李德报的"德";"慈"是李尚大家乡慈山的"慈"。时间 8 年。

李尚大在集美设立办事处不久,他的好友蔡继琨到集美母校举行"百龄开一音乐会"。蔡继琨 1983 年悄然回国,在陈嘉庚墓前默默发誓一定要从菲律宾、台湾归来,第二年,他真的回到祖国,以后又变卖海外家产,在福州创办了蔡继琨音乐学院。回国之时,到机场迎接他的是任镜波。他到集美举办音乐会,得到任镜波多方帮助。为了给蔡继琨捧场,李尚大派二儿子李龙羽专程从印尼赶来参加,给献花篮。李龙羽也到任镜波的办事处看过,回印尼后给他父亲讲了他亲眼所见。

之后,李尚大聘请任镜波为他在中国的私人代表,明确宣布:以后,凡国内有要他办的事,一律通过任镜波,由任镜波报告他。李尚大在安溪、厦门、集美、福州、泉州、北京等地都有项目,找他的人很多,还有各地仰其名想请李尚大帮忙的,也来凑热闹。任镜波一时成了各方聚焦的人物,应接不暇。任镜波为人谨慎、低调,又有一套巧妙应对的办法,该管的他管得很好,不该管的绝不越俎代庖,没事找事。

2003 年是一个喜事特别多的年头。这一年,是集美学校 90 周年校庆,有许多献礼项目:陈嘉庚纪念馆奠基,集美大学诚毅学院挂牌,集美中学福山楼落成,集美大学嘉庚图书馆落成,还有灿英楼奠基。

灿英楼也叫集美大学生物工程学院综合教学楼,是李尚大捐资建设的项目。灿英是李尚大夫人的名,全名叫吴灿英。这座楼是集美大学校方、集美大学校董会、李尚大、李尚大子女共同策划的,中间的协调人物就是任镜波。

2003 年是李尚大和爱妻吴灿英的钻石婚,即结婚 60 周年。李尚大的公子李川羽、李龙羽都希望在这特殊的时刻为双亲留下一项永久性的纪念,他们想在集美大学捐建一座用母亲的名字命名的楼。他们知道,父亲李尚大历来捐资不留名,用母亲的名字命名父亲捐建的建筑,担心父亲不会同意,于是,来求任镜波帮忙。他们请任镜波帮助和集美大学联系捐建项目,同时,帮助说服李尚大同意他们的安排。集美大学正处于成长期,需要建的校舍很多,就像旱地盼春雨一样渴望资助,校方也找任镜波帮忙引资助学。在任镜波的协调下,几方面很快有了共识,李尚大对用爱妻的名字命名也不持异议。李尚大的破例出于真挚的夫妻之爱,更是出于他对妻子的感恩之心。李尚大说过,他今生有两件事是做对了的:一是选择在印尼发展;二是找到爱妻吴灿英。用"灿英"命名集大生物工程学院综合教学楼,寄托了李尚大对妻子诚挚的爱。

灿英楼于2003年10月奠基。李尚大和夫人吴灿英、他们的子女都出席了奠基仪式,李尚大发表讲话。他说:"我小时是出名的顽童,上过许多学校,但只有集美学校给我留下的印象最为深刻。陈嘉庚先生是我一生最敬佩的人。"他还说:"我学习校主的精神,为集美大学做一些事,为祖国的教育事业贡献自己的绵薄之力,是我对校主的回报,也是我应尽的义务。"

任镜波没有出席。他因筹备90周年校庆经常熬夜,眼睛过度疲劳,视网膜脱落,住院治疗。李尚大从印尼归来,没有回家,就带着夫人、二位公子和女儿,直接从机场到医院看望他。那一次,李尚大在中国逗留7天,4次到医院看望任镜波,最后一次是在上飞机回印尼之前,也是全家到医院看望。对此,任镜波从心底里万分感激。

李尚大对任镜波说:"我把你拉下水了,你'吃饱换饿',日夜操劳,把眼珠子都搞掉了,真对不起!"

任镜波趴在床上,连头都不能抬。他要这样连续趴上整整一个月,否则,手术就可能前功尽弃,那只眼睛将永远失明。他对李尚大的关心充满感激,他敬佩李尚大的为人,敬佩他博大的胸怀和气薄云天的侠肝义胆。他从李尚大身上看到了嘉庚精神的折光。他断断续续地说:"尚大先生,您为公益,既出钱又出力。我没钱没力,但我有腿,我可以跑腿。——我是在向您学习。——我甘心情愿。"他把李尚大看成自己的良师益友。

54. 穿针引线

经过两年的建设,灿英楼于2005年10月落成。在落成仪式上,集美大学校长辜建德发表了热情洋溢的讲话。他说:"'嘉庚精神,尚大情怀'是尚大先生践行嘉庚精神的真实写照!"

李尚大对社会所作的贡献是多方面的,对集美母校的回报也是全方位的。他除了自己捐资出力外,还穿针引线,介绍有志于公益的朋友为集美学校提供帮助和合作的机会。而任镜波是他的接力人。

世纪之交的一天,李尚大通知任镜波:有两位印尼朋友要到集美大学航海学院参观,请安排接待。任镜波是老航海,立即和学院的领导作了安排。这两位印尼朋友都是厦门人,是两兄弟,一位叫王盛允,一位叫王盛本。他们在印尼经营航运业,对航运有特殊的兴趣。任镜波和学院领导热情地接待他们,领他们参观校园和学院的设备。

交谈中,他们问:"我们能为学院做点什么吗?"

最后,他们给学院赠送了价值不菲的模拟器。从此,彼此交上了朋友。

2001年,李尚大又介绍一位朋友到集美大学航海学院来,他是那两位来自印尼朋友的大哥,名叫王景祺。他是个大船东,和李尚大过往甚密。

他的到访,受到任镜波和集大航海学院领导的热情欢迎和款待。王景祺身材魁梧,一副大富大贵之相,脸上总挂着亲切而坦诚的笑容,特别有亲和感。他

集美大学诚毅学院的景祺楼

和太太照着他两位弟弟原先走过的路线走了一遍,看了他二位弟弟赠送的设备,问:"有用吗?"当得到肯定回答和说明之后,他满意地频频点头。

王景祺和夫人也参观了任镜波主持的李尚大办事处。一间老式办公室,中间用一道木板墙隔开,一边是办公室,一边是会客室。办公室摆放着两张办公桌和几个装文件的橱柜;会客室里有一个茶几和几张旧木沙发,墙上挂着江泽民、胡锦涛会见李尚大的大幅照片。

王景祺眯缝着笑眼,问任镜波:"任先生,尚大先生说你是一个只知道做事、又特别会做事的人,又是一个钱放在你手里都不要的人。今天看了你的办公室,可见一斑。"

任镜波也是笑容满面,说:"办事处,办事处,能办事就行。"

"几个人?"王景祺问。

"就我一个。还有一位钟老师。他是学院办公室主任,常过来帮忙。"任镜波说。

正说着,门口闪出一个人来。任镜波脱口叫道:"钟老师!"

钟老师进来,礼貌地和王景祺握了握手,自我介绍道:"我姓钟,钟国平。"又对王太太点点头,表示欢迎。接着,说了一声"你们谈。我还有事。失陪。"就走出门去。

王景祺望着他的背影,说:"很壮。看样子也是个干事的人。"

"任先生,我们是初次见面,但并不陌生。在李先生那里常听到他们说起你。"王景祺说,"我能为你们做点什么呢?"

和他两个弟弟一样,王景祺主动讨份帮忙。

任镜波想:初次见面,友情为重,交个朋友,不要一开口就要钱要物。他觉得难以启齿,正在踌躇。

"你说。没关系。给我个机会。"王景祺催促道。

"王先生,恕我冒昧。我想请您在航海建立个助学金。"任镜波说。建立助学金确实是他之所想。此时提出建助学金,他还有一层考虑:助学金可多可少,进退自如,双方都不会尴尬。

"助学金?"王景祺感到意外,问,"现在还有需要帮助的学生吗?政府不管吗?"

任镜波说出自己的想法。他自己是苦出身,是靠助学金才上学的。陈嘉庚生前一贯关心、照顾贫寒学生。他说,中国现在比以前好多了,但读海上专业的学生一般家庭经济都比较困难,多数学生来自经济比较不发达地区,还有相当数量的学生家庭生活在贫困线之下。他讲了他见到的一个蹲在一个角落啃馒头的学生。他不上食堂吃饭,因为他只吃两个馒头,喝喝开水就算一餐。他自尊心强,不愿意让人看见。像这样的学生还不只是一个两个。

任镜波讲着讲着,他看到王景祺鼻尖不时抽动着,显然他也动情了——因为他也是苦出身,也有类似的经历。

"好,我们就设立个助学金。你们提个方案。"王景祺说。

"我跟航海学院、轮机工程学院的领导商量商量,提个方案,请王先生拍板。"任镜波说。

几天后,一个《关于设立集美大学海上专业助学、奖学金的建议》放到王景祺在印尼公司的办公桌上。《建议》提出资助50名经济困难的学生,每生每年3000元,分10个月按月发放,每月300元,每年总金额15万元;另加奖学金5万元,奖励英语和计算机成绩突出的学生。试行1年。定名:集美大学王景祺海上专业助学金、奖学金。

王景祺看了看,提起笔,如数照批,并在报告上加了一句话"为了更安全的航行,更清洁的海洋"。

以后,王景祺把"集美大学王景祺海上专业助学金、奖学金"改为"集美大学王瑞庭海上专业助学、奖学、奖教金",以纪念他的曾祖父王瑞庭对海运事业所作的贡献。经过多年的实践、演变,现在王景祺每年资助金额已提高到37.5万元,资助学生99名——王景祺把建议的100名改为99名,因为他认为99是最大、最吉利的;另外,每位从事海上专业教学和教学工作的人员每年发奖励金300元。

经任镜波提议,王景祺同意聘请钟国平负责管理助学金的发放等事宜。

这项活动已经开展了十几年,受助学生愈千,许多人都上船走天下。他们对王景祺充满感激,称他为"恩人"。王景祺也非常高兴,每次到集美,都要拨冗和受助的学生见面,给他们讲话,勉励他们。学生深得教益。《集美校友》每年都发表文章报道有关活动,称这是"寓教于助"的善举。

此后,王景祺又参加集美大学诚毅学院的创办工作。他捐巨资帮助兴建诚毅学院的综合楼,该楼命名为"景祺楼"。诚毅学院的创办和建设,王景祺应立首功。王景祺现是集美大学的常委校董,集美大学诚毅学院董事会副董事长。他为集美大学捐资超过千万,福建省人民政府为其颁发奖牌、立碑予以表彰。

李尚大还为新加坡太平船务公司董事长张允中牵线,通过任镜波,与集美大学属下的厦门诚毅船务公司搭上关系，开展合作，取得双赢的效果。

集美大学的材埕膳厅捐建人是菲律宾乡贤庄炳生；月明楼的捐建人是蔡良平、蔡月明夫妇。庄炳生和蔡良平现都是集美大学校董会常务校董，蔡月明是福建集美大学教育发展基金会理事。他们的牵线搭桥人都是集美大学原党委副书记曾讲来。

早在集美大学创办之前，当时的福建体育学院就与新加坡李氏基金有联系。牵线人是新加坡的乡贤陈玉和。陈玉和老家安溪，他练就一身好武艺，曾任新加坡李氏基金李成義的武术教师，和李成義私交甚深。体育学院有一位老师叫陈荣珍，他与陈玉和是同乡，又是好朋友。陈玉和往来于新加坡和老家之间，路过厦门，陈荣珍经常接送、招待，学院的领导黄庆生等也出面接待，交流切磋武艺，建立了友谊。1980年，福建体育学院30周年院庆，经过陈玉和的牵线搭桥，新加坡李氏基金赠送价值30万元的丰田中巴一台，并捐赠180万元，帮助体院兴建"竞武馆"。这是李氏基金在集美的第一个资助项目。

集美大学实质性合并以后，2000年，新任校长辜建德在陈玉和引荐下，到新加坡拜见李氏基金主席李成義，向他介绍集大实质性合并后的情况。李成義听了，很高兴，说："你们需要我们什么帮助？"

他这句话大出辜建德意料。他想得到李氏基金的帮助，但事情总得有个过程。他此次到访的本意是见见面，汇报汇报情况，建立感情，帮助那是肯定要提出来的，但那是以后，不是现在。因为没有思想准备，辜建德愣了一下，但他是一个脑子反应极快的人，他马上说："集大体院学院训练场馆不足，有的也比较陈旧，需要建一座综合训练馆。"

"要多少钱？"李成義问。

"四百万。"辜建德对答如流，仿佛他胸有成竹。

"那好。你们提出个申请。办个手续。"李成義非常痛快。他在履行他的诺言："我外祖父的事业我们理所当然地要帮忙。"

此后，辜建德每年都到新加坡拜访李成義兄弟，而李氏基金对集美大学的支持也不断，继体育学院的综合训练馆后，又先后资助建了嘉庚图书馆、光前体育馆，还有待建的陈爱礼国际学院。陈玉和的牵线搭桥之功不可没。

原福建轻工业学校迁出厦门到南平之后，经历了一段坎坷的岁月。1974年，萨兆铃被任命为学校临时党支部书记，负责学校复办工作，也就是迁回厦门，择地重建。萨兆铃终于实现了自己要把轻工业学校搬回母校怀抱的誓言。但学校的办学条件仍然不尽如人意。

1984年底,集美轻工业学校教师陈星华的堂兄从印尼来到福建。他受印尼椰城玄坛公地藏王庙执事理事会的委托,专程回到家乡福建南安,调查捐资办公益事业的可行性。他顺道与同行来到集美轻工业学校,看望在那里任教的堂妹一家。他看到堂妹一家住房不足40平方米,家私简陋,生活拮据,便提出要给予资助。

陈星华和她丈夫陈子权都是轻校教师,他们婉言谢绝了堂兄的资助,但建议说:"如果你们有能力的话,就请帮助学校建一座科技楼。"

从短短的几句话,堂兄就看准了这是一个靠得住的捐资地方,当即答应一定竭尽全力,促使捐赠项目的实现。

陈子权和陈星华深知学校实训设施的重要性,他们希望学校能有一座科技楼。现在机会就在眼前,他们当然要积极争取。精诚所至,金石为开。在他们的努力下,1985年10月,海外确定"科技楼"为捐赠项目,并委托陈子权负责工程基建工作。也是在这一年,轻工业学校恢复"集美"二字冠名。可惜萨兆钤已经退休,但愿望的实现可以使他感到万分慰藉。

陈子权对科技楼的建设实行公开招标,保证了项目按质按时完成的可能。他和夫人还亲自搞外形设计。对材料选购,他精打细算,坚持货比三家。为了选择价廉物美的花岗岩石板材,陈子权先后跑了四个生产厂家,最后才确定购买惠安明磊石板厂的产品。但那家工厂出口任务重,难以供应。陈子权向厂方介绍这项工程的来历,厂方被感动了。他们不但按出口质量如数供给石板材,而且每平方米比原定价优惠65元。

在施工的日日夜夜,陈子权亲自监控工程的质量和进度,一发现问题就推倒重来。工程仅用了14个月就完成了,验收时被评为优质工程。

1987年秋,科技楼落成。海外捐资者组团前来参加庆典。他们对科技楼的设计、质量等都十分满意。更让他们满意的是,造价不仅没有突破他们捐赠的14万美元,而且还节余3万美元;更不可思议的是:校方根据陈子权的提议,竟然把结余的3万美元如数奉还。捐赠方大受感动,认定这是一个值得信任和令人放心的地方,于是决定,把结余的3万美元留给学校,此外,他们还给学校另捐一笔款项,建造一座图书楼。

一年后,在集美轻工业学校校园内又矗立起一座图书楼。图书楼和科技楼外观相同,双双对称,犹如一对亭亭玉立的双胞胎姐妹。

1995年,厦门市教育基金会出面邀请台湾嘉义协志高职学校何明宗校长到厦门参加两岸职业技术教育交流。经市教育局、教育基金会领导引荐,何明宗亲临集美轻工业学校参观。在轻校逗留的短短数小时内，何明宗惊奇地发现，轻校的办学理念、办学模式、培养目标，以及专业设置、学生规模、校风学风，乃至校园校舍，与他的协志高职学校非常相似。何明宗怦然心动，流连忘返。特别是学校领导给他介绍的陈嘉庚倾资兴学的事迹，使他感动万分。他在陈嘉庚铜像前，郑重表示：为弘扬嘉庚精神，他捐资在轻校设立奖学金，以尽绵薄之力。

何明宗回台湾后不久，就汇来45万新台币进入厦门市教育基金会账户，设立集美轻工业学校"何明宗－林淑惠教育基金"。林淑惠是何明宗的太太。1996年何明宗、林淑惠到轻工业学校举行"何明宗－林淑惠教育基金"首次颁奖。何明宗对太太林淑惠说，"教育基金有你的名字，你不能只挂名，要出点血哦！"林淑惠也很大方，当场表态从私房钱中拿出10万元人民币，注入基金会账户。1998年何明宗率团来访，又给学校捐献人民币2万元和8台奔腾电脑。2006年他再次来访，在听取学校有关基金运作情况报告和受助学生感恩发言后，他十分满意，又捐资1万美元。

2010年12月，集美轻工业学校与台湾嘉义县私立协志高级工商职业学校签约建立校际合作关系。2012年，何明宗再次动员太太林淑惠捐赠10万元人民币；同时何明宗还资助10名他老家平和籍的学生两年生活费和一次赴台游学费用，共人民币7.8万元。

从1996年至今，学校每年都要举办一次"何明宗－林淑惠教育基金"颁奖仪式，表彰当年成绩显著的老师和学业成绩进步的学生，至今共表彰学生1046人，教师205人次。何明宗、林淑惠对集美轻校职业教育的关怀和支持得到社会广泛赞誉！

厦门教育基金会穿针引线成就了这段至今已20年的跨海峡教育情缘。

集美轻工业学校的"爱心基金会"是学校团委设立的，曾帮助多位特别困难的学生重返课堂。为帮助"爱心基金会"扩大资助范围，经集美轻工业学校汪祐喆校长介绍，惠安啤酒公司董事长程汉川先后为基金会捐款60多万元。

集美大学成立伊始，当时在新加坡国立大学作学术访问的陈经华认识了惠安乡贤王水九的公子王汉章。经引荐，王汉章在集美大学设立"集美大学王水九英语活动基金"，资助集美大学英语课外活动的开展，奖励在各级英语比赛中取得优异成绩的学生和教学、科研成绩突出的教师。这是集美大学最早的学科基金之一。这项基金自1996年设立以来，年年进行，无一年中断，效果明显。王汉章还介绍了新加坡乡贤白连发和白朝富在集美大学分别设立计算机和数理学科基金。王汉章、白连发和白朝富三位现都是集美大学校董会常务校董。

集美轻工业学校科技楼

55. 校　魂

电视上正播着新闻联播,手机响了,传来一个女声:"陈老师,是我。筱敏。"

"哦,筱敏。好久没听到你的声音了。你好哇!"

"陈老师,我和梅贤想到您那里。"

"欢迎,欢迎。"

15分钟后,门铃响了。陈老师开了门,张筱敏和陈梅贤满面春风地站在门口。他们两位都是集美大学诚毅学院的英语老师,陈老师曾和他们共事四年。

"陈老师,有个忙请您帮。"张老师说。

"尽管说,只要我能帮的。"陈老师一边沏茶,一边说。

陈嘉庚铜像

原来是诚毅学院常务副院长郑力强交给她一个任务:接待几位在诚毅学院任教的外教,领他们参观集美学村,介绍陈嘉庚和陈嘉庚精神。她脸上露出难色,说:"我给他说我不行。他叫我来找您。他说你自己说过:在集美研究陈嘉庚的人中,英语你最好;在教英语的人中,你对陈嘉庚知道得最多。"

"那不是学冯巩吹牛嘛!"陈老师说,"不过,你这个忙我能帮,也愿意帮。——这样吧,你问,我答。其实,你们都教过《陈嘉庚》,给他们讲讲教材里的那些内容就可以了,2008年外语学院的老师、同学接待陈嘉庚先生百名后裔就用这个办法,效果不错。"

"可是,他们还可能问教材以外的问题呢!比如,关于集美各校弘扬嘉庚精神的情况。"张老师说,"你先说说集美大学是怎么做的吧!"

"这不用问,你们都知道。要问,也得去问校党委副书记叶美萍,或者宣传部长林斯丰。"陈老师话虽这么说,但还是一边招呼二位老师喝茶,一边就讲开了——

1994年集美大学挂牌时,江泽民、李鹏、李岚清等中央领导都题词,李岚清还多次讲话,强调"弘扬嘉庚精神"。挂牌后,校党委书记王建立、校长黄金陵要做的工作很多,千头万绪,无头无绪。他们抓的大事之一就是落实中央领导"弘扬嘉庚精神,办好集美大学"的指示,提出把"嘉庚精神"作为集美大学的一门必修课,对全校师生进行教育。为此,他们组织力量编写《陈嘉庚精神》教材,编辑出版了《陈嘉庚精神》文献选编。这是研究、弘扬嘉庚精神这项事业迈出的又一重要一步。

张老师在本子上记着,问:"在这之前呢?"

集美的陈嘉庚研究始于改革开放后的1980年代,老师讲起那时的故事。那故事对他们来说,好像只是发生在昨天,可是对张老师和陈梅贤老师他们这一代人说来,好像是一段遥远的往事——

那是1984年10月的一天,在厦门大学的校门口公共汽车停靠站周围,十来个来自集美带有一些书卷气的人在那里一边等车,一边议论着。他们中多数是50岁以上,有几个四十上下的人。他们刚参加了厦门大学举办的纪念陈嘉庚诞辰110周年国际研讨会,正准备回集美。这次研讨会有些分量,发人深思,因为这是"文化大革命"以后,继北京举行的隆重纪念陈嘉庚诞辰110周年活动之后,举行的陈嘉庚问题国际研讨会。杨进发等国际知名的陈嘉庚研究专家出席了研讨会。正在等车的是集美各校出席会议的专家、学者,尽管他们对"专家、学者"这顶桂冠还不敢认可,但他们都不是来看热闹的,他们对陈嘉庚研究是投入了精力的,多数带着自己的论文与会,有的还作了大会发言。他们中有曾讲来、刘惠生、陈少斌、骆怀东等人,其中有陈老师,那时他四十刚出头。他们热议的话题是集美应该组织自己的陈嘉庚研究会。车来了,他们上了车。在车上,他们仍在讨论着。

在"四人帮"横行时,陈嘉庚也备受冲击。"四人帮"垮台后,中国开始走上改革开放之路,蒙尘的陈嘉庚又以金光夺目的形象出现在人们的视线里。1980年集美航海专科学校60周年校庆和1983年集美学校70周年校庆都冠以"陈嘉庚先生创办的"这个修饰语,因为,没有这个修饰语,在那个时候要举行校庆活动几乎是不可能的。这说明陈嘉庚已经赢得了一种特殊的地位和尊重。在此前后，胡耀邦等中央最高领导在不同场合对陈嘉庚等爱国民主人士表示"怀念"，予以高度肯定。特别是 1984 年，邓小平亲笔题词"华侨旗帜　民族光辉　陈嘉庚"。这虽然是毛泽东在 40 年前的旧词重题，但因两位伟人的题词时代不同，其用意和内涵自然也不一样，两者都产生了不可估量的影响。邓小平的题词是为纪念陈嘉庚诞辰 110 周年而出版的大型画册《陈嘉庚》命笔的。同时出版的还有《回忆陈嘉庚》一书。这都是代表官方观点的权威出版物。

在厦大的研讨会之前，集美的秀才们也有可圈可点的作为，也有佳作问世，骆怀东执笔的《集美学校七十年》、《陈嘉庚先生创办集美学校 70 周年纪念刊》大型画册及其续集都是经典之作，后来的相关著作很少不从中获得资料。这些书和厦门大学余纲、王增炳的《陈嘉庚兴学记》，陈碧笙、杨国桢的《陈嘉庚传》，陈碧笙、陈毅明的《陈嘉庚年谱》一起，成了陈嘉庚研究者们的案头之书。

秀才们在厦大校门口的议论没有白费口舌，两个月后，1984 年 1 月 14 日，集美陈嘉庚研究会正式成立，会长是集美校友会的理事长谢高明。集美陈嘉庚研究会是新中国成立以来国内成立的第一个陈嘉庚思想学术研究机构。

集美陈嘉庚研究会的宗旨是：以学习、研究、宣传和发扬陈嘉庚爱国爱乡、倾资兴学的精神，为祖国四化建设事业服务。研究会成立后，对收藏的有关陈嘉庚的档案资料进行重新整理。研究会每年在陈嘉庚诞辰之日举行年会，进行学术交流；出版会刊《陈嘉庚研究》，每年一期。

1991 年 10 月，曾讲来出任会长。因为他先后担任了集美航海学院和合并以后的集美大学党委副书记，有资源和条件可供利用，在他领导下，研究会工作蓬勃展开，队伍不断扩大，年会和会刊的质量不断提高，取得了一批研究成果，在国内外影响逐年扩大，受到社会的关注。2011 年，曾讲来任会长 20 年，作为任上的总结，他主编了《陈嘉庚研究文选》上下册。文选中的论文应该说是在陈嘉庚研究方面的精品。其间，研究会和国内外相关团体合作印行了《陈嘉庚言论集》、《新中国观感集》以及《陈敬贤先生纪念集》等经典和资料。

陈老师把他们领进书房，指着书架上一大排书对他们说，"这些都是陈嘉庚研究会组织或者参与编辑出版或编辑印行的。还有——"

"我发现，陈嘉庚研究会编的多数是史料性的，像陈少斌的《陈嘉庚研究文集》和他主编的《循履嘉庚足迹》；总会王毅林主持编辑出版的这几本都是丛书，小册子叫《陈嘉庚丛书》，五卷本叫《陈嘉庚研究》丛书；任镜波主编和组织编写的多数是名校友传记，陈村牧呀，叶振汉呀，还有黄丹季……"陈梅贤在书架前看着,她当过主持人,反应快,只一眼,就能用准确的语言表述出来。她从中抽出一盒碟片,说"他还制作电影、电视片。这电视片叫《民族之光》,——这碟片有多吗?陈老师,给我一盒。"

"贤姐,你靠边。让陈老师讲。"张老师是直性子的人,熟人无礼,不客气地说。

"这些你不必记。有个印象就好。"陈老师说,又转对陈梅贤,说,"给你了。"

陈老师接着讲道——

1984年,《集美校友》杂志作为双月刊,定期出版。刊物专设一个栏目《陈嘉庚思想研究》,以后,《集美校友》改版,栏目改为《嘉庚风 故园情》,更侧重历史事件的发掘、钩沉,强调故事性和可读性。陈嘉庚关于创办集美大学设想的三封信就是在1984年后发掘出来的。

诚毅学院是最早开设《陈嘉庚精神》课的。学院是2003年创办的,学院创办不久,就组织编写《陈嘉庚精神》教材,正式开课。集美大学党委于2006年5月作出决定,从2006级学生开始,开设《陈嘉庚精神》课,将其作为集美大学学生的必修课。2007年,林斯丰主编的《陈嘉庚精神》教材正式出版,这既是对陈嘉庚精神传承的有力推动,也为陈嘉庚研究的深入开展注入新的活力。

以后,就是我们开展的"陈嘉庚精神进英语课堂"活动。这个活动应该说是从集美大学航海学院发端,集大诚毅学院立项、试行、结果,到在集美大学全校推开。活动的有形成果是《陈嘉庚》英语教材,教材已由福建人民出版社出版,并5次印刷。集美大学举行了两届"陈嘉庚英语知识竞赛",第三次正在准备当中。竞赛有力地推动了活动的深入开展。

"这些你们都参与其中,不用我多说。"陈老师说。

"我们这个立项还得了两次奖:一次校奖,一次省奖。"两位老师说。

"集美轻工业学校也把《嘉庚精神》当成学生的必修课进行教学。学校主要领导亲自给学生上课。由原副校长庄敏琦主编、原校长沈立新主审、集美校友总会理事长任镜波作序的教材《嘉庚精神》也已正式出版。集美中学图书馆组织了诚毅读书小组,活动活跃。集美小学利用周会,给同学讲陈嘉庚。校园文化建设也是弘扬嘉庚精神一个重要方面。"陈老师说。

"咱集美大学校本部东门屹立着的陈嘉庚铜像和'弘扬嘉庚精神,办好集美大学'的永久性的大横标语,营造了一种醒目大气、具有嘉庚风尚的校园文化氛围。"陈梅贤老师说道。

"咱诚毅学院的嘉庚语录廊也很有特色。"张老师说。

"你们可能不知道,这是郑院长那年清明扫墓时在嘉庚先生墓前作的承诺。我们《集美校友》作了报道。郑院长看了报道,说:'看来,这项工作得抓紧进行,要不对不起嘉庚先生,也对不起《集美校友》的读者了。'"

"哈哈,郑院长也有被将军的时候!"陈梅贤老师说,她见过世面,和领导熟,说话大胆。

"这叫促进,怎么能叫'将军'呢?"张老师说。

陈老师接着给他们讲了其他几个学校的校园文化,建议张老师也带老外去看看。他说——

集美轻工业学校的校园文化有着浓烈的集美情结和嘉庚文化特色,校园里的四座陈嘉庚群雕是陈嘉庚在四个重要历史时期最有代表性活动的定格,群雕让人时时感到陈嘉庚就在我们身边;集美中学道南楼前和新校区入口处分别竖立着一组陈嘉庚铜像群雕《嘉庚精神 薪火相传》,很吸引人,经常有校友和来宾在那里和陈嘉庚、陈敬贤兄弟合影留念;校园里的壁雕、文化柱、院士塑像、校友廊、陈嘉庚语录石刻等,多侧面地为广大师生营造了一个有着浓烈嘉庚文化内涵的校园氛围;集美海洋职业技术学院发展到哪里,校主陈嘉庚的铜像就在哪里竖立,校园里诸多的景观石上刻着陈嘉庚语录和名句,有很好的警示和美化作用。

"很好,我心里有谱了。我再准备准备。完了我再向陈老师报告。"

两天后,张筱敏老师给陈老师打来电话,喜闻于声,讲述她接待外教的情况。

张老师带着几位老外到集美学村几个景区和校区参观、游览。这些老外,分别来自美国、英国、澳大利亚、新加坡、菲律宾等国家,有的已在集美多年,有的刚来不久,对集美、陈嘉庚都有所了解,但程度不同。他们到鳌园、陈嘉庚故居,再到陈嘉庚纪念馆,对陈嘉庚的光辉一生有了更深的了解,对陈嘉庚倾资兴学的精神深表敬佩。

在纪念馆参观时,正碰上十几位中国科学院院士在集美开展"嘉庚故里行"活动。一位院士对他们说:"在厦门,陈嘉庚的名字家喻户晓;在集美到处都可以看到陈嘉庚倾资兴学的影子,每一个学校都呈现着浓厚的嘉庚精神的氛围。"

外教们都说:"陈嘉庚了不起!""陈嘉庚真棒!""中国需要更多的陈嘉庚,世界需要更多陈嘉庚这样的人。"

在一所中学,他们看到陈嘉庚纪念馆正在那里举行"嘉庚精神·诚毅百年"系列巡展之"华侨旗帜 名族光辉——陈嘉庚生平事迹"展,一群集美大学的志愿者在宣讲陈嘉庚精神。这是陈嘉庚纪念馆和集美大学联手组织的"百名志愿者百场宣讲嘉庚精神"活动。活动是迎接集美学校百年校庆系列活动之一,将从

5月份进行到10份校庆期间。集美大学有近500名学生参加了这项活动。

在一所小学,他们看到一些小朋友正在用彩泥搭建嘉庚建筑,用铅笔勾画嘉庚建筑,用水彩画嘉庚建筑,这都是陈嘉庚纪念馆组织的让孩子们在趣味活动中感悟嘉庚精神活动。

在龙舟池畔,他们看到比赛后留下待拆的广告牌,上头写着"嘉庚杯"、"敬贤杯"海峡两岸龙舟赛等字样。外教中,有人能认得几个汉字。那位澳大利亚来的老师看到上头的字,用带有洋腔的中国话幽默地说:"在集美不看到陈嘉庚几个字都难!"

"对,对,"有人附和着,说:"嘉庚体育馆,还有我们参观过的陈嘉庚纪念馆,还有……"

他们列出了"嘉庚星"、"嘉庚奖"、"陈嘉庚科学奖"……一位来自美国的教师知道美国加州大学帕克莱分校化学院有一座陈嘉庚大楼,说:"这是美国高等学校第一栋以华人的名字命名的建筑物。"

"你们集美大学的 slogan 是:嘉庚精神立校,诚毅品格树人。Jimei University establishes itself in the spirit of Tan Kah-kee and cultivates talents with the personality of 'sincerity and perseverance'。我说得对吗,张老师?"一位外教问。

"对,对,对极了。Perfect!"张老师回答。

"我要告诉我的朋友,我所在的大学是一位 world-famous 的 great man 名叫陈嘉庚创办的。让他们也为我感到 proud。"

"我得到一个 conclusion:陈嘉庚是集美大学的 soul。我说 soul,对,对,灵魂。"

"不仅仅是集美大学,而是整个集美学校的灵魂。"张老师说。

是的,陈嘉庚精神是集美学校的校魂。

56. 高高天上有颗星

"应该请菲律宾的陈永栽先生参加我们的校董会。"1996年集美大学校董会筹备期间,领导说。

陈永栽是菲律宾著名的华人企业家,菲律宾航空公司董事长,是菲律宾首富。他热爱中华文化,热爱祖籍国。他当然应该是集美大学校董会的成员。

可是,怎么和他取得联系呢?

机会终于来了。陈嘉庚的追随者、厦门市前副市长张楚琨告知:"陈永栽先生最近会到厦门。"

负责外事工作的副校长林敏基和校董办主任任镜波到厦门市政府见市长邹尔均。在1994年组织的海峡两岸海上直航研讨会上,邹尔均出席,任镜波参加

陈永栽为菲华学生学汉语夏令营授旗

筹备和组织工作,两人有过一面之缘。邹市长介绍了陈永栽的行程:他将到集美,也将到海沧,在集美时间很短,在海沧虽然也很仓促,但还是比较宽裕,可以找机会同他见见面。果然,他们在海沧见到了陈永栽。陈永栽听了他们关于陈嘉庚的遗愿,以及集美大学创办情况的介绍后,问:"集美大学和华侨大学相比,如何?"

1997年初夏,集美大学首任校长黄金陵、党委副书记曾讲来,还有任镜波三人出访菲律宾。陈永栽酷爱中华文化,特别喜欢古文,虽然年纪那么大了,工作又那么忙,但只要他人在马尼拉,就天天坚持学习一个半小时的中国古文。他专门聘请了一位从厦门大学退休的古汉语教授黄炳辉当他的国文老师。黄教授认识菲律宾大学一位教授——华侨大学校长庄启程的弟弟,而黄金陵和庄启程都是大学校长,是熟人也是朋友。通过这条关系线,他们见到了陈永栽。见面后,黄金陵等还是介绍集美大学的情况,因为校董会已成立,有更多情况可谈。他们特别强调集美大学校董会主席是当任的福建省省长。曾讲来是晋江人,陈永栽的同乡,乡音乡情乡谊,拉近了彼此间的距离。最后,陈永栽说:"以后到集美大学看看。"

陈永栽是个说话算话的人。他果然守信,到集美大学看看来了,而且于1999年接受聘请,出任集美大学校董会顾问之位。当然,这其中有集美大学校长、校董会秘书长辜建德的诚意、苦心和努力。

2002年,陈永栽第一次选送菲律宾华裔学生到集美大学学习中华文化。此前,他已于2001年组织并资助了一批菲华学生到厦门大学等校开展"中国寻根之旅"活动。

集美大学校长辜建德对接收菲华学生前来学习中华文化极为重视,亲自过问、安排计划,对每一个环节都作了周密的安排,要求事无大小,都要做到万无一失。

集美大学海外教育学院院长叶光煌不折不扣地落实辜建德提出的要求。他身兼数职,工作特别忙,对他来说,星期六是礼拜六,星期天是礼拜七。他英俊帅气,身强力壮,但经常熬夜,过早地得了他这个年龄的人不该得、而又不引起注意的毛病。他精明强干,工作负责,为人真诚亲和。他和他领导的团队配合默契,行动一致,一呼百应,菲律宾的师生们从来没有碰到他们遇事推诿、扯皮的尴尬局面。他们都能感到:集美大学海外教育学院的领导、职工是一支团结协作、能办事、高效率的团队。叶光煌本人对菲华学生十分关心,从接机到送机,从日常教学到生活安排,从校内活动到出外旅游,他事事过问,只要做得到,无不躬身。

[九]1993—2013　旗帜飘扬　高歌猛进

每次菲华学生到来和离去,学院领导都亲自带领专人在机场接送,热情周到地为他们服务;发现问题及时处理,不能处理的及时请示,争取其他方面的支持,保证菲华师生绝对安全,不出纰漏。曾经有一位学生,在厦门机场办理登机手续的时候,找不到护照,原来他把护照放在行李包里托运了,而行李已经搬上飞机了。这可惹了个大麻烦了。学院及时和航空公司、机场协调,把已经装机的行李倒腾出来,从几百件行李中找出那位学生的行李包,取出护照。这件事得到了妥善处理,皆大欢喜。此后,在学生出发前,领导总要一而再,再而三地提醒有关人员,确保每一位菲华师生随身携带护照等有关证件。多年来,到集美大学的菲华学生从来没有出现跟不上队伍或搭不上车,被落在机场之类的事故。一年又一年,前班传后班,到集大的菲华学生对集大海外学院越来越信赖,越来越放心。

集美大学海外教育学院对菲华学生的课程安排十分用心。课程中除了汉语课外,还有书法、绘画、歌舞等课程。学院还特地安排了手工课,让同学们在动手过程中,学习中国传统手工制作工艺。同学们亲自动手,感受其中的乐趣。他们珍惜自己动手做成的艺术品,将其当成珍贵的纪念品,有的还当礼品拿去送人。课程安排使师生们感到充实、丰富而有乐趣,大家都很喜欢。

学院的老师们在生活、安全等方面对同学们无微不至地关怀。在 SARS 流行期间,学院的领导和老师天天严阵以待,提心吊胆,如履薄冰。值得庆幸的是,一切都已过去,师生平安无事,安然度过那严峻的时刻。平时,学院对每一位同学也都关怀备至。同学病了住院,学院派老师和工作人员轮流到医院照顾。有的同学吃不惯医院的饭菜,老师在自己家中按他们的要求把食物做好,送到医院给他们食用。这样的事是经常发生的,普通得不值一提。

菲华师生对在集美大学海外教育学院的生活和学习普遍感到满意,陈永栽也从他设在厦门的办事处和其他渠道得到赞许的回馈。

陈永栽派送到集美大学的菲华学生不断增加,集美大学成了接受菲华学生"寻根之旅"人数最多的学校。

为了改善菲华学生的学习、生活条件,2005年,集大校长辜建德和陈永栽商定了一个双赢的方案:集美大学按商定的名额免费培训菲华学生,陈永栽捐资500万元,在集美大学建造一座菲华学生培训大楼。这就是"陈延奎楼"。陈延奎是陈永栽父亲的雅号。

陈永栽酷爱中华文化,刻苦学习中华文化,他能够背诵上百篇《古文观止》的经典名篇和《毛主席诗词》中的全部诗篇。他对《二十四史》、《易经》和《三国演义》爱不释手。一部纷繁复杂的中国历史,从盘古开天地,三皇五帝至今,上下五千年，纵横几万里，他能娓娓道来，滔滔不绝，如数家珍。

他认真研读过《孙子兵法》、《六韬》、《三略》等古代十大兵书，熟知其内容，把握其精要，并在商场上运用自如，创造了许多令人瞠目结舌的商业奇迹。

陈永栽曾任菲华商联总会理事长，在华人社会中享有很高威望。他热爱祖籍国，钟情于中华传统文化。2001年后，他每年都组织、资助菲律宾华裔学生到中国福建，主要是厦门，参加"菲律宾华裔青少年学中文夏令营"活动。集美大学、厦门大学、华侨大学是主要的接受学校。12年来，受惠学生达7999名之多，其中集美大学有11批3962名。陈永栽希望，华裔青少年通过学习，能热爱中华文化，领悟中华文化，传承中华文化。

陈永栽把中华文化看作全世界华人的根。他大力呼吁要在菲律宾振兴华文教育，一再出资开展挽救中华文化行动和"留根工程"。

陈延奎楼的落成，在陈永栽看来，其意义远不在一座楼本身。这是一座专供菲律宾的华裔学生到集美大学学习中华文化使用的建筑，楼内四至七楼有100个标准间，可同时容纳400名菲华学生入住。大楼地处教学区，附近有可供使用的教室和文艺体育运动场所，方便师生学习生活，而且方便管理，能确保安全。这些有利条件，加上海外教育学院令人满意的组织管理、集大雄厚的优质教育资源，扩大接受菲华学生规模就成了顺理成章的事了。

集美大学对受训学生进行的华文教育，在菲华学生心中播下了中华文化的种子，也加深了陈永栽对集美大学的了解，加强了彼此的合作，拉近了彼此间的距离。2007年，在陈延奎楼落成之际，集大校长辜建德宣布：陈永栽为集美大学新校区捐资600万元，帮助集美大学建设数字化图书馆——陈延奎图书馆。陈延奎图书馆和集美新校区的其他建筑于2008年10月21日集美大学90周年校庆时落成。这是陈永栽献给集美大学的一份厚礼。

陈延奎图书馆落成后，陈永栽又给集美大学赠送了两套《四库全书》，其中一套就放在他捐资助建的陈延奎图书馆三楼阅览室的两侧。那里，有两排各约20米长、齐腰高的书柜，柜里齐刷刷地排着三层规格统一的精装书，每本书的书脊上都印着四个醒目的大字——"四库全书"。这是清朝康熙年间编撰的、卷帙浩繁的文献典籍，是国宝级的藏书。这套书包括《经》、《史》、《子》、《集》四部，故称《四库全书》，全书共1500册。尽管这是现代的复印本，但仍价值数十万元。这套书是陈永栽出资，由上海古籍出版社印制的，书后印着一个朱红的篆刻大印："陈延奎基金会赠书"；该书是文渊阁版本，现藏台湾，书的扉页背面印着"文渊阁宝"的藏书印。陈永栽赠送集美大学的两套书，一套馆藏，一套流通。陈永栽还向厦门大学等文教机构赠送了这套典籍,但赠送两套的单位为数极少。陈永栽出巨资重印赠送此书,目的是弘扬中华文化。

2012年4月1日,2012年"中国寻根之旅"——菲律宾华裔学生学中文夏令营开营式在集美大学诚毅影剧院隆重举行。陈永栽亲临开营式并发表讲话,强调学习汉语的意义和重要性,希望菲律宾华裔学子"珍惜机会,认真学习,与祖籍国人民分享中华民族文化的荣耀。"

在这一批菲华学生到来之前,菲律宾华文教育中心师资部主任、菲律宾华裔学生学中文夏令营总领队杨美美致电集美大学海外教育学院领导,转达陈永栽关于要为菲律宾华裔学生学中文夏令营学员开设《陈嘉庚》课的要求。

陈永栽的居住国是菲律宾,祖籍地是晋江,他没有在集美或厦大受过教育,可以说和陈嘉庚既不沾亲,也不带故,没有直接的地域、乡土、校友关系。他强调学习、了解陈嘉庚,完全出于他对陈嘉庚的崇敬,对嘉庚精神内涵的深刻理解。陈永栽对中华文化有精深的认识和独到的见解。他认为:中华文化铸就了陈嘉庚;嘉庚精神是中华文化的结晶。他认为,陈嘉庚是中华文化热心而虔诚的传播者。陈永栽从中华文化的大视野看陈嘉庚,看嘉庚精神的传承,希望华族子孙了解陈嘉庚,传承嘉庚精神。他的举措具有深远的意义。

集美大学海外教育学院高度重视陈永栽提出的要求,立即开会落实,作了安排。从2012年起,学院为到集美大学学习的菲华学生开设《陈嘉庚》课。教材是集美大学各专业新生通用的英语泛读教材《陈嘉庚》。菲华学生以英语为教学媒体语言,他们可以没有困难地读懂教材。对他们来说,开设这课程的首要目的在于了解陈嘉庚。教师在授课时,只作提纲挈领式的讲解,引导学生自学,然后就要点提出问题,请学生回答。老师对同学们说:在集美,你们可以亲眼看到陈嘉庚倾资兴学的伟大业绩,但是,你们也要记住,陈嘉庚发动包括菲律宾华侨在内侨胞抗日救国的历史;你们更不要忘记:The three places where the Japanese slaughtered over 100,000 civilians were Nanjing of China, Singapore and the Philippines(日本人屠杀超过10万人的三个地方是中国的南京、新加坡和菲律宾)。

结合所学的内容,老师给他们放映中国中央电视台拍摄的电视片《华侨旗帜 民族光辉——陈嘉庚》。

教师要求学生用汉语背诵最经典的句子:"陈嘉庚倾资兴学,千古一人。""华侨旗帜 民族光辉 陈嘉庚。""教育为立国之本,兴学乃国民天职。"教师还编写了朗朗上口的顺口溜,让同学们诵读:

高高天上有颗星,
名字叫做陈嘉庚。
发财不为图享受,
倾资兴学为后生。

高高天上有颗星,
名字叫做陈嘉庚。
发动侨众齐奋起,
抗日救国留英名。

课后,不时能听到同学在诵读:高高天上有颗星,名字叫做陈嘉庚……

[九]1993—2013　旗帜飘扬　高歌猛进

57. 到翔安　到东安

"文革"动乱中,集美水产专科学校、集美水产学校都于1966年停止招生。水专一度更名"前线水产大学";水校更名"福建水产学校"。1970年10月学校停办,校舍被移作他用;实习工厂、养殖场、仪器设备、图书资料被占光、分光、抢光;教职工或下放或调离,享有盛名的集美水产、水专就这样荡然无存。

1974年6月9日,福建省"革委会"同意筹建福建水产学校,指派秦嗣照负责筹办工作。秦嗣照是山东省日照县东港区人,军人出身,1962年转业后,任福建省海运公司副书记、省渔业基地书记。

秦嗣照从来没办过学校,也没管过教育,让他来复办学校,实在是勉为其难。他手下只有三个刚调入的工作人员,其中一人还兼有其他单位的工作,只能算半

集美中学校园里的群雕《嘉庚精神　薪火相传》

个。这就是后来人们戏说的"秦嗣照三个半人复办水校"的原委。

复办之初,一无校舍、二无师资,他们暂借福州树兜福建日报社两个仓库办学。这两个仓库,既当宿舍又当教室。学校首批招收"海洋捕捞"、"轮机管理"两个专业的工农兵学员 100 人,实际报到 99 人。他们从山区来到沿海,从乡村来到城镇,有的刚脱下军装,有的还在知青点上山下乡,有的从学校回到农村务农,能到学校上学,不管条件多简陋,只要最后能分配到一个工作,他们对什么都无所谓,什么困难都能克服,什么苦都能忍受。

9 月 21 日,学校举行开学典礼,因为没有师资和教学设备,无法开课,学校只能对他们进行军训、政治教育等简单的训练,让他们唱革命歌曲,而唱得最多也最有专业特色的歌是《我爱这蓝色的海洋》。作为权宜之计,10 月下旬,学生们就被分别派到渔业公司或渔业大队,登船进行一个学期的"战天斗海"的海上实习。学员们既感受到遨游祖国万里海疆的荣耀,也尝到那咸酸苦涩晕船的味道。

这年年底,学校迁回厦门,暂借厦门东渡渔港指挥部的一栋四层楼房作为校舍。1975 年春节过后,学员们从船上登岸,迁到厦门。被下放的教职工陆续回校,学校又调入一些教师和职工,开始给学员上课。复办中的学校条件很差,师生们过着半军事化的生活。学生白天在竹棚里上课,晚上 10 个人睡在一间房间里的统铺上。有这样一首顺口溜:"竹棚为课堂,平地当会场,露天办食堂,马路作操场。"这形象地描绘了当时的学校生活情景。

学校一方面恢复上课,一方面抓紧在一个被称为"厦门西伯利亚"的偏僻山村建设校舍,这个村子叫仙岳村。1978 年 2 月,教学楼、礼堂兼食堂、教工宿舍、学生宿舍等建筑和教学配套设施就建起来了,学校从东渡迁入仙岳新校区。

1980 年 6 月,福建省人民政府批准恢复"集美水产学校"校名,任命秦嗣照为校长兼党总支书记。到 1984 上半年,学校恢复了"文革"前的全部专业,在校生达到 400 多人。

秦嗣照复办了水产学校,恢复了"集美"校名,劳苦功高,校史永记。

经过秦嗣照和以后几届领导的努力,到 20 世纪 90 年代初,全校拥有土地 58800 平方米,为集美原校园面积的 4.5 倍。学校拥有教学楼、图书及办公综合楼、电讯实验楼、师生宿舍楼等八栋楼房,连同配套设施建筑面积达 1.9 万平方米。此外,校园里还有游泳池、400 米跑道的运动场、校内花园等体育休闲设施。随着厦门特区的建设发展,学校所在地由原来的荒郊野地变成了厦门岛内的闹市区,背靠仙岳山,西临筼筜湖,东与市体育中心毗连,风光旖旎,环境优美,交通方便,成了一个谁看了都眼馋的黄金宝地。

经过20年的努力,集美水产学校恢复了元气,成了同类学校中的佼佼者。1993年,学校被确认为省、部级重点中专学校。

1995年,上级新任命了一位名叫陈明达的副校长。此人是厦门大学毕业生,到校前是省水产研究所副所长。他脑门很高,头发稀少,属于动脑筋型的人才。他屡有创见,不到三年,就被提拔为校长。

陈明达当校长以后,不满足于学校的现状,天天想的是开拓,是发展。他想多招生,扩大规模,把学校搞活。但多招生,需要盖校舍,但手头没有钱。向上伸手,领导有困难。他的企业思维打破了公办学校吃皇粮的思维定势,他想出举债盖校舍的思路。举债盖厂房,举债买机具,在企业,这是常见的事。但在学校,"举债"两个字着实把领导和老师们吓了一跳。经过耐心细致的工作,分析利弊、困难和有利因素,陈明达终于说服了对这想法有保留的领导和教工,成功地迈出了学校发展中新的步伐。

2000年,集美水产学校被国家教委批准为"首批国家级重点中专学校"。

但是,这打不动陈明达的心。他认为中专就是中专,"重点"也好,"国家级"也好,"首批"也好,都没法突破中专"招生难、管理难、就业难"的瓶颈。于是,他带领全校师生,想变通办法,2001年获准办起五年制的小高职水产养殖专业。接着,他又组织申办海洋职业技术学院的论证,并提出申请。2003年2月,学校终于获得福建省政府批准,升格为"海洋职业技术学院"。

尽管原水校校区占地达58800平方米,但只合100亩。这对一所职业技术学院,一所高等学校,规模实在太小了,没有发展的空间。而现在学院所在地是闹市区,寸土寸金,虽然现有校园价值连城,可是,要发展绝无余地。和许多学校一样,学院必须走易地发展的道路。那时,厦门市正在筹划开发翔安新区。陈明达和他的团队意识到,到翔安建设新校区是机遇,也是无可替代的选择。然而,虽然翔安发展前景一片光明,但学校一旦搬迁,在可以预料的近期内将会困难重重。陈明达是一个敢于应对挑战的人,他决心一搏。他开口就向市政府申请要地一千亩,为学院将来的发展留下空间。陈明达说:"到翔安发展是逼出来的。可谓是'逼上翔安'呀!不上翔安,没有出路;上翔安,前面的路可是步步艰难!"

从厦门岛内到翔安新校区,要驱车向北过集美、同安,到马巷,再向南折回,绕了一个大弯。路途遥远,教职员工从岛内赶到那里上班要花大量时间,起早摸黑,着实辛苦,学院的运营成本也高。这直接关系到教职工的工作生活和学院的财政负担。这些都是最敏感的问题,处理不当,极易引起麻烦。

百年往事

但学院领导相信困难是暂时的，发展才是硬道理。他们提出2006年秋季4000名学生进入翔安校区的设想。学院开始新校区建设工程。

他们开始新的征程，目标是翔安！

海院新校区建设分两期进行。第一期工程进行得十分艰难。征地、贷款、拆迁、基建，举步维艰。征地时，不少村民认为这是个发财的机会，"有理不让人，无理搅三分"，漫天要价，天天是扯皮，讨价还价。这是一场蘑菇战，消耗战，工作还没看到实际进展，有关人员和领导就被搞得筋疲力尽。但是，他们不气馁，坚持既定方向，一步一个脚印地往前走。经过两年的奋斗，他们硬是在一片乡间土地上建起了一座现代化的高等学府。

一期工程完成后，2000名新生迁入新校区。此外，学院还有空置宿舍，暂时借让给兄弟学校，一年就能收数百万租金，这大大缓解了学院的还债压力。更重要的是，一期工程的成功大大地增强了师生的信心，为二期工程的顺利开展铺平了道路。原计划中还没征到手的另外500多亩地征到了，贷款也签了，拆迁工作进展也顺畅多了。因为校舍建起来后，学生住了进来，给当地提供了多种发展机会，有的村民到学院做工，有的开起小店铺，经济活起来了。村民看到学院给他们带来的好处，都做好了让地、搬迁的准备，有的把牛、犁都卖了，准备走新的小康之路。二期工程走上坦途。

二期工程基本完工后，学院在新校区图书馆高高的台阶上竖立了陈嘉庚的铜像。学院领导说：在体育路旧校区，我们立了校主的铜像；在新校区，我们再立校主塑像。不管我们走到哪里，校主将永远伴着我们；不管学校怎么变化，怎么发展，几样传家宝我们永远不会丢——陈嘉庚永远是我们的校主，我们永远是集美学校的一员，"诚毅"永远是我们的校训，我们永远唱《集美学校校歌》。

在海院翔安新校区，背衬着淡淡的远山，面临着涛声可闻的近海，一座座高楼拔地而起。人们自然而然地感到：这里是陈嘉庚创办的集美学校的延伸，是集美学校的翔安版。

从厦门本岛通往翔安的海底隧道早已开通，这条黄金通道将海洋职业技术学院的两片校区紧紧地连在一起。从新校区至厦门本岛只有几公里之距，须臾可达。新校区已成为寸土寸金的黄金宝地，海院新校区成了镶嵌在翔安这顶王冠上的一块耀眼的宝石。海院的未来不可限量。

翔安新校区总投资超过三亿元人民币。从征地、基建到设备配备的费用主要由学院自己筹措。

这样的规模，这样的大举措，源于决策者的大胆略、大手笔。到过海洋职业技术学院的人无不为海院人的创业精神所叹服。校友们无不为此感到欢欣鼓舞。但,与此同时,他们心中最热切希望的是学院现有的两块招牌能尽快变成"集美海洋职业技术学院"一块招牌。这是一件承前启后、功德无量的大善事,也是一项需要大胆略的大举措。

在集美学校中,集美中学拥有嘉庚建筑中最具代表性的南薰楼和道南楼等楼群,福山楼的落成,又使学校上了一个新台阶。集美中学享受着集美学村独好的风光。然而,城市在发展,中学在扩大,现有的校舍已经容纳不了人数年年递增的学生。

学校大声呐喊,校友帮助呼吁,领导着手解决。2006年8月25日,厦门市市长张昌平一锤定音,确定了集美中学高中部建设项目,地点在集美北部侨英街道东安社区。

到东安去,开辟新的发展空间!

2008年10月18日,集美中学90周年校庆期间,中学新校区奠基。

新校区距旧校区约3公里,占地面积130亩,比旧校区大10亩。新校区建成后集美中学高中部将从40个班扩大到60个班。校长刘卫平规划:道南楼片区作为初中部,南薰楼片区发展海外教育。2007年中学开办了以泰国华裔学生为主的首个海外班。

经过三年的建设,2011年,集美中学新校区落成。落成仪式于10月15日举行。

集美中学新校区的落成是嘉庚事业发展的又一重大成就,是集美中学发展史上的又一里程碑。新校区占地7.3万平方米,区内建有教学实验楼、图书综合楼、文体楼、学生宿舍楼、食堂、地下室和室外运动场等,总投资1.2亿。其中,陈嘉庚创立的集美校委会提供8611万元,占总投资的2/3;厦门市财政拨款712万元;集美中学校友和乡贤捐款938万元,其中李尚大生前捐100万元,李氏基金捐100万元,李凤翔捐100万元,韩南强捐100万元,肖忠明捐200万元,杜成国捐338万元。此外,侨英街道捐60万元。

新校区体现了嘉庚建筑的特色,除了典型的红白相间的墙面结构和红色的大屋顶外,楼间连廊等嘉庚建筑元素的应用,大大地增加了校区的宜用性和舒适度;一楼空层的设计,增加了学生的活动空间。

校园处处洋溢着浓郁的嘉庚文化色彩。以"妙笔生花 开卷有益"为创意的校门、"嘉庚精神 薪火相传"的大型群雕、镌刻着"诚毅"校训和《集美学校校歌》

百年往事

的屏风、院士校友雕塑群、校友文化长廊和中外文化长廊,无不体现着嘉庚精神的文化特色。这将给一代又一代集美中学学子以嘉庚精神"润物细无声"的熏陶。

落成典礼上,主席台正中屏幕上的会标格外醒目,"继往开来　谱写新篇章;凝心聚力　实现新跨越"的标语牌矗立两侧。台下是一个个服装整齐而色彩各异的学生方队。香港集美校友会代表团120名校友和各地校友及来宾在前面就座。

礼炮齐鸣,彩花纷飞。领导、师生、校友欢呼雀跃,为集美中学的新跨越,为校主陈嘉庚事业的新进展欢呼!

集美海洋职业技术学院图书馆

58. 经典精品工程

端午过后,南国的天气就一天天地热起来了,雨水也多了起来。这天晚上,天黑以后,雷鸣电闪,大雨滂沱。在集大财税宾馆二楼一个单间里,七八个集美大学的中年教师和中层干部围坐一桌——哥儿们忙了一天,聚在一起,喝喝啤酒,轻松轻松。

"辜校长不是吹牛,就是脑袋灌水,二十天要完成搬家?天下着雨,路还在修,根本不通,那家具,设备,用吊车吊过去,还是用直升机运过去?"虽然啤酒不醉人,但也有人自醉的时候。

"我看是你老兄喝迷糊了。我敢打赌,不用二十天,这个家绝对搬得完。你看诚毅学院,当时情况比这糟糕得多。他辜老爷子说哪一天搬就哪一天搬,几点完成就几点完成。他那个安排,精确到每一个人,每一分钟。别忘了,他是北大

集美大学新校区

数学系的高材生！"

"好的是诚毅新校舍都有连廊，楼连着楼，虽然道路不通，可是只要一处可达，就没有到达不了的地方。"

"这不正好说明他辜老爷子精明，在设计的时候就把一切都想好了。"

"喝，喝！干，干！他妈的，叫你搬你就搬，别废话！"

在一片"干，干"声中，话题就在不经意间转换了。

而此时，在集大集诚楼11层校长办公室里，辜建德还没下班回家，他一会儿看看屏幕上的天气预报，一会儿点击键盘，在一组组数字上改着、动着，细化着他的行动计划。

做完这一切，他感到腰椎有点疼，便直了直身子，用手摸摸后背，拿起电话，找有关单位负责人说话，了解搬家准备工作进展情况。

这时大楼外，雨还在下着，但已经小了，偶尔一闪而过的电光把新校区的一栋栋高楼照得格外分明。辜建德的办公室、对面的会议室门都开着。他一边打着电话，一边从这个屋走到那个屋，从这个窗口走到那个窗口，借着电闪的亮光，看着集大的新校区。

集大新校区地处杏林湾畔，北起诚毅学院的景祺楼，南到新校区的南大门，绵延两千米，占地1100多亩，规模宏大，气势磅礴。校区内有教学大楼、行政大楼、图书馆、文科大楼、理科大楼、实验中心、学生公寓、生活中心、礼堂、体育馆和田径场等设施，总建筑面积达60万平方米，此外还有人工湖、绿地、小树林。新校区的建筑，古朴典雅，巍峨壮观，完美地呈现出嘉庚建筑的风采。场馆楼间，林木葱郁，绿草如茵，繁花似锦；人工湖上，波光潋滟，白鹭鸣空，喷泉冲天。入夜，夜色隐去了多彩多姿的色彩和线条，座座建筑显现出简约而刚柔相济的剪影。

新校区于2003年10月动工兴建。那时，这里是一片棋盘似的鱼塘，只有几间小平屋，住着养鱼人家。路难走，又有看池子的狗，除了一条可走手扶拖拉机的通道有人行走或骑自行车通过外，很少人到这个地方。但是2003年后，辜建德就对这片土地情有独钟。为了这片新校区，他真是废寝忘食，连做梦都在想着这片土地。

五年过去了，当年的鱼塘已经变成了大学新校园，养鱼户的家园变成了高等学府的殿堂。确实，眼前搬家是个难题，可这五年来，哪一步不是个难题，不充满艰辛？

2003年，神州大地掀起一阵"大学城热"，很多地方都在建大学城。集美大学没有纳入大学城的规划，但新校区的建设势在必行。根据省政府批复的计划，集美大学在"十一五"期间在校生数要达到2.5万人（不包括独立学院诚毅学院），为此，学校需新建校舍至少32万平方米。这是摆在校长面前的一项硬任务。好在贾庆林早就拍板划定了900亩土地作为集美大学校区建设用地，预留了发展空间，集美大学新校区可以就近建设，无须像其他很多大学那样易地另设分校。

2003年，集美大学诚毅学院创立。学院原计划建在同安。后来，在厦门市市委书记郑立中的关心和支持下，学院移到现址，和集美大学新校区连在一起，成了一个分中有合、合中有分的整体，整个工程的规模也就更大，更加宏伟了。诚毅学院征地200多亩，计划建筑面积28万平方米。两个工程加在一起，称集美大学新校区工程。2003年初，新校区建设开始设计招标。这是一张大白纸，可以画出最新最美的图画；这是一篇大文章，需要大手笔用如椽之笔尽情挥洒，才能写出最新最美的文字。

设计招标开始后，学校请同济大学建筑设计研究院参加投标。这是一家在国内国外都算得上是鼎鼎大名的设计院，有其参加设计投标，整个校区的建筑可望达到顶尖水平。可是，这家研究院觉得项目的体量不够大，无意参加投标。恰好，教育部副部长吴启迪到集大调研。辜建德向她汇报学校的情况，也讲了新校区的设计招标问题，希望吴副部长帮忙。吴启迪是同济大学刚离任的校长，她当即拿起电话，和同济大学有关领导通话，希望他们帮集美大学承担这项意义重大的工程。就这样，同济大学同意为集美大学新校区，包括诚毅学院，承担设计任务，参加竞标。

2003年春夏之交，新校区设计招标工作完成，11家国内外知名建筑设计单位参加竞标。经专家层层审定、筛选，同济大学建筑设计研究院的设计方案，在材料选择、颜色配搭、功能划分，以及各种元素的组合和运用等方面，都尽善尽美地体现了"嘉庚建筑"的特色和内涵，得到专家的一致肯定，最终中标。

工程动工后，在厦门出岛至福州的高速公路边上，树立了一排字高数米的巨大标语牌，上书"集美大学新校区建筑工地"。当车开过这两公里的路段时，谁能不受到强烈的视觉冲击和心灵震撼？

其实，集美大学新校区的建设是从克立楼开始的。克立楼，2003年5月奠基，10月封顶，这座楼就在集大新校区内，克立楼的建设拉开了集美大学新校区建设的序幕。克立楼是集美大学信息工程学院的综合大楼，是香港校友黄克立捐资助建的项目，是黄克立献给集美学校建校90周年的一份厚礼。黄克立曾捐资400万，在厦门大学建了一座克立楼，而他给集美大学克立楼的建设却捐资

450万。他说:"时候不一样,物价上涨了,我不能捐一样的款。"克立楼从立项到开工,历时两年多,而从开工到封顶,只用了5个月。克立楼的封顶仪式和嘉庚图书馆落成典礼、灿英楼奠基典礼都在2003年10月集美学校90周年校庆期间举行。克立楼的会议室内立有黄克立的铜像,按照黄克立的意愿,铜像的底座上刻有"校主陈嘉庚教育下的千千万万个学生之一"的题词。

但把新校区建设提上学校议事日程和动工兴建是2004年的事。那年,在一次务虚研讨会上,辜建德提出要在三四年内建设新校舍32万平方米,这个数字比集美大学当时所有的校舍总和还要多。换句话说,集美大学要在今后短短的三四年内,再建一个集美大学!辜建德的意见是经过党委讨论决定的,中层干部都没有异议,但资金从何而来,倒是大家关心的问题。

其实,钱从何而来,也是摆在校领导面前的最大难题。解决的办法有三:一是争取省市及中央有关部门的支持;二是校董、校友和乡贤的捐助;三是贷款。

福建省省长、校董会主席黄小晶亲自过问集美大学新校区建设。省发改委批准了新校区建设立项,并支持1000万先期启动资金,厦门市委、市政府也拨付了7000万元支持新校区建设。当时银行对给公立大学提供贷款持积极态度。学校抓住时机,得到了银行的巨额贷款。

为了争取校董、乡贤的支持,辜建德等学校领导和校董会的负责人,抓紧到香港、新加坡、印尼、菲律宾、厦门等地拜访校董。募捐是苦差事。经常陪同辜建德出访的集大校长助理、国际合作交流处处长、校董会副秘书长叶光煌了解很多,感触良深。辜建德对整个募捐计划成竹在胸,他对劝捐对象的财力、喜好、追求、热心程度、身边人员和朋友有很深入的了解,出访之前,心中就有比较明确的目标。李氏基金在集美已捐资建造了多栋大楼。李家重视体育,在集美已经建了三座体育馆,但是没有一座是用其家族成员命名的,所以,新校区的体育馆应该请李氏基金捐资,还要用基金的创始人李光前的大号命名,叫"光前体育馆",让其成为集美唯一一座用李家家族成员命名的体育馆,也是迄今为止唯一的建筑物。为了让校董对整个工程和他资助的项目有直观的了解,辜建德把设计模型带上,当面组装演示。按出访惯例,见面总要有见面礼。大学是大单位,又是穷单位,礼物要体面,大钱又出不起,他们带的大多是一些好看而又便宜的工艺品,都比较大,比较重。对学校其他主要领导出访,辜建德都为其做好周密的安排,接送、下榻、就餐、接待,每个细节都考虑得十分周全。可他自己出门,不想麻烦别人,不要人派车,而自己提着大包小包,赶交通车,下地铁。赶不上吃饭时间,就随便对付一下。叶光煌正当华年,身体壮实,可随辜建德出访,都感到吃力。

集大新校区建成后,在人工湖上建了一个九曲亭,以"勿忘亭"命之。亭上立一碑,镌刻着新校区各楼捐资者的芳名。他们是:

李尚大捐建的尚大楼,陈永栽捐建的陈延奎图书馆,王景祺捐建的景祺楼,吴端景、何锦霞伉俪捐建的端景楼和锦霞楼,李陆大捐建的陆大楼,黄晞捐建的章辉楼,庄汉水捐建的庄汉水楼,吕振万捐建的吕振万楼,林龙安捐建的禹州楼,蔡良平蔡月明伉俪捐建的月明楼,萧立庄的双亲萧学忠庄秀纯伉俪捐建的庄重文夫人体育中心,庄炳生捐建的材塗膳厅,陈守仁、陈金烈、陈仲昇捐建的中山纪念楼,苏新添为首的泉州梅岭集团捐建的梅岭楼,孙吉龙为首的厦门建安集团捐建的建安楼,厦门路桥建设集团有限公司捐建的弘毅楼和道远楼,厦门建发集团有限公司捐建的建发楼,集美校委会派发的集友银行股息建设的集友楼,以及新加坡李氏基金捐建的光前体育馆。

这名单是集美大学校园文化的一个新亮点,是嘉庚精神在新时代的一种体现。在这名单背后,有着许多感人的故事,有捐资人的无私奉献和热心公益的精神,也凝聚着辜建德等人的努力和心血。捐款在工程开工前就开始进行,工程竣工之后五年了,募捐活动仍没有结束,还在进行中。

集大新校区是一个宏大的建设工程,学校采用辜建德倡议的代建制,经厦门市建设局批准聘请厦门路桥建设集团有限公司为代建单位,负责所有工程招标、现场管理。这不仅提高了效率,保证了质量和工期,而且省却了许多麻烦。代建单位还将所得代建费的一半捐给了学校。工程开工前,有人担心,新校区建设学校要投入大量的领导力量,而"工程往往是一个犯罪平台",几乎没有一个"大学城"工程不上演"大楼拔地而起,干部应声倒下"的悲剧。集大新校区工程没有影响学校正常的教学、工作秩序,更没有一个干部在"廉洁"方面出现任何问题。

但是,对辜建德来说,代建省事而不省心。从2003年5月克立楼奠基开始,集大新校区工程一期接着一期奠基、开工、封顶、竣工、投入使用。辜建德没有一刻轻松。每一期工程都有土方回填开挖,都有道路、给排水管网、道路路基及水泥稳定层施工、桩基础及地下室地板施工等地面以下的基础施工工程。这个时候最令人担心的是老天爷不给力。辜建德为此提心吊胆。他要和施工部门协调,在雨季到来之前,打好基础,桩基不能被淹。为了抢时间,不管风雨雷电,工地白天热火朝天,晚上灯火通明,通宵达旦,夜以继日,工地上工人最多的时候超过3000人。为及时交付使用,工人风雨兼程,日夜奋战。辜建德经常跟着熬夜。他被称为"拼命三郎"。

建筑露出地面之后,他更是一心扑在工地上,他随身带着数码相机,随时照相,比对。他经常出差,出差前把各施工点都拍了照,出差回来后,一出机场就直奔工地,在原地再拍一遍,进行比对,了解工程进展。

高楼的命名也大有文章,辜建德也大费心思,丝毫不敢大意。绝大多数楼名都是捐建人的名字加一个"楼"字三个字,或加所捐建筑功能,但也有特例。万人体育场是常务校董萧立庄先生的双亲萧学忠、庄秀纯伉俪捐建的,庄秀纯是庄重文的女儿,他们想以此纪念她母亲何琼瑶,又有其他方面的考虑,于是把体育场命名为"庄重文夫人体育中心"。这种命名方式似不多见,但为尊重捐资人的意愿,辜建德照办不误。尚大楼北侧的"庄汉水楼"和南侧的"吕振万楼"相互对称,楼名都是四个字。但原先的方案和其他楼一样,也是三个字。因为庄汉水不同意叫"汉水楼",理由是"汉水"是一条江,容易引起歧解,要求把姓加上,叫"庄汉水楼"。辜建德接受庄汉水的建议,但为了南北对称,他又去找吕振万商量。吕振万在许多学校捐资建有大楼,都称"振万楼",但老先生同意用"吕振万楼",两楼楼名都为四个字。"庄汉水楼"用的是繁体字(莊漢水樓),"吕振万楼"用的是简体字,这也都是为了尊重捐资人的意愿。

李尚大捐资的尚大楼是李尚大捐资兴建的诸多大楼中唯一一座用他本人名字命名的。为这座大楼捐资是李尚大决定的,而如此命名却是他的子女、大学领导、校董会共同策划的。遗憾的是,李尚大在大楼剪彩后半个月就与世长辞,没来得及看一眼他捐资兴建的"尚大楼"和他一直牵挂着的集美大学新校区。

在新校区建设的那一千多个日日夜夜,辜建德操心费神的事很多。因为土方车的尘土、噪音,打桩机的锤击声,学生常常给他打电话,发电邮抗议,有时深夜睡不着就把电话打到他家,把他惊醒。他对睡不着的学生说:"我辜建德给你们赔罪了。新校区的建设需要我们每一个人都作出自己的贡献。你们受打扰了。这就是你们的贡献。"

他特别关心的还有那片小树林和栖息在林子里的那数百只白鹭。因为施工,那些小精灵不见了,学生环保组织写文章批评,报纸发表文章抨击。辜建德无言以对,只能祈求上苍,让那白鹭快快回来。他交给水产、生物工程学院的老师一个任务,还拨了款,请他们想法子把白鹭再引回来。

集美大学新校区在2008年5月就全面竣工投入使用。虽然连日阴雨,道路泥泞,搬家还是按照辜建德预定的日程进行,如期完成。

新校区的建筑,有闽南风味的燕尾脊,红色的嘉庚瓦坡屋面,红砖配以石材墙面也十分引人注目。设计师巧妙地利用闽南盛产的花岗岩,大胆地采用新的

"挂石"工艺,把"出砖入石"的传统技艺发挥到极致;他们大胆地采用洋式的窗套、窗楣、廊拱,中西合璧,传承了独具特色的嘉庚建筑风格。集大新校区的建筑,融合了中国和西洋的建筑元素,把绘画、雕刻、园林等多种艺术形式熔于一炉,创造出独树一格的建筑精品。2009年10月29日,此项工程和北京天安门广场建筑群、长江三峡水利枢纽工程、中国航天发射场工程、青藏铁路等重大工程一同入选新中国成立60周年"百项经典暨精品工程"。这是全国高校唯一入选的建筑项目,也是福建省入选的两项目中的其中一项。

大学新校区工程竣工的第二年,2009年9月9日,辜建德离开校长岗位退休。他担任集美大学校友会会长,把新校区绿化当成校友会的一项重要工作,开展"感恩母校,绿化校园"活动。现在,集大新校区不仅有嘉庚风格的经典精品建筑,而且有葱郁的树木,四季常开的鲜花;人工湖畔的小树林依然茂密苍翠,离去的白鹭又回来栖息,蓝天下,红屋顶上,时时能看到它们翱翔翻飞的身影。这是世界校园奇观。

在集大新校区建设中,辜建德劳苦功高,起了无人可以替代的作用。李陆大高度赞扬辜建德的工作和贡献,曾提出把他捐建的大楼命名为"建德楼"。

59. 一家人

　　2003年集美学校90周年校庆期间,集美校友总会在厦门市区举行了一次规模宏大的海内外校友大联欢。会场响着音乐,那曲子是引人想念母校的《集美学校校歌》和使人恋家的流行歌《常回家看看》。

　　参加聚会的校友逾千,光海外校友、来宾就有400多,其中,来自香港的校友、嘉宾就有210人。他们从国内各地、从世界各个角落,千里迢迢地赶回母校,参加母校90周年庆典活动,共襄盛举。校友参加校庆,就像孩子给父母亲祝寿一样,是责任,也是幸福,校友参加校庆聚会,共叙同窗之情,犹如兄弟姐妹借给父母祝寿的机会,重叙骨肉之情一样,也是人生的一大快事。校友们一见面,握手拥抱,亲如兄弟,俨然一家人。

　　参加那天聚会的有福建省副省长汪毅夫和厦门市原副市长陈聪辉等。知名

在集美校友总会举行的海内外校友联欢会上

校友李尚大、李陆大都偕夫人出席。这些重量级人物的出席无疑提升了聚会的规格、档次。但是,汪毅夫副省长说:"校友就像一家人,只有兄弟姐妹之分,没有职位高低之别。"所以,那天聚会没有设主席台。在聚会现场,出席聚会的校友、嘉宾,不论职位高低,贫富贵贱,通通以校友相称,年高为长,后继为弟,大家尊师敬老,互相谦让,大家庭气氛极为融洽、热烈。

理事长任镜波不能出席这次他筹备了许久的聚会。如此规模、如此层次的聚会,任镜波作为主办单位集美校友总会的理事长不能出席,实属万不得已。因为他为筹备校庆,经常熬夜,眼睛疲劳过度,视网膜脱落,校庆前两天到眼科医院住院动手术去了。聚会由总会副理事长李泗滨代为主持。这不能不说是一个遗憾,但也属正常。在聚会上代表总会致词的是总会副理事长、集美大学党委书记张向中。张向中致辞之后,大家报以热烈的掌声。一切正常,跟平常没有两样。

但有一位细心的校友从中发现了亮点。他是在政工部门工作大半辈子的退休老校友,他以自己职业的特殊敏感,发现了其中不一般的内涵。他说:"总会是什么级别?集美大学党委书记是什么级别?大学党委书记兼任总会副理事长——注意:是副理事长,还不是理事长,这恐怕没有先例。不容易。这位书记,观念新,胸怀大。了不起。"

"张书记不容易。其实,校友会本来就不该是一个论级别的地方。"总会一位工作人员表示赞同,附和着说。

可这位校友还要打破砂锅问到底,他觉得张向中兼任副理事长的意义非同小可,对其来龙去脉表现出很高的兴趣。

作为大学在职的党委书记,一个正厅级干部,张向中当一个群团组织的副理事长,而理事长是一位曾在他领导下工作过的、退休的处级干部,从职位和级别上看,确实不顺,现实中也没有先例。然而,虽然不顺,但张向中当了;因为没有先例,所以他算是开了先河,开了风气之先。张向中不墨守传统的论资排辈观念,而是从工作的角度看待、处理这个问题。

2003年,总会在筹备新一届理事会期间,对总会和各校校友会的关系有一场讨论。大家都认为,总会是一个各校校友会的联络组织,可以说像联合国,是一个联络、协调机构,联合国的真正实力在各国,特别是大国,而不在联合国的秘书长;也可以说总会像湄洲妈祖庙,各地的妈祖庙视其为正宗,前来朝拜,敬的是妈祖,而不是庙祝。所以,总会理事长重在协调,要有能力,有责任心,而副理事长应该由实体单位,特别是像集美大学这样大单位的热心领导来当,以便为其提供实力支持。于是,筹备组锁定了张向中。但大家也担心,张向中可能不会同意。让大家庆幸的是,张向中不仅没有拒绝,而且满口答应,他说的理由也很简单:"只要对工作有利,怎么安排都可以。"他说这句话很轻松,很自然,就像一个家庭成员对父母、兄弟姐妹说"只要对咱家好,我做什么都可以"一样。事情就这样定了下来。新一届理事会成立不久,就是校庆,就是校友大聚会,理事长不能出席,请张向中以副理事长的身份登场,致辞。他很痛快地接受了,而且非常认真地作了准备。平时,他也很尽责。他经常对任镜波说:"任老师,总会需要大学做什么,您尽管开口。我在,您找我;我不在,您可以找别人,要大学干的事让他们领回来,我们一定照办。"

听到关于张向中任副理事长的故事,这位校友理解地点点头,说:"校友工作是一种需要奉献精神的工作,争名逐利,事情就难办;不求名,不求利,一切从工作考虑,事情就好办。这话好说不好办。张书记带这个头,难得!"

后来,集美大学党委副书记叶美萍也兼任总会副理事长,她对总会工作也抱同样热情的态度。她也把总会当成自己的家。叶美萍还兼任集美陈嘉庚研究会的会长,她充分发挥她主管的宣传等部门的作用,把陈嘉庚研究的担子接过来,挑下去。她以集大的研究力量为基础,凝聚集美学校各校陈嘉庚研究力量,形成一个辐射全集美学校的研究网络,有力地促进了陈嘉庚研究在更大范围内的深入开展。她还亲自登门,到各校征求领导的意见,争取他们的认同和支持。在她的努力下,集美陈嘉庚研究有了新的进展。这是后话。

因为没有主席台,领导、校友、嘉宾都分坐各席,但 VIP 还是安排在前面几桌,方便交流。汪毅夫坐在靠舞台最中间的一席,面向整个宴会厅,分散在边上几席就座的有李尚大、李陆大兄弟及其家人,还有陈聪辉等市领导,张向中、辜建德等各校领导。汪毅夫的座位因为面向会场,自然是背靠舞台,不转身根本看不到台上的表演。这是一个很别扭、很不舒服的位置。好在会场气氛活跃,没有尊卑之分,大家可以随意走动,可以互相干杯、敬酒,汪副省长也就可以从那位置解脱出来,和大家一样自在。

这次聚会一个最大的热点是李尚大、李陆大兄弟偕夫人出席。许多校友和乡亲都知道这两位名满东南亚的大企业家、慈善家在过去的几年中,曾有过龃龉和不快。兄弟在母校 90 周年大庆的校友聚会上,在校主陈嘉庚先生面前,走到一起来了,坐在汪副省长的左右。他们握手言欢,重归于好,席间,有说有笑,还一起合影留念。他们合影的时候,在场的校友都热烈地鼓掌。当场就有人实时向安溪县领导发短信报告这个好消息。这是一个让多少人激动得眼带泪花的时刻啊!《集美校友》一位编辑拍摄的李氏两兄弟及其伉俪满面春风的照片完美地记录了这历史的瞬间。这照片成了永久的定格,出现在诸多的媒体和出版物、文献资料上。闪光灯光刚息,集美大学校长辜建德和时已88岁的老校友官宏光连忙给任镜波挂电话,通报这个喜讯,都说李氏昆仲重归于好是集美校友历史上的一段佳话。兄弟摈弃前嫌,找回属于自己的骨肉亲情,这是因为他们在心底里从来就没有忘记彼此是血浓于水的亲兄弟,他们始终把校主陈嘉庚当成"一日为师,终身为父"的父辈,把母校当成他们自己的另一个大家。他们的重归于好,汪毅夫副省长起了重要作用。

联欢会后,汪毅夫副省长、集美各校的领导和一百多位海内外校友先后到医院看望任镜波。

汪毅夫到眼科医院,引起了不大不小的一阵轰动。病房护士发现他是副省长,赶忙跑去向领导报告。

汪毅夫站在任镜波床前,对着趴在床上的任镜波,说:"你好哇,任部长!"在非公场合,他都称呼他"任部长",因为他们认识的时候,任镜波是集美航海学院党委统战部长,省政协委员。当时汪毅夫是台盟福建省副主委,每次政协开会期间,作为一项例行活动,8个民主党派都邀请地市、高校党委统战部长与党派负责人交流、座谈。在省政协,任镜波以提案多、质量高闻名,被誉为"提案状元"。在交流会上,他的发言风趣幽默,常有高见,引起汪毅夫的注意。而汪毅夫是一位大学教授出身的统战干部,文质彬彬,言语不多,但满腹经纶,任镜波对他也刮目相看。两人似乎有点惺惺相惜、同气相求的味道,成为知音。那时,汪毅夫称任镜波为"任部长",以后没改过口。

汪毅夫给任镜波讲了李氏兄弟在聚会上和解的感人情景后,对任镜波说:"任部长,这还真得谢谢您呢!"

任镜波说:"都是汪副省长领导有方,我岂敢窃美!"

"没有您提的好建议,我们可能就不能处理得这么完美!这可以说是我们侨务工作中的一个成功范例。"汪毅夫说。

李家两兄弟从不和发展到打官司,惊动了省领导,汪毅夫副省长是直接的负责人。汪毅夫为人谦逊,为政勤谨,为官不忘布衣朋友,为李家兄弟的事,他曾几次打电话征求任镜波的意见。任镜波虽然是李尚大的私人代表,但他的良知告诉他,此时不能有任何的意气用事。他的意见和汪毅夫的意见不谋而合。两人都主张:他们是亲骨肉,要坚持劝和,不伤任何一方。经过汪毅夫耐心的劝说和努力,终于见到了聚会上那双方握手言欢,举家欢笑的喜人场面。

医院的领导闻讯赶来。汪毅夫不便久留,告辞而去,任太太林翠霞替任镜波送他到门口,看着他上车,挥手告别。

没有李氏兄弟的和解,也许就没有后来的集美校友会馆的建设。会馆的建设很不容易,要感谢的人和单位很多,缺少其中任何一个主要因素都可能泡汤。如果没有李氏兄弟的和解,李尚大就不可能在曾晓明为书记的区委及区政府同意拨地以后的第一时间,明确表态他和弟弟李陆大各捐资150万。没有两兄弟捐助的300万作底,会馆建设的集资困难就会大大增加,可能一开始就会因缺乏信心而流产。当然,也有另一种可能,李尚大把300万全包下来,或向别人募捐,但那一定是另一段故事了。

如果两兄弟不和解,我们可以肯定,两人绝对不可能同时在集美大学新校区承担项目,捐资建楼。

会馆的建设带有象征意义。近千校友为其捐资千万,这本身就显示了校友会的凝聚力;各校的主要领导都为会馆捐资,说明各校领导对校友总会的认可。国内捐资最多的个人是北京的秦翔东校友。当任镜波在副理事长陈呈引荐下见到秦翔东的时候,就谈到为会馆捐资的事。秦翔东伸出一个手指头。任镜波不解,着急地问:"多少?一万?"如果秦翔东点头,任镜波会大失所望。他高兴地看到秦翔东摇了摇头,要他再猜。任镜波的期望值实现了,他本来就想秦翔东能捐十万元,他这趟北京就算没白跑。于是,他轻松地说:"十万?"秦翔东还是摇头。任镜波真是喜出望外,他幽默地笑着说:"不会是一千万吧?"秦翔东也笑着说:"我腰还没那么粗。"因为捐款还要上税,秦翔东实际捐款超过150万。后来秦翔东谈到他的捐款动机,说:"我看中总会的气场。我经常进出集美,对总会早有所闻,任老师的大名更是如雷贯耳。一点小意思算是见面礼。"他对《易经》有很深的研究,颇有心得。他说的"气场"就是人气。

总会设立助学金,每年从校友中募得几十万善款,资助在校家庭经济暂时有困难的学生。每次发放助学金,总会总安排有关老师给受助同学讲这些款是怎么筹集来的,捐资者的捐款的故事和希望,受助同学听到这些故事,受到一场生动的集美学校传统教育,有的同学感动得热泪涟涟。集美大学学生工作处的一位副处长说:"集美大学每年发放国家助学金和助学贷款两三百万,还上了多少政治课,但难得看到一个学生如此感动。"总会把这种教育方式叫做"寓教于助"。这是一种家庭式的关爱,是爱的传承,爱的传递。

总会办的《集美校友》是联系校友的纽带,被称为"家书"。虽然现在是信息时代,但"家书"仍然有其不可替代的价值。

总会是各地校友会的兄弟,和兄弟校友会保持着兄弟般的情谊和联系。各地校友会是校友之家,给各地校友一种家的感觉。

泰国校友会把分散在泰国全境的集美校友团结在一起,依靠校友们的力量,相互帮助,使多位贫病交加的校友摆脱困境。

泉州集美校友会 30 多年来,依靠全体在泉州的集美校友的力量,发展壮大自己,如今成了一个有组织、有章程、有千万会产的校友会,开展多种活动,是名副其实的校友之家,校友工作的典范。

近年来,总会两次组团到台湾拜访校友。那里的老校友都是 1949 年前到台湾去的,多数是抗战胜利后到台湾从日本人手里搞接收的,如今都已九十或近九十了。他们为台湾的发展和繁荣作出重要贡献,但也受尽艰辛。他们说:"在台湾,当局说我们是陈嘉庚的学生,视我们为异己;在大陆,我们被称为'去台人员',入另册,连亲属都受歧视。我们是两面不是人呀。可喜的是:对抗已经过去。同胞'一笑泯恩仇'的时候到了,我们现在共谋的是中华民族的伟大复兴。"

相隔 60 年,两岸校友互赠礼品,上面写的字竟然完全一样,都是"诚毅"。这是集美学校大家庭的基因,是集美这个大家庭的胎记。

李尚大伉俪与李陆大伉俪

在香港，我们听到校友这么说："香港这个地方崇尚自由，只要你不犯法，做什么，说什么，没人管你。你看，我们这里的校友组织有好几个，有的合得来，有的合不来，有的甚至对着干，过去还打过官司。可是，一说到校主陈嘉庚，没有人不心悦诚服。这是我们分而不散的根本原因。"

凡此种种，大情小事，都在演绎着这样一个理念：校主陈嘉庚创办的集美学校校友永远是一家人，校主是集美校友大团结的旗帜。

60. 旅途记者会

连日的阴雨,给仲夏的上海带来些微凉意。平日灰蒙蒙的天空,经过雨水的洗涤,变得清净多了,天空难得现出一片瓦蓝,一架架凌空而起的银燕,留下一道道的白色航迹。下了中巴,和司机挥手告别,总会三个老头和《集美报》的女记者林小芬、集美电视台的女记者包磊,推着行李,走进了虹桥机场的国内出发大厅。

飞机多了,航班增加,连空中都拥挤,航班不延误似乎已成了不正常的现象。本来4点50分起飞的飞机,广播喇叭一声"对不起",就被往后推了一个半小时。等候的时间是最难熬的,不确定的等待更加难耐。

总会理事长任镜波收起膝盖上的小电脑,对坐在对面的两位记者提了一个问题:"你们准备怎么报道上午这次研讨会?"

他说的"研讨会"指的是6月29日上海市侨联和集美中学上海校友会联合举办的"集美缘 浦江情 弘扬嘉庚精神"研讨会。来自海内外的五十几名校友应邀出席,其中多数是专家、学者、艺术家、成功企业家,年纪最大的有84岁,最小的20岁。这是上海市侨联和集美中学上海校友会纪念陈嘉庚创办集美学校

领导、校友、陈嘉庚后裔在陈嘉庚铜像前

100周年的一项活动。

也许是这次活动亮点多,两位记者一时不知说什么好;也许他们早已胸有成竹,故作矜持。"我们正没主意呢,任老师,您给我们指教指教吧!"林小芬腼腆地一笑,机灵地把话锋一转,反攻为守。

"我们先听听陈老师的高见。"任镜波善于调动别人的积极因素。

"陈主编,请!"两位记者拿着笔,笔尖紧挨着本子,职业性地做着"起跑"的动作。

"我说呀,这次活动,中心是继往开来。其中有许多开创性的东西,但又不引人注意,"陈老师说,"比如,这次活动是纪念陈嘉庚先生创办集美学校100周年的一次活动,规模不大,却是第一次。我们已经做了很多工作,但都是预备性的。而这次研讨会,是正式的,是百年校庆活动的内容之一。"

记者刷刷地记了起来。

"而这首次活动是在距集美千里之外的上海举行的。总会希望各地校友就地举行形式多样的庆祝活动,两者正好不谋而合。因此,更具新闻价值。"陈老师说。

"还有……"陈老师起了个头,便卖起关子,看着任镜波,说,"还有,请老人家回答记者们提出的问题。记者会正式开始。老人家,请!"他称任镜波"老人家"。

"好,任老,请发表高见。"美女记者林小芬说。

"看在两位美女记者的脸上,不说不敬。"任镜波轻声地,慢条斯理地开始了他的启发式的发言。他说了三个亮点:

第一,研讨会题为"集美缘 浦江情 弘扬嘉庚精神",有情有缘,有精神,非常好,切中了我们这次百年庆祝活动的主题。百年校庆核心是承前启后,继往开来。承什么?启什么?继什么?开什么?继承的是嘉庚精神,开启的是未来,是用嘉庚精神去开启新的未来。

第二,上海市是一个有1600万人口的超级城市,级别要比一个省高得多。上海市有归侨、侨眷150万,在海外的华侨、华人也有150万,要做好国内国外这300万人的工作,市侨联的工作不可谓不繁重。可他们的市侨联竟然会和一个会员仅有百人的集美中学校友会联合举办这样的研讨会,出主意、出钱、出人、出力,连现场的服务工作都帮着做,忙了好几个月。其实,这类事,作为市级机构,市侨联只要点个头,给点经费,冠个"主办"的衔头,让下面去"承办",去跑腿就很够了。但他们没有这样做。任老人家认为原因至少有两个:一是他们对弘扬嘉庚精神的意义有足够的认识,将其看作团结两个150万人的精神武器,而集美中学校友会是一个承载着嘉庚精神的团体,有特殊的示范作用;二是他们的作风好,深入、细致,没有有些官员那样的坏习气。

"第三……"老人家已进入状态,正要继续说下去,却让美女记者打断了。"等等。让我记一记。"电视台的包记者干脆扛起摄像机,拍了起来,把候机旅客的眼光都吸引了过来。

任镜波说的第三条是:研讨会规模小,但层次高,准备充分,影响大。与会者只有五十多人,但来自香港、集美、北京、上海等国内主要等地,多数是专家、学者、艺术家、成功的企业家还有新老领导。他们都做了充分的准备,发言都很有分量。其中有几位特别强调"诚毅"校训的教育、警示作用,特别是在今天,更应该加强"做人"的教育,诚信、吃苦的教育。这就是"诚毅"校训永恒的意义。他们还要出书。那影响就更大了。

"任老,太精彩了。"林小芬放下笔说,对着任镜波笑着,笑得很甜。

林小芬和包磊又问了一些比较轻松的问题。她们发现参加研讨会的校友中,"两头大中间小",非老则少,中年校友少。中年校友少是历史造成的,老是自然规律;可喜的是新一代校友加了进来,正在成为中坚力量。这就是传承。

接着,她们问起具体人,特别提到那位年纪看起来不小,很瘦,但精神很好,很灵活,好像在集美街头见过的那个老人。老钟一听,就知道他们问的是谁。

"王严铭。老航海。"老钟说,"他是兑山人,集美长大的,经常到集美来。特别热心。他跨两头,航海校友会,中学校友会都有他,两边的活动都有他在忙碌着。他还经常给《集美校友》写稿。"

"他什么时候再到集美来?能不能联系到他?"林小芬犯起职业病,想采访他。

"他不一定愿意。"老钟说,"你们那长枪短炮人家看了会害怕。"

老人家想起该去看看登机时间、登机门有没有改变。两位记者自告奋勇前去,顺便做一些他们想做的事。大约过了十五分钟,两位小姐回来了,带来的消息是:时间没变,登机口也没变。再半小时登机。她们还带来五瓶矿泉水,还有点心。他们把水分了,一人一瓶。塑料包里的点心有低糖的,那是为老人准备的。

大家喝着水,有的吃着点心。

两位记者问起总会为校庆编纂的两本书的进展情况,说:"大作问世不要忘了我们,先睹为快。"

"你们当记者的会说话。说出来的话含糖量都很高。'四个加'以上。"陈老师说。

"这两本书和校庆组委会编的几本书,中心都是弘扬嘉庚精神,都是回顾过去,是承前。'承前'很重要,但更重要的是'启后'。做好'启后',才有未来。"老人家说。

"我觉得,弘扬嘉庚精神,领导很重要,实际行动更重要。"林记者说,"我觉得现任省长苏树林很好。他强调弘扬嘉庚精神,提得很高。但他不说空话,我看,他为你们集美大学做了很多:省市共建,给集大化债,一化就是6亿。你们的《校友》报道,上个月,他又到集大水产学院调研了。我觉得他说了一句很有意思的话。他说'你们设备很一般,可你们的成绩不一般'。简单两句话把省领导为什么给1000万大红包说得明明白白。"

"你说得很对。弘扬嘉庚精神,领导要关心,更要干实事。陈嘉庚一生就不说空话,只干实事。苏省长既有号召,又有实际作为,像陈嘉庚之所为。"

"集美区党政领导也是这样,既有号召,也有行动。"

"你说到《集美校友》,我问你,你知道轻工业学校新来的校长吗?"老人家对林小芬说,"他是福建化工学校校长,现在到集美轻工业学校兼任校长兼党委书记。他很好。这一期我们《集美校友》登了他一篇文章,题目叫《当好带头人　传好接力棒》。他一来,受学校的氛围感染,便潜心研习陈嘉庚的事迹和精神,并落实在工作上。他积极争取市教委的支持,使拟建的新校舍保留嘉庚建筑的特色。广大校友都为他叫好。"

林小芬在小本子上记着,抬起头来,问:"他叫什么名字?"

"张永强。"

"张—永—强。这个名字好,有张力,有强度,还有韧劲。"没想到,看起来像个乖乖女的林记者还有这份幽默。"什么时候去采访采访他。"她说。

"我再给你提供一条新闻线索。"老人家说。

"请讲。"

"那就是刘卫平,"老人家说,"集美中学前任校长,现在厦门六中当校长。他在集美中学受到嘉庚精神的感染,做得很有成绩。现在到六中,把嘉庚精神也带了过去。他用嘉庚精神教育学生,润物细无声,让他们受到嘉庚精神的熏陶。每年清明,他都组织近千名师生到鳌园给陈嘉庚扫墓,让师生在向陈嘉庚表示崇敬的同时,接受伟人风采教育。"

"这很有意义。张校长的故事说的是承前启后,刘校长的故事说的是广为传播。"

"到底是记者。一下子就抓住特点,看出特色。"

他们接着又讲起陈嘉庚的后人李光前、集美校友李尚大、李陆大、庄重文等人的贡献。包记者问起他们的后代如何。

老人家给他们讲了李光前的公子李成义、李成智、李成伟三兄弟,李尚大的公子李川羽和李龙羽。他说:李氏基金除了已资助的项目,现在还在进行的有一个1000万新币(5000多万人民币)的项目——创办集美大学陈爱礼国际学院。陈爱礼是陈嘉庚的大女儿,李光前的太太,李氏三兄弟的母亲。李尚大去世以后,李川羽、李龙羽兄弟投入1000万元在香港成立"李尚大慈善基金",主要用于资助集美大学学科建设。他还讲到多位老校董,像李尚大一样让子孙后代继承校董的职位,尽校董的义务。吕振万让公子吕荣义接任;庄绍绥让女儿庄家蕙接任;陈元济让儿子陈君宝接任;陈守仁让儿子陈亨利接任;陈金烈让儿子陈志炜接任;陈仲昇让儿子陈铭润接任;蔡良平让儿子蔡志彬接任;潘金龙让儿子潘昭宇接任。

"说到传承,我给你们讲一个你们同行的故事。"陈老师说,"故事得从她佬爷讲起。"

陈老师讲起这段一家三代校友情的故事:她佬爷是集美水产航海第二组学生,受陈嘉庚资助到日本留学,后回母校任教多年。抗战时,响应校主号召,辞掉待遇优厚的工作,徒步从邻省赶到大田任教。他曾任校长,后调大连海运学院任教授。她父亲也是集美航海学院的老师。他们都对集美水产航海有着很深的感情,心系母校,生前都交代子孙:"将来有可能,不要忘记回报母校。"

"现在,你们这位同行,我们的校友,发达了。她牢记外祖父和父亲的嘱咐,怀着回报母校的意愿,一直都在寻找合适的机会,为集美大学航海学院做个项目。她说她要做的项目既要继承传统,又要有创新,要有新元素。"说到这里,陈老师说,"因为官方没正式发布消息,本人只能讲这些",结束了他的故事。

"我补充两句。"老人家说,"她对总会和《集美校友》杂志都很关心。她是搞广播电视出身的媒体人,是报业行家。她一再肯定《集美校友》办得好,主动表示要给予支持。"

两位记者频频点头,为她们这位同行感到骄傲。

"集美大学的博士点进展如何?"林小芬好像突然想到似的,问道。

"据说国务院学位委员会第30次会议已审议批准,马上就会下文。"老人家说。他是消息灵通人士,消息的可信度大。

"从1913年陈嘉庚先生创办集美小学,到2013年集美大学博士点正式建立,整整100年。这是一件很有意义的事,很具新闻价值。"林小芬说。

"从小学到博士点,整整走了100年,这说明集美学校道路的艰辛,也说明集美学校成就的辉煌。"老人家颇有感触地说。

广播喇叭响了,到厦门的旅客开始登机。五人离座起身前往登机口。

林小芬和陈老师坐在两侧靠近过道的两个位子上。林小芬从挎包里拿出最近两期的《集美校友》,翻着,在2013年第二期《浔江听浪》栏目中读到一篇题为《百年学村读书风》的文章。作者叫黄熙程,是个11岁的小学生。文章说,他是陈村牧的外曾孙,受学村和家族读书风的影响,四岁开始读书,至今已读了300多本书。文章最后写道:"集美学校一百年来,爱读书的风气一直没有变。今年是集美学校百年校庆,我也要成为中学生了。我会继续读书,继续从书中汲取知识。"

"这个小孩好厉害哟!小小年纪就读了那么多书。"林小芬侧过身来,对陈老师说。

陈老师说:"更了不起的是,他读过就能记住。前些天,他们几个小伙伴的母亲们带他们到河南旅游,把导游吓了一跳。"说着,便讲起那段故事:

导游对着手持喇叭,讲道:"西周共有12位帝王,最后一个是周幽王。为博爱妃褒姒一笑,他竟然烽火戏诸侯,亡了国。"

黄熙程听了,说:"不对。周幽王不是西周最后一个帝王。他是个十足的昏君,烽火戏诸侯是他干的,但他不是西周最后的帝王。最后一个帝王是周携王。他姓姬,名余臣,在位11年。"

导游目瞪口呆,问:"你们都是福建厦门来的,哪一个学校?"

"集美小学。"

"集美小学?可是属陈嘉庚创办的那个集美学校?——怪不得!"

林记者听陈老师这么一讲,也瞠目结舌,说:"我什么时候能见见这位小朋友?集美传人绵绵不绝。"

飞机到厦门,出站时,人走散了。当老人家再看到林小芬的时候,她已经上了一辆出租车。

老人家对着她大声说道:"你还没告诉我们你的文章怎么写呢!"

车开了,林小芬探出一个头来,喊道:"报上见。题目叫《嘉庚精神是实现中国梦的强大精神力量》!"

后　记

　　《百年往事》和《百年树人》是集美校友总会和《集美校友》编辑部为纪念陈嘉庚先生创办集美学校100周年和庆贺第三届全球集美校友大联欢而组织编撰的两本书。

　　对这两本书的编写,一开始就有多种想法和担心。经过多次研究讨论,思想渐趋统一。大家对编写这两本书的目的有了共识:以集美学校百年历史中和校友中生动的事实,歌颂校主陈嘉庚先生倾资兴学的伟大精神和光辉业绩,弘扬嘉庚精神,传承集美传统。这是编纂两本书的主旨,其他尽量兼顾。

　　本书是故事,不是校史;不是校史,也是校史;是校史般的故事,故事化的校史。凡校史记述的,本书一般不涉及;本书涉及的是校史中没有或不可能提到的重要的人和事,或者校史中提到,但不可能作深度表述的事。校史注重事件的记载,而本书则以事件为背景,着重记述有关人物的活动、事件的关联,有故事性。本书可看成是校史的补充和形象化的演绎。

　　本书只局限于记述与集美学校直接相关的事件,其他概不涉及。

　　在集美学校百年史中,还有一些内容举足轻重,应该记述,但当事方出于各种考虑,不便公开详情。作者虽然力图涉及,但资料不足,无米之炊难为,只好作罢。这是本书留下的一大遗憾。希望寄于未来。

　　本书和《百年树人》两书,在付梓之际,承蒙中共福建省委原书记、全国政协原常委、港澳台侨委原副主任陈明义为之作序,谨表最衷心的感谢。

　　作者在这里要特别感谢的是任镜波老师。他是集美校友总会的理事长,本书和《百年树人》的立项,都得益于他的坚持和努力。在本书写作过程中,他提供资料,核对史实,审读文稿,及时给予指导、支持和鼓励。他对本书的关心和为本书所做的一切,是本书得以完成的一个重要因素。此外,他对本书还有更重要的贡献。自1952年以来,任老师就与集美学校结下了不解之缘,亲身参与许多重大活动,是集美学校后半个世纪许多重要事件的历史见证人。他德高望重,谨言慎行，不矜不伐，低调行事，绝不张扬，年高越发自珍自爱。但为了本书，为了不使集美学校历史上一些鲜为人知的史实因年代久远而泯灭或被扭曲，在作者的再三敦请下，他把自己做的或参与的、本来不愿意公开的善事、好事首次在本书披露，并提供无可辩驳的实物证据。这是本书的一大看点，也是本书作者、读者要特别感谢于他的。

本书在撰写过程中，得到有关部门领导的鼓励和支持，特表衷心感谢。此外，陈忠信、叶光煌、林斯丰、陈呈、汪祐喆、李子平、刘晓斌、袁晓华、刘大进、张培春、吕娴、陈季玉、林小芬、林红晖、阮基成、周艺勇、李昌彧、钟国平、卢俊钦、陈励雄、王铮铮、陈俊林、陈新杰、王小林、陈雪红、张克芬、韦达娜、陈守心等同事、校友为本书提供资料，审读文稿，校对清样，帮忙出力，费心劳神，谨表衷心感谢。

本书参阅的主要资料有：《南侨回忆录》（陈嘉庚著）、《陈嘉庚传》（陈碧笙、杨国祯著）、《陈嘉庚年谱》（陈碧笙、陈毅明著）、《回忆陈嘉庚》（全国侨联、省政协合编）、《陈嘉庚精神》（黄金陵、王建立主编）、《陈嘉庚新传》与《陈嘉庚的故事》（洪永宏著）、《陈嘉庚归来的岁月》（张其华著）、《华侨传奇人物陈嘉庚》（杨进发著）、《陈村牧与集美学校》（蔡鹤影著）、《教泽流长》（任镜波主编）、《爱国华侨黄丹季》（任镜波等编）、《陈嘉庚研究文集》（曾讲来主编）、《陈嘉庚研究文集》（陈少斌著）、《教育事业家陈嘉庚》（王增炳、骆怀东编）、《集美学校七十年》（骆怀东编）、《集美学校八十年校史》（周日升主编）、《集美学校80—90周年》（朱晨光、梁振坤主编）、《集美学校百年校史》和《陈嘉庚精神读本》（林斯丰主编）、《嘉庚精神》（庄敏琦主编，沈立心主审）、《百年树人》（任镜波主编），以及《集美校友》杂志自1980年至今各期中的有关文章。谨此，向作者致谢。

本书错漏之处，敬请不吝赐教。

作　者
2013 年 7 月

图书在版编目(CIP)数据

百年往事/陈经华著. —厦门:厦门大学出版社,2013.9
ISBN 978-7-5615-4764-9

Ⅰ.①百… Ⅱ.①陈… Ⅲ.①传记文学-中国-当代 Ⅳ.①I25

中国版本图书馆 CIP 数据核字(2013)第 209574 号

厦门大学出版社出版发行

(地址:厦门市软件园二期望海路 39 号　邮编:361008)
http://www.xmupress.com
xmup @ xmupress.com

厦门市竞成印刷有限公司印刷

2013 年 9 月第 1 版　2013 年 9 月第 1 次印刷
开本:720×1000　1/16　印张:21.75　插页:2
字数:380 千字　印数:1~3 500 册
定价:50.00 元

本书如有印装质量问题请直接寄承印厂调换